中国作家协会重点作品扶持项目

赣红谣

凌翼◎著

江西高校出版社
JIANGXI UNIVERSITIES AND COLLEGES PRESS

图书在版编目(CIP)数据

赣红谣/凌翼著. --南昌:江西高校出版社,2022.10(2023.6重印)

ISBN 978-7-5762-3001-7

Ⅰ.①赣… Ⅱ.①凌… Ⅲ.①报告文学—中国—当代 Ⅳ.①I25

中国版本图书馆CIP数据核字(2022)第110457号

出版发行	江西高校出版社
社　　址	江西省南昌市洪都北大道96号
总编室电话	(0791)88504319
销售电话	(0791)88522516
网　　址	www.juacp.com
印　　刷	河北京平诚乾印刷有限公司
经　　销	全国新华书店
开　　本	700mm×1000mm　1/16
印　　张	25
字　　数	350千字
版　　次	2022年10月第1版 2023年6月第2次印刷
书　　号	ISBN 978-7-5762-3001-7
定　　价	58.00元

赣版权登字-07-2022-737

献给为建立新中国而英勇牺牲的烈士们

献给为新时代乡村振兴挥洒汗水的人民

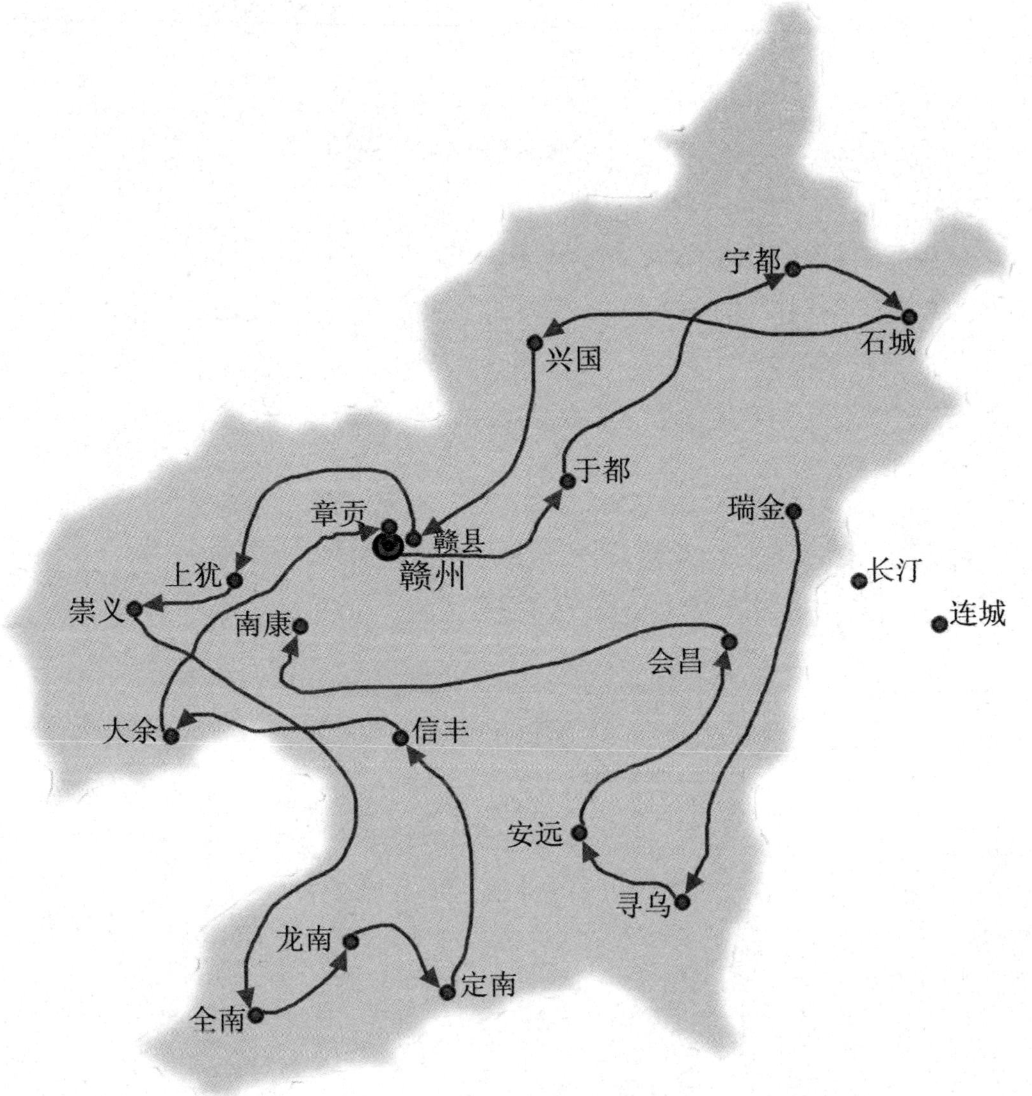

作者深入赣南十八县(市、区)采风示意图

目　录

引子　红谣飘入耳

以《赣红谣》来命名，这是对非虚构的“虚实相生”的印证。

——“赣”好理解，它是赣南、赣江、江西省的简称。

——“红”是红旗、红军、红色政权、红色摇篮、红土地的概括。

——“谣”是歌谣、诗歌、辞章和故事的总和。

“赣红谣”三字连接起来，可以理解为发生在赣水源头红土地上的故事。

乡村振兴如大潮般席卷中国大地，也浪拍赣南等原中央苏区，《赣红谣》就是在这样的壮丽背景下书写而成的。

赣南红土地是一个盛产歌谣的地方。

客家人爱唱山歌，称唱山歌为“打”山歌，凡有客家人聚居的地方，就有客家山歌。

在山野田间，一阵阵歌声像飞鸟的鸣叫，连绵不绝。无论男女，不论老少，嘴里都有曲子，世代相传，历久不衰。

在瑞金、兴国、于都等赣南县（市、区）奔跑，耳际总是飘来悠扬的红色歌谣。此时，有人这样唱道——

［哎呀嘞！］
三伏天气出大汗，
撸起袖子加油干。
振兴乡村产业旺，

[同志哥!]
第二个百年刚开端。

兴国山歌源远流长,千百年来,形成了自己独特的演唱风格。兴国城乡,几乎人人是歌手,处处有歌星。然而,真正给兴国山歌注入新的血液和灵魂,并让它登上时代大舞台的,却是土地革命战争的辉煌时期。

那个时候,共产党领导人民闹暴动、建农会、打土豪、分田地,潜藏在他们内心深处的革命激情,像火山一样迸发出来。他们把对红军、对共产党、对毛委员的感激拥戴之情,以及翻身做主人的喜庆和欢愉,化作一曲曲动人的山歌,从心田里汩汩流淌出来。他们放开响亮的歌喉,纵情歌唱:

日头一出红彤彤,来哩朱德毛泽东;
千年铁树开鲜花,工农做了主人翁。

有个姑娘叫曾子贞,她是兴国县长冈乡石燕村人,中央苏区著名的红歌歌手。她被推举为县苏维埃政府委员,担任县苏维埃政府国民经济部部长。第三次反"围剿"在兴国莲塘打响,她成为火线上第一名红军女歌手。高亢清脆的歌声在硝烟弥漫的山野显得格外嘹亮、悦耳——

红军走路一阵风,取得优势占高峰。
一个冲锋杀过去,敌人好比倒柴筒。

正在指挥所里的毛泽东被这婉转的歌声感染,提议组织兴国的山歌队到各个前沿阵地去唱,到各个地方去唱。

从此,红军的阵地上,就有了一支山歌队。山歌大王曾子贞,成为火线上第一名红军女山歌手。山歌成为鼓舞子弟兵杀敌的枪弹。一次又一次的"扩红"运动,母送子、妻送郎,二十三万人口的兴国县,五万五千多兴国儿女在悦耳动听的山歌中,走上前线:

前方后方一条心，鼓动亲人当红军；
整师整团上前线，扩大百万铁红军。

歌声中，兴国地方赤卫队、少先队，整营整连集体加入红军，三天之内，组建起兴国模范师，走上了战斗前线……

赣南山歌与时代同步。我在采访时，处处都有红谣飘入耳际。讲解员唱得婉转如百灵鸟，把思绪带入历史的意境深处旋转；一些干部也会情不自禁地唱起山歌，如同他们嘘寒问暖的音调；群众随口哼唱的歌谣，那更是野山茶般味道醇厚……

在社会主义建设时期，赣南山歌是劳动的号子，在田野山林中飘荡，在压弯的扁担上颤悠，在飞转的纺车上缠绵，既激发干劲，又消除疲劳。山歌之所以能经久不衰、广为流传，就因为有乡土情、泥巴味，唱的都是老百姓的喜怒哀乐，信手拈来，出口成歌。

一首《山林水车》的歌谣在山野间飘荡，美妙激越的歌声在绿水青山中转呀转，转得清泉奔下山，转得那个茶山变作了田，转得日日月月都是艳阳大……

绿水青山，你看你看，
就嘿一片金银川……
水车转吔，咕隆咕隆地转哎，
靠着青山青山哎，吃山鲜呃，哎。
水车转吔，咕隆咕隆地转哎，
靠着绿水绿水哎，吃水甜吔，哎。

歌声飞扬，这是虚构和非虚构之间徘徊的杰作。虚构与非虚构，是创作者的选择，也是思维跳跃的一个区间。

在赣南这块红土地上穿行，我选择非虚构来反映现实。现实需要虚构，但更需要非虚构。

山川之上，处处都有歌谣飘荡在大地之上，飘入耳际之中。

走在乡村振兴路上，虚与实并非对峙，而是完美地融为一体。此时，一阵悦耳的歌谣又飘入耳际——

[哎呀嘞！]
全面小康[介]饭碗来[吔]，
乡村振兴又出台[呃]。
党的政策[介]为民好[吔]，
[同志哥！]
幸福生活千万载[呃]。

开篇

魂牵赣南

“民之所忧，我必念之；民之所盼，我必行之。”赣南正朝着增进民生福祉、为民造福的道路奋勇前进。

苦难的赣南

我多次来到赣南,每次来都会受到一场红色洗礼,心灵久久感到震撼。

翻开中华苏维埃共和国区域图,那块与闽西连接,毗邻闽浙皖赣苏区、湘赣苏区和东江苏区的最大红色版图就是赣南中央苏区。

赣南被称为"客家摇篮",这是一块流淌着中华文化纯正血液的客家祖地,是一块孕育了理学与心学思想的神奇土地,更是承载过中国现当代历史风云命运走向的红色圣地。她独特的精神地理之光,一次又一次地点亮中华历史的文化时空,给沧桑岁月以荣光。

一九二九年一月,一支打着红旗的队伍从井冈山下山,剑指赣南。

这支队伍一脱离根据地,就进入白色恐怖区域,前有地主豪绅和民团堵截,后有国民党重兵追击。红军战士在人地生疏的赣湘、赣粤、赣闽边界线上突进,既找不到粮食,也找不到向导,寒风刺骨,薄衣单衫,赤脚行军,在困境中求生存。这是红四军成军以来陷入的最危险的绝境。

尤其是大庾(今大余)、圳下战斗,队伍几乎被打散,给红四军进军赣南蒙上了巨大的阴影。所幸,红四军在进入瑞金大柏地后布下口袋阵,拼尽最后一点力气,赢得进入赣南的首场胜仗,为建立中央革命根据地奠定了基础。

接下来,红四军直取宁都,与红军独立第二团、第四团会师东固,进军闽西,逐渐开辟出土地革命战争时期的最大一块根据地。

从此,历史毫无悬念地选择了赣南。共和国摇篮——中华苏维埃共和国临时中央政府的成立,像一团烈火在这里熊熊燃烧,照亮暗沉沉的中国大地!

随着朱毛红军的发展壮大,蒋介石一次比一次凶猛的“围剿”也随之到来,但每一次红军都以灵活多变的战略战术挫败了敌人的猖狂进攻。

可以说,第一至四次反“围剿”的胜利,使苏区的发展也进入了鼎盛时期。

一九三三年九月,国民党军开始第五次反“围剿”,投入五十万兵力,采用“步步为营,碉堡推进”的战略向中央革命根据地进攻。红军投入战斗的总兵力为十二万人。面对敌人的“围剿”,掌握红军指挥权的博古和共产国际的军事顾问李德,全面否定毛泽东的战略方针和作战原则,最终遭到彻底失败,红军被迫于一九三四年十月实行战略大转移。

红军历次反“围剿”作战,势必造成兵员减员。尤其是第五次反“围剿”,红军节节抵抗、节节败退,损兵折将,伤亡为历次反“围剿”之最。正面硬扛带来的巨大伤亡,需要后方迅速组织兵员进行替补。红军的作战序列,除主力红军外,还有地方武装及辅助的赤卫队等组织。当主力红军需要补充和扩充时,地方武装便通过升编、合编、补充等形式成为主力红军。

一九三三年至一九三四年,中共中央局发出“扩大百万铁的红军”号召,中央苏区先后集中地方武装,新组建了红十九军、红军工人师、少共国际师、红七军团、红八军团、红九军团等。

据不完全统计,中央苏区在“扩红”运动中,仅赣南十三个县,参加红军的人数,累计达三十三点一万余人。以下四县的人口和参加红军人数对比如下:

兴国县:苏区总人口二十三万一千八百二十六人,参加红军五万五千人,约占总人口的百分之二十三点七二。

宁都县:苏区总人口二十七万三千六百五十二人,参加红军五万六千三百零四人,约占总人口的百分之二十点五八。

瑞金县:苏区总人口二十四万人,参加红军四万九千人,约占总人口的百分之二十点四二。

雩都(今于都)县:苏区总人口三十四万三千三百三十人,参加红军六万七千七百零九人,约占总人口的百分之十九点七二。

其他县还包括会昌、石城、安远、赣县、信丰、寻邬（今寻乌）、南康、上犹、崇义等，从上述数据可以看出，赣南各县参加红军人数占苏区总人口的比重相当大，苏区贫苦青壮年农民参加红军的热情极为高涨。

第五次反“围剿”进行了长达一年的阵地战、堡垒战，苏区长时间处于战时高压状态，无法休养生息。随着敌军堡垒战的压缩，苏区面积越来越小，兵员损失越来越严重，持续的扩红运动也越来越高涨，战争资源越来越枯竭。苏区将一拨拨兵员送上战场，先是青壮年，后来是少年。青壮年战死疆场，后方只剩老弱病残和妇幼。

长征途中，中央红军冲破四道封锁线，每突破一道都要付出极其惨痛的代价。红军突破第一至第三道封锁线，损失兵力达两万两千人；突破第四道封锁线——湘江，损失兵力近三万八千人。也就是说，红军突破湘江后剩下的兵力只有两万六千人。进入遵义后，中央红军兵员得到一定数量的补充。严酷的生存环境，爬雪山、过草地，致使兵员损失极大。中央红军一、三军团到达陕北的人数不足七千人。中央红军五、九军团因随红四方面军行动，红五军团西渡黄河全部牺牲，红九军团（第三十二军）后编入红二方面军，到达陕北时人数为两千多人。如此算下来，中央红军一、三、九军团到达陕北的人数约一万人。

中央红军长征出发时八万六千人，加上沿途招收的兵员合计约九万人，到达陕北的人数约一万人，兵员损失近八万人。这损失的八万人，除部分闽西子弟外，大多是赣南子弟。

此外，中央主力红军长征后，留守部队有红军独立第二十四师和七个独立团，总兵力约一万六千人；各县独立营、游击队，武装人员总人数约三万人；另有第五次反“围剿”各战场收集的重伤员约两万五千人。也就是说，留守人员总共还有七万余人。留守人员当中的伤病员被分批次安置在苏区的百姓家中，存活了多少不得而知。在敌军重兵“围剿”下，四万六千人的留守部队几乎全部牺牲。留守苏区的领导人，除项英、陈毅、陈潭秋幸存外，瞿秋白、何叔衡、贺昌、刘伯坚、毛泽覃、古柏等都成了烈士。留守部队剩余的最后几百人在项英、陈毅的领导下，躲进油山等地开始了艰苦卓绝的三年游击战。那些血洒疆场的留守战士，大部分是没有留下姓名的赣南子弟。

主力红军长征后，国民党军队迅速向苏区腹地推进，对苏区人民进行残酷的杀戮和镇压，苏区人民过着生不如死的苦难日子。据《中央苏区史》记载：

国民党军政当局为彻底“消灭”红军，在被占领的原苏区实行野蛮、疯狂的“三光”政策。他们每侵占一地，就纠集卷土重来的豪绅地主、流氓恶棍，组织“还乡团”“暗杀队”“义勇队”“挨户团”“靖卫团”“搜山队”等反动武装，对苏区人民进行疯狂报复，狂叫“大乱三天，大杀三年”“屋换石头，人要换种”“斩草除根，诛家灭族”。敌人屠杀苏区人民，手段极其残忍、骇人听闻，如挖心、剥皮、肢解、分尸、碎割、悬梁、火烧、活埋、挖眼、割舌头、割耳朵、穿铁丝、灌辣椒水、剖肚取肠、割乳挖胸、沉潭落井、打地雷公、钉丁字架等数十种酷刑。不管男女老幼，均遭屠杀。赣南大恶霸、国民党独立三十三旅旅长黄镇中，残杀宁都、瑞金、于都、兴国、广昌、石城等县人民达数万人。在红都瑞金，国民党江西保安三团团长欧阳江，一个晚上屠杀五百多名瑞金武阳群众；黄柏区菱角山一夜被杀三百八十多人；南门岗一次枪杀了五百多人；国民党瑞金县长邹光亚在云龙桥下一次屠杀了一百二十多人；瑞金竹马岗被杀害的人数数以千计；瑞金叶坪村谢家祠和陈家祠被害的苏区群众尸体堆积如山。

苏区时期欣欣向荣的模范县兴国，失陷后顿时变成人间地狱。国民党在县城四处构筑城防工事，在全县建立了堡垒三百二十四个、碉堡七十四座、哨所五百余个、圩寨一个。国民党反动派烧杀抢掠，无恶不作。兴国人民又一次陷入水深火热、暗无天日之中。

在“宁可错杀一千，不可漏放一个”的反动口号下，敌人用极为残忍的手段，肆意杀害兴国人民，残害革命干部和群众。当时均村区坪源乡苏维埃政府主席曾世芹被割掉耳朵后，又被斩手脚，再被活埋而死。崇贤黄金寨仅四百户人家，国民党军纵火烧毁三百余家。一九三五年正月初九，国民党“暗杀团”在稠村、古茂、黄岗、社富逮捕了一批革命者，有的被挖眼睛、割耳朵，有的被斩断手脚，有的被五马分尸。山林田地遭到空前破坏，村庄变为瓦砾，群众家破人亡，妻离子散。

据一九五九年十月江西师范学院（今江西师范大学）历史系学生在兴国调查革命历史时的不完全统计，红军北上后，兴国全县革命干部和群众家庭遭受摧残的情况如下：

> 被杀害二千一百四十二人，被捕六千九百三十四人，被迫逃亡三千四百一十人，全县劳动力减少七千四百九十人，半劳动力减少四千五百七十九人；
>
> 毁房屋一千六百四十一栋，荒芜田地两万六千一百零五亩；
>
> 抢走稻谷两万三千五百零八担、耕牛七千二百七十四头、猪九千二百七十四头、衣服五万三千零四十八件、被帐一万五千六百八十二床、食油二十万零一千零五十二斤、农具九万八千四百二十五件、银洋一百三十二点九万元。

国民党还建立联保办事处，采用“联保”“连户”“清查户口”等措施，“五户连坐”“十家联保”，将全县四十七个乡进行保甲编组，并设立九个区，以便加紧控制和镇压人民，妄图切断红军与群众的联系。人民群众失去了一切自由。地主夺土地、抢房屋、加田租、逼老债，许多农民因交不起租还不起债，被迫逃亡他乡。

长征集结出发地于都也一样，国民党军队进占后，便将对共产党、中央苏区和红军队伍的仇恨集中发泄到苏区人民头上，疯狂地对于都人民进行血腥镇压，实行惨无人道的“抢光、杀光、烧光”的三光政策，叫嚣“茅屋要过火，石头要过斩”，对被捕的共产党员、革命干部和群众滥施酷刑。全县被国民党残杀的共产党员、革命干部和人民群众达三千余人。仅禾丰地区，被国民党于都保安团团长华品懋杀害的就达五百余人。在于北地区，国民党反动派对桥头人民更是恨之入骨，疯狂地进行血腥屠杀。国民党反动派还叫嚣“斩草要除根”，将苏区党员干部和红军家属全家杀绝，如沙心被杀绝的就有三十七家，整个苏区处于血雨腥风的白色恐怖之中。

失陷后，苏区人民精神上的巨大伤害是难以弥合的，数十万家庭的离散，生命被刻上暴力的印记；战争夺走了苏区大量青壮年的生命，村子多半成了寡妇村，创伤是沉痛的；国民党军队和地方政府向苏区人民索取各种赔偿，侵占资源，过去苏区人民分得的土地又一次回到地主豪绅手里；国民党进占苏区后，为了抓捕红军游击队，将山林烧光，造成自然资源的严重破坏。

…………

国民党对苏区的镇压与残杀罄竹难书，苏区人民陷入苦难深沉、暗无天日的境地。幸亏，当年从苏区走出去的这支队伍，在延安落下了脚。他们最终夺取了全国政权，苏区人民迎来了解放，迎来了新中国的诞生。

借伟大的爱国诗人屈原的一首哀伤之作《国殇》，献给赣南等原中央苏区为国捐躯的红军将士和革命群众——

出不入兮往不反，平原忽兮路超远。
带长剑兮挟秦弓，首身离兮心不惩。
诚既勇兮又以武，终刚强兮不可凌。
身既死兮神以灵，魂魄毅兮为鬼雄。

特别调研组

说来也巧，与党中央向赣南派出特别调研小组同期，大型赣南采茶歌舞剧《八子参军》也在北京、天津、广东等地上演，让观众潸然泪下。

《八子参军》讲述的是在中央苏区第五次反“围剿”中，瑞金沙洲坝下肖区七堡乡第三村农民杨荣显响应中央“扩红”号召，将八个儿子送去参军，最后八个儿子全部牺牲的真实故事。

在赣南苏区，“八子参军”的故事并非个案。经调查，于都县银坑镇窑前村钟招子有十个儿子，她将八个儿子送去当了红军，只留下两个年幼的儿子与自己相依为命。丈夫早逝，钟招子挑起家庭的重担，一边抚养幼子，一边挂念着出征的八个儿子归来。直到于都解放，钟招子的八个儿子也没有一丁点消息。银坑镇是苏区时期胜利县的中心，那里家家都有一部苏区史。在平安村，有一位叫张复信的老人，现年七十九岁，他的父辈也有兄弟八人参加红军，全部战死沙场……

回溯土地革命战争时期的一九二七年至一九三七年，尤其是第一次反“围剿”至第五次反“围剿”和三年游击战争中，苏区军民遭受重大伤亡。据史料统计，赣南中央苏区参军参战的英雄儿女有九十三万余人，占当时当地人口的三分之一，为革命牺牲的有名有姓的烈士就有十万八千二百二十二人，占全国的百分之七点五；在二万五千里长征中，平均每华里就有三位赣南子弟倒下……

巨大的战争创伤，成为赣南苏区经济社会发展的沉重羁绊。走进赣南苏区，当年的战火硝烟，在大自然面前早已消散。然而，对苏区的烈士后代来说，战争留下的创伤却难以消弭。

新中国成立尤其是改革开放以来，党中央高度重视赣南苏区的经济社会发展：

——一九八六年，国务院在启动的扶贫规划中，将赣南十八个县中的十个县列入贫困扶助对象名单；

——一九九七年，横贯赣南苏区的京九铁路开通，为加快沿线革命老区脱贫致富步伐打下了基础；

——为使赣南苏区早日脱贫致富，国家有关部委对赣南大地进行航空遥感综合调查，组织专家实施“赣南果业基地成土母岩——土壤环境优选评价”课题，编制了“赣南果业发展基地规划图”，为大面积栽种脐橙提供了切实可行的理论根据，使这里成了世界闻名的“脐橙之乡”；

——为了解决在乡退伍红军老战士和红军失散人员家庭的生活困难，国家发放了特殊补助和土坯房改造资金；

——国家给这里的财政转移支付资金占当地财政支出的三分之二。

…………

然而，在残酷的革命斗争中，赣南苏区奉献了无数优秀儿女，其带来的创伤至今难以愈合。加上经济投入不足、资源禀赋较差、交通条件闭塞、产业结构单一等因素,经济发展远远落后于全国和全省平均水平,这里还是全国较大的集中连片特困地区。

赣南特殊的地位、特殊的贡献、特殊的困难,也得到了国家特殊的支持。

二〇一一年二月,中央媒体反映,赣南老区红军遗属的生活状况引起高层关注。时任中共中央政治局常委、国家副主席、中央书记处书记的习近平同志立即作出批示,民政部专门派出调查组。很快,专项资金下拨到赣州,用于解决红军遗属生活困难和土坯房改造。

二〇一一年六月,一场大型主题展览在中国国家博物馆举行。这场"发扬革命传统、争取更大光荣——中央苏区革命传统主题展览",整整进行了十五天,多位党和国家领导人出席。那段发生在赣南的红色历史,以全新的视角,在全新的场景下得到呈现,引起各界广泛关注。这次展览,是对赣南特殊历史地位和独特历史贡献的重新认识,是对赣南的一次"再发现"。

二〇一一年十二月三十一日,习近平同志作出重要批示:"赣南苏区是中央革命根据地的主体,为中国革命作出了重大贡献和巨大牺牲。由于种种原因,赣南苏区目前经济发展依然滞后,人民生活仍然比较困难。如何进一步帮助和支持赣南苏区发展,使这里与全国同步进入全面小康,使苏区人民过上富裕、幸福的生活,应当高度重视和深入研究。"

批示中,字里行间蕴含着对赣南人民的深情,字字行行充满着对赣南苏区历史的肯定,字字句句饱含着对赣南人民的赤诚大爱。

仅二〇一一年底至二〇一二年初的两个月间,中央领导就赣南等原中央苏区振兴发展问题先后作出七次重要批示。每一次批示,笔墨之间,凝聚的都是党和人民对这片土地的深情回眸、殷殷关切和拳拳关爱。

二〇一二年的春天如期而至,这是一个不平凡的春天,因为振兴赣南的种子在春风中破芽。

三月三十一日,由国家发改委牵头,支持赣南等原中央苏区振兴发展的若干意见制定工作启动会在北京召开,中央层面正式"把脉"赣南苏区振兴发展。

四月十日，满载着党中央、国务院对赣南苏区的殷殷关怀，带着让老区人民过上美好生活的深情和使命，一个以国家发改委副主任杜鹰为组长的国家支持赣南等原中央苏区振兴发展部委联合调研组抵达赣州。

毫无疑问，这是一个肩负特殊使命的特别调研组。

来自四十二个部委的一百四十九位领导和同志分为十二个小组，马不停蹄地奔赴各地，紧锣密鼓地开展调研工作。这十二个小组分别为：综合一组、综合二组、民生保障组、社会发展组、基础设施组、农业组、水利组、产业发展组、国土资源与城镇建设组、生态组、环保组、开放合作组。

这次国家部委联合调研，规格之高、规模之大、阵容之强，在赣南历史上前所未有。

联合调研组秉承寻乌调查的唯实求真精神，实地考察、深情踏访，调研当地经济社会发展和民生情况，为赣南等原中央苏区振兴发展"把脉开方"。

调研组顶风冒雨、跋山涉水，走街串巷、进村入户，马不停蹄、昼夜兼程，足迹遍及赣南等原中央苏区的山山水水。

一路走，一路看。眼前的景象，令调查组人员大感意外：高低不平的泥泞路，阴暗潮湿的土坯房，深山的老表还在用原始的松油火把照明……调研组人员心情异常沉重。

联合调研组深入赣南山区，采撷到大量珍贵素材，给后人留下一段感人肺腑的故事——

在宁都县黄陂镇大桥小学，调研组成员亲眼看到孩子们的学习环境，七十七名不同年级的学生挤在九十多平方米的民房里上课。从教三十六年的李学清老师，正带着二年级学生诵读课文《找春天》——

> 春天来了！春天来了！
>
> 我们几个孩子脱掉棉袄，冲出家门，奔向田野，去寻找春天。
>
> 春天像个害羞的小姑娘，遮遮掩掩，躲躲藏藏。我们仔细地找哇，找哇。
>
> …………

望着艰苦的办学条件,满眼稚气、一脸认真诵读《找春天》的学童,调研组的同志唏嘘不已。

在瑞金市叶坪乡洋溪村,九十多岁的杨荣秀老人又唱起了往日的歌谣——

送郎当红军,
阿哥莫挂心……

苍凉的歌声里,老人仿佛回到十五岁参加红军时的峥嵘岁月。

杜鹰走上前,郑重地为她戴上红军帽。

四月十三日,调研组一行来到安远县三百山调研东江源区生态保护、源头水流量及水质等情况。东江发源于此,是江西、广东沿江两岸人民的母亲河,更是香港最主要的饮用水源。

在三百山镇咀下村,生态公益林郁郁葱葱、长势喜人。村民梅林山告诉调研组,自己家有二十多亩山地被划为东江源区生态公益林,每年只能得到几百元的补偿。如果是别的地方,将山地开垦成脐橙果园,二十亩山地就有五六万元的收益。

调研组的同志问道:"那你为什么不种脐橙呢?"

梅林山说:"想种啊!可那样的话,下游老百姓的饮用水环境就遭到破坏了。"

闻听此言,调研组的同志紧紧握住梅林山的手,激动地说:"苏区人民真好!"

一路走来,一路感慨。

老区的现状,老表的期盼,令调研组的同志心绪难平。他们温言勉励、悉心抚慰,有的摸出口袋里所有现钱送给困难群众,有的脱下身上的外套披在衣着单薄的老表身上……

在调研组的同志眼中,这些身处贫困中的老表,就是自己的亲人。

看到老表的日子过得这样艰苦,调研组的同志一次次酸楚、一次次感动、一次次落泪、一次次自责……

调研组的同志获取的珍贵资料随着行程的长度而增厚。不断增厚的资料，越来越沉甸甸，这更增添了他们肩上任重道远的使命感。

历时七天的调研，累计行程二万五千公里。

谁不知红军长征跨越过“二万五千里”，调研组的行程足足比长征翻了一倍，这意味着他们此行的责任也是双倍的——他们挑着先辈和烈士的重托，也挑着今天老区人民的重托；他们挑着党中央的重托，也挑着全国人民的重托。

相距近八十年的两个“二万五千”，凝结着共产党人责任重于泰山的担当。

赣南人民像当年迎接红军一样，迎接来自首都北京的亲人。老表们在村头、路口、房前，手上提着、捧着的，肩上挑着的，背上背着的，都是他们平日里舍不得吃的土鸡蛋、花生、果子。老表们用客家人最纯朴、最热烈的方式，表达内心最真诚的感激与期盼……

四月十六日，调研组召开的情况通报会上，亲历赣南乡村的调研组成员，个个感情饱满、情绪激动，两位司长汇报时竟然哽咽起来。也许，在他们一生的经历中，还从来没有像赣南之行这样让他们刻骨铭心。

是使命、责任和大爱，让他们拥有了如此酣畅淋漓的情感。调研组组长杜鹰概括了这次调研的所见所闻、所思所感：

> 赣南等原中央苏区地位特殊、贡献特殊、困难特殊，需要特殊支持！

四个“特殊”成为这次特别调研组的成果和“结论”！调研组一行围绕基本区情、发展目标、民生改善、基础设施、产业发展、生态环保、开放和区域互动、对口帮扶、政策支持等若干重大问题，全面了解赣南等原中央苏区实际情况，找准、找实存在的问题，提出具体措施，为下一步研究制定相关政策文件打好坚实基础。

临行时，调研组的同志深情说道：“我们此行的目的，就是将老区的真情实况带上去，把群众的期盼愿望转化为政策，这是我们这次调研的初衷。”

赣南等原中央苏区为我们党的事业和新中国的建立作出过特殊的贡献，有着特殊的地位，如今面临特殊的困难，必须采取特殊的措施，努力促进赣南等原中央苏区超常规、跨越式发展，让赣南原中央苏区人民和全国人民一道奔小康，这是不容懈怠的责任。

调研组同志一再表示："不然，我们就对不起这块红色的土地，对不起赣南的十多万革命先烈，对不起共和国摇篮啊！"

泽被原中央苏区

在调研组离开赣南两个多月后，一份由习近平同志亲自推动、彻底改变赣南人民命运的红头文件就新鲜出炉——《国务院关于支持赣南等原中央苏区振兴发展的若干意见》（以下简称《若干意见》）于二〇一二年六月二十八日正式出台。

此时，距中华苏维埃共和国临时中央政府成立已经八十一年，距中央红军长征已经七十八年，距中华人民共和国建立也已六十三年。文件背景称：

> 赣南等原中央苏区在中国革命史上具有特殊重要的地位。新中国成立特别是改革开放以来，赣南等原中央苏区发生了翻天覆地的变化，但由于种种原因，经济社会发展明显滞后，与全国的差距仍在拉大。

从文件的字里行间显示，党中央、国务院对赣南等原中央苏区有着一双特别关注的眼睛。

读着一万二千三百字左右的《若干意见》，字字句句都说到赣南等原中央苏区人民的心坎上。

人民共和国没有忘记赣南，没有忘记原中央苏区，党和国家领导人更是把深情的目光投向这里。习近平同志先后两次亲临赣南视察、九次对赣南老区作出重要批示，并强调：原中央苏区振兴发展工作要抓好，这有政治意义。决不能让老区群众在全面建成小康社会进程中掉队，立下愚公志、打好攻坚战，让老区人民同全国人民共享全面建成小康社会成果。

《若干意见》对赣南原中央苏区振兴发展的“重要性和紧迫性”中写道：

> 赣南等原中央苏区地跨赣闽粤，是土地革命战争时期中国共产党创建的最大最重要的革命根据地，是中华苏维埃共和国临时中央政府所在地，是人民共和国的摇篮和苏区精神的主要发源地，为中国革命作出了重大贡献和巨大牺牲。由于战争创伤的影响，以及自然地理等多种原因，迄今为止，原中央苏区特别是赣南地区，经济发展仍然滞后，民生问题仍然突出，贫困落后面貌仍然没有得到根本改变。还有不少群众住在危旧土坯房里，喝不上干净水，不能正常用电，一些红军和革命烈士后代生活依然困窘；基础设施薄弱、产业结构单一、生态环境脆弱等制约当地经济社会发展的问题仍然比较突出……

读着国务院的这份专门针对赣南等原中央苏区的文件，赣南人民喜泪纷飞，党中央和全国人民没有忘记赣南这片红土地，他们要干出一个崭新的赣南来，让全国人民刮目相看。

从《若干意见》可以看出，党中央、国务院对赣南等原中央苏区有特别期许，文件提出：“加快新型工业化和城镇化进程……努力走出一条欠发达地区实现跨越式发展的新路子，使原中央苏区人民早日过上富裕幸福的生活，确保与全国同步进入全面小康社会。”

老区人民在土地革命时期是“打江山”的能手，在今天振兴发展路上同样是“守江山”的模范。

紧随《若干意见》的出台，国务院、国务院办公厅、国家部委等相继出台了一系列配套政策文件，其中包括：《国务院办公厅关于印发支持赣南等原中央苏区振兴发展重点工作部门分工方案的通知》《国务院关于同意建立支持赣南等原中央苏区振兴发展部际联席会议制度的批复》《国务院办公厅关于江西龙南经济技术开发区升级为国家经济技术开发区的复函》《国务院办公厅印发中央国家机关及有关单位对口支援赣南等原中央苏区实施方案的通知》。

这些文件构建了支持赣南苏区振兴发展的一整套政策体系。与此同时，江西省委、省政府高度重视和支持赣南苏区振兴发展工作，先后出台：《中共江西省委、江西省人民政府关于贯彻落实〈国务院支持赣南等原中央苏区振兴发展的若干意见〉的实施意见》、支持赣南等原中央苏区振兴发展联席会议制度、《关于组织省直机关及有关单位对口支援赣南等原中央苏区的通知》……

这一系列政策文件，为赣南等原中央苏区振兴发展铺路搭桥。

《若干意见》出台一年后，国务院办公厅于二〇一三年八月二十二日发布《中央国家机关及有关单位对口支援赣南等原中央苏区实施方案》（以下简称《方案》）。

《方案》给予赣南的结对帮扶原则，明显比其他地区要优越：对赣州市十八个县（市、区）原则上各安排两个支援单位进行对口支援；对吉安市、抚州市的十三个特殊困难县（区）各安排一个支援单位进行对口支援。赣州市十八个县（市、区）对口支援单位的结对安排如下：

工业和信息化部、公安部、国资委——章贡区（含赣州经济技术开发区）

财政部、银监会——瑞金市

证监会、民航局——南康市

科技部、国土资源部——赣县

农业部、能源局——信丰县

新闻出版广电总局、安全监管总局——大余县

教育部、法制办——上犹县

环境保护部、体育总局——崇义县

交通运输部、供销合作总社——安远县

海关总署、食品药品监管总局——龙南县

保监会、台办——定南县

商务部、开发银行——全南县

人力资源社会保障部、水利部——宁都县

卫生计生委、粮食局——于都县

民政部、烟草局——兴国县

审计署、质检总局——会昌县

中央宣传部、统计局(后增加国家供销总社)——寻乌县

司法部、扶贫办——石城县

财政部和新华社对口支援瑞金市。瑞金曾经是中华苏维埃共和国首都，对口支援能够获得财政部更多的专项资金;新华社可以加大对瑞金的宣传力度,帮助瑞金发展旅游业。

广电总局和中国科学院对口支援大余县。广电总局可以拍摄有关大余的电视剧,来提高大余知名度;中科院可以把一些科研成果转送给大余,帮助当地建立产业链。

中宣部和统计局对口支援寻乌县。在多次调研的基础上,中宣部制定了切合寻乌实际的“六个一”建设标准,即一个广场、一座舞台、一套音响、一间活动用房、一条宣传长廊、一套健身器材,打造成基本公共文化服务标准化、均等化建设的“寻乌模式”。中宣部还积极协调主流媒体到寻乌县开展经常性“走转改”采访调研活动,对寻乌开展形象宣传、扶贫宣传,全方位、多角度宣传寻乌的特色资源和特色产业。据统计,仅二〇一四年至二〇一五年十一月,就有四十余家中央及国家行业媒体三百多名编辑记者,分十五批次到寻乌开展了常态化的采访调研活动,在纸媒、网站共刊发(转载)稿件一千多篇。寻乌在国内乃至国外引起了前所未有的关注,成为媒体聚焦的热点。为保护好寻乌的绿水青山,国家统计局协调国家发改委、环保部和科技部等部委,对寻乌城北污水管网、东江源区垃圾转运站、东江源区生态保护及农业科技扶贫等项目提供数千万元中央资金支持。寻乌是果业大县,国家统计局把贯彻“互联网+”战略与帮助老区人民脱贫致富有机结合,协调知名电商和专家为寻乌县在制定电子商务发展规划、开展电商人才培训、打造电子商务进农村国家综合示范

试点县和电商服务体系建设等方面提供支持帮助，为寻乌培训了近千名农村电商人才，使寻乌国家电子商务进农村综合示范试点县项目正式获批。

国务院扶贫办、司法部对口支援石城县。二〇一二年十月，时任国务院扶贫办主任、副主任分批带头深入石城县小松镇瑶上村、琴江镇客家源移民新村，就农村危旧土坯房改造、整村推进扶贫开发等工作开展专题调研，并组织国务院扶贫办对口支援石城振兴发展专题调研组，到石城县调研贫困现状以及移民搬迁、整村推进、产业扶贫等扶贫开发工作，为进一步研究出台具体的对口支援举措打基础。此外，调研组还深入石城县小松镇古松新村、琴江镇大畲旅游扶贫示范点、琴江镇客家源移民新村等地考察扶贫开发等工作……一次次走访，一次次调研，石城的贫困状况和发展需求刻进国务院扶贫办每位领导干部心中。对症下药，一幅精准扶贫石城县的"路线图"逐步形成。司法部从政策倾斜、项目扶持、资金支持、人才保障等方面给予大力援助，为石城的振兴发展增添新动力。司法部在深入调研的基础上，出台《支持赣南等原中央苏区司法行政工作发展的意见》等多个政策文件。一连串的政策倾斜，为石城的后续发展增添了强劲动力。

…………

有人比喻，赣州是中部的"西部"、老区中的"特区"，一连串的政策优势叠加，让赣南老表一下子从糠箩跳到了米缸里，喜不自禁。

每一个赣南人都铆足了劲，拿出了平生最大的干劲来为苏区振兴出力。

每一个走进赣南红土地的人，都能感受到振兴发展的激情。

赣南，开始了它川剧变脸般的神奇变化。如果说川剧变脸是舞台上的绝活，那赣南的发展就是万花筒，层出不穷，年年翻新。赣南苏区振兴发展有这样的口号——

一年一变样，
三年大变样，
五年上台阶，
八年大跨越。

这口号不仅有小康的期待，还有振兴的渴望，充满和谐、宜居、生态、幸福的味道。

一栋栋危旧土坯房在快速退出历史舞台，一个个村组的饮水问题得到解决，一条条乡村公路铺上了水泥和柏油。那些点松油火把的群众用上了电灯、看上了电视……赣南人知恩、铭恩，发自内心的感恩，直抵人们心灵深处。

一船一筏一人家，六十二岁的崇义县农民冯祖明曾靠水生活，“水上漂”的经历让他对“家”的渴望特别强烈。二十世纪五十年代，国家筹建上犹江电厂，崇义和上犹两县大量耕地和住房被淹。一些村民便靠水吃水，在水面搭起木屋，一住就是半个多世纪。

“民生”二字摆在最高位置，解决好民生问题是振兴发展的首要任务，要优先解决突出民生问题，凝聚振兴发展民心民力。《若干意见》实施的第三年，一千二百四十六户“水上漂”就告别头枕波涛的日子，搬进了政府新建的崇义县“梦想家园”新村。上岸后的渔民，有的进开发区务工，有的从事旅游服务业。

老冯受聘在社区理事会做管理工作，每月有一千二百元的收入。大儿子前些年在外面打工，如今在开发区一家企业担任车间副主任，每月工资三千六百元。老冯在新居门前贴上这样一副对联：

一船一筏一人家，曾经头枕波涛盼安居；
给钱给地给政策，今朝苏区振兴促梦圆。

破茧成蝶的发展成效，是百姓、党员干部建立和传承信仰的根本基石，一代又一代年轻的臂膀，接力擎起先辈用鲜血捍卫的旗帜。

三十九个部委先后下派两批七十九名优秀干部到赣南十八县（市、区）挂职。他们把赣南苏区作为“第二故乡”，把赣南人民当作自己的亲人，把赣南的事业当作自己的事业，以高远视野、专业优势和务实作风，扎根苏区，倾情奉献，与赣南群众结下深厚情谊。

时间对于忙碌的人来说，总是如白驹过隙，转瞬即逝。

梦想家园鸟瞰图

说起“人民”“群众”，许多驻村干部自然而然地便立刻想起他们的联系户，解决群众的急难愁盼，就是最好的“送温暖”。

无论是项目推进，还是挖井修路，部委挂职干部用他们的行动，把党中央的牵挂传递到百姓心中，架起了党和人民之间的一座座“连心桥”。

“幸福宝典”

阳光普照，竹林葱茏。兴国县铭恩新村，五保户刘扬泉唱起了自己创作的山歌：“三中全会似灯塔，苏区振兴像春风，万众紧跟共产党，同心共筑中国梦。”

铭恩新村是兴国县土坯房改造安置点。这里安置着四个村子的村民。搬进新村的老表，聚在一起商量，要为自己的新家取个满意的名字。

有人提议，就叫“铭恩新村”吧，我们从前住的是土坯房，现在住进了结实的钢筋水泥房,我们应该世世代代铭党恩、感党情。

大家一致赞成。老表们请来工匠,将“铭恩新村”四个大字镌刻在村头的一块大石头上。

赣南儿女将感恩之情化作奋斗的激情,融入前行的力量。人心齐、泰山移,赣南人的感激,全在歌声里——

[哎呀嘞!]
砍柴全靠好镰刀,
撑船全靠好竹篙,
幸福全靠共产党,
[同志哥!]
党的恩情比山高。

此刻,我愿意是一只翱翔的飞鹰,俯瞰这片大地。绿水青山间布满鳞次栉比的新房,蜿蜒向前的道路彼此相连,欢快劳作的人民唱出了心中的歌谣……

“人民”这个词汇,在赣南叫“老表”。可以想见,老表洋溢幸福的面容,是一道何等美丽的风景。

赣南坚持民生为本,将国家扶持资源用在刀刃上,不建高楼大厦、不造大广场,以解决突出民生问题为振兴发展首要任务,让党中央的关怀温暖赣南的村村寨寨、家家户户。

赣南人将《若干意见》看作是“幸福宝典”,因为大到战略定位、产业发展、基础设施,小至村民住房、老表喝水、学生读书……既兼顾当下,又着眼长远,充满了党和国家对赣南苏区的浓情关怀。

二〇一九年六月二十六日,赣州市召开《若干意见》实施七周年新闻发布会,向党中央、国务院和社会各界通报赣南苏区振兴发展情况。发布会总结了八个“这七年”,其中部分段落写道:

这七年,赣州市贫困人口由二〇一一年的一百九十四点八八万人减少到二〇一八年的十八点八六万人，七年脱贫一百七十六点零二万人，占江西的一半，实现新中国成立以来赣州最大规模人口脱贫。贫困发生率由二〇一一年的百分之二十六点七一下降到二〇一八年的百分之二点四五，下降了二十四点二六个百分点，有序退出"十三五"贫困村八百零一个，退出比百分之八十五点九，瑞金等七个贫困县率先实现脱贫摘帽。

这七年，累计改造农村危旧土坯房六十九点五二万户，近三百万农民住上新房，完成城市棚户区改造十三点五万户，兴建城市保障性住房七点九五万套，解决七十一点四一万城镇居民的住房问题。解决近三百万农村人口安全饮水问题、近三百万山区群众不通电或长期"低电压"问题。全市新(改、扩)建校舍七百一十二万平方米，每千人病床数由二点七二张增加到五点五三张，新建改造农村公路二点六万公里，二十五户以上人口自然村全部通水泥路，长期困扰赣南人民的住房难、喝水难、用电难、行路难、上学难、看病难等问题基本得到解决。

这七年，赣州产业转型升级步伐加快。二〇一八年全市规上工业企业总数一千八百九十户，比二〇一一年增加一千一百零九户，总数和增加数均列全省第一。新能源汽车科技城、现代家居城、中国稀金谷、青峰药谷、赣粤电子信息产业带"两城两谷一带"建设和纺织服装产业集群加快推进，稀土和钨、家具产业集群主营业务收入均突破千亿元。

…………

"这七年"全面阐述了《若干意见》实施以来取得的前无古人的巨大成就。

交通是经济发展的先行官。这七年，高铁建设和动车运营在赣州实现零的突破。"一纵一横"十字形高铁和"两纵两横"普铁网在加速构建；境内高速公路总里程达一千四百九十公里，形成"三纵三横六联"高速公路网，实现县县通高速公路的全新格局。

赣州黄金机场完成改扩建工程，瑞金机场项目也开始上马建设。

赣州在融入"一带一路"建设上，主动作为，全力打造内陆开放新高地。龙南、瑞金经开区和赣州高新区升格为国家级园区，赣州综合保税区通关运行，

赣州国际港

赣州一跃成为全国首批加工贸易承接转移示范地。

值得庆贺的是,赣州港获批全国第八个永久对外开放口岸、国家"一带一路"多式联运示范工程、进口肉类指定口岸和汽车整车指定口岸,成为江西省吞吐量最大和全国铁海联运外贸集装箱吞吐量最大的内陆港。

赣州港,一辆"赣州港至哈萨克斯坦"的中欧班列整装待发。班列满载一百个二十尺集装箱的家具、电子产品和服装等,十二天后将抵达哈萨克斯坦。"赣州港"于二〇一六年开通,是江西省第一个内陆口岸,能有效降低企业物流成本,助推赣州打造成为连接"一带一路"的重要节点城市和国际货物集散地。依托赣州港的平台,不靠海、不沿边,缺乏木材资源的南康,发展成为实木家具生产基地。南康家具产业总产值从二〇一二年的百亿元增加到如今的一千零一十亿元,外贸企业从二〇一四年的三家增加到三百多家。

…………

桩桩件件,喜事不断,扳着指头数也数不过来。

山高水长,奋斗圆梦。

赣南的干部群众不甘落后,他们以抓铁有痕、踏石留印的精神,进行大胆实践和探索。他们紧紧抓住《若干意见》实施的重大机遇,将国家扶持振兴发展的利好政策转化为振兴发展的内生动力。

赣南等原中央苏区的振兴发展和实践,不仅意味着"全国革命老区扶贫攻坚示范区”加快建成，更是党中央治国理政新理念、新思想、新战略在革命老区的具体实践。

[哎呀嘞！]
日头出来照四方，
老表心里亮堂堂。
赣南山歌唱不尽，
[同志哥！]
打支山歌献给党。

悠扬的“哎呀嘞”，表达了赣南人民对今天幸福生活的由衷赞美，对共产党的深厚感情。

张张笑脸洋溢着幸福，处处展示着老区精神焕发的新风采，娓娓诉说着小康生活的幸福与希望。

从中央到地方，各大电视台、报纸都在宣传赣州市全面脱贫摘帽的消息——

江西省赣州市现行标准下一百一十四点三三万建档立卡贫困人口全部脱贫，一千零二十三个贫困村全部出列，十一个贫困县全部摘帽，消除了绝对贫困和区域性整体贫困……

这组数据，振奋人心，为赣州市的脱贫攻坚工作画上了一个圆满的句号。

脱贫摘帽不是终点，而是新生活、新奋斗的起点。守住脱贫攻坚成果，发展壮大现代农业，增强乡村发展活力，持续推进巩固拓展脱贫攻坚成果同乡村振兴有效衔接，在新的起点上开启新的征程。这些口号在赣南人的耳朵里像老茧一样，天天听，但不厌烦。

光听不行，得行动。防返贫是巩固拓展脱贫攻坚成果的重中之重。赣州市高度重视防返贫监测帮扶工作，建立健全防返贫监测机制，密切关注脱贫户、脱贫监测户、边缘户和收入骤减或支出骤增“四类人员”，为潜在的致贫和返贫风险加上一道“防贫保险”，有效提升困难群众抵御风险的能力。

二〇二一年五月，赣州蓉江新区坝上村村民李金华拿到了防贫保险理赔金七点八万余元，这一场“及时雨”帮她解了燃眉之急，她激动地说：“感谢党和政府的好政策，在基本医保之外还有大病医疗报销，现在又帮我申请到了防贫保险和低保，这笔钱来得太及时了，大大减轻了我的家庭负担。”

李金华和丈夫在建筑工地上务工，儿子在上大学，三口之家的日子虽然算不上富足却也幸福无忧。谁知，二〇二〇年十二月，李金华被查出患有白血病，巨额的医疗费用让李金华家庭一度陷入了困境。了解到李金华的情况后，高校园区管理处扶贫办组织坝上村驻村工作队上门摸排家庭情况，将李金华一家纳入边缘户进行监测帮扶，并为其申报了防贫保险和低保。

山高水长，奋斗不息。

二〇二一年二月二十二日，国务院印发《国务院关于新时代支持革命老区振兴发展的意见》（以下简称《意见》）。这是继《国务院关于支持赣南等原中央苏区振兴发展的若干意见》出台取得决定性胜利后的又一个针对革命老区振兴发展的重要文件。《意见》明确指出，要“把革命老区建设得更好，让革命老区人民过上更好生活，逐步实现共同富裕”。其主要目标：

> ——到二〇二五年，革命老区脱贫攻坚成果全面巩固拓展，乡村振兴和新型城镇化建设取得明显进展，基础设施和基本公共服务进一步改善，居民收入增长幅度高于全国平均水平，对内对外开放合作水平显著提高，红色文化影响力明显增强，生态环境质量持续改善。
>
> ——到二〇三五年，革命老区与全国同步基本实现社会主义现代化，现代化经济体系基本形成，居民收入水平显著提升，基本公共服务实现均等化，人民生活更加美好，形成红色文化繁荣、生态环境优美、基础设施完善、产业发展兴旺、居民生活幸福、社会和谐稳定的发展新局面。

赣州市紧锣密鼓发布《贯彻落实〈国务院关于新时代支持革命老区振兴发

展的意见〉的实施意见》，提出“全面开启新时代赣南苏区振兴发展工作新局面”的口号。这是新时代党中央、国务院支持革命老区振兴发展的又一重大历史机遇；这是在新发展阶段进一步巩固拓展脱贫攻坚成果，奋力开启社会主义现代化建设新征程，让赣南人民过上更加富裕幸福的生活的“新宝典”。

赣州市最新发布的经济运行数据显示，赣州二〇二一年经济总量达四千一百六十九点三七亿元，经济增速为百分之九点五，综合实力跃居全省前列。我们将二〇一一年和二〇二一年赣州市的生产总值和财政总收入及农村居民年人均可支配收入做个对比，就可知赣南在《若干意见》实施十年来，发生了奇迹般的变化：

> 生产总值：由一千三百三十六亿元增加至四千一百六十九点三七亿元；
>
> 财政总收入：由一百八十点三二亿元增加至二百九十四点零七亿元；
>
> 农村居民年人均可支配收入：由四千一百八十二元增加至一万四千六百七十五元。

二〇二一年十二月十日上午，我正在案头写作，一个熟悉的声音传来，定南的朋友告诉我一个喜讯：“赣深高铁通车了，我正乘高铁前往深圳呢，开个‘洋荤’。”

他兴奋地说：“以前坐普快列车需要五个半钟头，现在高铁只需要一个半小时，大大节省了时间。我们老区的列车，也有了特区的速度。”

赣南革命老区通往深圳经济特区的赣深高铁正式开通运营，这当然是件大喜事。

作为国家“八纵八横”高速铁路网中京港高铁的重要组成部分，赣深高铁的开通，结束了赣南地区没有直达广东的高速铁路的历史。

赣州西、信丰西、龙南东、定南南、和平北……从赣南到粤北，翻山越岭，一路向南，高铁飞驰穿行在一个个充满历史荣光的红色地标上，令人心潮澎湃。

离特区更近，就是离商机更近。新征程上，一条振兴发展的快车道正在老区与特区之间铺就。

天翻地覆慨而慷，人间正道是沧桑。

从羊肠小路到康庄大道，从透风漏雨的土坯房到窗明几净的暖心房，从点煤油灯吃饭、举松明子照明到村村组组灯火通明，从普快火车再到高铁……短短几年，似乎穿越了千年时光。

赣南人“等不起”“坐不住”“慢不得”，与时代同步是使命，也是责任。感恩奋进，旧貌换新颜。赣南人不负时代眷顾，在建设社会主义现代化强国的伟大征程中，续写乡村振兴的时代荣光。

巨龙奔腾，初心不渝。

赣南腾飞，中国梦圆！

第一章

红色故都

昔日星火燎原地，如今旧貌换新颜。历史的机缘，赋予瑞金独特不朽的红色灵魂。

铸魂瑞金

在武夷山西麓、赣江源头,有一片神奇、美丽的革命圣地,她就是闻名世界的“红色故都”“共和国摇篮”——江西瑞金。

遥想烽火岁月,南昌起义部队在瑞金壬田打过胜仗;朱毛红军下井冈山转战赣南,历经挫折,终于在瑞金大柏地取得一场大捷,这才拥有了在赣南棋局上的休整之机。之后,朱毛红军进军闽西旗开得胜,纵横捭阖,英姿焕发。从此,闽赣两省之间武夷山山麓的广大地域成为朱毛红军穿梭往返、乾坤大腾挪的大棋盘。

历史的机缘,赋予瑞金独特不朽的红色灵魂。

这里,成为人们景仰的红色摇篮;这里,吸引着无数寻根溯源的目光;这里,成为理想信念教育不可或缺的驿站。

上海建党,开天辟地;
南昌建军,惊天动地;
瑞金建政,翻天覆地;
北京建国,改天换地。

人们对中国近代史上四个具有里程碑意义的重大历史事件的精辟概述,彰显出共和国摇篮瑞金举足轻重的历史地位。

朱毛红军穿越历史的一次驻足,使这里成为人民心中永恒的圣地。

第一次全国苏维埃代表大会会址(叶坪谢氏宗祠)

瑞金在斯诺的《西行漫记》里闪现,在索尔兹伯里的《长征——前所未闻的故事》里名扬海外;瑞金在《吃水不忘挖井人》的琅琅书声里传播,在电视剧《红色摇篮》的镜头里演绎……像一曲曲激越的旋律,一次次拨动着国人的心弦。

瑞金因"掘地得金,金为瑞"而得名,东倚八百里巍巍武夷,西揽千里滔滔赣江,素为赣闽粤三省通衢,总面积两千四百四十一点四平方千米,总人口六十一万多。到过瑞金的人,不管是黄皮肤、白皮肤,还是黑皮肤,无不为这里的辉煌历程所震撼。

这里的一草一木,都蕴藏着赣南儿女的赤胆忠魂。

这里的一山一水,都铭刻着革命先烈的英雄史迹。

一九三一年十一月七日,第一个全国性红色政权——中华苏维埃共和国临时中央政府在这里宣告成立,中国共产党开始了治国安邦的伟大实践,瑞金成为"赤色首都"和全国苏区的政治、军事、经济和文化中心。

这里发生了太多的红色故事:毛泽东、朱德、周恩来、刘少奇、邓小平、陈云、杨尚昆、胡耀邦等新中国第一、第二代领导人,十位开国元帅中的九位、十位开国大将中的七位，以及一大批党和国家的早期领导人，都曾在这里工作、战斗、生活过。

为了捍卫新生的红色政权，当年只有二十四万人口的瑞金，就有十一万三千人参军参战，五万多人为革命捐躯，其中牺牲在长征途中有名有姓的达一万零八百人。

鲜血和理想浇灌着伟大的共和国之根，铸就了共和国之魂。

瑞金是红色中国的摇篮，人民代表大会制度从这里发源，伟大的人民共和国从这里走来。

史学家说：瑞金中央苏维埃的建立是中华人民共和国的伟大预演。

艺术家说：苏区人民是孕育中华人民共和国这个天之骄子的伟大母亲！

瑞金保存着原生态的革命旧居旧址一百八十多处，其中全国重点文物保护单位三十五处。中央和国家已有五十二个部委机关相继在这里找到了"前身"，建立了革命传统教育基地。红都之旅是一代代人的魅力之旅、感悟之旅、震撼之旅。循着一曲令人荡气回肠的红歌，走进叶坪景区——

哥哥出门嘞当红军，
笠婆挂在他背中心，
流血流汗打胜仗，
打掉土豪有田分……

红歌在空气中回荡，激情在胸中奔涌，仿佛回到了那个火红的年代。这里的第一次苏维埃代表大会旧址、中共苏区中央局旧址、博生堡、公略亭、红军烈士纪念塔、红军烈士纪念亭、红军检阅台等，让我们对那段历史有了直观的追忆。

在中华苏维埃纪念园内，中央革命根据地历史博物馆陈列的《人民共和国从这里走来——中华苏维埃共和国历史》，采用了油画、场景、多媒体、幻影成像、超现实仿真雕像等声、光、电展陈手段，再现了中国共产党领导苏区军民进行反"围剿"斗争，创建巩固革命根据地，建立中华苏维埃共和国临时中央政府

中华苏维埃共和国临时中央政府大礼堂旧址

的艰难历程以及进行治国安邦的伟大实践，展现了中华苏维埃共和国历史演变的全过程，诠释了中华苏维埃共和国与中华人民共和国的传承关系。

中央苏区是"铁砧"，中国共产党第一代领导集体核心毛泽东与第二代领导集体核心邓小平在这里经受了锤炼。

一九三一年十一月的"赣南会议"，毛泽东被错误地剥夺了党和军队的职务，成了专做地方工作的中华苏维埃共和国临时中央政府主席。就当时的情形来看，军事活动是主要的，根据地及后方工作是次要的。博古、李德实行错误的军事方针导致第五次反"围剿"失败，红军不得不放弃中央苏区进行战略转移，这也是错误地剥夺毛泽东军事指挥权的后果。这一时期是毛泽东辉煌成绩被无端否定、心情蒙受强烈打击的岁月。

一九三三年五月，邓小平由于坚持毛泽东的正确路线，受到王明、博古路线的无情打击。王明"左"倾机会主义路线为打击以毛泽东为代表的正确路线，炮制出所谓"邓、毛、谢、古"事件，邓小平受到党内"最后严重警告"处分，并被派往乐安县所属的南村区委当巡视员。邓小平成为中央苏区的"毛派头子”，受到各种不公正待遇。

逆境是最好的“磨刀石”，毛泽东和邓小平在瑞金遭受的不公正待遇，磨砺了他们的革命意志，同时磨砺了他们的革命友谊。

邓小平对于当时瑞金的建都和反腐是做出过重要贡献的。一九三一年八月，邓小平担任中共瑞金县委书记时，中央苏区开始筹划建立全国性的红色首都。在筹备会议以及在瑞金建都的事情上，邓小平发挥了重要作用。在瑞金，至今流传他铁腕整治和铁血反腐的故事：

邓小平出任中共瑞金县委书记时，县委前书记李添富和县苏维埃政府主席谢在权大搞肃反扩大化，到处抓“社会民主党”，大批干部被捕、被杀，连瑞金的革命先行者、县委原书记邓希平也被当作“社会民主党”杀害了。邓小平一到瑞金，便下令拘捕李添富、谢在权。九月，邓小平在瑞金召开公审大会，枪决了李添富、谢在权，得到广大干部和人民的拥护。一天，邓小平接到一封群众检举信，愤怒得拍了桌子：“腐败，可恶，革命队伍中的败类！”那是检举揭发上任不久的县苏维埃政府主席黄正的一封群众来信。经过充分调查，黄正贪腐的铁证摆在面前，邓小平明确批示道：“必须严肃处理，清除干部队伍里的腐败分子。”邓小平率先垂范，带领党员、干部同腐败行为做不懈斗争。

…………

沙洲坝景区则以“勤政爱民——中华苏维埃中央政府”为主题，规划建设了群众路线文化广场。通过当年老一辈无产阶级革命家关心群众生活小故事雕塑群，重现那段苏区历史，让游客有一种更为直观的感受，思想得到了很好的熏陶和教育。一九三四年一月，毛泽东在《关心群众生活，注意工作方法》这一光辉著作中指出：

我们应该深刻地注意群众生活的问题，从土地、劳动问题，到柴米油盐问题。妇女群众要学习犁耙，找什么人去教她们呢？小孩子要求读书，小学办起了没有呢？对面的木桥太小会跌倒行人，要不要修理一下呢？许多人生疮害病，想个什么办法呢？一切这些群众生活上的问题，都应该把它提到自己的议事日程上。应该讨论，应该决定，应该实行，应该检查。要使广大群众认识我们是代表他们的利益的，是和他们呼吸相通的……

毛泽东的群众路线思想在苏区时期就十分鲜明。游客看到毛泽东为困难群众送棉被、周恩来帮助群众田间生产、朱德帮助红军战士补草鞋、张闻天帮助红军家属砍柴等情景被塑造成的一座座雕像，思想得到了熏陶，认识得到了升华，心灵得到了洗涤，进一步增强了对党的群众观点、群众路线的认识和理解，更加深刻地感受到新时代党开展群众路线教育的现实意义和紧迫性。

重温著作，当年苏区干部“关心群众生活，注意工作方法”的铁律放在今天仍然十分有效。例如精准扶贫的“六个精准”“五个一批”等工作方法，使脱贫攻坚取得决定性胜利，这是从关心群众生活入手的最好例证。值得一提的是，瑞金市荣获“二〇一八年度中国十佳脱贫攻坚与精准扶贫示范县市”称号，成为新时代脱贫攻坚的典范。

乘着《国务院关于支持赣南等原中央苏区振兴发展的若干意见》的东风，为实现“把瑞金打造成为红色文化传承创新区”的目标，瑞金市以创建“共和国摇篮”5A 景区为龙头，着力提升景区红色文化内涵，打造红色文化主题景区，提升红色文化传承力和影响力。如今，《国务院关于新时代支持革命老区振兴发展的意见》已出台，瑞金将不负东风，扬鞭奋蹄，在进一步巩固拓展脱贫攻坚成果、全面推进乡村振兴的基础上，围绕赣州次中心城市的发展定位，发挥政治、区位、交通、资源等方面的优势，加快构建高水平开放格局，更加主动地融入国家重大区域发展战略和经济区。

二〇二〇年，瑞金市实现生产总值一百七十四点五亿元，同比增长百分之三点七；财政收入二十五点一亿元，同比增长百分之二点三；固定资产投资同比增长百分之九点二；社会消费品零售总额九十点二亿元，同比增长百分之三点四；规上工业增加值同比增长百分之四点六；城镇居民人均可支配收入三万四千七百九十二元，同比增长百分之六点五；农村居民人均可支配收入一万三千六百五十五元，同比增长百分之九点二，全面小康实现程度达百分之九十五。其中固定资产投资、城镇居民人均可支配收入两项指标增速在赣州位列第一方阵。

…………

时光荏苒,岁月递嬗,苏区精神永远是我们奋进的力量。

今天,在乡村振兴和建设社会主义现代化强国的道路上,瑞金干部群众秉承先辈遗志,永远听党话,永远跟党走,以更加激昂的精神面貌踏上新征程。

出膛的子弹

步入瑞金,如同行进在一段血与火的旅程中。

中国共产党带领人民穿行于战火纷飞的艰难岁月,在浴血奋斗中依然建设着新兴的中华苏维埃共和国,每一幕画面都如诗如歌,如诉如泣,令人动容。

中共中央在武汉召开过一次紧急会议——八七会议,也就是在这次会议上,毛泽东提出了"枪杆子里面出政权"的重要论断,由此成为指导中国革命几十年的响亮口号。

中国共产党有了自己的武装,无数革命者拿起刀枪与国民党反动派做坚决的斗争。他们像一颗颗出膛的子弹,一经上膛,便视死如归。

中华苏维埃共和国临时中央政府在瑞金成立,正像一个在枪林弹雨中降生的婴儿,注定需要经历血与火的洗礼。在枪炮中诞生的中华苏维埃共和国,一边抵御着来自白色恐怖的威胁,一边探索着红色政权的建设路径。

走进瑞金叶坪谢家祠堂,一扇厚重历史的大门从这里打开——

一九三一年十一月,刚满十岁的中国共产党在这里宣告成立崭新的国家政权——中华苏维埃共和国临时中央政府,首次以国家形态登上中国政治舞台,开始执政为民的伟大预演。

来自赣东北、湘赣、湘鄂西、琼崖和中央革命根据地,红军部队以及在国民党统治区的全国总工会、全国海员总工会的六百一十名代表出席了大会。毛泽东向大会作政治问题报告。大会通过《中华苏维埃共和国宪法大纲》、土地法令、劳动法和关于经济政策的决定等法律文件。

中央苏区红军在叶坪“红军广场”举行了隆重的阅兵典礼，这是红色共和国的“开国阅兵”。毛泽东、朱德、项英等领导人检阅了红军受阅部队。十一月二十七日，中央执行委员会举行第一次会议，选举毛泽东为中央执行委员会和人民委员会主席。一个根植于人民心田的称呼——“毛主席”，从这里开始叫响。

在这里，共产党人设立了外交、军事、财政、土地、劳动等九部一局，今天的五十多个中央机关和国家部委从这里走来。

在这里，共产党人颁布了自己的第一部《宪法大纲》，制定了选举法、劳动法等上百部法律法令。

在这里，共产党人开展了政权建设、经济建设、文化建设，发行货币、兴办学校、惩治腐败……

从人民共和国的伟大预演到新中国成立七十三周年，始终不变的是以人民为中心的执政理念，不断延展的是为人民创造美好生活的壮丽征程。

执政为民，不能光讲在嘴上，只有心中装着人民，才能在行动上处处为人民着想。在叶坪，至今传颂着毛泽东为房东谢大娘房屋开天窗的故事——

已经是中华苏维埃共和国临时中央人民政府主席的毛泽东，借住着谢大娘的房屋。有一天，毛泽东发现谢大娘在昏暗的房间纳鞋底，由于光线不好，针尖扎痛了谢大娘的手指。毛泽东对谢大娘说，给房间开个天窗，纳鞋就不会扎手了。谢大娘知道毛主席操心的都是苏维埃共和国的大事，自己家的房屋从来没有天窗，不都这样过来了。她赶忙说，主席，这间房几十年都这样了，不碍事。可毛泽东听谢大娘这么说，更觉得需要办好这件事，不能让大娘在光线这么暗的房间住着，他这个苏维埃共和国的主席，就是为人民跑腿办事的勤务员。他立刻让总务厅的同志买来玻璃瓦，请来泥木匠，将谢大娘房间上方的楼板锯出一个天窗，然后将天窗上方的黑瓦换上明瓦。一天不到的工夫，原来阴暗的房间，一下子亮堂起来。谢大娘逢人便说：“毛主席给我的房间装上了明瓦，跟着毛主席，日子越过越亮堂。”有一首山歌这样唱道——

[哎呀嘞!]
有一个故事你听我讲,
毛主席帮我开天窗。
开出[介]天窗明又亮,
[介支]共产党,
就像[介]天上的红太阳。

在叶坪“一苏大会”旧址中有一组建筑物,如纪念黄公略的公略亭、纪念赵博生的博生堡以及红军检阅台等,其中最引人瞩目的,是红军广场上矗立的红军烈士纪念塔。

红军烈士纪念塔整个外形如一颗子弹,其寓意为“枪杆子里面出政权”,也象征着烈士如出膛的子弹,同仇敌忾,视死如归。塔身嵌有千千万万颗小石块,象征着无数为了信仰而献出宝贵生命的革命烈士。

红军烈士纪念塔于一九三三年八月一日破土动工,工程刚开始,在中央苏区就掀起了一股自动募捐的热潮。中国工农红军残废院捐大洋二十一元二角九分六厘,直属医院政治部捐大洋八元七角一分,红一军团捐款二百四十元……

红军烈士纪念塔

在长长的募捐名单中,瑞金叶坪村的谢益辉老人的故事让人难以忘怀。这位年过花甲的老人唯一的儿子,在第四次反“围剿”中光荣牺牲。红军烈士纪念塔开始修建时,谢益辉老人将多年积攒准备买棺材的三块大洋捐了出来,工程处的同志说什么也不肯收,谢大爷激动地说:“你们一定要收下,我连儿子都献给了苏维埃,你们就让我为儿子和其他烈士尽点心意吧!”

瑞金至今流传着八子参军的故事，除了被搬上赣南采茶歌舞剧的大舞台，还被拍摄成电影在全国热播。

苏区人民为了苏维埃共和国，做出了巨大的牺牲。红军长征后，苏区人民遭到敌人的疯狂报复，敌人对红军家属和普通群众也肆意捕杀。惨无人道的敌人对苏区实行“石头要过刀，茅草要过火，人要换种”的政策，丧心病狂地反攻倒算。很多地方都成了“血洗村”“无人村”。据不完全统计，几个月时间，瑞金县被敌人残杀的革命群众达一万八千余人。“瑞金县城人口差不多减少一半”，国民党在一份报告中供述“清剿”区的惨状写道：

> 无不焚烧之居，无不伐之树木，无不杀之鸡犬，无遗留之壮丁。闾阎不见炊烟，田野但闻鬼哭……

从一九三四年十月中央红军长征到一九四九年八月瑞金解放约十五年时间里，瑞金的人口一直呈负增长……

红军烈士纪念塔的设计者是我党隐蔽战线上赫赫有名的“龙潭三杰”之一、时任中革军委总参谋部第二局副局长的钱壮飞。

钱壮飞，浙江省湖州市人。一九二九年底，他受党组织派遣，打入国民党中央组织部党务调查科任调查科主任徐恩曾的机要秘书。一九三一年四月二十五日晚，钱壮飞收到武汉发给徐恩曾的特急密电六封，破译后发现是顾顺章被捕叛变的内容，上海的中共中央机关危在旦夕。千钧一发之际，钱壮飞不顾个人安危，及时将情况报告给党中央。接到情报的周恩来，指挥中共中央各机关紧急转移，同时，中共江苏省委和共产国际远东局的机关也全部转移。钱壮飞为保卫党中央的安全做出了重大贡献。随后，他进入中央苏区，历任红一方面军政治保卫局局长、中革军委总参谋部第二局副局长等职。一九三五年三月三十一日，红军从今贵州省金沙县后山乡南渡乌江，钱壮飞在侦察敌情时，因敌机轰炸与部队失散。此日，传奇英雄钱壮飞，被图财害命的反动民团歹徒黎丛山以带路为名，推下乌江北岸的堰田岩后壮烈牺牲。

钱壮飞不仅是我党隐蔽战线上的高手，而且是擅长书法和绘画、工于化装和表演的文艺奇才。当时《红色中华》报的刊头就出自其手;中国工农红军总政治部机关报《红星》报上的漫画,也大多为其手笔。他受命设计红军烈士纪念塔,也是众望所归。

我们从新中国成立后复建的建筑物外观,可以窥见钱壮飞设计时的匠心独运。他充分运用红色元素,以象征手法,寓情于景。那子弹造型的塔身,宣示红军战士和共产党人的大无畏革命精神。塔身上镶嵌着繁星般的卵石,犹如万千工农子弟列阵奔赴疆场。由红麻条石垒砌的五角星基座,寓意为烈士鲜血染红了大地。红色的塔身,传递着血与火的时代气息。塔基镶嵌着十块石碑,碑上镌刻着毛泽东、朱德、周恩来等领导人的题词,体现中国共产党人对革命先烈及人民群众的赞扬、承诺与担当。从检阅台朝向纪念塔的草坪上,用砖砌成“踏着先烈血迹前进”的大字,直通检阅台前,表达革命事业前赴后继,最终取得胜利的信念。

塔身正面从上至下镶嵌着“红军烈士纪念塔”七个大字。自中央红军主力长征后,苏区人民遭到敌人的疯狂报复,红军烈士纪念塔首当其冲,遭到敌人无情摧毁。叶坪村的一位大娘不惜冒着生命危险,从废墟中找到一块完整的“烈”字石碑背回家里藏起来。一九五五年,红军烈士纪念塔在遗址上按原貌修复重建,谢大娘闻讯把“烈”字石碑捐献了出来。

谢大娘为什么珍藏“烈”字石碑呢?据说是小儿子悄悄地跟着红军走了,她都没来得及看上最后一眼,后来小儿子成烈士了,背地里她不知流了多少眼泪。看着红军烈士纪念塔建起来,大娘心安了,没想到敌人来了又把它拆毁了。大娘偷偷地从废墟中将“烈”字背回家,就像背回自己的儿子一样!

红军烈士纪念塔矗立在这里,让我们联想到中央苏区这片土地上,有多少大娘失去了儿子、有多少妻子失去了丈夫、有多少孩子失去了父亲……但为了捍卫理想信念,红军、赤卫队和革命群众冲上战场,与敌人殊死搏斗,敢于牺牲、敢于胜利,最终赢得了中华人民共和国的成立。

从瑞金的红军烈士纪念塔,联想到北京天安门广场上的人民英雄纪念碑。高大宏伟的人民英雄纪念碑上,“人民英雄永垂不朽”八个大字熠熠发光。碑文气贯长虹,一泻千里,具有革命英雄主义的博大气象——

三年以来,在人民解放战争和人民革命中牺牲的人民英雄们永垂不朽!

三十年以来,在人民解放战争和人民革命中牺牲的人民英雄们永垂不朽!

由此上溯到一千八百四十年,从那时起,为了反对内外敌人,争取民族独立和人民自由幸福,在历次斗争中牺牲的人民英雄们永垂不朽!

这贯穿一百余年的中国人民斗争史中牺牲的无数烈士里,自然也包括了瑞金和中央苏区牺牲的人民英雄们,他们的名字成为三个“永垂不朽”的一部分。

从红军广场到天安门广场,从红军烈士纪念塔到人民英雄纪念碑,从瑞金到北京,从中华苏维埃共和国到中华人民共和国,从一穷二白到今天的全面建成小康社会,再到乡村振兴战略的实施,中国共产党九十余年前的这场伟大预演和历经百年的奋斗史,启示着建设社会主义现代化国家和中国梦的伟大实践。

烈士的鲜血不会白流,他们期盼的正是祖国的强盛!

饮水思源

红井水哟,甜又清呃,
手捧里格清泉想亲人,
喝上一口哟红井水,
一股暖流涌上心,
一股暖流哟咳涌上心……

凡是到瑞金的人,都想看到这口井,并想亲口尝尝井水的味道。这口井,至今荡漾着清澈的水波，喝一口，津甜津甜。

天气好的时候，居住在附近的大妈或大婶们时常会挑着用这井水煮好的茶，供游客解渴。喝完茶水，自然要付茶钱，但大妈、大婶连忙摆手。

茶需要钱，挑水煮茶耗费工夫，都是需要得到回报的呀。可是，任你怎么塞给她钱，她就是不收。女讲解员告诉游人，她们这样自发做义工最长的已经有五十多年了。这让你倍加感受到沙洲坝群众淳朴好客的民风，感受到红都儿女一脉相承的奉献情怀。

看到这口井，有人不禁发出感慨，毛主席是苏区人民的伟大"义工"。

《吃水不忘挖井人》是我们小学时学的一篇课文，讲述毛主席在江西领导革命的时候，在沙洲坝时带领人们深挖水井的故事。读这篇课文，也让人联想到今天的幸福生活，是革命前辈流血流汗，甚至牺牲生命创造出来的，我们需要感恩、怀念，饮水思源。课文是这样写的：

> 瑞金城外有个村子叫沙洲坝。毛主席在江西领导革命的时候，在那儿住过。
>
> 一天，毛主席看见一个老乡挑着浑浊的水往家里走，就问："老乡，这水挑来做什么用呀？"老乡回答说："吃呀！"毛主席疑惑地问："水这么脏，能吃吗？"老乡苦笑着说："没法子，再脏的水也得吃呀！"毛主席又问："是从哪里挑的？"老乡回答："从塘里挑的。"毛主席请老乡带他去看看。走了一阵，只见一个不大的水塘，杂草丛生，池水污浊。全村人洗衣、洗菜、吃水全在这里。毛主席关切地问："能不能到别处挑水吃？"老乡摇摇头，说："我们沙洲坝就是缺水呀！挑担水要走好几里路。"毛主席皱了皱眉头，若有所思地走了。
>
> …………

小学的课文我记住的不多，但这一篇却不容易忘记。

这个故事值得反复讲述和一代代传播下去。故事的主人公，是当时在瑞金成立的中华苏维埃共和国临时中央政府主席，也是多年以后，在天安门城楼上庄严宣告中华人民共和国成立的人民领袖。

是他,率领中国共产党和人民自始至终地完成了建国大业。

是他,领航中国巨船劈波斩浪,开辟出一条壮阔浩荡的正确航路。

一九三三年四月,中华苏维埃共和国临时中央政府和中革军委从瑞金叶坪迁到十公里远的沙洲坝。毛主席看到村民们喝水用水都是到水塘里挑,而水塘里的水人畜共用,并不干净。毛主席忧心忡忡,决心改变这种喝水难的状况。

毛主席带着几位同志在沙洲坝村前村后探寻着水源,历尽艰辛,终于在后山找到了一股山泉,但不足以供当地军民饮用。毛主席只好与大伙商量挖一口井。

村民们听说要挖井,都出来反对。他们传闻沙洲坝是旱龙王的地盘,挖井会得罪旱龙王,祸及子孙,宁可喝塘里的脏水度日。毛主席听了村民们的议论后,笑着对大家说:"挖井是为了大伙有干净的水喝,真要是有旱龙王来找麻烦,就让他找我毛泽东好了!"

听到毛主席如此说,大伙都笑了起来。是啊,为了一个子虚乌有的"旱龙王",害得大伙天天喝脏水,不值得。大伙说:"有毛主席领我们挖井,我们还怕什么!"

在毛主席的带动下,大伙挖的挖,铲的铲,挑的挑。几天工夫,一口五六米深的水井终于挖好了。毛主席还亲自下到井底,为水井铺砂石、垫木炭,这样,汩汩的井水就更加清澈了。

毛主席为群众挖井的事传开后,中央各机关纷纷给沙洲坝其他村挖起了井,一时掀起了挖井热潮,很快解决了当地群众的饮水难问题。这让我想起了决战脱贫攻坚时期,扶贫干部们为许多贫困村群众解决吃水难的问题,这个民心工程的榜样就是毛主席啊。

中央红军战略转移开始长征后,敌人卷土重来。为了阻断当地群众对红军和毛主席的怀念,消除共产党的政治影响,敌人多次填埋了这口毛主席带头开挖的水井。敌人白天填井,群众夜晚又把井挖开。敌人再填井,群众继续挖开。如此反复,敌人填了五次,群众挖开了五次。后来,敌人喟然长叹:"沙洲

红井

坝的泥土都红透了!”

老百姓冲他们说:“你们填了这口井,那就挖一口新井给大家用啊。”

敌人觉得挖井麻烦,没有了这口井,他们自己也得喝又脏又臭的塘水。敌人嘴里骂骂咧咧,事情也就不了了之。

沙洲坝人民通过巧妙的斗争,终于取得了“护井”的胜利。

一九五〇年,当地群众将这口井取名为“红井”。为表达对毛主席的怀念,他们在井边立了一块木牌,上书:“吃水不忘挖井人,时刻想念毛主席。”

“红井”水养育了一代代沙洲坝人民,“红井”的故事哺育着一代代后来人。

写到这里,我了解到,当年挖井的部队就是原南京军区某工兵团破障车一连。近九十年历程,连队弘扬“红井”精神,不忘初心,牢记使命,知恩报国,不断践行“为人民服务”的宗旨。

“红井精神”播下的一颗颗爱的种子,正以滚雪球的方式在神州大地上以几何级数增长。

“红井精神”博爱的义工精神,是红色故都瑞金特有的政治文化遗产。当年,毛主席带头为红都人民做了一回义工。

近年来,瑞金市发扬苏区干部好作风,积极践行以人民为中心的执政理念,大力实施农村安全饮水工程,加快城乡供水一体化进程。二〇一六年以来,瑞金投资五点七二亿元,建成农村饮水安全集中供水工程二百二十二处,农村自来水的覆盖率达百分之九十一点六六,乡村群众基本喝上了干净卫生的自来水。

小木桶,红提绳。将小木桶丢进井里,一摆,提起来,一桶清澈明亮的水就打上来了。水荡漾着波光,里面折射着太阳的光辉。

泉水清又清,
领袖爱人民,
泉水甜又甜啰,
人民得救星……

歌声在荡漾。如今,我们享用这井水,心里怎能忘记挖井人呢!

“红井精神”像一缕春风吹遍赣南大地。赣州市农村安全饮水工程在政策、投入、速度等方面,呈现出快速发展的态势。截至二〇一九年,赣州市共投入资金十七点三亿元,实施农村安全饮水巩固提升和农饮脱贫攻坚项目一千八百四十个,四百三十万名农村居民受益,一百一十四万农村贫困人口的饮水问题全部达到国定“农村饮水安全的标准”。农村供水事业因此发展迅速,有力地促进了乡村振兴。

今天的幸福生活,正如喝上了甜津津的水,我们要感恩“挖井人”。

中央革命根据地的奠基礼

乡村振兴的号角吹遍赣南大地,我的步履踏入瑞金大柏地,不为别的,只为怀念那场扭转乾坤的战斗——大柏地战斗。我不是这场战斗的亲历者,却是这场战斗最热烈的追述者。

曾经的脱贫攻坚,恰如大柏地鏖战,狭路相逢勇者胜;今天的乡村振兴也同样需要不畏艰难,勇敢冲锋。大柏地战斗旧址,如今成为红色精神的传播地,为乡村振兴加油助力。

大柏地战斗旧址

大柏地深入挖掘红色资源，建成大柏地战斗陈列馆、红色讲堂，越来越多的游客认识大柏地、走进大柏地，红色旅游升温提速。

大柏地乡在瑞金正北，是当年瑞金至宁都的必经之地。大柏地乡距瑞金市区三十公里，东邻壬田镇，南接黄柏乡，西连九堡镇，北靠宁都县对坊乡。

在前村（杏坑），我采访了刘承汉老人。他生于一九四〇年，对发生在一九二九年大年初一的那场名载史册的战斗耳熟能详。他侃侃而谈：打仗那会儿，杏坑只有十二户人家，有刘、陈、吴三姓，很穷，没有读书人，都是做长工出身。当时，毛泽东、朱德带着部队来到大柏地，看见这里地形好，是个打埋伏的地方，就派人做百姓的工作，说："你们不要怕，我们是红军。家里八九十岁的老人行动不便就不要出门，年轻人走远点，别被子弹伤着。"红军在东侧、南侧埋伏下来，真正打仗只打了两个钟头，中午十一二点就解决了战斗，俘虏敌人八百多人，押到宁都去了……

故事从老人口中说出来，还是有一番沧桑之感——

大柏地战斗对于朱毛红军来说，是一场起死回生的战争。从不拿枪的毛泽东，在战斗紧要关头也拿起枪率警卫排冲上了战场。陈毅在当年九月给中共中央的报告中写道：

是役我军以屡败之余作最后一掷，击破强敌。官兵在弹尽援绝之时，用树枝、石块、空枪与敌在血泊中挣扎，始获最后胜利，为红军成立以来最有荣誉之战争。

大柏地战斗之前，朱毛红军从井冈山下山一路上被国民党的两支武装——李文彬旅和刘士毅旅轮番追打。红军舞龙头，白军要龙尾。红军和白军两支生死相搏的队伍，从赣西的罗霄山脉中段起步，沿着湘赣、粤赣、闽赣边界到瑞金插入赣南腹地，整个行程轨迹就是一个大 U 字。

在大余，赣敌李文彬二十一旅、刘士毅十五旅两个旅六个团的兵力突然围上来，仓促应战中红军损失惨重。红四军第二十八团党代表何挺颖身负重伤，后在转移途中牺牲。何挺颖是井冈山黄洋界保卫战的杰出指挥者，是毛泽东的左膀右臂，他的牺牲是红四军的一大损失。

朱毛红军在赣粤两省的敌军夹击下，沿着九连山兜兜转转，前要开辟道路，后要防止追敌纠缠袭扰。由于交火不断，伤病员增多，无处安置，只得用担架抬着行军转移。连战失利，无缴获补充，弹药损耗殆尽。风餐露宿，艰难跋涉，既找不到粮食，也找不到向导，到了十分艰难的境地。

特别是寻乌吉潭的圳下战斗，在毫无戒备的情况下，赣敌刘士毅旅和李文彬旅四个团分三路突然从古丰村方向冲进村内。此时，担任前卫警戒任务的三十一团已经提前开拔前往罗福嶂，毕占云特务营的中间岗哨已撤离，担任护卫的二十八团也已撤哨，只有一个后卫营做掩护，致使军部前后、左右两路的警戒陷入空虚。而前委、政治部与军部都还未出发，却被敌人突袭。特别是军部恭安围的位置处在村子的中央，首当其冲陷入敌人的包围。

陈毅披着大衣走着，突然被一只手搭在肩上。他回头一看是白军，灵机一动，将大衣罩住敌人的头，这才逃脱。

朱德和伍若兰在仓促撤离时被敌人纠缠。伍若兰为了救朱德，将敌人引向相反方向。不幸的是，这位双枪女将因腿部中弹而被捕，后在赣州城被杀害。三十一团一营党代表毛泽覃也身负重伤。

毛泽东与前委机关驻扎在孤悬村边一里外的文昌阁。听到枪声，毛泽东立刻带领前委机关敏捷地越过小溪，撤往村东南的山上。

红四军突围后，在罗福嶂召开会议，商讨行动计划。他们依仗武夷山做掩护，沿着赣闽省际边界向北进发。在福建武平和江西会昌边境的罗塘，红四军再次遭到刘士毅旅的阻击。

进入瑞金武阳境内，红军抓到一个形迹可疑的年轻人。他叫谢仁鹏，瑞金安治人，曾参加过国民党军，后与人携枪逃离，不料却与红军队伍巧遇。此时红军最缺的是向导，毛泽东命人给他松绑，请谢仁鹏带路，他欣然应允。

谢仁鹏带领红四军抄小路经过武阳连坑，翻过几座山岭来到云石山境内，准备从沙洲坝、黄柏的小路直奔大柏地。刘士毅旅追至武阳，被红四军甩在后面拉开了近半天的路程，这为红四军在大柏地打伏击创造了条件。

经过沙洲坝乌石垅时，望着不远的瑞金城，毛泽东派第三十一团第一营第二连连长张宗逊挑选了十几个精干战士组成小分队，护送贺子珍突入瑞金县城搜集报纸。

驻守瑞金县城的是国民党福建省防军混成第二旅郭凤鸣的一个营，听说大名鼎鼎的朱毛红军朝县城开来，于是惊慌失措地卷起细软躲到城外去了。

贺子珍和张宗逊从邮局挑了一些报纸打成捆，迅速撤离。他们刚从邮局出来，就遇上折返回来的敌人。张宗逊指挥部队边打边退。贺子珍在张宗逊等人的掩护下，护着报纸，骑马往城外冲。

此时，毛泽东、朱德、陈毅正在距黄柏圩五华里的松林里等待贺子珍他们回来，猛然听到县城方向传来枪声，陈毅发现几十个敌人正在追赶策马而来的贺子珍等人，立即带领三十余人直扑敌军，一举将敌人击溃。

毛泽东查阅报纸，得知尾追而来的是国民党军刘士毅旅第二十九团和第三十团，约两千人。如何甩掉这股追敌，他盘算起来。

从隘前到大柏地，中间是长约六公里的峡谷地带。此时正是大年三十，部队将士早已饥寒交迫，一些士兵开始闹情绪，说这样被敌人追着打，不是累死也得饿死。与其累死、饿死，不如与敌人拼个你死我活，总比累死、饿死强。

朱德、毛泽东看战士们有打仗的热情，因势利导，立即召开排长以上干部会，研究作战部署。打仗不能空着肚子，毛泽东破例允许部队动用老百姓的粮食,但必须打借条,声明日后归还。

战士们拿了老百姓的食物,都写了借条。战士们吃了一顿饱饭,睡了一个踏实觉。第二天一早,负责诱敌深入的二十八团二营在营长萧克和党代表胡世俭的率领下,返回原路,在黄柏与大柏地的界山龙角山与敌前哨接火后且战且退。正愁找不到红军的敌军,立刻追击过来。敌军看到沿途红军丢弃的斗笠、行军锅等物品,觉得红军不堪一击。

此时,天色近晚,敌人后续援兵没有紧跟上来,而眼前的红军似乎有所准备,敌人心虚怕吃亏,追到麻子坳放了几枪,旋即后撤。毛泽东随即命萧克继续在龙角山设伏,并命侦察人员深入敌军营地附近监视敌人主力动向,一有情况,马上汇报。

次日凌晨,雾雨蒙蒙,能见度极低。上午九时左右,追击红二十八团二营的敌人钻进了红军设的伏击圈。在敌人深入杏坑北侧峡谷时,红军开始反击。红二十八团第三营由右翼迂回,红三十一团第三营由左翼攻击。十时许,深入峡谷的敌人继续向大柏地圩进攻,企图击穿正面阻击,冲破包围圈。这时,红二十八团第二营反身加入战斗,从正面攻击敌人。红二十八团第三营迂回到杏坑南侧的茶亭岽,捣毁了敌军指挥所,截断了敌人的退路。

红军将士们向敌人发起猛烈进攻,由于子弹少、火力薄弱,一度出现僵持局面。

生死存亡关头,朱德指挥埋伏在半山坡作为总预备队的独立营和直属队向山下猛冲,与敌人在泥水中展开肉搏战。平时很少摸枪的毛泽东也拿起一把枪,带着警卫排向敌军阵地冲锋。身边的警卫排长受伤了,毛泽东仍奋不顾身地向前冲。红四军将士,上至毛泽东、朱德、陈毅,下至每一个战士,人人深知,生死存亡在此一举。红军以泰山压顶之势扑向敌人,于正午时分结束战斗,俘敌八百余人,缴枪千余支。

当地百姓看红军打了胜仗,还将一些没用的枪械丢进了河里,就编了一首顺口溜:

一到大柏地，碰上刘士毅。
两个三营包抄快，敌人就缴械。
缴到九响铳，就往河里送。

大柏地战斗是红四军置之死地而后生的一场绝地反击战。

一些红军将士为了胜利，长眠在这片土地。他们之中有二十八团二营党代表胡世俭、二十八团一营二连党代表彭葵、二十八团二营六连连长李见林等。

自大柏地战斗后，红四军取得了一系列战果。红四军进入宁都，驻防的国民党军仓皇逃跑。红军不费一枪一弹占领宁都，筹集了五千块军需款，前往东固与江西红二团、红四团会师。东固后来成为第一、二、三次反"围剿"的主战场。

…………

九十多年过去，弹指一挥间。在新征程上，回顾总结大柏地战斗所孕育的制胜之道，有人总结了大柏地战斗有"四打"特点：

打精准之仗。知己知彼，百战不殆。红四军军部抵达瑞金黄柏圩时，毛泽东派贺子珍进入瑞金城搜集报纸，查明尾追敌人的底细。判断敌人已是兵骄将傲，我军将士决意除之而后快，士气可用。此外，大柏地两山夹一谷的地利适合打伏击。机不可失，时不再来，将士达成"决以此战"的共识。

打民主之仗。上下同欲者胜。战斗筹划展开前，红四军充分发扬军事民主，层层召开"诸葛亮会"，征求团、营、连各级指挥员和官兵的意见。大家分析认为，在这个生死关头，除了豁出去奋起一搏，别无选择。红四军指挥员因势利导，自上而下进行临战动员，将主张决战的意见上升为集体意志。

打勇猛之仗。在残酷的战争中，"气"比"钢"更为重要。战斗一打响，红军将士就向敌人发起猛烈攻击，在弹尽援绝之时，官兵们用树枝、石块、空枪与敌在血泊中搏斗。毛泽东、朱德在无兵可派的情况下，带头上阵，极大地鼓舞了参战官兵的斗志。奉命诱敌深入、设卡守隘的红二十八团二营营长萧克、党代表胡世俭立下军令状:“如果我们的隘口破了,那一定是敌人踩着我们全营的尸体走过去的!”

打智慧之仗。俗话说“兵不厌诈”,红二十八团二营按照既定预案,与敌人打一阵、退一阵,将士“仓皇”地把随身物品扔在沿途,佯装败退。敌军被诱入峡谷口袋阵,成了“瓮中之鳖”。敌两名团长被擒获后,我军官兵对敌展开心理战:“你们的团长都已投诚,统统放下武器,否则格杀勿论!”红四军勇猛的战斗作风、振奋的军心士气和强有力的宣传攻势,让敌人的心理防线彻底崩溃,纷纷举手投降。

…………

大柏地战斗仅五十多天,红四军第二次路过大柏地,已是一支战无不胜的胜利之师,精神面貌焕然一新。

红四军在东固进行短暂的休整后,采用打圈子战术,经吉水、永丰、乐安、宁都向广昌推进,攻克广昌;再经石城、宁都到瑞金,进入闽西长汀,战长岭寨,消灭郭凤鸣旅大部,歼敌两千余人,占领长汀城,解决了部队的衣装和给养问题。继而,红四军进驻瑞金,与从井冈山突围的彭德怀部会师。在于都城制定分兵之策,彭德怀率部打回井冈山,毛泽东、朱德率部分兵到于都、赣县、兴国、宁都、瑞金等地,开展政治宣传,发动群众打土豪、分田地,帮助各地建立地方武装、建立红色政权。四月底,红四军主力集结,攻克宁都县城。五月中旬,红四军从宁都来到大柏地,进驻瑞金。仅仅三个月,红四军在赣南、闽西搅了个天翻地覆,兵强马壮了。

第二次进驻大柏地,毛泽东和朱德在大柏地圩的庙会戏台前召开群众大会,宣传红军是帮助穷人打天下的队伍,号召工农团结起来闹革命,建立自己的红色政权。随后,红四军军需人员按照上次红军打的欠条给群众分发钱款。有的群众不识字,没有保管好欠条,报多少,分发多少。

朱德站在戏台上高声说:“乡亲们啊,我们几个月前在这里打了一个大胜仗,拿了你们的东西,打了欠条,现在来还给你们。如果你们的欠条丢了,报个数我们登记一下,也可以领。”

红军给百姓分发借粮的钱款(油画)

老百姓说:“红军拿点吃的,打了白狗子,那是应该的,我们哪能要红军还钱呢?”

朱德说:“红军有政策,不拿群众一针一线。我们既然打了欠条,就一定要还的。今天我们挑一担花边钱来,就是兑现诺言来的。”

毛泽东接过朱德的话,幽默地说:“当初,要是不借乡亲们的饭食啊,我们的战士就会饿着肚皮打仗。饿着肚皮打仗就打不赢白狗子啰!”

说着,毛泽东走下戏台,抓起一把花边钱往一个衣衫褴褛的百姓手里塞,边塞边对群众说:“你们领了这钱,回去扯布做衣服、买盐、打锄头都用得上。”

经过一番工作,多数群众报数领了花边钱回去。渐渐地,两箩筐花边钱就发完了。

老表们说:“从来没有见过这么好的军队,吃一点东西,还给我们钱。朱毛红军真是穷人自己的队伍。”

在群众的交口称赞下,当场就有十多个青年要求参加红军。在这批青年中,来自元坑村的孙文采,从大柏地走向反“围剿”战场,参加过长征、抗日战争、解放战争,一九五五年被授予少将军衔,光荣成长为共和国将军。

当时,红四军借粮还钱款的消息,一传十,十传百,很快在各地群众中传开,让老百姓对红军刮目相看,为红军在赣南立足产生强大的政治影响。

大柏地战斗,是中央革命根据地的奠基礼。萧克曾说,如果没有大柏地战斗的胜利,就不可能建立中央革命根据地,中华苏维埃共和国也不可能在这块全国最大的根据地定都。

赤橙黄绿青蓝紫，谁持彩练当空舞？
雨后复斜阳，关山阵阵苍。
当年鏖战急，弹洞前村壁。
装点此关山，今朝更好看。

在大柏地战斗陈列馆，凝视玻璃橱窗里展出的毛泽东《菩萨蛮·大柏地》词作，宛若重回时光隧道，拨开撼人心魄的历史烽烟。一九三三年夏天，毛泽东因从事调研工作，领导中央苏区的查田运动重返大柏地。当时，雨后初晴，天空一道彩虹闪着七彩的光芒。山色苍茫，面对昔日金戈铁马的战场，他思绪万千，挥毫写下这首激情洋溢的词作。

时光流转，当年的硝烟早已散尽，但这场战斗留下的历史经验却依然熠熠生辉、历久弥新。

如今，大柏地乡进入乡村振兴实施阶段，创办各类专业合作社十二个，建成百亩以上产业扶贫基地六个，全乡种植脐橙五千五百亩，新植高产油茶六千亩，改造低产油茶一万亩，生猪存栏突破一点五万头，三黄鸡、野山鸡出栏突破十五万羽，引进了投资三千余万元的蚯蚓养殖基地和投资六百余万元的蛋鸡养殖场等产业，采取"合作社+脱贫户"的模式，为全乡二百六十一户脱贫户建立了利益联结机制。从二〇二一年大柏地乡政府公示的"巩固脱贫攻坚成果和乡村振兴项目库申报计划"了解到，项目库共有一百六十八项，项目多为农业生产发展、乡村治理建设方面的，也有巩固脱贫攻坚成果方面的，如：

项目一：大柏地乡十万羽蛋鸡养殖场及畜禽粪便生态化处理设施建设项目，投资二百一十五万元。建设规模：新建钢结构鸡棚一座，建筑面积一千一百三十一平方米，改造鸡棚一座，面积五百六十八平方米等配套设施及蛋鸡养殖笼网系统、喂料系统、捡蛋系统、清粪系统、温控系统设备采购。

项目二：大柏地乡礤头村公共基础照明项目，投资十四点四万元，安装太阳能路灯三十六盏,解决全村照明问题。

项目三:大柏地乡大柏地村小院坑饮水工程,投资二十万元,建水陂一座,长两米、宽零点八米、高一米;修建水池一座,长三米、宽两米、高两米;购买 PE 饮水管两千一百米等。改善居住环境,提升出行质量。

…………

大柏地是一片充满红色记忆的红土地,乡村振兴实施以来,着力在基层党建、巩固脱贫攻坚成果、产业发展、生态文明、乡村治理和红色旅游等方面下功夫、出实招,让乡亲们的好日子越来越红火,让昨天的光荣映照今天的荣光,让历史的光辉焕发出新时代的光芒!

第二章

行走在赣南大地

只有铭记历史，才能开创美好未来。

住在十七棵松下

走进叶坪镇黄沙村华屋村小组，这里房屋新旧对比，翻天覆地，给人强烈的震撼。一边是布局整齐的新建民居，一排排、一列列，十分美观；一边是土坯筑就的老式民居，墙体斑驳，黑瓦和吊楼像老照片一样陈列在村子一隅。老照片和新村面貌的对比，让华屋村成为苏区乡村振兴的典范。

华屋是远近闻名的“红军村”，“十七棵松”的故事就诞生在这里。古诗有云：

身既死矣，归葬山阳。
山何巍巍，天何苍苍。
山有木兮国有殇。
魂兮归来，以瞻河山。

苏区时期，当时只有四十三户人家的华屋村家家户户都有人参加红军。长征前夕，村里的十七个年轻后生出发参加红军前，栽下十七棵松树，和家人约定“见松如见人”。不幸的是，华质彬等十七位华姓子弟都壮烈牺牲在长征途中，他们的名字如今写进了村史馆的一整面墙上。与他们一同镌刻在村史馆里的名字还有在反“围剿”战场牺牲的烈士，如华钦春、周家辉、江辉文、林爱李、温会铭等。

华屋红军村油茶合作社社长华盛领我们在后山的阶梯上走，一棵棵高大的松树伫立在我们眼前。华盛说，这些高大的松树代表着十七个出征的红军烈士，每一棵松树前都立有一块碑，上面刻着烈士的名字和生平。他突然翻过护栏，跳到山坎下一棵挺拔的松树前，弯腰扒开灌木枝叶，松树前有一块石刻。华盛指着石碑上的字说："这棵树是我二爷爷长征出发前栽下的。"石碑上刻着：

华桃生，男，一九一七年生，红军独立团战士，一九三一年参加红军，一九三四年十月随部队长征，长征途中牺牲。

华盛的爷爷在三兄弟中最小，大爷爷在苏区时期当红军，没有参加长征，于二〇〇〇年去世，活了九十岁；二爷爷是华屋村十七个出征的红军战士之一，在长征路上牺牲了……

在郁郁葱葱的山岭，华屋人民为当年种下十七棵松的亲人修建了一座"红军烈士纪念亭"。亭的外形似五角星，亭柱上的对联红底金字写着"青松承志千秋颂，英烈镌碑万代铭"。亭中立有"华屋革命烈士纪念碑"，碑名用金色字体镌刻，由黄沙村委会于二〇一四年三月立，碑文写道："为缅怀革命先烈，华屋人民饮水思源，建亭立碑，砌先烈名字于碑上，与巍巍青松相辉映。"烈士英名如下：

华质彬，男，一八九五年生，国家保卫局文书，一九三〇年参加红军，一九三四年十月随部队长征，长征途中牺牲；

华钦仑，男，一八九九年生，黄沙村文书，一九三一年参加红军，一九三四年十月随部队长征，

华盛指认二爷爷长征出发前栽种的松树

长征途中牺牲；

华崇森，男，一九〇四年生，红五军团战士，一九三二年参加红军，一九三四年十月随部队长征，长征途中牺牲；

华木森，男，一九一一年生，红一军团战士，一九三一年参加红军，一九三四年十月随部队长征，长征途中牺牲；

…………

碑文还镌刻着华钦柏、华钦标、华崇沂、华钦春、华桃生、华钦梁、华水生、华德和、华崇煌、华崇宜、华崇宽、华崇宏、华钦材、华钦恩的英名，共十八位烈士，其中华钦春牺牲于广昌战役，其他都牺牲于长征途中。碑文最后刻着“革命先烈永垂不朽”。

一棵棵郁郁葱葱的松树，高大挺拔，多像一个个英姿勃发的战士。

我的脑海中闪现一个个青年，从宁静的村子走向远方炮火纷飞的战场。他们为了红色中国，勇敢地冲锋，用生命和热血换取了一个崭新的人民共和国，换取了今天我们的幸福生活。

蛤蟆岭是华屋村的后龙山，这是为华屋村民遮风挡雨的山。自从十七个子弟兵种上十七棵松后，这里又成为华屋人的英雄山。走出去的十七个战士，没有一个走回村子。他们成了烈士，长征牺牲的烈士证上写着“北上无音讯”，十七棵松成了村人思念亲人的化身。每年清明，华屋人都会到松树前祭拜，成为不变的定律。松树一年年长高、长大，八十多年的悠悠岁月，松树以苍翠守望着华屋村度过一个个春夏秋冬。华屋村人住在十七棵松下，度过了一个又一个春夏秋冬。

进入新时代，十七棵松注视着华屋人喜气洋洋地搬进了统一规划设计的新房。华屋按照统一平整土地、统一施工建设、统一分配住房的原则，建成了六十六套规划整齐的住房，并建成了一点八公里的环村柏油路，架设了一点五公里高压电线路，建设了村级卫生室、老年颐养之家、妇女之家、留守儿童之家、农民戏台、垃圾污水处理设施、景观绿化带和公厕等。基础设施的建设，让华屋人享受到非比寻常的幸福感和获得感。

华屋鸟瞰图

在华屋完成土坯房改造时，经过村民代表的决议，决定将七栋旧土坯房保留下来。华盛说："留着这几栋老房子，就是要告诉后人，幸福生活来之不易，在党的领导下，我们摆脱了贫困，过上了小康生活。"

安居了，更要乐业。只有产业发展，才能为脱贫提供持续动力。

村前，是一片大棚蔬菜基地。如今的耕作，与传统的"面朝黄土背朝天"有着本质的不同。大棚挡住了风雨和毒辣的阳光，一年四季都能种植和收获，使土地的收益达到最大化。没有大棚的丘陵地带，村民们种上了油茶、果树，村里还成立了油茶专业合作社，依托电商销售自己的产品。

多年来，由于资源匮乏、耕地贫瘠、劳动力短缺等原因，华屋贫困程度深，许多百姓住在低矮破旧、透风漏雨的土坯房内，灶台连着卧室，厕所挨着水缸，用的是低压电，走的是土泥路……贫困如影随形，缠绕着华屋的村民们。

华屋原有的十六户贫困户五十八人，也早已脱贫奔小康。脱贫户华割禾，曾因儿子患尿毒症，欠下十三万元的医疗费用，他就是靠着种植大棚蔬菜脱了贫。

一支支头戴红军帽、身穿灰色红军服的队伍来到华屋参观，第一个要看的就是十七棵松。山风吹来，十七棵松的苍翠让参观的人抬头仰望。

华屋成为脱贫攻坚、全面建成小康、乡村振兴的典范。这里有危旧土坯房改造、大棚水果蔬菜的样板，更有十七棵松的红色活教材，红色旅游在这里蓬勃兴起。

在村史馆，我看到这样一份资料：土地革命战争时期，朱毛红军开辟了以瑞金为中心的革命根据地，建立了中华苏维埃共和国，黄沙人民积极投身拥军优属、支援前线活动，捐献稻谷一千五百六十担，购买公债九千六百元，其中华屋群众捐献稻谷三百余担、豆类两千多公斤、银圆一百四十多块。

随着中央革命根据地的不断壮大，国民党反动派对中央苏区先后发动了五次残酷的军事"围剿"。为了打破敌人的"围剿"，红军指战员浴血奋战，付出了巨大的牺牲。黄沙村参加革命的有二百三十九人，为革命牺牲的有一百零九人，全村有名有姓的烈士有四十一人。当年仅四十三户人家的华屋组，每家每户都有人参加革命，为革命捐躯的有二十人，有名有姓的烈士有十八人。

每天游客络绎不绝，"红军村特色小吃"摊点前，"华嬷嬷泡黄瓜"，脆爽可口，回味无穷，游客赞不绝口。

"华嬷嬷"真名华小英，现年五十五岁。二〇一五年，华小英应邀回老家承包"红军村"农家乐，既是老板，又是主厨。她用黄瓜、豆角等腌制泡菜，作为客人餐前开胃小菜。没想到，许多客人用完餐后还购买一些泡菜带走。二〇一六年三月，华小英决定专心做泡菜，她开发了十几个品种。为获得更好的口感，华小英不断琢磨和试验，如盐水浸菜、入缸腌制、出缸清洗、倒入二次腌制等。"华嬷嬷"泡菜采用传统老坛浸泡，又加入了百香果、赣南脐橙等水果混合发酵，共二十多道工序。因在制作上讲究浸泡，故称"泡菜"。二〇一八年，华小英注册商标"华嬷嬷"，专业制作酸黄瓜、酸萝卜、豆角等多个品种的泡菜。随着华屋红色旅游的发展，"华嬷嬷"泡菜成了当地的热销产品。

华小英承包了大棚蔬菜四十亩，将华屋村作为泡菜原料的主要供应地，并采用"景区 + 电商 + 脱贫户"的产业发展模式，使泡菜工坊与脱贫户紧紧相连。

华小英从农家乐餐饮转型为泡菜经营，带动当地群众共同致富，让人看到"红军村"群众自强自立、敢闯敢干的精神力量。

路边小摊摆放着香甜的蜂蜜。村干部说,这是养蜂专业户钟秀英放在这里打广告的蜂蜜。

钟秀英家曾是一户典型的贫困家庭。多年前,钟秀英的丈夫得了胃癌,化疗等花去十万元积蓄,家中因病致贫。祸不单行,钟秀英的一个孩子又患了白血病,负债治疗又花去十多万元,让原本只靠土地和打零工维系生活的她生活过得异常艰苦。

二〇一四年,她家被认定为建档立卡贫困户,扶贫干部帮助她发展养蜂产业。二〇一五年,钟秀英在老房子后侧建起了新房,解决了长期困扰她的住房问题。她告诉我,房子盖起来花了十多万元,政策补助一万五千元,亲戚朋友凑了一部分,就这样盖起了房子。

贫困户要脱贫,离不开党的好政策,离不开扶贫干部们的帮扶。村支书黄日生得知钟秀英有养殖蜜蜂的技术,就帮扶她专门发展养蜂产业,并由原来的二十多箱发展到三百多箱。养蜂也看天气,雨水多,蜜蜂无法出勤采花粉,只能窝在蜂巢里坐吃山空。这样的年成,每箱蜂产值只有四五百元。钟秀英养蜂正好碰上好年景,每箱蜂可产值一千元左右。钟秀英两年内就还清了债务,二〇一六年实现了脱贫致富奔小康。

钟秀英说:"为了让我们脱贫,黄书记一个月来我家就不下七次。黄沙村有这样敬业的干部关心帮助我们,就是有天大的困难我们都能克服。"

钟秀英的房前屋后都摆放着蜂箱,蜜蜂嘤嘤嗡嗡地飞翔着,为勤劳的人们助推幸福生活。钟秀英说:"我的蜂蜜相当一部分卖给了'红军村'的游客,他们品尝了我的蜂蜜,觉得甜,就带回家去,算是来到'红军村'的纪念品。"钟秀英现在有一百五十多箱蜜蜂,二〇二〇年采了一千五百公斤蜜。这些蜜若全部卖出,能收入十多万元。

在黄沙村,像钟秀英这样通过养蜂过上"甜蜜日子"的脱贫户就有三十五户。他们通过政府扶持,每户养殖蜜蜂三十箱以上,年收入最低可增加六万元。黄沙村七十五户脱贫户加入了各类专业合作社,特别是中蜂养殖专业合作社,共吸收了八十六户农户,养蜂达三千两百箱,年销售蜂蜜十一万余斤,收入达四百五十余万元。

谁能想到,村里统一注册了蜂蜜品牌,名字就叫“十七棵松”。“十七棵松”也由此成了带动村民致富的品牌。

红旗飘,军号响。
子弟兵,别故乡。
春亦青青,秋也黄黄。
息干戈兮刀剑藏。
魂兮归来,永守亲族。

时代在前进,“十七棵松”与村民一道跨越来到乡村振兴阶段。产业兴旺是乡村振兴的重要一环,黄沙村利用华屋“十七棵松”的影响力,发展全域旅游和土特产品,引领村民共同打造乡村振兴的“华屋样板”。

穿越“中央苏区盐道”

在赣南大地,到处是一派乡村振兴的火热景象。借乡村振兴的东风,我来到赣粤边的定南县天九镇兴隆村,踏访“中央苏区盐道”。

盐道呈南北走向,北面是江西的兴隆村,向南翻过当风坳,就是广东的小参村。“中央苏区盐道”成为赣粤边界两个小山村的文化振兴之道。

踏上兴隆村地面,这里四面环山,满目郁郁葱葱。走进村部,兴隆村党支部书记、村主任李树平告诉我,现在兴隆村进入乡村振兴阶段,他们依托“中央苏区盐道”载体和深厚的历史文化底蕴,加大工作力度,争取把兴隆村打造成为红色名村、党性教育基地。目前,正大力推进春耕生产、特色产业发展、基础设施完善、人居环境整治,推动农村治理,让兴隆成为红色美丽乡村。

李树平领我们踏访苏区盐道。脚下的盐道,实际上就是古已有之的驿道。驿道用不规则的石块铺就,由于年久失修,有的路面被泥土掩埋,石块凸的凸、凹的凹，显得凹凸不平。

实际上，赣南与粤北犬牙交错着千里边界线，两边分布着大大小小的村子，而村子与村子之间自古以来就由那些弯弯曲曲的山路相连接。

山路崎岖蜿蜒，像纽带，系着赣粤两省的民情、民风和民心。

我们脚下的这条山路，连接着江西的兴隆村与广东的小参村。比邻而居的两个村子，分属不同的省份，却彼此通婚，亲如兄弟。

在苏区时期，赣粤边界的两个村子就为苏区解决食盐难题而携手合作；今天乡村振兴，他们又为打造苏区盐道、赓续红色血脉而牵手共谋发展。

在没有通公路时，连接两个村子的路就是古驿道，路基由大小不等的鹅卵石铺就。一路上，李树平兴致勃勃地跟我们讲述兴隆村的历史。他说，太平天国运动在这里留下了磨灭不尽的痕迹，康王汪海洋统兵十万从广东梅县（今梅州市梅县区）经龙川细坳的小参村，翻过当风坳，与驻扎在蓝寨子、兴隆圩、矮墙寨的清军展开了一场血战，“血湖塘”就来源于那段悲壮的历史。

血湖塘里也有偷运食盐支援苏区的群众的血。据兴隆圩的老辈人讲述，一九三三年冬，几个星夜运盐的群众被驻扎在兴隆圩的国民党盐警抓获，并杀害于坑塘边。国民党盐警为了恐吓群众，故意制造紧张气氛，将血湖塘称作“邪乎塘”。

兴隆村是苏区盐道上的重要一环，国民党在这里设立了盘查过往商客的盐站。中共为了盐站为我所用，将时任广东省和平县下车镇盐站站长的朱伯群安插到江西定南兴隆盐站任站长，“潜伏”的故事在此日日上演，为运盐的队伍顺利过境铺平了道路。

行走一段路，见到一个分岔路口。地上有两块石碑路标，一块立着，上面刻着：“左，天花圩；右，鹅公圩。”另一块石碑平放地面，等待深埋土中重新站立，上面刻着：

左　九曲水

右　鹅公圩

这是古驿道给路人指示行进方向的路碑。碑上所刻“天花圩”“九曲水”其实是一条线上的两个点。通往安远尊三围——中央苏区的重要物资转运站则需走山路溯九曲水四十余公里才能到达。

九曲水发源于安远县三百山及寻乌县鸡笼嶂,流经安远新田、孔田、鹤仔等地,进入定南与桐坑水、高湖水、鹅公河、下历河汇合,再到三溪口与老城河汇合后流入广东龙川,最后注入东江贝岭水。定南人常将九曲水挂在嘴上,而且十分自豪地说:“江西九十九条河,只有一条通博罗。”这条河就是九曲水。

据载,清同治年间,九曲水曾通舟楫,木船自广东龙川上溯安远鹤仔圩,民国初年兴盛之时,九曲水上常常有几十艘船只浩荡通行,九曲圩上商号林立。由于上游森林破坏、水土流失,河道淤塞失修,航运废止,人们才开始肩挑背荷,走起了盐道。

从这两个村子往中间走,就是远近闻名的当风坳,其上建有一座砖瓦结构的茶亭。茶亭南北各有一个门洞。北面的门洞对着江西的兴隆村,南面的门洞对着广东的小参村。门洞上方写着“江广亭”三字。

江广亭像一个挑夫,一头挑着江西的兴隆村,一头挑着广东的小参村。

江广亭是一位无言的叙述者,它见证过太多的风雨。如今,江广亭讲述着红色盐道的沧桑故事。

当风坳是赣粤两省的分水岭,江广亭巍然挺立其上,亭门两侧的对联写道:

南北尽同胞,分什么粤区赣域;
东西皆大道,看将来车水马龙。

江广亭是赣粤两省的接壤地,南来北往的挑夫在此歇息、聊天,避雨、遮阳。喝上一口茶,抽上一支烟,唱上一段山歌,然后北上的北上,南下的南下。

那时,江西人挑着烟叶、土纸、大米、茶叶到广东交易后,再挑着食盐、石灰等物品回来。山歌是漫漫盐道上的一道亮丽风景——

一根扁担就两头翘，嘿
过山过坳就把盐挑，嘿哟
走了多少介石子路，嘿
磨了几多双烂草鞋，嘿哟
睡过几多个硬地板，嘿
踩过几多只拦路蛇，嘿哟
挑了上千担雪花盐，嘿
可怜我的娃，嘿哟
可怜我的娘，嘿
年年月月日日还是饿肚肠，嘿哟

这是流传在粤北赣南的客家山歌，唱出了挑盐人的艰辛。盐道的辛酸苦辣，从挑盐男女嘴里唱出的山歌中能品咂出滋味来："阿哥出门下广东，唱支山歌显威风。吓走野猪大老虎，挑盐寻钱归家中。"

这一切，江广亭自然看得真真切切，听得切切真真。江广亭如果是一部留声机，那它年年月月录下的肯定是不同的腔和不同的调。

江广亭

在二十世纪三十年代，中央苏区处于反"围剿"的极端困难时期，国民党对中央苏区实施严密的封锁，尤其食盐、洋油、布匹等物资十分匮乏。江广亭沟通的南北要道成为运输食盐等紧俏物资的秘密通道。

为冲破国民党的封锁，粤北、闽西、赣南的人民群众组成"运盐敢死队"，冒着生命危险，排除万难，用各种方式偷偷把食盐运往苏区。

跨越盐道，来到广东省境内的小参村。一座“革命老区村”的巨幅红旗雕塑挺立在广场中央，红旗漫卷，鲜艳夺目。小参村党支部书记、村主任李维东向我讲述了小参村与那段烽火岁月的故事——

据老辈人讲，明末村里有个李世相，十年寒暑苦练考取武举，被崇祯皇帝点为兵部参将。后人为纪念他，将小村命名为“小参”。

中央苏区时期，国民政府颁布新《盐法》，对食盐的产销、储存严加管制，明令禁运、私卖，叫嚣不让“一粒米、一撮盐、一匹布”落入共产党手里，致使中央苏区食盐供应严重不足，价格飞涨。当时，苏区很多百姓因为长期缺盐，头发变白，四肢无力，身体浮肿，患上了各种疾病，甚至丧失了生命。红军战士也因为得不到足够的盐分补充，体质明显下降，严重削弱了部队的战斗力。

为此，广东省党组织积极领导反封锁斗争，想方设法从海陆丰盐区秘密调盐，赣南、粤北的人民群众纷纷组成“运盐敢死队”，冲破敌人重重封锁，不分白天黑夜，不顾生命安危，翻山越岭为中央苏区运送食盐，有力地支援了中央苏区的革命斗争。

“苏区盐道”就此形成，且一直持续到一九三四年中央红军长征。

小参村当时是苏区盐道南端的一个储藏点。食盐通过船只从贝岭运至三溪口，再通过人工挑运至细坳镇小参村仪象楼储藏中转，运盐队员瞅准时机将食盐手提肩挑偷运至江西安远县镇岗乡尊三围村。这里有两个地点需做说明：一是三溪口，既是定南九曲水的出口，也是定南、龙川、和平三县的分界点；二是尊三围，位处九曲河上游，是中央苏区食盐、粮食、药品等军用物资的重要转运站。

从小参村至尊三围，近五十公里路程，考验着运盐队员的智力和体力。

李维东领我们参观了仪象楼，这里就是当年中央苏区红军食盐储运中转站旧址。

有关资料表明，当时每天在此运往赣南的食盐逾百担，长达数年之久，为中央苏区军民解决食盐问题起了重要作用。小参村人民为苏区革命斗争提供了大量的人力、物力和财力，无数英雄儿女前赴后继，英勇战斗，献出了宝贵的生命，涌现出许多可歌可泣的英雄事迹，而地下送盐队的英勇事迹尤为动人。

小参村人至今仍在传颂这样一个故事：

> 小参村李云山、李绍文在赣南行商时，秘密接触了赣南红军。当得知赣南根据地受国民政府封锁食盐时，李云山、李绍文商量回小参村组织地下送盐小队为赣南红军送食盐……

李云山是土地革命时期小参村涌现的风云人物，他曾投笔从戎，参加了孙中山组织的国民革命军，并加入国民党，在军阀陈炯明叛变革命时被孙中山委任为粤东第十支队游击司令，参加讨伐陈炯明叛军的战斗。同年，李云山赴广州农民运动讲习所学习，聆听农运领袖彭湃的教诲。次年，李云山受命回龙川组建国民党党部，当选为执行委员，并组织“五兴龙小参农民协会”，农会会员发展到数十人。李云山在小参实行一切权力归农会管制，农民拍手称快。后因国民政府镇压农运，李云山被抓，农会也就此解散。

被释放后的李云山为了寻找红军，化装成商人与装扮成风水先生的李绍文一道，在江广亭驻留片刻，便穿行在赣粤之间的石阶小路上，在江西安远与红军取得联系，领命为红军运送食盐，助苏区解缺盐的燃眉之急。

回到家乡后，李云山和李绍文动员本屋叔侄多人组织运盐小队。他们乔装打扮成商人，贿赂国民党哨卡哨兵，一次次把食盐安全送到苏区联络点。后由于苏区食盐需求量增大，李云山扩大送盐队，在原农会较可靠的骨干中挑选出十几个会员充实到送盐队伍中，他自任队长，李伟民、李绍文为副队长，队员有李祥文、李明文、李桂文等二十余人。据当年挑运过食盐的李春辉写于一九八三年八月八日的“证明材料”称——

> 关于我堂兄李昆林（即李汉修）及堂侄李炳文一家，在一九三二年三月第一次由贝岭用小尖船运（盐）来三溪口地方转运（肩挑）回小三（参）密藏，转交给江西安远廖政福的三千斤盐是支援江西安远红军的。我们也在场挑运过，一共运了四天，人数有二十三人，后交给廖政福沛（派）来的脚夫星夜运走。

这份材料显示,当时小参村运盐队主要负责将食盐从贝岭运至小参村储藏,安远廖政福则派人来取。由于是偷运,所以“星夜”行动。从中可分析出,小尖船的装运量为三千斤。从小参村出发到贝岭,再从贝岭雇船偷运食盐(三千斤)走水路(二十多公里),到三溪口渡口卸船,又雇人从三溪口走陆路(六七公里)挑回小参村储藏,这段时间需要四天左右。而苏区安远派人来小参村取盐,返程路上要翻越江广亭,穿过兴隆圩、天花圩一路北行(近五十公里),既要躲避土匪抢劫,还要绕避国民党盐警的盘查阻拦,艰险曲折可想而知。事实上,有不少挑盐的群众被盐警袭击,倒在了运盐的路上。

一九三三年,小参村送盐队在三溪口渡口从船上卸转人力挑送时,被国民党特务发现,没收了刚卸舱的食盐。特务还跟踪挑夫到藏盐的龙井屋(即仪象楼),搜查到三千多斤食盐,并将送盐队员李昆林、李炳文抓起来痛打一顿。国民党立即钉封龙井屋的大小门窗,接着将李昆林、李炳文叔侄押往龙川佗城受审。在封锁龙井屋的几天里,国民党不许老幼人等进出,屋内缺粮缺水,活活饿死了几个小孩。屋内老人向屋外把守的国民党兵求情,才允许在屋后面挖一小洞给全屋老幼作为生活通道。李昆林、李炳文在受审时坚强不屈,没有供出跟他们一起为红军送盐的伙伴,国民政府判他俩在佗城坐牢三年……

然而,龙井屋的封锁,革命群众的坐牢,并没有消减粤北与赣南群众给苏区送盐的热情。江广亭畔,星月下,无数的挑夫肩挑盐担走在通往苏区的路上。

据统计,整个土地革命战争时期,龙川党组织和武装力量为中央苏区腹地收集和运送了大量的急需军用物资、医药、食盐及生活用品,龙川贝岭几乎每天有百十担食盐分四路从细坳、和平等处机智避开国民党反动当局关卡严查运往赣南,为中央苏区运送食盐达数千吨。在盐道上星夜奔忙的挑夫,被演绎为《十万挑夫下赣南》的歌谣——

哎嘿——,哎嘿——
风清清,月朗朗,苏区歌声多嘹亮。
瑞金建立苏维埃,劳苦大众得解放。

黑云压顶红土地，中央苏区遇艰险。
冲破敌人封锁线，十万挑夫上赣南。
…………

“十万挑夫”是一个约数，它有两层意义：

一是自古以来，赣粤两省人民互通有无，走在这条路上的挑夫，远远不止十万之众。

二是特指中央苏区时期，即一九三一年六月中央根据地第三次反“围剿”至一九三四年十月中央红军长征这段时期，赣粤两省人民为支援苏区斗争运输食盐、医药、布匹等军用物资，大量的人力挑运累加起来岂止十万之众。有人为“苏区盐道”赋诗云：

车到小参过午天，运盐古路尚依然。
阶石个个无棱角，尽是挑夫脚踩圆。

从诗中可以想象当年运盐的艰辛。正是有广大人民群众的大力支持，苏区革命斗争才能开展得轰轰烈烈。

江山就是人民，人民就是江山。支援苏区红军反“围剿”斗争，离不开人民群众的力量。苏区盐道，就是人民群众用汗水和鲜血踏行出来的。

在岁月的风雨中，苏区盐道向我们诉说着这一切，也向我们诉说赣粤两省乡村振兴的故事。

作为革命老区村，小参村正以创建“乡村振兴示范村”为契机，扎实推进乡村振兴示范村项目建设，进一步美化村庄环境，提升村容村貌，现已完成竹园围、李云山故居、红旗广场升级改造、广场周边荷花池修建和村道绿化亮化提升等工程，全力打造美丽宜居新农村。小参村党支部书记、村委会主任李维东介绍说：“小参村有着丰富的红色文化资源、绿色生态资源，先后被评为广东省古村落、广东省卫生村、生态文明村、河源市爱国主义教育基地、国家森林乡村、第二批广东省文化和旅游特色村。近年来，小参村利用红色资源优势，打造红色旅游品牌，发展更高质量的生态产业，推动乡村振兴发展。”

现在，“苏区盐道”成为赣粤边界的红色打卡地。赣粤边境上的两个村子，像当年携手为苏区运送食盐一样又牵手打造“苏区盐道”这张红色名片，成为共建共享之美的典范，为赣粤两地的乡村振兴鼓劲加油。

兴隆村党支部书记、村委会主任李树平说，目前，兴隆村已发展了百香果、脐橙等产业，增强“造血”功能，为实施乡村振兴奠定坚实基础。接下来，兴隆村计划重修中央苏区盐道、推进民宿建设，依托红色文化和绿色生态资源，在乡村振兴工作中把兴隆村打造成红色旅游村庄，带动村民共同致富。

桃江畔的将军故里

沿桃江的西岸北进，路面十分平坦，沿途的风景让人目不暇接。

车子经老屋下，直接越过曲尺里，过长滩、斜滩，江面忽宽忽窄，一江清流两岸青翠，十四公里的沿途风光令人陶醉，很快就来到大埠乡的将军桥。

在将军桥看桃江，又是一番景象。江水在这里显得异常平缓，微风中的江水，如一块有褶皱的绸缎，大埠圩镇的建筑倒映在江水里，像一张成像模糊的照片。江岸边，还有一艘渡船在江水中悠悠荡漾，让人怀想起没有大桥的过往岁月，人们在渡船上来来往往，恍如隔世。

大埠将军大桥于二〇〇四年十二月十九日开建，二〇〇七年五月一日全面竣工通车。大桥主体长二百二十五点九五米，车道宽七米，两边修建有一米宽的人行道。大桥建成，摆脱了大埠人靠人工摆渡的历史，加速了两岸的人流、物流、信息流，有力地促进了大埠外向型经济的发展。

走进大埠乡大坑村，这里是共和国开国上将赖传珠的故里。大坑村有四块金字招牌：开国上将故里、江西历史文化名村、国家旅游扶贫开发村、中国传统文化村落。

村旁一条小道，竖立着“长征路”的标牌。《中国共产党赣县历史》载：“红五军团作为整个野战军的后卫，于一九三四年十月十七日将兴国防务交给红军独立第三、十三团，从兴国出发经社富，于十九日到达于都县城北部，当晚从于都孟口至罗坳渡口渡过于都河，经小溪至赣县牛岭，改道向王母渡附近的窑下一带渡过桃江。”

在赣南行走，如果闪回至二十世纪三十年代，每一条路，都可能会遇上转战中的红军。

我们顺桃江北进的这条路线，也是当年红军长征编队野战军后卫红五军团的一支部队走过的路线，只不过这支小分队是逆桃江而行，我们是顺桃江而行。

乡政府的同志听说我是作家，从柜子里取出《赖传珠日记》上下册赠予我。我叹道，这位戎马一生的将军还写下如此丰厚的日记，委实令人敬佩。

大埠乡地处赣州市赣县区东南部，东临大田乡，西接王母渡镇，南依韩坊镇，北靠章贡区沙河镇和沙石镇。乡辖区内共有十四个行政村，一个圩镇居民委员会，一百七十三个村民小组，总人口两万零八百人。脱贫攻坚时期，大埠乡有贫困户九百二十户三千四百三十八人，现已全部脱贫摘帽。

大埠乡是享誉赣南的“将军故乡”。大埠乡有着震撼整个赣南的大埠农民武装起义红色底蕴，此次起义还走出了一位开国上将——赖传珠将军；大埠乡山高林多，河流密布，水资源丰富，境内共有杨雅、凯悦等十八座中小型水电站，被誉为“水电之乡”；同时，大埠乡大力实施乡村振兴，产业兴旺，境内蜂蜜、油菜花、脐橙、大棚蔬菜、烤烟等产业呈现勃勃生机，一片金色怡人的喜人景象，是产业兴旺的“金色之乡”。

大埠乡宣传干事李建斌告诉我，近年来，大埠乡坚持以红色文化为引领，打造红色文化研学基地。一是努力争取在大坑创建大埠农民武装起义干部学院、赣县区国防教育训练基地、中小学生红色研学基地；二是打造一条以下坑大埠起义指挥中心及大埠起义陈列室为主体的红色文化教育特色文化带，把各个红色景点串起来连成片，进一步厚植红色文化底蕴；三是结合当年红军长征攻克碉堡的红色路线，打造一条红军小道，提升为国防教育的训练跑道和集红色文化教育、国防训练教育、休闲观光健身为一体的特色文化小道。

深入了解赖传珠的传奇一生，有助于我们对大埠打造红色文化有更全面的认识。

赖传珠于一九一〇年四月出生于大坑村赖屋一户殷实之家，六岁进私塾念书，以优异成绩考入赣南中学，开始阅读马克思列宁主义书刊，积极参加学生组织的进步活动。一九二五年，五卅运动爆发后，赖传珠与学界积极分子一道，奔走于工厂、学校、商店，发动各界募捐筹款，参加示威游行，声援上海工人罢工。他动员父亲组织捐款购枪，组织农民自卫军，帮助建立农民协会，领导农民抗租抗息。一九二六年十一月，赖传珠加入中国共产主义青年团。次年四月，赖传珠不畏白色恐怖，毅然加入中国共产党。

一九二七年八月底，赖传珠奉命回家乡开展革命活动，任中共赣州白石乡支部书记、大埠圩武装暴动筹备委员会主席，秘密发动当地群众，组织农民赤卫队。

赖传珠组织农民赤卫队在下坑锻造土枪土炮、梭镖大刀，自制了一千多公斤炸药和三十多门松树炮。他还动员父母出资购买枪支支持暴动。赖传珠和朱如红等暴动领导人，收集潮汕失败后的“八一”南昌起义军官兵百余人，带领两千多名贫苦农民，手拿大刀长矛、肩扛土枪土炮，先后向赖村和彭屋的豪强地主进攻，最终只用了一小时就将他们控制。大埠暴动震动了国民党当局，敌人派兵镇压，形势逆转，暴动失败。

大埠暴动陈列室

赖传珠潜入赣州城寻找赣南特委,未承想,赣南特委早已遭到国民党军队迫害,好在有人告知才得以脱身。他再回家乡时却发现赖村房屋土地都被破坏殆尽,尸横遍野,破败不堪。赖村九百余人被杀,赖传珠家家产被洗劫一空,家族可以用“灭门”来形容。赖传珠的父亲赖家芳被敌人抓到赣州活活烧死,母亲、伯父、大叔、二叔,就连两个堂兄都死于敌人手中。整个赖村,几乎无人生还,唯独一些在外的游子得以幸免。

一九二八年三月,赖传珠闯过层层关卡,在湖南桂东沙田找到毛泽东率领的工农革命军,跟随部队上井冈山,成为中国工农红军的一员。经过血与火的洗礼,赖传珠成为一名出色的指挥员,带着部队屡建战功。

长征途中,赖传珠任红一军团第一师政治委员,与师长李聚奎指挥所部突破国民党军数道封锁线,并受命阻击追兵,掩护红军主力突围渡过湘江。随后,他又率部担负起红一方面军全军的开路先锋任务。一九三五年四月,调任红一军团二师第五团政委的赖传珠带着部队抵达滇西黄泥河。此时,国民党飞机在空中轰炸,地面又有薛岳的王牌军追击,兵力是红五团的十倍之多。赖传珠指挥部队打阻击,战斗持续一上午,子弹也打完了。眼看敌人拿着枪越来越近,赖传珠带头拿起刺刀,冲了出去。可刚站起来,一颗子弹便直接击中了他的胸膛,鲜血直流,染红了衣衫。警卫员要将他背下战场,赖传珠怒言:“我的指挥部就是这里!”他忍着剧痛,坚持指挥战斗,一直到黄昏时,先后打退敌军八次冲锋。在得知中央纵队已经安全撤离之后,他才下令撤退。因为伤势严重,他足足昏迷了四天四夜……

在长征途中,每天不是急行军就是战斗,赖传珠没有放弃写日记,只是日记记得异常简短。我摘录他负伤前后一周的日记供大家品味长征的艰辛——

四月二十二日

到达红板桥宿营(九十里)。

四月二十三日

在黄泥河之猪场,担任掩护责任,负伤,到黄泥河宿营。

四月二十四日

赶到师医务所,地名不知。

四月二十五日

赶到卫生部休养。

四月二十六日

因伤太重,到达地点未记。

…………

这短短的几个字或十几二十个字的日记,像诗行,字少意深。长征途中,每天行军打仗,赖传珠还能坚持写日记并记下到达的地址,已属不易。

赖传珠在抗日战争时期任新四军参谋长。抗战胜利后,赖传珠先后担任第四野战军第四十三军政委和中国人民解放军第十五兵团政委,参与指挥辽沈战役、平津战役和渡江战役。随后,赖传珠挥戈南下,解放了家乡赣州。他于一九四九年九月三日回到家乡赣州,战乱失散的女儿纯英也找到了。摘录几则他与乡亲相处的日记供读者朋友阅读:

九月八日

姑母已到,(赖)传梁都来,黄世泰亦到此,招呼吃饭等问题,替纯英做衣服去。

九月十日、十一日

纯英衣服做好,(家乡)大埠圩来很多人,接见谈话。姑母舅父等都来了。

九月二十四日

夜一时半起身返家乡。上午十一时到大埠圩,沿途欢迎。晚上公堂请吃饭。

九月二十五日

上街逢集,召开群众大会,我讲话。

九月二十六日

看我母之墓,然后到姑母家去一趟。吃中饭后回到区府开会,所有

（参加革命）遇难家属到会，由我作报告。

…………

曾经的暴动领导人，如今是解放军南下大军的一员将领。当年跟随他一起闹过暴动的乡亲，用最热烈的仪式欢迎他归乡。一个游子将军回家，经受怎样的情感洗礼，是可以预料又难以用文字形容的。当年闹革命的很多同志早已成了烈士，他向遇难家属作报告，表达敬意。

一九五〇年三月，赖传珠与邓华指挥部队，采用“偷渡和强渡”的作战方案，成功登陆海南岛。国民党兵败如山倒，薛岳等人反击失败迅速逃离，海南岛宣告解放。

一九五五年，赖传珠被授予上将军衔，并获一级八一勋章、一级独立自由勋章、一级解放勋章。

赖传珠还是雷锋精神的发掘者。一九六一年，担任沈阳军区政治委员的赖传珠为了挖掘和发现人才，经常与其他干部交谈。有一次，他问苏民“为何雷锋还是个班长”，并表示早就应该将其提拔到领导岗位历练历练。然而任命还没下发，雷锋就因公殉职了。为了扩大雷锋精神的影响力，赖传珠向罗瑞卿提出：“能否让毛主席题词？”毛主席得知后，毅然在纸上写下“向雷锋同志学习”。几日后，这七个大字便在《人民日报》和其他报刊刊出。如果不是赖传珠，雷锋这种有利于凝聚民族精神的事迹很可能被历史掩埋。

一九六五年十二月二十四日，一代将星因急性肝炎在沈阳陨落。

赖传珠的骨灰用飞机护送回北京，当时中央派了四架战斗机护送，周恩来、邓小平、徐向前、叶剑英等人亲自前往机场迎接，并护送至八宝山革命公墓。其葬礼的规格可以用国葬来形容，两位元帅亲自为赖传珠操办丧事，十五位上将迎灵。

赖传珠戎马三十八年，为革命殚精竭虑，南征北战，出生入死，一颗赤诚之心从未动摇，为祖国立下不朽功勋。

桃江滔滔，将军桥连接着东西两岸。

如今的大埠乡，依托将军村红色资源优势，在乡内开设“红色大讲堂”，采用“乡领导干部+外请专家学者”的授课模式，多形式开展“党史知识篇、乡村振兴篇、为民办实事篇、红色故事篇、学习交流篇”五个篇章的学习，引导广大干部群众在学习中坚定初心使命，进一步鼓足干劲、保持本色，以积极饱满的热情投入到各项工作中去。

大埠乡以喜闻乐见的形式开展党史学习教育与红色教育，通过一场场赓续红色血脉的党史学习、一个个涤荡心灵的红色故事、一件件饱含深情的民生实事、一张张砥砺奋进的振兴答卷，在全乡上下掀起党史学习教育热潮，凝聚起乡村振兴的强大合力。

大埠林地辽阔、花繁叶茂，蜂蜜产业应运而生，当地养蜂五十箱以上的蜂农大户有二百八十多户，年产蜂蜜三百多吨，其中杨雅是中华土蜂自然保护区。各村组建蜂蜜专业合作社，注册商标，走品牌之路，联系销售市场，促进农民增收。

歌谣从桃江畔传来，似乎比蜜蜂嘤嘤嗡嗡的叫声动听：

[哎呀嘞！]
桃江浪花一朵朵，
红色讲堂故事多。
将军足迹一串串，
[同志哥！]
振兴路上奏凯歌。

大埠乡老表至今仍有种植油菜的习惯，每到春天，金灿灿的油菜花成片开放，引来蜂蜜嘤嗡，踏春的人群欢腾。同时乡内还有高标准大棚蔬菜一百四十八亩、油茶六千多亩、脐橙两千五百多亩，以及年产干叶三百担的烤烟产业。

当年赖传珠联络群众暴动，在桃江两岸奔走，留下许多无形的足迹。而今道路都铺上了沥青，街道那样整洁，夜晚一盏盏路灯将村道照得雪亮。赖传珠如果泉下有知，当为村庄旧貌换新颜含笑。

曾几何时，在赖传珠和无数先烈们的足迹上，覆盖着扶贫干部和脱贫群众的足印，为全面小康流下了辛勤汗水。

而今，又一群新时代党员干部和群众，在赖传珠等英雄们的足迹之上，踩下一行行深深浅浅的脚印，为乡村振兴发展唱响新的时代凯歌。

在油山游击根据地穿行

从信丰到大余，有两条路可走：一条是走高速公路，全程约五十九公里；一条是县道，全程五十一公里，经过油山镇坑口村翻一座山即可到池江镇。

走县道有一个优势，就是能沿途停车看看风景和乡村风貌。信丰到大余的县道，需经过油山，这既是当年红军长征走过的路线，也是南方三年游击战争的中心区域。

我选择走县道，想看看游击区现在的面貌和发展状况。临行，信丰的同志告诉我，走县道没有高速公路迅捷，需要走盘山公路。我走过井冈山的盘山公路，相信这里的盘山公路不会更险。

二〇一五年，我曾到过信丰油山镇的上乐村。那里有一座上乐塔，是当年游击战争的一个秘密联络站。三年游击战争时期，项英、陈毅坐镇油山，指挥各地游击区斗争，大量的情报、文件以及项英、陈毅编写的《红军战士汉字识字课本》和军事、政治教材，都由上乐塔交通站交接和转发。

上乐塔依然挺拔

进入油山镇，听从导航指引，溯西河来到老屋下村。当年陈毅由于饥饿,昏倒在锡坑小组屋后的树林里,醒来时,发现自己躺在一个昏暗的阁楼上。原来自己被上山砍柴的李桂华救回,李桂华正给他喂米汤呢。

这时国民党保安队进村搜查游击队来了,转移已来不及,李桂华迅速用阁楼上的稻草和破棉絮将陈毅掩藏好,撤走梯子。敌人已经走进院子,瞄上了头顶的阁楼,非要亲自爬上去搜查……在这千钧一发之际,后山响起枪声,前来营救陈毅的游击队员李老表声东击西引开了敌人,长安区委书记朱赞珍从反方向跳出来将陈毅救走。

新中国成立后,陈毅一直念念不忘当年无私支援游击战争的油山群众,多次转达对李桂华等乡亲的关心和问候。一九五九年九月底,李桂华应邀代表信丰县人民赴北京天安门参加中华人民共和国建国十周年观礼。陈毅元帅委托妻子张茜前往自己当年战斗过的油山一带,看望和慰问李桂华等当地乡亲。陈毅还嘱咐儿女们不要忘记游击区的群众,要常到老区看望他们。他的儿女们先后来到油山寻访李桂华等的后人,聆听父辈们的烽火故事。

李桂华的孙子朱定生是现任老屋下村党支部书记,他告诉我,奶奶抱养他父亲时是一九三六年四月,那时父亲才两三岁,正是游击战争最艰难的时候。营救陈毅时,敌营长问:“阁楼怎么没有梯子?”李桂华说:“梯子放在这不安全,孩子老是去爬,怕摔跤……”李桂华说的“孩子”正是朱定生的父亲。

朱定生书记说:“现在,村里产业主要靠种植脐橙、西瓜和野生油茶等,村民现在都过上了小康生活。”朱书记描述现在乡村振兴的景象,交通等基础设施已经完善,民俗文化建筑群和红色革命遗址得到了较好的保护。目前,正通过支部引领,建立健全乡村振兴村民自治组织;党员带头,发挥先锋模范引领作用,激发村民在乡村振兴中的主体作用。同时,强化服务功能,助推本村农旅产业发展,实现乡村振兴大发展。

走进坑口村,看到村子依山而建,村前有一条河流。一栋栋新建民居分布有序,每家的门前都挂着一块标明“游击圣地,红色油山”的小牌子。这是传承红色基因,突出“村庄建设美”的好创意。这里的每家每户都具有纯正的红色游击基因,祖辈要么参加过游击队,要么支援过游击战争。为此,村里精心设计了每家每户的红色基因户情牌,将每家每户的红色基因故事进行提炼,引导激励村民传承红色基因，带动群众参与到乡村振兴中来。不少人为这个创意竖大拇指点赞。

眼前这户住址为“杉山下组－023”的户主朱曼生，他家被标为“较清洁家庭”。标牌上还规定了“门前三包”“农村人居环境十好内容”。

“门前三包”下的小字写着：

一包：门前整洁，无乱设摊点、乱搭建、乱张贴、乱涂写、乱刻画、乱吊挂、乱堆放等行为；

二包：门前环境卫生整洁，无裸露垃圾、粪便、污水，无污迹，无渣土，无蚊蝇孳生地；

三包：门前责任区内的设施、设备和绿地整洁。

“农村人居环境十好内容”：“一是牲畜管理好；二是空坪利用好；三是建材规整好；四是柴草堆放好；五是农具摆放好；六是垃圾处理好；七是污水处理好；八是庭院整治好；九是路域管理好；十是长效机制好。”牌牌下端标明了这户人家的“红色基因”，上面写着：

朱清仝，男，赤卫队员。当时白狗子（国民党兵）四处打听游击队员的情报，朱清仝从白狗子与人交谈得知，不久白狗子要来赣粤边特委机关所在小组搜查。朱清仝从白区（国民党占领区）通过层层关卡，冒死回来给游击队报信。游击队员得知这一信息，提前往山上转移，敌人扑了个空。朱清仝随即加入赤卫队。朱清仝系户主之祖父。

这里的村民，每家每户都与游击队有着密不可分的联系。再如住址为“杉山下组－021”的户主钟全师，他的“红色基因”一栏写着：

钟国权，男，跟随陈毅参加游击战。为人老实，忠诚可靠，日常为游击队保管钱币（银元）。国民党“围剿”时，为了掩护游击队迅速撤离，最后被国民党杀害，英勇牺牲。其子钟定发受父辈影响，参加了新四军。钟国权系户主之祖父。

那时，杉山下组几乎男女老少都为游击队做事，如住址为“杉山下组 - 031”的钟定贵，其“红色基因”写着他母亲的事迹：

陈阆巷婆，女，赤卫队员，当时住在赣粤边特委机关边上，游击队员开会的时候，经常在进杉山下小组的路口打草鞋，负责监视敌方活动，为游击队员做掩护。陈阆巷婆系户主之母亲。

每家每户的门前，都钉上了这样一块“红色基因”牌牌，从这块牌牌中也能了解这户人家的红色历史，透过这些“红色基因”，能看见当年油山群众与红军游击队的血肉联系。

在美丽乡村建设中，坑口村拆除、修缮土坯房八百六十五栋，整治乱堆乱放四千一百多处、家禽散养三百八十多处，整治空地并复耕复绿一百余处，硬化柏油路面六百八十五米，墙面粉刷四万多平方米，斜沿改造四千多米，种植绿化树木一万六千多株，拆除整治铁皮棚等乱搭乱建一百多处，推动群众环境观念转变。积极争取各类项目资金七百多万元，新建污水处理池一个、安全饮水项目三个，高标准农田建设二百多亩，实施道路硬化一千二百多米，水沟、水渠建设两千多米，安装路灯十六盏，梳理、捆扎、剪除线缆达两千六百多米，极大提升全村村庄建设水平。

红色基因户情牌

坑口村有个潭塘坑，这里正在兴

建赣南游击词纪念园。该项目运用赣粤边三年游击战争红色文化资源，以4A级旅游景区的创建标准，建成项英宿营处、陈毅宿营处、兵营、九月会议旧址、广东省委旧址、指挥中心、游击秘道等。我们经过时，正在打造游客中心、主题场馆、新四军广场等。这些设施的建设，为发展红色文化产业，突出“产业发展美”提供了动力。

三年游击战争期间，潭塘坑是一个重要节点。项英、陈毅于一九三五年十一月从北山转移到信丰油山，针对敌人采取封坑、抄山、移民并村等手段，在潭塘坑滴水坐召开信康赣县委和南雄县委联席会议，史称“潭塘坑联席会议”。一九三五年冬到一九三六年春，是敌人疯狂搜山“清剿”时期，游击战争进入最艰苦、困难的时期。山里的群众被迁到山外，游击队失去了赖以生存的群众，有钱也买不到粮食，只好以野果、野菜、草根充饥。山里群众的房子被烧毁，游击队搭建的草棚也被拆毁了，游击队宿营在深山密林里，春寒秋凉，夏天蚊咬，冬冷刺骨，正如陈毅在《赣南游击词》中所载：

天将午，饥肠响如鼓。粮食封锁已三月，囊中存米清可数。野菜和水煮。

日落西，集会议兵机。交通晨出无消息，屈指归来已误期。立即就迁居。

夜难行，淫雨苦兼旬。野营已自无篷帐，大树遮身待晓明。几番梦不成。

天放晴，对月设野营。拂拂清风催睡意，森森万树若云屯。梦中念敌情。

休玩笑，耳语声放低。林外难免无敌探，前回咳嗽泄军机。纠偏要心虚。

叹缺粮，三月肉不尝。夏吃杨梅冬剥笋，猎取野猪遍山忙。捉蛇二更长。

…………

油山镇宣传委员谭高翔介绍说:"坑口村配合县委、县政府打造赣南游击词纪念园、油山游击干部学院,开发了红色旅游、红色培训的精品线路,二〇二〇年接待游客三万多人次。新设的油山游击干部学院,二〇二〇年底启动后,已经接待县内外各级企事业单位培训教育一千多人次。"村里有家"红色人家"民宿,可住宿也可餐饮,这是补齐当地旅游基础设施短板的一个步骤,下一步还将动员鼓励更多的群众围绕红色旅游的配套服务进行创业致富。

坑口村有"油山三老表"的传说,他们的故事曾在油山游击区广为流传——

刘老表,名建华,又名新潮,生于一九一六年七月,卒于二〇一四年,江西寻乌河角乡龙图下村人。一九二八年,寻乌爆发了共产党领导的"三二五"农民暴动,父亲刘维栋是村里暴动队的负责人之一。暴动失败后,为了躲避敌人的报复,刘维栋带着全家到离家十几里的山上,搭棚子隐蔽,在山上过了半年非人的日子。这段艰苦的生活,使少年刘建华得到了锻炼,受到了革命的洗礼。一九二九年秋,随着革命形势的发展,寻乌各地农会秘密地组织起来,十三岁的刘建华参加了农会,担任联络工作。他十五岁参加中央苏区工作,十六岁入党,三年游击战争期间任粤赣边区团特委书记、雄余崇挺进队工作团主任等职;新中国成立后,历任赣西南区委组织部部长、赣南区党委第一书记、江西省委党校党委书记、江西省政协副主席等职。

李老表,名绪龙,生于一九〇五年,卒于一九六〇年,化名刘发。他是油山乡坑口村窑前排人,一九三二年三月入党,历任中共信丰县长安区宣传委员、红军医院院长、油山交通总站站长、东江纵队北江支队副官;新中国成立后,担任信丰县嘉定区(今嘉定镇)副区长、大阿区(今大阿镇)区长、县人大主席、县人民政府副县长等职。

朱老表,名赞珍,化名陈春华。他是坑口村潭塘坑人,一九三〇年四月参加革命,八月入党,历任赤卫队班长、中队长、苏维埃政府审判员,游击战争时期任中共长安区委书记;新中国成立后,任信丰县大阿区区委书记、县农协会主席、油山垦殖场副书记、县政协副主席、县委副书记等职。

“三老表”都是赣南人，尤其李老表和朱老表更是土生土长的油山坑口村人，他们对革命忠贞不贰。项英、陈毅在油山地方党组织和群众的支持下，工作开展得有声有色。“三老表”与项英、陈毅一起住在油山潭塘坑，有时领着项英、陈毅去捉石蚜（石蛙）、挖竹笋，有时同睡一张床、合盖一床被，不是一家人胜似一家人。

“三老表”是赣南本地人，他们的故事成为乡村红色旅游的生动素材。

车子开过九峰脑、大湾里，攀爬一段盘山公路，见到一座桥，桥头插着一块写着“大余”字样的界碑，前面就是大余地界了。

大余有“江西南大门”的称誉，章江自西向东北横贯而出，将大余版图一分为二。从地图看，大余状如一尾自西向东游弋的鲑鱼。大余北面是诸广山脉；西面、南面环绕着大庾岭山脉。三年游击战争的核心区域油山、梅山和北山，都是大庾岭山脉的主要山体。

下山的路很顺畅，山脚下就是大余池江镇的杨柳村。我见一些村民聚集在路口闲聊，停车向他们询问当年红军打游击的故事，没有人能回答。他们对那段过往的岁月两眼迷茫。

继续前行，十多分钟后来到章江河畔的大余县池江镇。章江是北部诸广山脉和南部大庾岭山脉夹峙而生的一条河流。两岸是一片小平原，大余的主要乡镇也分布于章江沿线。池江镇就处在章江中游，有分别通往信丰和广东省南雄市的两条省道，是大余县三大镇之一。池江境内南靠油山的杨柳、弓里、兰溪、板棚、蕗箕、杉背坑、长江等村，是游击老根据地。

池江是江西抗日义勇军第一支队改编地，其中包括油山、北山、南山游击队共三百余人。池江整训后，部队由三百多人迅速扩大到七百余人，随后，与湘粤赣边的红军游击队合编为新四军第一支队第二团第二营及第三营一部。一九三八年二月十五日，队伍从大余县池江圩出发，开赴皖南抗日前线。

兰溪村有陈毅旧居、陈丕显旧居、新四军整编地等多处遗址。

在兰溪村弓里组，见到一栋老式土坯民居，墙上贴着“陈丕显同志旧居”和“中共弓里红色支部旧址”等标识。我四处转了转，从后面转到隔壁巷子，这里是村卫生所，有个老太太在打点滴，周边聚集着七八个老人聊着家常。我向老人们打听新四军整编的遗址在哪，有个中年人指着不远处一个新盖的祠堂说，就是那里。

小河从大山流出，路与河流比肩而行，溯流而上，到了小汾自然村，这里也是新四军整编地之一。这个房子结构大、进深阔，但早已没人住了。走进门楼，杂草丛生，里屋已经坍塌，屋料也在日益朽烂，最里面的房屋已经完全化为一片荒地了。门板上也贴着“陈丕显同志旧居”。

走到一座桥头，山窝里有一个脐橙基地，我们决定去看看。

村农技员黄小水在前面领路。在一面山坡上，有一栋生产用房，黄彪在这里投资，盘下了六十多亩山地种脐橙。黄彪告诉我：“二〇二〇年，开始天气好，卖了两万公斤，每公斤八元，收获了十六万元钱。但哪知几天后突然天寒地冻，来不及采摘的两三万公斤脐橙全部冻坏了，一分钱也不值，白白损失了十多万元。”

我问：“有没有解决的办法，如果给脐橙搭建大棚，是不是就不会冻坏了？”

黄彪说：“搭建大棚是为了防木虱，就是防黄龙病传播，防冻不起作用。有了二〇二〇年的惨痛教训，二〇二一年就得早点将果子下树，减少霜冻带来的损失。”

黄彪说：“这六十亩地种下去三千株苗，有一半苗木有衰退病，挂的果子只有鸡蛋大小。二〇二〇年全部砍掉，重新栽种，白白浪费了人工和肥料钱。”

每株苗一年的费用需上百元，还要等到第三年才能看出是否有衰退病。光衰退病苗木的直接经济损失每株就合三百元，一千五百株衰退病苗木的直接经济损失就达四十五万元，如果按效益算，损失在一百万元以上。

砍掉病树，再种新苗，还得等三年才挂果，这是看不见的损失。

二〇二〇年，黄彪扩大再生产，在山里新开垦了三百五十亩脐橙园。

我问：“这回的苗木没有问题吧？”

他说：“这回再不能有问题了。”

他预算二〇二一年底的收入在四五十万元。这几年是投入期，三四年后，三百五十亩果园进入盛果期，他的所有投入才能回本，进入真正的收获期。

溯小汾河进入深坑，经过一座古桥——小汾石拱桥，很快就到彭坑“陈毅旧居”。

现在彭坑小组住了二十八户人家，一百一十口人。彭坑在油山脚下的深坑里，成为游击队经常落脚的地方。为人热情、精明能干的周篮，担任了游击队的秘密交通员。

周篮原名周三娣，因为经常提篮为游击队送饭送水，被陈毅和游击队员称为“周篮”。

那年端午节，周篮戴着斗笠，冒着大雨提着满满一篮粽子，给住在山上茅棚里的陈毅他们送去。

看着大雨中的周篮提着一篮子香喷喷的粽子走来，陈毅感动地说：“大嫂，这叫我们怎么感谢你哟！”

周篮将篮子搁在竹架上，笑着说：“看你说的，要不是为我们穷苦百姓闹翻身，请也请不到你们到这穷山坑里来呀！”

陈毅笑着问：“大嫂，我们还不知道你的大名呢？”

周篮叹了一口气：“我生在穷人家，三岁就被卖到这里做童养媳，大家都叫我三娣，你们也这么叫吧！”

陈毅风趣地说：“闹革命嘛，男女平等，你该有个名字！”

周篮说：“你们是有文化的人，要不跟我取个名字？”

陈毅想了想：“有了！大嫂天天给我们送饭、买东西，手里少不了一个篮子，就叫周篮吧！”

从此，游击队员们都亲切地叫她周篮嫂。

那时候，陈毅腿部旧伤复发，那还是在兴国老营盘指挥战斗被子弹打伤的。伤口发炎感染非常严重，周篮把陈毅接到家里养病，用狗笠耳、蚂蚁窝捣烂给他敷，还用辣椒草加盐熬水给他洗，每洗一次都疼痛难忍。有一次伤口化脓了，周篮叫警卫员宋生发把陈毅的双脚捆在条凳上，帮他挤。挤出来的脓水带出来以前做手术没有取出的一小块碎骨。洗了几次，伤口竟然渐渐好了。

一天傍晚，陈毅坐在屋后的一棵桐树下看书，周篮在房前洗衣服，突然发现一群国民党兵已经快到家门口了。危急之下，急中生智的周篮捡起地上的石头朝田里的猪砸去,边砸边骂道:“你这只瘟猪,不赶快回栏,兵牯佬来了,打死你。”

陈毅听到这是周篮嫂在向自己传递信息:国民党兵来了。他连忙转移到后山,隐身茫茫林海。革命离不开人民群众的无私支援,陈毅在《赣南游击词》中这样写道:

靠人民,支援永不忘。
他是重生亲父母,我是斗争好儿郎。
革命强中强。

我见到了周篮的次子刘士华,他于一九九五年从大余县检察院退休,便与老伴搬进了老屋居住。他坚守“陈毅旧居”已二十六年,如今年事已高,其侄子接力继续守护。

刘士华回忆母亲周篮经常给他讲的往事,那个时候啊,住山棚,很辛苦。

过去打游击,敌人封山、巡山,游击队只能吃野菜、吃杨梅度日。

国共两党第二次合作,联合抗战,南方红军游击队改编为新四军。

陈毅走了,游击队员们走了。但陈毅从没忘记艰苦卓绝的三年游击战,没

陈毅同志旧居

有忘记朴实的山里大嫂周篮。在革命胜利后，陈毅、陈丕显等国家领导人一直与周篮嫂一家保持着联系，并曾在湖北、南昌等地与周篮嫂的后人会面。

刘士华老人拿出一沓照片给我看，这是过去岁月保留下来的黑白照片，有陈毅手书的《梅岭三章》诗章、陈丕显写给刘士华的信件。一九九〇年，时为中央顾问委员会副主任的陈丕显与江西省政协副主席刘建华重访油山老区。来到彭坑与周篮后人座谈的合影，都被精心过塑装裱，整齐地放置在防水的文件袋内。房子墙壁上，有陈毅女儿陈丛军（陈珊珊）与刘士华一家人的合影。革命战争时期，陈毅等游击队同志与周篮等群众结下的鱼水深情，在下一代中延续着，就像一家人那样亲。

近年来，大余县加强对兰溪村彭坑组“陈毅同志旧居”的改造升级，在保留旧居原貌的基础上，还原了周边洗衣池、连心井、隐蔽处、读报处等当时的情景，成功打造为乡村旅游点。

如今，兰溪村依托红色、绿色资源优势，充分发挥党建引领作用，团结带领全村群众，大力发展产业，狠抓基础设施，改善群众生产生活条件，使昔日的贫穷后进村变为富裕的先进村。兰溪村二〇一九年被评为国家森林乡村，二〇二〇年被评为省民主法制示范村。

兰溪村大力发展村集体经济，持续完善基础设施建设，村庄环境和村民的精神面貌发生了翻天覆地的变化，农民收入持续增加。村党支部书记黄难生介绍说，兰溪村集体经济现在主要有十多亩柑橘、十多亩甘蔗，以及五十多亩太空豆产业。

兰溪村偏远闭塞，曾经因为没有像样的产业，村里的青壮年大多选择外出务工谋生。针对这种实际情况，兰溪村通过帮扶单位和驻村工作队积极争取各类项目资金两千多万元，用于发展果业、蔬菜、肉牛等种养产业和乡村旅游、红色旅游，帮助村民实现收入多元化。

一条条通村通组道路宽敞整洁，一幢幢新颖别致的小洋楼错落有致，令人赏心悦目。

在大力发展村集体经济的同时，兰溪村还以基础设施建设为重点，以村庄环境整治为抓手，以提升群众生活为出发点和落脚点，新建了卫生室、文化室、文化广场等七十多个基础设施建设项目和公共服务场所,通组路硬化率达百分之百,村民的幸福感和获得感不断提升。

在当年艰苦卓绝的油山游击区,我听见乡村振兴的号角,在赣南红土地上吹响,那样清新,那样激越,那样豪迈……

第三章

驻村第一书记

脚踏实地，仰望星空。让农业更强、农村更美、农民更富。

“用心书记”

“嘀嗒、嘀嗒”，时间踩下的每一枚脚印，既有历史回溯的铿锵绝响，也有新时代共产党人的鲜活事迹。

刚到留车村的时候，村民觉得“雍鑫”这个名字不好认。村干部就向村民介绍：“这是雍鑫书记，你们只要记得‘用心’，做事用心的‘用心’，叫‘用心书记’就成。”

这样的介绍，无疑给这位来自北京的挂职干部很大的压力，如何成为名副其实的“用心书记”，他需要在接下来的驻村挂职时间里下一番功夫。雍鑫讲述起他踏上这片热土的经历——

> 二〇一九年八月二十六日，根据中宣部对口支援寻乌工作安排，我抵达江西省寻乌县担任留车镇留车村驻村第一书记。作为“九〇后”，我是一名从家门到校门再到机关大门的“三门”干部，这是我第一次到基层一线参加工作历练。习近平总书记讲，干部要深入基层、深入实际、深入群众，在改革发展的主战场、维护稳定的第一线、服务群众的最前沿砥砺品质、提高本领。对我而言，这是一次在革命老区、贫困地区挥洒热血、践行初心的使命之旅，更是一次在基层一线、农村舞台锤炼能力、提升自我的砥砺之行。

临行前，中宣部政策法规研究室主任王雷鸣细心嘱咐，对口支援工作是党

俯瞰留车

中央赋予我们的光荣使命，要做到明责任、真下去、经风雨、长才干，多为当地老百姓做一些好事、实事。雍鑫深知此行责任重大，在心底决定要以“我将无我”的信念和“大有作为”的壮志在赣南老区写好一首奋斗之歌。

留车村位于南部中心镇留车镇的镇政府所在地，全村人口两千五百八十八人，加上外村外乡镇迁居此处的，常住人口三千四百四十三人。辖区面积八点二平方公里，有十七个村民小组，耕地面积一千零九十亩，林地面积九千一百五十亩。

历史上，留车村是非常重要的商贸重镇。《长宁县志》记载“留车河为舟载总会要津”，至今留车村还有古码头遗迹多处，可以看出昔日留车的繁华。

从北京来到寻乌山区，这里是当年毛泽东做《寻乌调查》的地方，是寻乌调查精神的源头。毛泽东在《寻乌调查》中多处谈及留车，在“寻乌的政治区划”中说：“双桥区：即双桥堡。内分十三段，以留车为政治中心。”在“寻乌的交通”中写道：

寻乌水从桂岭山盘古隘一带山地发源，经澄江、吉潭、石排下、车头、留车，流入龙川，下惠州，故寻乌水乃是东江的上游。船可通到澄江。沿河以澄江、吉潭、留车三个圩场为最大……

在雍鑫的头脑里，毛泽东同志在战争间隙还能从容不迫地做调查研究，自己作为驻村第一书记，更要做好本村的调查研究。只有做好了调查研究，才能有针对性地为驻村群众办实事。

压力就是动力。驻村第一书记，首先得把村里的情况摸清楚。

村里的土地面积多少、耕地和林地面积多少，全村多少个村民小组，多少户多少人口，其中建档立卡贫困户多少户多少人……

这些村里的基本情况，当然，他早已了如指掌。真正要做到熟悉村情，还要从熟悉民情开始，而熟悉民情就要与村里的乡亲们交朋友，碰面问个好、聊个天，甚至老百姓愿意拉上你去他家喝上一杯茶、吃上一顿饭，然后把家里的底都交给你。你也能把村里每家每户的情况说个八九不离十，这也许叫熟悉村情民情了吧。

没错，只有你与村里的老百姓混熟了，老百姓把你当成亲人了，你才有资格称得上在这个村担任过第一书记，也才能真正称得上“用心书记”。

决战脱贫攻坚时期，留车村是江西省“十三五”重点贫困村，有建档立卡贫困户一百零七户四百七十七人。刚到村里的时候，村民讲的客家话，咿咿呀呀，像外语，雍鑫一句也听不懂。

不懂语言，就无法跟村民打交道。不能走近村民，等于把自己封闭在独立的空间里。这是他初来乍到时最大的障碍。

看来，首先要学会当地的客家话，才能真正扎到群众当中去。

一开始，雍鑫由村干部陪着，一家一户地走访。村干部一边介绍情况，一边给他当翻译。

与村民打交道，从最初询问家里几口人，老人身体怎么样，到孩子读书没有，读几年级，再到地有几亩，种的什么，有多少收益……

这一圈问题问下来，差不多就对这一家的情况有了大致的了解。

雍鑫随身带着一个本子，一边聊，一边记。他除了记录户主的情况，还记录着一些方言的音译。

村干部们说："每次去农户家走访前，雍鑫都要预先熟悉这户老表的家庭情况，与老表交谈时，就像老朋友一样，让对方十分诧异。"

渐渐地，随着反复的入户走访、频繁的接触交流，加之他平易近人的姿态，老表们都说："北京大部委来的干部就是不一样，既和气又贴心。"

雍鑫后来给自己立了个规矩，就是走访农户时，至少得喝够两杯茶。

这是雍鑫得出的体会。所谓"喝够两杯茶"，就是不能刚来就走，那样的话什么也聊不成，等于白来了。再忙也得坐下来，边喝茶，边与对方不紧不慢地聊，才能聊得深入，聊到正题上。喝了两杯茶，交谈入心入肺，老表自然把他当作自己的贴心人。

老表们私下讲："从来没有哪个干部能坐下来和我们聊那么多。"

很快，雍鑫就不用村干部陪同当翻译了。在和村民接触多了后，他已经听得懂当地的客家话，可以随意走村串户了。

除了上户走访交流，雍鑫还经常和帮扶的脱贫户一起干农活，甘当"小学生"，村民见到他都竖大拇指。

一次，村里开展人居环境整治，村民们忙着清理房前屋后的垃圾。雍鑫看一个大娘的鸡舍没有清理，就拿起扫帚钻进鸡舍，清理起鸡粪来。

大娘赶紧阻拦，说："雍书记，这活太脏，别脏了你的衣服、鞋子。"

雍鑫说："不脏。你们能干，我也能干。"

慢慢地，雍鑫和村民的心紧紧连在了一起。

老表们知道这位年轻的书记从北京来，一个人在外，没有人照顾，心里都惦念着他。谁家杀了鸡，做了好吃的，都会邀请他去家里做客。村里人把他当作自家人，喜欢上了这个说话和气、懂礼貌、有文化的第一书记。

作为驻村第一书记，村里脱贫户的巩固、提升、帮扶工作是他的首要任务：

他主动选择结对帮扶家里孩子比较多、生活压力大的脱贫户，为六名儿童联系社会资助；同时，联系协调希望工程微心愿活动，为村里七十名学生特别是留守儿童捐赠书包、鞋、羽毛球等用品。

他把独居老人、残疾人、特困群众放在心上，带领村干部在重要节日进行走访慰问，给他们送去节日的祝福。

他更亲力亲为，灌溉渠、排水沟等所有的扶贫项目他都要翻山越岭去勘察、督促施工。

他邀请清华大学第一附属医院的专家在寻乌全县开展儿童先天性心脏病义诊普查活动，有六个孩子赴北京免费治疗，家属个个都感谢这个“用心”的第一书记。

脱贫户陈皆贱，眼睛有白内障且天生腿脚不好，部分丧失劳动能力，加之与妻子离异，孩子心理封闭、自卑。雍鑫得知这一情况后，主动去跟孩子交朋友，并抽出时间给孩子补习功课，带他下馆子、逛书店、剪头发，让孩子开朗和自信起来。

村民邝先佐的百香果卖得便宜，因为疫情又出现滞销，雍鑫主动带货，联系朋友、企业以较高的价格收购。

走进“日日红”种植专业合作社的百亩百香果基地，绿莹莹的果园里，郁郁葱葱的藤蔓上挂满浑圆饱满的百香果。合作社总经理陈皆治告诉我，二〇二〇年一月，因新冠疫情暴发，村村封路，社里的百香果卖不出去。当时他急坏了，这不仅关系到合作社一百一十四户农户的利益，而且涉及贫困户八十九户。百香果卖不掉，年终每户分红保底三千元也难以兑现。

雍书记得悉这一情况后，亲自下到基地察看。看见硕果累累的百香果到了采摘期，再不摘就要烂在地里，雍书记心急火燎，当即拨通电话，四处求援，联系各电商平台。十天左右的时间，雍书记把合作社积压的几万斤百香果全部销出去了。

陈皆治感激地对雍书记说：“真的谢谢你，帮了我们合作社的大忙。”

雍鑫轻轻笑道：“这是我们共产党员应该做的事。”

听到这话，陈皆治当时眼泪唰地掉了下来。

雍鑫调查得知，留车村过去大面积种植脐橙。二〇一三年，一场突如其来的黄龙病，给留车村的脐橙产业带来灭顶之灾。全村受灾果树占百分之八十以上，村民经济收入受到猛烈冲击，尤其是二〇一〇年前后种植果树的农户，在种植前期投入了大量的资金，甚至债台高垒，未等到种植收益，果树便已患病，导致许多种植户直接返贫，全村因而被列入江西省“十三五”贫困村。

留车村是圩镇所在村，村里基础设施薄弱，产业发展单一，加之黄龙病导致脐橙种植受损后，很多村民只能靠外出打工为生。

雍鑫驻村第一天，与村干部开会座谈时，他提出两个问题请村干部思考解答：

留车村有哪些亟须解决的困难？

留车村有何建设规划？

雍鑫向镇领导、村里党员干部及村民代表请教，听取他们的意见。

经了解，明确村里普遍反映的四个方面问题：产业单一、人居环境差、基础设施欠账多、乡风文明有待提升。

针对这些问题，雍鑫认真梳理，逐条落实。

在中宣部的协调推动下，总投资六亿六千万元的德青源金鸡产业项目落户留车村。这个项目建成，每年可为当地贡献三千多万元的财政税收收益，带动三百多户村民就业。

驻村第一书记雍鑫在蛋鸡产业生产线检查工作

作为项目实施推进的具体负责人,雍鑫每天去工地巡查、参与调度,确保项目建设稳步推进。为使项目效益最大化,他积极探索围绕金鸡产业做文章,如:成立留车村新业劳务派遣合作社,承包金鸡产业园区保洁、保绿、保安工作,既为村集体增收又带动更多村民就业;筹资建设村集体所属包装材料厂,对接金鸡产业项目每年近三百万元的纸箱蛋托订单;筹措资金建设一百亩村属脐橙产业园,每年可为村集体带来十五万多元的收益。

人居环境差、基础设施薄弱是群众反映最为强烈的问题,也是他花费极大精力去解决的事情。要让老百姓有真切的获得感,就要实实在在地从老百姓身边的事做起,诸如:建公共厕所,解决圩镇长期没有公厕的问题;硬化村内主干道,解决村民车辆出行不便的问题;建文化广场、党群服务中心、新时代文明实践站、篮球场,解决群众文化体育活动场所不足问题;协调上级资金项目,推动投资三千万元的小流域生态治理项目落户留车村,建设留车河沿岸湿地公园,推动生态宜居环境整体提升;等等。

我们说说安装路灯的故事吧。

初到留车,从灯火通明的城市突然来到没有路灯的山村,出行还要打手电,这令雍鑫很不习惯。有一次,他夜访贫困户,一脚踢在一块石头上,差点摔了一跤。雍鑫说:"一定得给全村都装上路灯。"

雍鑫给在深圳的同学打电话,请同学援助村里一批照明路灯。

同学二话不说,问:"要多少盏?"

雍鑫说:"你别想着让村里掏钱啊,村里没钱,你得捐。"

同学也不含糊,说:"捐可以,你报个数吧。"

雍鑫与村干部实地测算了一下,需要二百四十盏,他把这个数报给深圳的同学。同学说只能捐四分之一,也就是六十盏。

雍鑫说:"哪有这么捐的,要捐就捐一个整数——一百盏。"

同学很仗义,捐赠了一百盏价值十多万元的路灯,解决了留车圩镇长期没有照明路灯的问题。讲起这段往事,雍鑫还津津乐道。

地处圩镇的中心村组安装了路灯,极大地方便了群众夜晚出行,但一些偏远的小组却还是漆黑一片。雍鑫决定扩大安装范围，全村有路的地方就得有路灯。他继而协调争取“腾讯为村”公益项目，为留车村捐赠六十七盏太阳能路灯，解决了偏远村组的照明问题。

刚到村里时，很多人说留车村的工作不好做，村民的整体素质不是很高。作为宣传思想文化系统的干部，雍鑫并不担心，他将乡风文明建设作为一项具体的使命任务来抓落实。雍鑫抽丝剥茧，理出头绪：起草修订《留车村村规民约》，在党员大会、村民大会上讲解，在全村加强宣传教育，建立考评机制；常态化开展清洁家庭、勤劳致富、孝敬老人、团结邻里、热心公益等示范家庭及星级文明户评选和表彰；举办形式多样的文化活动，如新年文艺演出、重阳敬老活动、迎国庆群众文化活动等，提升村民精神文化水平；推进新时代精神文明实践活动，组织引导村民参加志愿服务活动，逐渐培养村民热心公共事业的良好风尚。

基层工作要开展好，最基础的是要有一支强有力的干部队伍。作为留车村的领头羊，雍鑫处处做表率，严于律己、主动担当，为留车村带出了一支素质过硬的干部队伍。

根据村两委日常工作情况，雍鑫建立主副班轮流值班制度，确保每天至少有两名村干部在岗工作，及时接待服务群众，处理各种问题；建立每周工作例会制度，总结一周工作，安排布置新的工作；带领村干部外出参观考察学习，积极借鉴先进经验，提升推进工作的创新力和创造力。

有时候，村干部开玩笑说：“书记你休个假吧，让我们也轻松几天。”

在挂职期间，雍鑫没有休过假，节假日不是走访农户，就是伏案写材料。由于他的表率和先锋作用，留车村的村干部更加团结、干劲更足，在群众中更有威信。

作为驻村第一书记，雍鑫规范发展党员，将真正能为村里做事、有公益精神的年轻村民发展为骨干。为培养支部后备力量，他在支部实行“跟岗锻炼”实践，要求入党积极分子参加党员先锋岗、村务管理岗、志愿服务岗相关工作活动，提高预备党员的素质。

过去，村里党员参加支部活动都会发放一定的会议补贴。雍鑫积极与党员干部沟通，在全县率先取消党员、村民小组长会议补贴，不发钱、不请饭，节省村工作经费，严格规范支部管理工作。

有党员私下说："这个'用心'书记人很好，就是太讲原则了，开个会都没饭吃。"

大家议论归议论，但都开开心心地接受他的提议。

雍鑫非常关心、尊重村里的老党员。过年前，他自掏腰包为村里所有八十岁以上老党员每人发放六百元生活慰问金，很多老党员主动站出来协助村里推进各项工作。

在他的协调联系下，留车村党支部与深圳市南岭村党支部建立支部合作共建关系。南岭村给予留车村九十九万元资金援助，用于公共设施建设和产业发展，并围绕"党建引领促脱贫、文明实践传经验、产业协作谋振兴"开展两地合作建设，创造了发达地区和贫困地区基层党组织合作共建的新模式。

春去秋来，暑寒交替，时间不知不觉过去两年多，雍鑫的儒雅中增添了一股韧劲，他的肤色染上了赣南泥土的颜色，他做群众工作更加得心应手。

有人为第一书记写过这样的诗行——

他从城市来，向老区走去。
白皙的脸庞，染上了红土地的颜色。
草帽、套鞋、雨衣和电动车，
是他常规的装备。
风里来，雨里去，
他的身影，成为群众眼里的最美风景……

诗行中，晃动着雍鑫的影子。身影穿梭于田野，脚印留在村前屋后。责任与担当是他血液里的元素。"脚下沾有多少泥土，心中就沉淀多少真情"，这是对奋战在基层扶贫一线干部的鼓励、鞭策和期许，也是雍鑫的真实写照。

雍鑫扎根基层，把村民的事情当作自己的事情，把村里的事业当作自己的事业，用心、用情、用力为群众谋事，无愧于“用心书记”的称号。

仅仅过了七八个月，与雍书记在微信中交流，我问：“雍书记还在留车村驻村吗？”

他回复：“还在呀。我们村距离你上次来又大变样啦，期待你过来指导。”

我说：“真想再去看看。”

他发来很多图片，有花卉产业园、“养育未来”照护服务中心、改造后的小学生宿舍、留车村品牌发布会和正在建设的村文史馆……这些都是我上次去没有看到的景象。乡村的自然美景，加上基础设施的提升，让人觉得城市都比不上乡村了。我由衷地赞叹：“确实很美。这些都是你艰辛付出得到的回报，你应该很开心吧。”

他回复：“人民的福祉就是最大的政绩啊！群众的获得感、幸福感是我最开心的事。”

留车村的美丽，再次唤起了我回访的兴致。

得知雍鑫即将结束两年零三个月的驻村工作，我驱车六百五十公里，从赣北九江城出发，来到江西省最南端与闽粤交界的寻乌县，再次见到了我的笔下人物——中宣部派驻寻乌县留车镇留车村第一书记雍鑫。

与一年前的印象相比较，眼前的这位年轻人，眉宇间透出坚毅，步履里折射出忙碌。见到他的第一面，我发现他原先白皙的脸庞变得有些黧黑。

当地乡亲们都说：“雍书记为我们山村的事操碎了心，短短两年间，留车村发生了翻天覆地的变化，我们把雍书记看成是我们留车村人的儿子。”

雍鑫常说的一句话是：“我将无我，不负留车。”从他身上，我看到了年轻一代“功成不必在我”的精神境界和“功成必定有我”的历史担当。

雍书记要走了，全村的乡亲们都难以割舍，哪能让雍书记走啊？留车村还有很多事需要他接力干下去呢。

赖开招是位摆小吃摊的老人，靠做糯米饭、豆腐花、泡鸭掌、酸萝卜等小吃挣点零花钱。她告诉我，现在生活越来越好，只是辛苦了雍书记，他帮我们致富，风里雨里，没日没夜，他太辛苦了。

赖开招诉说着心底的话："我们村过去破破烂烂，雍书记来后，建设得十分好，路灯啦，文化广场啦，篮球场啦，村史馆啦……过去没有的现在都有了，留车村变成了花花世界，老百姓过上了好日子。他要走了，我们村民舍不得他走。他走的时候，我们一定要送送他。他走到哪，都是我们的好书记、好干部、好儿子！"

这位农村大娘的话，虽然有些唠叨，但表达了她和乡亲们的真实感受。

雍鑫是一个创造故事的人。在驻村的最后日子里，他挨家挨户走访，与村民告别。乡亲们有的要送红薯给他，有的要送鸡蛋，还有的要送花生，但都被雍鑫一一拒收。他怕伤了乡亲们的心，只说，这些礼物太重，我拿不动，以后有机会再来这里尝。

当然，雍鑫也并不是所有的礼物一概拒收。老党员杨善春买了一个笔记本，在扉页上写了一排字："雍书记一路顺风，前程似锦。"落款是"老党员杨善春"。

还有一个爱绘画的老党员，画了一幅"岁寒三友"图送给雍鑫。

一个本子，一幅字画，寄托着乡亲们的关爱和深情。

不久前，上级考察组来留车村做深入调查，村妇联主席邝云娥央求道："可不可以不让雍书记走？村里的百姓都不舍得他走。他走了，我们村的建设不知怎么办。"

她说着说着，眼泪就哗哗地掉。

人心都是肉长的，考察组的同志也感动得哭了。

留车村民自发联署，要求雍鑫书记留任，签名者有四百多人。

采访过程中，好多次发现雍鑫的眼眶是湿润的，他强忍着不让眼泪掉落。我也一次次被感动得眼眶湿润了。

这是他奋斗过的留车。

从前没有路灯的街市和村道，现在夜如白昼；

从前没有文化娱乐的村子，现在有了文化广场，有了篮球场；

过去是一片文化沙漠，现在有了影院、图书室和村史馆；

过去荒芜的河滩，现在变成了湿地公园；

一片光秃秃的荒山，已经规划为前景可期的花卉小镇。

此刻的留车村已是瓜果飘香，民居整洁宽敞，村民们或在地头采摘果实，或在振兴车间赶制订单。

如今的留车，在奋斗者的脚印里，蓝图变成了现实：从德青源金鸡产业项目落户，到种植脐橙、百香果、猕猴桃、枇杷、甜柿、李子、油茶树等绿色生态产业，再到农产品加工、乡村旅游多元发展的产业格局，一个现代化雏形的留车村正在朝着乡村振兴的宽广大道阔步前行。

在临别的党员大会上，雍鑫在台上倾诉自己对留车的热爱，不少人心底涌动着难舍难分的感情，老党员、脱贫户曾春荣在台下哭。突然，有人唱起了《好人多》的歌——

冰封大地时，太阳最暖和。
雪中送盆炭，化作一团火。
漫漫长夜里，彼此手牵手。
…………

雍鑫声音沙哑起来，这块他抛洒过无数汗水的地方，是他永远的第二故乡。

我问雍鑫："你一生中，有两年多与留车百姓一起挥洒汗水，经历了脱贫攻坚，也为乡村振兴添了砖、加了瓦，你的青春是无悔的。在留车的日日夜夜，你是否为自己所做的一切感到欣慰和自豪？"

雍鑫答道："党的百年奋斗史就是为人民谋幸福的历史。作为第一书记，深感'人民就是江山'这句话的重量。打江山、守江山，守的是人民的心，我们做的一切，不能离开'人民'二字。"

是啊,“人民”这个千斤重的字眼,牢牢烙印在驻村第一书记雍鑫的心灵深处。

话语铿锵,穿透夜空,繁星们都听见了。

我与雍鑫走在繁星点点的夜空下,因为路灯明亮,繁星似乎失去了光彩。

青春是新时代亮丽的底色,为乡村振兴而奋斗,更是新时代嘹亮的歌谣。

高布村的播火者

还在几个月前的春节前夕,中华全国供销合作总社派驻寻乌县晨光镇高布村的第一书记吉志雄给我发来信息,他决定留在距离家乡两千公里外的高布村过年。

高布村的村民们乐坏了,大家打电话、发微信争着抢着邀请吉书记到自己家里过年。

“吉书记三次任职期满三次选择留下,他把乡亲当亲人看待,乡亲们早已把他当家人了。”高布村喜欢舞文弄墨、背地里人们称呼他“诗人”的汪万里深有感触地告诉我。

汪万里的一首打油诗为吉志雄做了精彩注解——

就地过年出新招,
迎春座谈又一年。
百果园里声声赞,
三次留任民心连。

乡亲们的热情,让吉志雄倍感温暖。

众乡亲的邀请,让吉志雄一时为难。去谁家不去谁家,显出亲疏,这碗水不易端平。乡亲们都是亲人,对谁都不能偏心,答应谁不答应谁都不合适。除夕，吉志雄申请到镇里值班，和值班同事一起吃个年夜饭，度过了这个难忘的大年。

吉志雄，一九七八年生，一九九六年入伍上军校，经历了十七年的军旅生涯。二〇一三年转业回京入职中华全国供销合作总社。二〇一六年一月，吉志雄从北京空降到江西寻乌县高布村担任驻村第一书记，三次任职期满，单位召唤他回京任职，但他三次选择留下。

他放不下这里的乡亲，乡亲们也放不下他。

在吉志雄的带领下，以前软弱涣散的村党支部，现在连续五年获评先进党支部；村里因地制宜发展起了大棚蔬菜、百香果、柑橘育苗、光伏等产业，为贫困家庭“造血式”扶贫解决了就业难题。如今的高布村，集体经济年收入达四十五万元。他说：“在乡村振兴的起步阶段，我们计划培养一批有利于环境保护和产业振兴协调发展的产业，包括蜂产业、旅游业、果业，以此为方向，培养一批致力于三农发展的新农人，让更多的人参与乡村振兴，为建设自己美丽的家乡做贡献。”

与吉志雄的交流，他不止一次地说到“我的村庄”。这种不自觉的流露，袒露了他的内心，他完全把高布村当作第二故乡，融入高布村的人情世故和一草一木之中，成为高布村的一员。

汪万里在正月初六请吉书记到家里吃了饭，他心里的不安才释然。吉书记在北京只有一个家，但在高布村，却有成百上千个家。人人都想请吉书记到家里吃上一顿饭，感谢他对高布的付出。汪万里说，吉书记舍小家顾大家，他牺牲与小家庭的团聚，是丢不下高布村这个大家庭。

汪万里给我讲述吉志雄三次留任的故事——

二〇一七年一月，中华全国供销合作总社原定派驻任期已到，通知他返回单位，但吉志雄却扪心自问：“高布村还没退出贫困村，我这就走了，对得起组织和乡亲们吗？”他给单位写了一份请求留任的报告书，他留下来了。

二〇一八年十二月，高布村退出贫困村，原定计划顺利实现，按理他该回家了，但他又纠结起来：“高布村还有贫困户没有脱贫，没有实现全面小康，我这样一走了之,岂不留了个尾巴,这哪成?”他再次向组织申请留任并得到批准。

二〇一九年十二月,高布村贫困户全部脱贫,原本他决定回单位,但一场新冠疫情席卷神州大地。吉志雄得知四名从武汉回到高布村的乡亲在隔离观察、村里缺少防疫物资时,他于二〇二〇年二月二日凌晨,从北京背起行囊,冒雪辗转两千多公里、耗时十六个小时,将单位支援老区的防疫物资送达。然而,他一踏上这块自己战斗过的热土,就再也挪不动了。吉志雄又一次选择与村民并肩作战,他说:“今年,我要与乡亲们携手抗大疫、奔小康。”

十七年军旅生涯,“九八抗洪”的亲身经历,让他充盈英雄豪迈气概。江西红土地是人民军队的诞生地和成长地,是军人骨子里固有的向往之地。欣逢精准扶贫号角吹响,中央单位开展定点扶贫工作部署,吉志雄主动请缨,告别有孕在身的妻子和五岁的女儿,只身来到江西南端一个偏僻的山村——寻乌县高布村。

在决战脱贫攻坚时期,高布村是多年的“空壳村”,贫困面大、贫困程度深、发展基础薄弱。二〇一五年,全村有四百六十五户一千七百二十五人,其中建档立卡贫困户就有一百零四户三百八十三人。

这块“硬骨头”怎么啃?

吉志雄脑子里装着《寻乌调查》,革命领袖当年利用战争间歇搞调查研究,今天他是专职驻村第一书记,更应该深入群众,进村入户,或到田间地头去与村民拉家常,了解新时代乡村的新情况、新问题。

村民富不富,关键看支部;村庄强不强,要看领头羊。

吉志雄首先从党员队伍建设和村党支部抓起,召开党员大会,听取党员建议,组织党员干部参观学习,让他们在参观中开阔眼界、理清思路,原本不和谐的党群关系、干群关系、同事关系逐渐得到改善。

曾因扶贫工作不力受到诫勉问责的村党支部书记,换届时以最高票连任;

曾因同事关系紧张、多次提出辞职的村委会主任,被评为县优秀村委会主任;

曾经软弱涣散的村党支部，连续四年被评为先进党支部……

有了强有力的领导班子，何愁不能带动村民致富。

吉志雄四处奔波，以踏破铁鞋的精神各方“化缘”，争取项目。从村主干道到进组入户路共六点五公里，硬化率达到百分之百，结束了“晴天一身灰，雨天一身泥”的历史；全村各组安装路灯两百盏，村民走夜路再也不用摸黑，彻底终结了打手电照明的历史。

吉志雄带领村两委班子，依靠发展生产脱贫一批，先后打造了高标准大棚蔬菜基地及小龙虾、红薯、光伏和脐橙育苗等五个扶贫产业基地，采取“公司+村集体+合作社+基地+农户”模式，让农户与企业形成利益共同体，推动贫困群众把资源变资产，使贫困户得到看得见、摸得着的实惠，生产“得现金”、务工“挣薪金”、入股“拿股金”、土地流转“获租金”。

到二〇一九年，高布村引入项目资金累计超过三千五百万元，村集体的经济收入由零增加到四十五万元，贫困户人均年收入从两千八百元增加到八千元。

扶贫先扶志，扶贫必扶智。脱贫攻坚到了冲刺阶段，必须充分调动贫困人口的“志”“智”内因，将外部输血式扶贫与内部造血式脱贫相结合，通过培育贫困人口自身“造血”功能巩固“输血”成果。那是二〇一六年，建档立卡贫困户严红招因家庭贫困且有两个上高中的孩子，经济压力非常大。吉志雄与驻村工作队了解情况后，为严红招跑前忙后找到工作，他自己带头为严红招女儿就学捐款。六年来，在物质资助和精神鼓励下，严红招家不仅顺利脱贫，两个女儿也先后考上了本科和研究生。

在吉志雄的协调下，中华全国供销合作总社下属企业纷纷在高布村开展“志智双扶”行动。中国农业生产资料集团公司在村里打造了提供农药、化肥、种子的“高布农资现代农业服务中心”；中国供销农产品批发市场控股有限公司为村里打造了蔬菜种植技术培训的“中国农批服务三农技能培训中心”……村民在服务中心学习农业种植、养殖、加工等技术，思想观念实现转变，劳动技能得到提升。

建档立卡贫困户林小燕多年悉心照顾年迈多病的养母,被市妇联评为“最美女儿”;建档立卡贫困户刘华安勤劳致富后,被村民选为村委会委员;贫困大学生刘长城考取高布村的扶贫专干,五名贫困大学生应聘了驻村公司的扶贫专员……越来越多的高布人怀着脱贫致富的信心,积极参与到扶贫事业中来。

在吉志雄的影响下,高布村涌现了一支年轻队伍,这支队伍还在不断壮大——

刘群,女,一九九八年生,二〇二〇年大专毕业,目前考入晨光镇政府办公室工作,入党积极分子;

黄良园,女,一九九一年生,大专毕业,返乡青年,曾在广东打工,现在中华全国供销合作总社驻高布村公司工作;

严艳圆,女,一九九〇年生,大专毕业,返乡青年,党员,现在中华全国供销合作总社驻高布村公司工作;

刘日伟,男,一九八七年生,大专毕业,返乡青年,曾在深圳做销售主管,党员,现在中华全国供销合作总社驻高布村公司任营销经理;

刘东方,男,一九九一年生,大专毕业,党员,村网络管理员,福利彩票发行人。

…………

乡村振兴离不开人才振兴,年轻人留下来,就留下了火种,就能薪火相传。当年红军长征走过的地方,都会留下一批革命的种子。有了火种,即便工作队走了,还有火种延续未来。

吉志雄想得很远,想到了他和工作队走了,还有年轻的火种在燎原。

春节期间,吉志雄忙碌着春季征兵的事。作为有十七年军旅生涯的退伍军人,吉志雄鼓励和引导村里的年轻人积极响应祖国号召,踊跃报名参军。

刘长城、刘泽荣是两兄弟。哥哥刘长城去年光荣入党,成为村里最年轻的党员和团支部书记;弟弟刘泽荣刚大学毕业回村。兄弟俩决定一同报名参军,报效祖国。他们共同的理想是,希望能够像吉书记一样,做个对国家对社会有用的人。

吉志雄有一次动情地对我说:“到退休时,我说不定还会选择到这里来与乡亲们共同度过晚年呢。”吉志雄对高布真正用心用情,是将自己的言行化为高布村的泥土的一个人。这泥土,自然是长出碧绿庄稼和沉甸甸果实的泥土,也是长出坚定信念和美好愿景的泥土。

之前的五个春节都回北京陪家人了,这次,他跟家人商量好了,就留在村里过年。一是响应“就地过年”的号召;二是不想给自己的扶贫生涯留下遗憾。

吉志雄“就地过年”,埋藏着一桩心事。他坦言,乡村振兴需要年轻力量,高布村发展一定要留住有想法、有学识的年轻人。每逢过年,村里的大学生陆续返乡,吉志雄盘算着与这些年轻人聚聚,激发他们热爱家乡、建设家乡的赤子情怀。

在高布村新时代文明实践站,吉志雄召集村里二十多名大学生举行迎新春座谈会。这已经是第七届了,每年春节前,这是必备节目。“一个留不住年轻人的农村是没有生气的,乡村振兴必须要有青年人的加入,必须要有文化青年的加入。”吉志雄如是说。

吉志雄(前排左五)利用假期组织村里大学生集体直播村里的特色产品

二〇二一年六月，驻村第一书记吉志雄接到调令，要离开打拼了五年的赣南热土——寻乌高布村。老表们依依不舍，本土诗人汪万里奋笔疾书，写下一首打油诗——

光阴荏苒，物换星移。
一晃五载，稍纵即逝。
书记品格，精诚博爱。
不作诳言，不存欺心。
事无巨细，事必躬亲。
不染一尘，表里如一。
…………

吉志雄与大学生谈人生理想、谈村里变化、谈乡村振兴战略的那些话还在耳际回旋。他用自身的实践与大学生交流，语重心长，感染了在场的大学生们，互动环节气氛十分活跃。阳光下，吉志雄领着大学生到高布小学、供销大桥、百香果产业园等地参观，让他们感受自己从小生活的村子在发生实实在在的变化，希望他们学成后，为乡村振兴出一份力。

吉志雄在为高布村传播火种。

有青春的火种在，乡村振兴也就有了希望。

村里来了个“大胡子”书记

百香果飘香的季节,我循着《菖蒲有爱》的村歌来到寻乌县菖蒲村。这个过去连市报都没有上过的村子,因为《菖蒲有爱》,迅速成为全国各级媒体争相报道的焦点。

《菖蒲有爱》是驻村第一书记、著名词曲作家田信国的作品。在百香果基地遇见大胡子田信国,大大出乎我的意料。田信国来到寻乌菖蒲村担任驻村第一书记,这更是一个大大的惊叹号。

田信国这个名字在电视上、在音乐领域、在词曲界都是十分响亮的。他不仅作词,还作曲,是音乐领域的多面手。他蓄着一头长卷发,迎面撞上,还以为遇见腾格尔了。满脸大胡子,让人过目不忘。

很多人知道,《江西风景独好》这首歌是田信国谱曲的江西旅游主题歌。这支歌经宋祖英演唱后,迅速响彻全国。由田信国于二〇〇一年创作的《江西是个好地方》,经李丹阳甜美的嗓音一唱,很快火遍赣鄱大地——

江西是个好地方
好呀么好地方
山清水秀好风光
八一起义在南昌
革命摇篮是井冈
红都瑞金闪金光
红色的土地万年长
…………

与田信国握手,有相见恨晚的感觉,我们的话题围绕乡村振兴展开。

我问:“你驻村的任务不轻啊,现在乡村振兴铺展开,你作为第一书记从何入手呢?”

田信国信心满满地说:“文化振兴是乡村振兴的灵魂,我们文化人,自然要从文化入手。乡村振兴关键是要提振、激发农民的信心和力量,只有加强乡村文化的振兴,才能帮助农民树立发展信心、振奋精神、生发激情。”

包村干部、“九五后”小伙子曾威告诉我,田书记来到菖蒲村短短的四个月,就做成了菖蒲村的“五个一工程”。

“五个一工程”?我来了兴致,睁大眼睛期待他的下文。

曾威不慌不忙,一一道来。

一首原创村歌。在乡村振兴如火如荼之际,一首村歌《菖蒲有爱》在菖蒲乡菖蒲村唱响。歌曲前奏一声“哎呀嘞”就是本村一位八十多岁的阿婆的嗓音,似乎有穿透时空的力量;一群当地孩子朗诵的童谣“排排坐,唱山歌,菖蒲村前弯弯河,桥下温泉荡清波,阿婆洗衫笑声多”,稚嫩的童声显得格外亲切。听众在不知不觉间宛若步入一幅客家风情画卷之中——

啊!
菖蒲有爱,一如初恋,
篁乡有梦,一生如愿。
眼里心里都是美美的画面,
我想与你共享这世外桃源。

《菖蒲有爱》发布后,其凝练的歌词、优美的旋律、动听的演唱、快乐的朗诵立即受到菖蒲村干部群众的一致喜爱。第一书记写村歌,很快在寻乌县境内外传播开来,成为乡村振兴的新亮点。

一个长寿村品牌。初冬时节,暖阳高照。二〇二一年十一月三十日,菖蒲村民在家门口品鉴着一场前所未有、原汁原味的文化大餐——“前辈·后生——菖蒲村寿星影展”。此次活动旨在进一步宣传菖蒲村“长寿村”品牌,传承敬老孝亲传统美德,持续巩固拓展脱贫攻坚成果,全面推进乡村文化振兴,增强老百姓的自豪感、幸福感、获得感。影展共展出菖蒲村七十二位八十岁以上寿星照片。照片主要由莒蒲村农民摄影家程德文拍摄，刘新忠、刘加鸿、王金艳、赵梅莲、邱洪波、林劲松、刘殿佐等寻乌县摄影家也参与拍摄，拍摄历时三个月。为打造“长寿村”品牌，驻村工作队做了大量的创新性工作：创作村歌《莒蒲有爱》，将“长寿之村”写进歌词；每个寿星家门口挂上“长寿之家”牌子；借助重阳节等节日，给每个寿星送温暖、献爱心。

一幅红色主题墙绘。红色主题墙绘描绘的是毛泽东会见古柏的一桩历史往事。一九二九年一月十四日，毛泽东、朱德、陈毅率红四军主力从井冈山转战赣南；同月三十一日，红四军从安远孔田进入寻乌县境内寨下，经分水坳、高头、公平来到莒蒲圩宿营。毛泽东在莒蒲圩接见了寻乌党组织负责人古柏、钟锡球、侯大风，指示寻乌党组织要进一步发动群众，扩大武装，建立革命政权。红四军在莒蒲召开了群众大会，宣传红军政策，号召穷人要团结起来，打土豪分田地，开展武装斗争。二月一日，红四军从莒蒲出发，经黄砂、廖坑排、余田、青龙、珠村、石排、双茶亭，到达吉潭东南侧三华里处的圳下宿营。翌日凌晨，发生圳下战斗，红四军遭受重大损失后突围进入罗福嶂。毛泽东在莒蒲接见古柏等人，为次年五月进行“寻乌调查”打下了坚实基础。

一场稻田歌会。秋收时节，一场以“为乡村振兴放歌、为美丽中国添彩”为主题的稻田歌会在光裕围前的一片田野里展开。这天不巧，天空下着毛毛细雨，为稻田歌会飘洒着一丝丝浪漫色彩。莒蒲地处赣粤边界，邻近赣粤群众两千多人慕名前来观看。村民们纷纷赞叹：“稻田里还能办音乐会，太震撼了！站在稻田里，闻着稻香，听着熟悉的歌曲，让我们感受到乡村振兴的美好！”

办稻田歌会这一绝妙的创意只有田信国能想出来。对于从事电视工作二十七年，导演过几十场全国、全省性大型活动的田信国来说，组织这场稻田歌会正是他的拿手好戏。很快，他就确定歌会由稻浪滚滚、红歌声声、乡音甜甜、情意深深及序曲、尾声六个部分共二十四个节目构成。

别看只是一场村办歌会，田信国却调动了他办大型活动的强大资源。他除了组织村里的群众演员，还招呼北京、杭州、南昌、赣州等地的专业歌手前来助阵。原北京军区政治部战友文工团青年歌唱家文谦从长沙驱车十一个小时赶到莒蒲村，演唱完《美丽江西》一歌后，她说：“感谢莒蒲之约，稻田歌会是我

驻村第一书记田信国(左四)在田野调查

与菖蒲的一次美丽邂逅。"南昌来的青年民歌手"难得胡涂"组合、贾唯唯、李文娟、许佳、流行歌手王昕绮和藏族歌手扎西德吉均表示,能来菖蒲为乡亲们唱歌,用爱心助力乡村振兴,难忘、难得也很值得。出生于菖蒲村光裕围的歌手刘小凡,用寻乌民歌调、菖蒲话深情演唱了田信国专门填词的稻田歌会开场节目《稻田歌会唱起来》,献给自己的父老乡亲。稻田歌会现场,请来了本村重量级"明星"——本村最大寿星、一百零二岁的魏月香上台分享长寿"秘诀";九位年均七十八岁的寿星组合,齐声高唱经典红歌《东方红》;本村七十二岁的山歌王刘孟兰手舞足蹈地唱起了寻乌山歌——

茶籽摘了茶花开,
茶籽树下搭戏台。
千人万人来看戏,
怎么情哥没有来。

歌声质朴,韵味悠长,瞬间将歌会推向高潮。

近两个小时的稻田歌会落幕后，一个叫钟琼的本土诗人在微信朋友圈写下《秋天的稻田歌会》诗行：

一场细雨从云端来
渗透在歌声中
篁乡河和光裕围屋从未听过如此动人的旋律
那是稻谷熟透的声音
“大胡子”第一书记把大舞台搬到了田野
明星和观众都来了
撑开的花伞
把色彩涂抹在美丽的乡间

一支菖蒲学生山歌队。这支山歌队一直处在专业培训中，十二月十四日寻乌县学生运动会举办开幕式，田书记向县教育局赖局长建议，把菖蒲学生山歌队拉上去亮相。另外，田书记还向江西省教育厅、赣州市电视台推荐菖蒲学生山歌队。田书记一有机会就向各界推介菖蒲学生山歌队。省教育厅体卫艺处准备把孩子们请到南昌亮相，让菖蒲学生山歌队站在更大的舞台，唱响菖蒲山歌，让乡村振兴在嘹亮的山歌声中延伸发展。

村民刘金贵说：“大胡子书记，是我见过的最好书记。”刘金贵为了强调他的观点，进而说：“我说的一点不夸张，在我们菖蒲村历史上，大胡子书记称得上是最好书记。”

刘金贵与村里的乡亲们都亲切地称呼田信国为“大胡子书记”。

田书记一脸长长的胡子，好有艺术家派头，在城里可能不那么打眼，但在乡村，个个见了都好奇。刘金贵夸赞说：“田书记穿着不如我，不认识他的人还以为他是街头艺人，但他这个第一书记工作实在，呱呱叫！”刘金贵竖起了大拇指。田书记穿着朴素，是艺术家特有的范儿，难怪刘金贵说他是“街头艺人”。此时，刘金贵穿着呢子大衣，还真有“金贵”的样子。刘金贵家装修得也还算豪华，看得出，他的生活过得不错。

大胡子书记每日走村串户，嘘寒问暖，很快与乡亲们打成一片。他这双识谱的慧眼，发现村里长寿老人特别多，由此，萌生了打造“长寿村”品牌的意识。

乡亲们当然高兴啦，尤其是八十多岁的老人，家家门口都钉了一块“长寿之家”的牌匾。重阳节，他们还领到了一床蚕丝被，过去从来没有这样的福利。八十四岁的周群老人，曾当过大队妇女主任，她对大胡子书记伸出大拇指，夸赞说：“现在干部这么用心为我们老百姓着想，但愿我们命长一点，多享一点共产党的福。”

…………

告别菖蒲村，我一路思索着人民群众的“获得感”与“幸福感”这个问题。从居有其屋、食有其源的原始生理需求，到教育、医疗、环境等不断优化的政策制度，在当下中国，“获得感”更加贴近民生、体贴民意。我从菖蒲村的群众脸上，看到了他们的获得感，也体会到了他们的幸福感。

我将我的感想通过微信与大胡子书记交流，田信国回复说：

通过决战脱贫攻坚，菖蒲村的群众进入全面小康社会，现在到了乡村振兴阶段，我们干部要多体贴民意，多为老百姓办实事好事，尤其要注重用文化滋养心灵，凝聚力量，振奋精神，让群众幸福感得到更大提升。

第四章

振兴歌谣

心中有理想,脚下有力量。

会唱山歌的脱贫户

道路连缀着山与水，正如阳光连缀着天空与大地。

行走在冬天阳光覆盖的赣南山区，感叹大自然造就的这一方山水，上演着一幕幕人间奇迹。

在山间地头与一个个脱贫人聊他们走出贫困阴霾的历程，我心坎不禁落下一缕缕阳光，倍感温暖。

在宁都县固厚乡小洋旻村，我见到会唱山歌的脱贫户周金生，如今他已摆脱贫困，过上小康生活。谈起他，周边的人都会说，周金生翻身不忘本，庚子鼠年新冠肺炎疫情暴发时，他毅然向国家捐款一万元，支援防疫抗疫，为精准扶贫脱贫群众树立了榜样。

站在小洋旻平坦的村落前，村支书的手指着对面山嘴处一栋房子说，那就是周金生的老房子。周金生已经搬到固厚乡的振兴小区住了，这里变成了养牛的生产、休息用房。

村支书刚打电话联系，周金生正从圩场往这赶。

沿着新修的水泥路，穿过一片田园，拐进一条小道，我们来到蓝木坑山嘴前的一栋平房前，这是周金生的老房子。老房子呈直尺形，砖石混搭垒建而成，屋顶用蓝色玻璃钢瓦覆盖。房子右侧有一排不规则土墙、门板和竹木搭建的矮房子，这是周金生的牛舍。我用笔在采访本上一间一间画下来，数一数共有十间牛舍。牛舍中间还附设羊舍、鸭舍、鸡舍。

一阵马达的轰鸣声由远而近，周金生开着三轮摩托车风尘仆仆地赶回来。他咧开嘴笑，上唇露出两颗牙的豁口来。他的整个脑袋呈紫铜色，只剩中央和后脑勺的头发稀稀拉拉地耷拉着。

周金生驾着三轮车从固厚圩上归来

周金生掏出钥匙开锁，打开门，张罗着给我们切脐橙。他还要去烧水，我们阻止他，请他为我们唱一首兴国山歌。

兴国山歌，有着悠久的历史。相传，它是秦末兴国上洛山造阿房宫的伐木工所唱的歌，中原客家先民南迁后，民谣渗透其内，与之融合，不断改造演化，在兴国山区扎根开花。兴国山歌故有“唐时起，宋时兴，唐宋流传到至今”的说法。兴国山歌曾是战斗的号角，在土地革命时期，为建立和巩固红色政权发挥了重要作用。二十世纪三十年代初，中央苏区军民在极其艰苦的条件下进行五次反“围剿”的斗争。兴国县的妇女在欢送亲人上前线时，送上自己新编的草鞋和新编的山歌。

热烈奔放的歌声激荡着战士们的心，他们用山歌回答：“哎呀嘞！山歌来自兴国城，句句唱来感动人，前方战士好兴奋。同志们！更加有劲杀敌人。”山歌一首接着一首，歌声化为斗争的力量，鼓舞红军奋勇杀敌。

周金生的脸膛被太阳晒成了古铜色，说是秃顶却还留有一些稀疏的头发。他憨态可掬，听说我们要听山歌，立马站直身了，清清嗓子，就唱了起来——

[哎呀嘞！]
固厚来了杨乡长，
温柔体贴识民意。
不摆架子讲政治，

[同志哥!]
语重心长问家常。

周金生唱的山歌,每首歌四句话,每句七个字,还讲究押韵。歌中唱到的“杨乡长”是固厚乡乡长杨春,他于二〇一七年到小洋旻村扶贫,成为建档立卡贫困户周金生的帮扶干部。

周金生说:“杨乡长就像自己的亲人,上门来宣传党的精准扶贫政策,询问我养了几头牛,种了几亩地,教我发展养牛、种脐橙产业。”有了杨乡长的关心,周金生切实感受到党和政府的温暖。杨乡长引导他发展产业,帮助他找到致富门路,顺利脱了贫。

周金生告诉我,他读书少,很少摸笔。平常他喜欢哼唱山歌,白天劳动时,想起党的好政策,就会情不自禁地哼唱起来。他怕自创的歌词忘记,就用笔将歌词记下来。字写得歪歪斜斜,却是他的心声。

周金生说,以前种田时家里养过一头牛,二〇一六年被认定为建档立卡贫困户,贴息贷款五万元,买了六头母牛、一头公牛。现在存栏十三头,其中九头母牛、一头公牛、三头牛崽。母牛每年能产一头牛崽,牛崽养到半大出售,每头牛崽能卖四千元,九头牛崽收益可达三万六千元。当然,还得刨去饲养成本,但纯收入三万元是有的。周金生还养了六只羊、五六十只鸡鸭。

周金生还在牛舍后面的山坡上开垦了一片果园,种的是脐橙树。现在枝叶繁茂,二〇二〇年开始挂果,约有三千公斤。他说,大儿媳帮他在网上卖一部分,收益可达一万多元。

周金生的小儿子有耳疾,独自带着一个女儿,二〇二〇年十一月开始承包蔬菜大棚种辣椒。辣椒每公斤十元,第一批他卖了四百公斤,初尝了种植的甜头。

周金生家住固村镇、长胜镇、固厚乡三个乡镇交界处,前不着村、后不着店,孤零零的一栋土坯房,穿风漏雨。小儿子因为残疾没有工作,儿媳嫌弃家里穷而远走他乡。

家里过上好日子,还得从精准扶贫发展养牛、种脐橙产业开始说起。周金生笑着说:“脱贫靠‘扶贫牛’,奔小康要靠‘脐橙树’。”

二〇一六年七月，小洋旻村里开启了一场轰轰烈烈的“山上造橙”行动。

爬上一座山顶，这里建有一栋小房子，房子门前挂着“小洋旻村脐橙种植专业合作社”的牌子。房子里摆放着桌子，脐橙产业扶贫基地培训班就在这里举办。每次开班，周金生都会来这里听课。

房顶是观景台，四周装有栏杆。站在这里观景可以看到四周起伏的山峦。举目眺望，山头郁郁葱葱，村支书说这是“山顶戴帽”；山腰果树与山路阡陌纵横，蔚为壮观，这叫“山腰种果”；山脚林木茂盛，村民称之为“山脚穿靴”。脐橙种植，既要考虑经济效益，也要考虑生态保护。“山腰种果”是向山地要经济效益；“山顶戴帽”“山脚穿靴”是防止水土流失、保护生态环境的一种举措。

除此之外，基地还建设了外埂内沟反坡梯带，梯壁播种水保草，梯面种植绿肥；保留自然隔离林、生态隔离带和通道绿化线，让园中有林、林中有园。

同时，为解决农户资金困难，宁都县在金融信贷上开设绿灯，贫困户在享受扶贫政策之时，还可以享受由银行专门开设的生态脐橙开发贴息贷款。这极大地鼓励了村民种植脐橙，小洋旻村一百八十五户果农共种植脐橙五千二百四十六亩，其中建档立卡贫困户就有三十五户，另外二百四十亩作为村级集体资产，小洋旻村从“空壳村”变身“果业新村”。这一大片果山果园，进入丰产期后预计可产果一千万公斤，产值可达五千万元。

这一大片果山里，其中就有周金生的十多亩脐橙苗。在养牛羊之余，这些果树也在一天天长大。到果树盛产期，小洋旻村的脐橙园将变成果农的金山银山。

远远地，听见周金生又唱起来了——

[哎呀嘞！]
脐橙满山果满园，
老表致富甜心间。
小康日子从天降，
[同志哥！]
幸福生活万年长。

制衣厂的“嘀嗒”声

走进云石山乡丰垅村一栋民居的后院，里面传来“嘀嗒嘀嗒”的声音。这似乎是时间的声音，然而不是。有人将这个声音写成了诗句：

嘀嗒嘀嗒，
像一首振兴的歌谣，
唱响在云石山下的制衣车间。
嘀嗒嘀嗒，
像一声声振兴的号角，
吹响在当年的“长征第一村”。
…………

云石山乡是著名的革命圣地。一九三四年七月，中华苏维埃共和国临时中央政府，中共中央局、中革军委等中央机关各部委从沙洲坝迁移至此。云石山丰垅村还是著名的长征出发地之一，素有“长征第一村”称号。一九三四年十月十日晚，中共中央、中革军委率领中央、军委机关和直属部队编成军委第一、第二纵队，从这里出发，迈上万里征程。

十几个女工踏着缝纫机，缝制着一件件衣服。缝纫机发出“嘀嗒嘀嗒”的声音。这里是一家制衣车间，女工们正在缝纫机上劳作，用针线缝合着布料，密密的针脚连接她们的生活，也连接乡村振兴的时间表。

车间摆着两排缝纫机，工人们面对面坐着，地面上堆放着各种颜色的半成品布料。

钟美美也在工作台上与其他女工一样低头干活。如果不打听，真不知道她就是这里的老板娘。

钟美美是瑞金市云石山乡丰垅村的致富带头人。她原是建档立卡贫困户，

制衣厂车间一角

却不甘于贫困,利用自己在外打工学来的技术回家办起了制衣加工厂,招纳村民一起生产,带动村民共同致富。

钟美美从小受长征精神的影响。在生活最为艰难的时期,她没有向困难低头,而是挺起胸膛,用自己柔弱的肩膀挑起了生活的重担。

二〇一五年初,春节后不久,当人们都还沉浸在节日的欢乐之中,钟美美却碰到一件烦心事:外嫁多年的女儿梁华被婆家强行送回娘家,当时她目光呆滞,两眼无神地站在自己面前,已经完全没有了人样。女儿嫁去福建长汀,婚后不久就怀孕了。原本是一件欢喜的事情,却转为一件悲伤的事——一次偶然的检查,发现小生命早就胎死腹中。女儿伤心欲绝,还遭到婆家冷落和欺辱。或许是天公垂怜,女儿不久后又怀孕了,可是世事无常,小孩出生后便检查出患有先天性心脏病。婆家更加嫌弃女儿,说女儿肚子里生不出好娃。女儿经不住羞辱,抑郁成疾。婆家看着女儿胡言乱语,行为反常,觉得自家儿子娶了个疯女人,便将女儿送回了娘家。

望着眼前痴呆、精神失常的女儿,真不敢相信这是昔日自己年轻活泼的女儿。钟美美满腔怒火,准备找女婿理论。善良的丈夫一把拉住她,说:“美美,他们无情自有天理在,女儿是我们的亲生骨肉啊,就当女儿没有出嫁吧!”

就这样,钟美美泪眼婆娑地把女儿接进家,女婿头也不回地走了。

不久,女婿提出离婚。钟美美和丈夫商量,同意了对方的请求。女儿都这样了,就不要再拖累别人,看看有没有办法治好她的病。为了医治女儿,钟美美举全家之力为女儿寻医问药。

二〇一五年的秋天,女儿病情加重,不仅精神分裂症恶化,甚至手脚都不受控制,不能正常活动。作为父母,实在于心不忍,经人建议,钟美美送女儿去赣州康复中心。那时候,她在一个小作坊务工,丈夫远在漳州务工,儿子在外打拼,照料女儿的重担全落在她肩上。女儿看病需要花钱,自己又不舍得丢掉手头的工作,只好在医院请护工照顾女儿。当时她工资不到两千,请护工一个月就要一千二百元。

然而祸不单行,女儿在医院又查出得了肺囊肿。看着病魔缠身的女儿,钟美美情不自禁地泪流满面。女儿转院到赣南医学院附属医院,马上要做手术。钟美美将身上仅有的三千块钱交了医药费,等到晚上,护士过来说钱不够,要再交钱。钟美美拨通老公的电话,老公在弟弟那边打工,借了一万元,转给医院。谁想,第二天早上护士就把账单给她,说:“哎,又没钱了。”又是一笔巨大的数额,钟美美只好打电话给儿子,让他再转一万元钱。

这段时间,钟美美四处辗转借钱,幸好自己人缘不错,亲戚朋友都多多少少借了些钱给她。这一次住院下来,医疗费用就花了七八万元。

可怜天下父母心。钟美美为治好女儿的病,带她去过医疗条件良好的大城市治疗,也带女儿到民间的私人诊所就诊,但女儿的病情未见一丝好转,花去的医药费用不下十五万元。“那时候,真是倾家荡产,穷困潦倒啊。”她说。

正当钟美美为摆脱贫困一筹莫展时,丰垅村村委干部和市科技局驻村扶贫工作队主动上门了解她家的情况。二〇一五年五月,经过一番调查、走访、评议等精准识别程序,钟美美家被确定为贫困户。这是一个重大转折,处在贫困深渊的钟美美看到了一线希望。

科技局结对干部邓珠凤,走进钟美美家嘘寒问暖,鼓励道:“有什么困难,请及时向我们反映,我们会尽全力帮助你。”

就是这句话,让钟美美重新燃起了对美好生活的向往。

然而,家庭的阴霾仍未散去。患病的女儿,吃饭经常哽咽,严重的时候甚至会休克,就连喝口水也会呛到。钟美美一刻也不能离开她,不管去哪里都要带着她,如果有事外出,不得不请邻居朋友帮忙照看女儿喝水吃饭。因害怕女儿进食困难,平时的食物都要碾成粉末,就像喂小孩子一样。

不能外出工作,家庭经济陷入困境,给女儿买点营养品都成了奢望。

"邓珠凤大姐知道我家女儿遭遇,隔三岔五就会来走访,问我女儿身体怎么样,问我做事做得怎么样。她经常过来问,给我出主意、想办法。"钟美美说。

一次,邓珠凤看见钟美美在帮别人做衣服,就说:"你有这样的技术,想没想过用这一技之长发展产业?"

那时,女儿刚从医院回来,钟美美欠了一身债,没有本钱做任何事,办厂想都不敢想。

邓珠凤知道这个情况后,帮钟美美申请了奖扶资金五千元。钟美美利用这五千元钱买了四台缝纫机,开始小打小闹地承接服装加工订单,这才走出了创业的第一步。

二〇一六年,邓珠凤又帮助她申请了五万元贴息贷款发展生产。钟美美用这笔钱添置了十几台缝纫机,人手也一下子增加了不少。就这样,在扶贫干部的帮扶下,钟美美顺利地办起了凯祥制衣厂。

"嘀嗒嘀嗒"的机器声,像音乐在耳鼓播放,钟美美的心里有了一丝丝喜悦。

在经营了一段时间后发现,由于服装加工行情不好,服装加工订单时断时续,从事服装加工的村民大多数外出打工,导致招工存在相当大的困难,处于一种难以为继的状态。

正当钟美美一筹莫展时,结对干部邓珠凤通过朋友联系到福建厦门一家公司可稳定供单。

加工订单一张接着一张,如雪花般飞来。

钟美美又碰到了幸福的烦恼:订单有了,可又缺少服装加工的工人。

怎么办?

这时,钟美美首先想到的是扶贫干部邓珠凤。

邓珠凤知道钟美美的困难后，立即动员村里有服装加工技术的村民到钟美美的加工厂上班。

经过多方努力，服装加工厂才逐步走上正轨，一年一个台阶，生产效益稳步提升。

二〇一五年下半年开始运作，服装加工厂带动当地村民就业十五人，实现纯利五万元左右。翌年，尝到产业扶贫带来的甜头后，钟美美扩大生产规模，扩建厂房、添置缝衣设备、招收缝衣工人，落实订单，带动村民就业二十五人，自己也获得纯收入十万元。

有了扶贫政策的支撑，在自己家里办厂，不仅自己解决了就业，还能带动村民一块就业致富，钟美美的心中充满干劲，精神面貌也焕然一新。二〇一七年，钟美美的家庭达到了脱贫标准线，成功摘下了贫困户的“帽子”。

二〇一八年至二〇一九年，政府连续两年从水电费上对钟美美的服装加工厂进行补贴，补贴水电费一万五千元。服装加工厂用工三十多人，其中贫困户六人，实现利润十万元。

二〇二〇年，虽有新冠疫情的影响，但接的订单比往年还多，除本厂加工外，还发了一些货给其他的加工厂加工。钟美美的服装加工厂带动附近三十多位村民就业，其中贫困户九人，政府补贴水电费两万元，还有扶贫奖补款五千元，利润突破十万元。

二〇二一年，钟美美又在附近开了几家服装加工厂，所以工人工资支出增加了不少。不过工人多了，订单数量也多起来，算起来厂里的收入并没有减少，利润突破十万元。

二〇二二年，仍受疫情影响，订单减少了，加工费也有所下降，利润少了。钟美美希望疫情早点过去，回归正常生产。

吃水不忘挖井人，致富不忘党恩。一次，钟美美获悉小学要改建，于是和丈夫、儿子商量，一致决定为小学捐款五千元，贡献自己的微薄力量。后来兴建下陂子到石下塘路段，钟美美再次捐赠一千元……

钟美美告诉我，她希望通过我的笔写出她的心声。她说，她要对我们的党、我们的国家以及帮助过她的干部们衷心地说一声谢谢。同时，她衷心祝愿天下所有的脱贫群众和弱势群体都能过上幸福快乐的生活。

幸福是奋斗出来的。钟美美不等不靠，用双手创造属于自己的美好生活，同时带领群众一同奔小康。

“嘀嗒嘀嗒”，在乡村振兴的路上，融合着缝纫机的欢快运转。钟美美表示自己将不懈奋斗，继续办好服装加工厂，与群众一道为建设社会主义现代化强国添砖加瓦。

走进三河村

车子在山路上左盘右旋，大柏地乡干部朱皓陪同我去三河村教学点，采访教师王北海。这个教学点因为“一所学校，一个老师，一个学生”而被各方媒体深度报道，文章达到一百多万的阅读量，在社会上引起了强烈反响。这也引起我的采访热望，再远的路也要走一趟。

进村的路上，我了解到朱皓曾是三河村驻村帮扶干部。

我问她驻村帮扶的经历，有什么可讲的故事。

她说故事不少，就说这条路，她不知来来去去往返了多少次。有一次白天进村，晚上接到通知要回乡里开会，她没有多想，发动车子就往乡里开。此时，天已伸手不见五指，蜿蜒的山道上只有两只车灯晃来晃去。她害怕极了，一是怕车子在狭窄的山道上掉入沟里，二是怕山道上突然蹿出什么野兽来。她战战兢兢地开，速度等同于乌龟赛跑。等开到乡政府，身上的衣服湿了好几遍，她吓出了几身冷汗。

说到扶贫的艰苦岁月，她深有体会。她在三河村挂点三户兜底贫困户，那时她还在休产假，但心里惦念贫困户，便开着车子，带着未断奶的孩子一同进村。于是，在村里上演了一道携子扶贫的美丽风景。

朱皓挂点的三户贫困户，每一户都有值得记忆的温情故事。

有一对八十多岁的夫妻，没有孩子，但相扶到老，挺不容易的。每次看见朱皓的车子开到门前,这对夫妻都会站到门口迎接。待她打开车门,老人就会跟她玩笑般地说:“老朱,你来了。”朱皓本是老人孙女的年纪,老人却称呼她“老朱”,这是一种同志般的爱称。老人跟朱皓握手,说:“这么冷的天,还来走访,要多穿点。”奶奶趁“老朱”和老伴说话的工夫,到灶间去烧火,一会儿端上来一大碗鸡蛋面,面条下埋着五六个鸡蛋。太多了,她吃不下。但老人不肯,说无论如何要吃完才让走。村里干部说,这个老爷爷年轻时是个很难说话的人,但自从精准扶贫后,他的思想也转变了,变得通情达理起来。

另一户,是一个老奶奶,老公早在二十年前去世,儿子成家后出去务工,留下三个孙子给她带。每次去,朱皓会带一些文具看望他们。朱皓跟孩子说,要好好学习,长大以后找个好工作,孝敬奶奶。跟奶奶聊天时,奶奶易动感情,不时用衣襟擦眼泪。

还有一个兜底户,女儿外嫁了,一次老人生病住院,朱皓买了水果去看望她,老人说:“你比我的亲闺女还亲!”

…………

从朱皓的讲述中,我有这样一个体会:今天的扶贫干部与困难群众就像一家人,扶贫干部的关心如春风拂面,给山村的困难群众带来无比的惬意。这种惬意也许是一生中最为宝贵的温情。这让我想起了苏区时期,那时流传的“苏区干部好作风”,是“苏区精神”的重要部分。如今,新时代的扶贫干部与群众打成一片,创造了“扶贫精神”。他们是时代先锋,为这个时代留下了可歌可泣的事迹,为后代所传颂。

在采访三河小学王北海老师前,朱皓还领我去看望一个养蜜蜂的脱贫户。

车子拐了几个弯,来到一个小村口。邹庚长的房子紧靠山根,走进他新盖不久的房子,蜂蜜的香味扑鼻而来。邹庚长的老母亲在门口,见到朱皓领我们来,她热情相迎。

邹庚长正在楼梯转角处给墙面刷水泥。这活不能停,一停下来,水泥就凝固了。我站在他身后,看他用抹泥板铲上湿水泥抹上墙体表面,露着砖缝的墙面在抹泥板的来回滑动下,变成了平整的水泥墙面,将来刷上白灰,这房子就洁白透亮了。

这本是泥水匠干的活，邹庚长却自己干了。从他挥动抹泥板的利索劲，看得出他对美好生活的向往是热切的。要想过上好日子，就需要这样一铲一铲地抹平坑坑洼洼的砖墙表面，然后刷出幸福生活该有的亮色来。

邹庚长自诩“蜜蜂王子”，他有五百多箱蜜蜂。说起邹庚长，以前住在破烂不堪的老房子里，“屋外下大雨、屋里下小雨”，老婆不忍过这种凄苦的生活，生下一个女儿后跑了。二〇一六年，邹庚长在扶贫干部的引导下，开始养蜜蜂、种白莲，渐渐地有了积蓄。这年他盖起了房子，是一栋三层砖房。有了房子，就有了幸福生活的窝。

听说邹庚长积压了上千公斤蜂蜜，我问他怎么不想办法学习电商销售。

他说自己住在深山里，信息闭塞，手机也玩不转。

山里特产通过传统的销售模式可能难以奏效，需要结合互联网，通过电商将产品卖到外地。在广大乡村，电商已成为农村土特产品销售的主力军。他是“八〇后”，完全可以追上时代步伐，学习电商销售，将自产的优质蜂蜜卖给城里的客户。我也向一些朋友推介，如果需要蜂蜜，可以与“蜜蜂王子”邹庚长联系。不少朋友买过他的蜂蜜，说真甜。

蜂蜜是纯天然的。蜜蜂将采自大自然的花粉酿造成蜜。邹庚长以一颗赤子之心和积极的劳动致富心态，养育着蜜蜂，追求本属于他的美好幸福生活。

车子返回三河村部。朱皓领我去三河小学，看望“一所学校，一个老师，一个学生”的三河小学和王北海老师、钟粮和同学。

走进三河小学铁栅栏，围墙内是一栋两层教学楼兼办公楼和一个可容纳百余人的操场。

昔日人声喧闹的场景不再，有如节假日，学校很静，静得只剩下风在吹拂。

一面五星红旗在风中飘动。看起来，早上这里还升过国旗。

我们走进院子，王北海老师领着学生钟粮和下楼来迎接我们。如果不是在学校遇见他们，走在路上，还以为是一对父子呢。

王北海是“七〇后”，瘦高个，露着谦卑的微笑。

钟粮和八岁，留守儿童，上一年级，不太爱笑。

来到二楼，王北海继续给钟粮和上课。我们一边旁听，一边拍照。王北海

上的是语文课,教的是与时间有关的词组:

上午	昨天	上个月	去年
下午	今天	这个月	今年
晚上	明天	下个月	明年

王北海一遍一遍地领读,钟粮和一遍一遍地跟读。这里没有咿咿呀呀的混合喧闹声,只有一个中年人的质朴嗓音和一个孩童的稚嫩声音。

王北海生在大柏地一个偏远的山村,从小就与这些群山结下了不解之缘。高中毕业后,他毅然选择到大柏地乡蔡头小学当起了一名教师,且在这个乡的山区学校一干就是二十多年。刚参加工作时,教师工资很低,加之乡镇经济拮据,拖欠工资是常有的事,但他乐此不疲,无怨无悔。其间,朋友、亲属劝他改行或外出创业,均被他断然拒绝。一九九九年春,一家广东的企业想聘请他去做管理,工资是他当时教书的好几倍,但想到山区孩子的求学之梦和一双双渴望知识的眼睛,他还是决定继续留下来。

由于出生于山区,他对山区群众的生活状况十分熟悉,对山区孩子对知识的渴望也最了解。他说:“学生的需要就是我的选择,我决不放弃教师这个崇高的职业。”为此,他甘守清贫寂寞,甘于担当奉献,一直深深扎根山区,默默地勤奋耕耘。

王北海在教钟粮和认字

参加工作以来，他总是挑没人愿意去的偏远学校任教。哪里最边远、最困难，他就到哪里去。他曾先后在蔡头、湾子、元坑、三河等学校任教，这些学校都是大柏地乡的偏远山区学校。

在深山教学的漫漫岁月里，他不畏艰难，把学校当成自己的家，经常利用休息时间，自己动手维修校舍，整治校园环境，建设美丽校园。他刻苦钻研，精心施教。他关爱学生，倾情资助，用自己微薄的薪酬资助贫困学生和留守儿童添置衣物和学习用品。他所任学科成绩每年都名列全乡前茅，所在学校每年都被评为全乡先进。

二〇一二年，王北海来到三河小学任教，那时有一至五年级，四个老师，八十多个学生。二〇一五年开始，三河教学点变成了仅剩一个学生的教学点。为了不让一个学生流失，让每一个学生享有同样上学的权利，他克服种种困难，毅然决定坚守在此。二〇一九年，唯一的学生是二年级的陈威宁。读三年级时，陈威宁被父母接到城里读书去了。

缘于执着坚守，王北海在三尺讲坛收获了很多，培养了一批又一批农村学子，有的学生考取瑞金一中“红都班”。他也从一名普通教师，成为全市优秀教师，成为教师楷模。

现如今，唯一的学生是读一年级的钟粮和。由于钟粮和是留守儿童，家里离学校又远，来回不方便，为了更好地照料钟粮和的学习和生活，王北海放弃了下班回家和家人在一起的时间，选择和钟粮和一起常住学校。从周一至周五，王北海几乎每天二十四小时陪伴在钟粮和的身边。

“一心从教，两袖粉尘，三尺讲台，四季耕耘”，这既是他从教生涯的真实写照，也是他执着无悔的铮铮誓言。

只要还有一个学生，他就不能撤退。语文、数学、美术、品德、体育、音乐，门门课都得教，缺一不可。越是学生少，越是考验教师的综合素质。

说到生活状况，王北海说，吃饭跟附近的村民搭伙。每周一，从外面带肉、鱼、鸡蛋进来，蔬菜到村里解决。学生是建档立卡贫困户孩子，吃住都不用出钱。搭伙费从校长办公费中支出。每年上级拨给校长办公费七千元，支付完搭伙费就所剩无几了。

学生住校，由于孩子小，王北海带着孩子睡一张床，像一对父子。他既是老师，又是家长，还是玩伴。王北海既要教孩子读书，又要帮他洗衣做饭，还要陪他玩耍成长。

王北海说："现在越来越多的学生都到条件更好的城里去上学了，只剩下没有能力的家庭的孩子在山村上学，我不能眼睁睁地看着这些孩子失学。哪怕只有一个学生，我也要坚守教学岗位。"

山区学校生源越来越少，这种现象正在不少山村上演。当然，其中也涉及深层问题，待有识之士从中华民族永续发展这个大义前提做深入思考，比如人口老龄化、城镇化建设与农村空心化等诸多问题。

但即便只有一个孩子，老师就不能全身而退，就要坚持教学。教育是阻断贫困代际传播的唯一渠道，这个渠道绝不能断流。

师者，传道授业解惑也。他们如阳光般普照，如雨露般滋润，才让学子们的心田绿草如茵，繁花似锦。有人这样为教师唱道——

三尺讲台上，
演绎着他们的伟大。
小小粉笔里，
书写着他们的智慧。
振兴画卷中，
有他们负重前行的身影。
…………

山区教育虽然是一条洒满阳光又布满荆棘的路，但王北海仍然执着坚守，在乡村振兴路上，开启了教育人生的崭新篇章。

如今处在实施乡村振兴战略的重要关头，全面建设社会主义强国，最艰巨的任务在农村，最大的潜力和后劲也在农村。农村教育在乡村振兴战略中具有基础性、全局性的战略地位。作为一名长期奋斗在边远山区教育第一线的教师，王北海深知自己这颗螺丝钉的责任所在，他用一腔热忱一腔爱，用真情言传身教，教书育人，忠实履行一个人民教师的职责，让我们看见了一个人民教师的完美形象，在平凡的岗位上谱写不平凡的人生。

“山歌王子”

来到全南县南迳镇马古塘村，只见村子焕然一新，房屋立面粉刷一新，还画上了秀美的宣传画；村道是柏油路；池塘修了围栏，里面的荷花在清风中摇曳……

走访脱贫户谭宗怀家，与他聊天，他讲述自己的脱贫经历：他出生于一九五〇年，家里有四口人，老婆得了精神分裂症，属一级残疾，到医院拿药不要钱。儿子在外面打工。儿媳治病花了十几万元，医药费报销百分之九十。老谭在离家一公里的山脚下搞养殖，养鸡、鸭、鹅，现存栏鸡八十只、鸭六十只、鹅一百多只。已经售出鸡鸭鹅共六百只，平均每只一百五十元，收入达九万元，除去成本，有三万元纯利。谭宗怀说：“这些鸡鸭鹅的销售，全靠村支书、驻村第一书记和镇里干部帮忙。”

我问老谭：“日子过得好不好？”

他说：“如果不是国家的好政策，像我这样的家庭，哪还有活路？都是共产党为我们老百姓造福，我们才能有今天。”

现在国家出台新政策，对新发展阶段优先发展农业农村、全面推进乡村振兴做出总体部署，防止返贫、巩固脱贫攻坚成果便是其中的重要任务之一。

幸福不会离他们远去，他们的日子只会一天更比一天好。

在全南县龙源坝镇雅溪古村，碰上一个张口就来的“山歌王子”，他毫无扭捏之态，冲我这个陌生人唱起来——

[哎呀嘞！]
驻村干部到家边，

我泡茶你喝敬上烟。
如今党的政策好，
[同志哥！]
农民的日子赛神仙。

他叫陈昌飘，是脱贫户。他对党的扶贫政策有深切的感受，张口开唱吐出的词汇都是“扶贫干部”“党”“政策”等，但又十分接地气，与平常农民生活的“泡茶”“敬烟”等相联系，显得非常日常化。我听得不过瘾，请他再唱，他腹稿不打就开口——

[哎呀嘞！]
如今干部好名声，
上家请来下家迎。
上家就说吃杯酒，
[同志哥！]
下家又哇杀头牲(鸡鸭)。

陈昌飘生活在好时代，碰上党的扶贫政策在全国大张旗鼓地展开，他家作为困难家庭被认定为建档立卡贫困户，并在扶贫政策的帮扶鼓舞下，迅速脱贫奔小康。

陈昌飘跟我讲述过去贫困时期，上要赡养老父老母，下有一对儿女需要抚育，住房拆旧建新装修又没钱。在家当过教师、村干部的他，不得不远走他乡，到广西与越南芒街毗邻的东兴市打工，给人扛麻包做搬运工，生活异常艰难。妻子李春晓，是个能干的农村妇女。一九八六年，春晓嫁进他家，饭也吃不上，跑到十几里远的地方去开荒，这里刨一小块，那里刨一小块，过着地里刨食的日子。后来，她尝试做小生意，收废品，卖犁耙锄铲等农具家什，赶圩场，都挣不到多少钱，但维持着一家的开销。二〇〇七年，大儿子不幸夭折，给这个苦难深重的家庭以巨大打击。生活苦点累点没有什么，但让她失去儿子，这实在无法承受。有一段日子,她神情恍惚,茶饭不思。这个坚强的女人最后也倒下了,她中风导致半身不遂。十多年过去,如今走路,还不是那么利索。

"山歌王子"陈昌飘张口就唱

二〇一六年,总投资一点五亿元的全南雅溪古村景区项目开工建设。一条小溪自东而西从雅溪围屋群的前方流过,穿越村落以后与其他三条小溪合流,与周边山体的绿色植被形成美好的聚居环境,使这个始建于明朝的村落欣欣向荣。

游客纷至沓来,给这个村落带来了丰厚的旅游收入。陈昌飘和妻子辟出客厅做售卖点,销售农副特产,诸如花生、豆皮、香芋丝、香菇、木耳、灵芝、干笋、干辣椒、麻糍、客家米酒、板鸭、马蹄、甘蔗……有的是应季鲜货,有的是干货,应有尽有,客户来来去去,给他脱贫奔小康带来欢笑。

节假日,雅溪村车来人往,也是陈昌飘最忙碌的时候。他说:"每个双休日、节假日大概有一两百人来游玩,一天的收入有一千元左右。"

在过去十多年时间里,雅溪村人守着古老的围屋,养在"深闺"无人识,陈昌飘和村里大多数人一样,只有外出打工过着穷日子。

随着雅溪成功创建为国家4A级景区,千年古村重换新颜。随着景区的火爆,陈昌飘的人生轨迹得到改变。在扶贫干部的帮扶下,陈昌飘在家开了一家做小吃、卖土特产品的副食品店,捧上了旅游致富的"金饭碗"。

和陈昌飘一样,雅溪村民吃上了"旅游饭",在景区内开餐饮店的有二十四家、小吃店十一家,解决了一两百人的就业问题。曾经的六十八个建档立卡贫困户,每年可增收两万元以上。

雅溪村在脱贫攻坚这场硬仗中打得很出色，全面小康已经深入每一户家庭。如今，全域旅游发展与乡村振兴有机结合，通过完善利益联结机制，让群众从旅游产业发展上得到更多实惠。

初春时节，尽管寒意凛凛，雅溪村蔬菜基地内却绿意盎然。为突破在蔬菜种植技术、质量、安全等方面的瓶颈，该村引进了一家农业科技龙头企业。目前，该村打造了面积达四百五十三亩的蔬菜基地，并配套建设了真空预冷、低温保鲜、精选分拣包装等一体化冷链系统，每年带动二百多户村民户均增收五万元左右。

看着乡村振兴掀起了新一轮高潮，我怎么记也记不完。拿起手机拍摄，处处是风光，处处是乡村振兴的火热场景。听！春风里，山歌又在飘荡——

[哎呀嘞！]
蔬菜基地绿汪汪，
辣椒茄子四季鲜。
雅溪景区人气旺，
[同志哥！]
喝碗米酒再出征。

第五章

用汗水浇灌土地

人世间的一切成就、一切幸福都源于劳动和创造。

百香果园的凯歌

走进寻乌,乡村振兴如火如荼,“振兴哥”林瑞平领我来到他的百香果园,只见一串串的百香果挂满藤枝。

脱贫攻坚时期,林瑞平曾被人称为“扶贫哥”;他的妻子潘秋霞,则是远近闻名的“百香姐”。

夫妻二人与百香果结缘,成为决胜全面小康和乡村振兴路上的致富带头人。他们的故事在寻乌,乃至赣南迅速走红。现在我带领大家认识一下这对不一般的“网红”农民。

林瑞平和潘秋霞是一对夫妻,他们一胖一瘦。林瑞平长着一双细长眼睛,每当他笑的时候,眼睛就会眯成一条缝。潘秋霞却有一对大而圆的眼睛,她笑起来比百香果还甜。

耳际似乎有一支轻柔的歌曲在寻乌的田间地头响起——

三月种下苗苗子,
扶贫哥送技术来。
五月花开一朵朵,
精彩绝伦人人夸。
十月摘得黄金果,
百香姐俏销售忙。
年年盘算新收获,
产业振兴凯歌还。

潘秋霞与林瑞平在农户的百香果基地直播带货销售百香果

在寻乌幸福小镇电商创业园“百香姐”的直播间，潘秋霞手中拿着百香果，正面对手机镜头，做着果品的推介演示：“欢迎宝宝进入直播间，现在秤上的是二号链接……”

只见她一边忙着打包发货，一边盯着手机屏幕，不时与新进直播间的粉丝打招呼。

从中午一点开始，到晚上八点结束，直播间的一千五百斤（三百箱）百香果通过她的直播卖到了全国各地。

潘秋霞通过直播带货，不仅将自家果园的果子销售一空，还帮助周边四个乡镇三十个村的两千多户脱贫户销售百香果，被人亲切地称为“百香姐”。她“百香姐”的名号也越来越响，成了远近闻名的“村红”，是名副其实的致富奔小康的带头人。

在百香果基地，林瑞平向我讲述他和妻子潘秋霞的创业经历。

林瑞平，一九八二年六月出生于寻乌菖蒲乡坪光村，二〇〇三年毕业于江西师范大学。和许多刚毕业的年轻人一样，他怀揣梦想南下广州打工，凭着他的聪明才智，很快在一家外企当上了白领，收入颇丰。林瑞平虽在大城市打工,心里却装着家乡的乡亲。寻乌是脐橙的重要产地,长久以来,乡亲们辛苦种出来的脐橙,却找不到合理的销售途径。在广州的大超市里,赣州脐橙分明标价六七元一斤,但乡亲们卖给中间商的价格却不到一元钱,林瑞平觉得很痛心。

二〇〇七年,潘秋霞从寻乌县职业技术学校幼师专业毕业,前往深圳当了一名幼师,成为“孩子王”。二〇〇九年,潘秋霞通过互联网认识了同样来自江西寻乌的林瑞平,两颗年轻的心渐渐融合在一起,相恋一年后,便携手成家了。

结婚不久,林瑞平和妻子潘秋霞商量,决定放弃广州的工作返乡创业。

刚开始,林瑞平只是希望将父亲种植的二十多亩脐橙卖出去。在脐橙收获的季节,林瑞平开车拉着父亲种植出来的脐橙,到邻省广东的一些县城里的水果批发市场挨家挨户地推销。因为跳过了中间环节,没有了中间商挣取差价,林瑞平将价格提高五毛钱甚至一元钱,并可以先发货后付款。这种从农户手上直销到批发商的方式,虽说能解决父亲所种二十多亩脐橙的销路,但不是林瑞平的最终目的。林瑞平希望找到一种有效的销售方式,不仅能卖掉自己家里的脐橙,还能帮助更多的乡亲卖出他们的脐橙。

二〇一三年,微信取代 QQ,在年轻人中间火起来。平时没事的时候,很多年轻人都会发发朋友圈,跟朋友在微信上聊聊天。此时,一种叫“微商”的商业模式开始兴起,于是林瑞平看到了商机,他在朋友圈里发自己的脐橙照片,推销自己的脐橙。正如所愿,不少朋友给他发来红包,要求购买脐橙。由此,他积攒了很多的零散客户,你一箱,他两箱,还有的十几箱几十箱地购买。这种销售方式,不需经过任何中间商,就将脐橙直接售卖到消费者的手中,消费者省了钱,林瑞平获得了更高的收益,简直是两全其美。

二〇一五年,林瑞平突发奇想,希望将脐橙打包销售。他将自己家的果树和乡亲们的果树都挂上了牌子,每个牌子上面编好了数字。他让消费者直接订购果树送给自己的亲朋好友。这一突发奇想,非常有创意,让销售场面异常火爆。每棵脐橙树,基本上可以产果一百多斤,林瑞平将这些脐橙分批发送给脐橙的购买者。仅半天时间,林瑞平就销售了一千多棵脐橙树的脐橙,销售金额达到了八十八万元。林瑞平和家人忙了两个月,才将脐橙完全发送出去。

这次销售案例，让林瑞平在寻乌县声名大振，也有了很多的回头客。虽然林瑞平的脐橙销售渠道在逐渐打开，但人生路途常有波折，风雨之后才见彩虹。

也是二〇一五年，黄龙病在赣南各地蔓延，寻乌县的脐橙树也开始大面积感染。从前满园橙色的脐橙园，因为黄龙病的侵袭，变得萎靡不振。更为严重的是，黄龙病就像癌症一样，无药可医，唯一的办法只有连根挖出，用火焚烧。大火烧掉了黄龙病，也烧掉了脐橙树，同时也烧掉了果农致富的梦想。林瑞平家里的脐橙树与乡亲们的一样，遭到了砍伐、焚烧。许多果农从此一蹶不振，林瑞平也陷入了困境。

然而，天无绝人之路，就在寻乌果农种植的脐橙树被大面积砍伐，盛产于福建、广西一带的百香果开始走红。林瑞平和潘秋霞在网上得知，每斤百香果的市场售价高达十一二元钱，备受果业市场的青睐。

夫妻俩经过一番比较，觉得种百香果是一条不错的路子。他们多次前往广西、福建等百香果产地调研、取经。长得鸡蛋般大的百香果，切开外壳之后，里面是一粒一粒的果瓤，闻着像杧果、菠萝、草莓、柠檬等多种水果的结合体，吃起来香香甜甜。

百香果并不是树木，它是西番莲科草质藤本植物，平时在种植的过程中，每当播种的幼苗长至二三十厘米时，需给其进行搭架养护。一株管理得好的百香果苗，长大后能结几百个果，这些果实并不是一次长出，而是边开花边结果。同一株上，开花早的结果早，开花迟的结果迟，这也意味着，百香果的收益期比较长。了解了百香果的习性后，林瑞平、潘秋霞觉得这种果子适合在寻乌推广，是重新振作乡亲们种果热情的好品种。

当年九月，夫妻俩试种的百香果第一次挂果。他们发起十余次“寻农会直通车”活动，百香果还没运出果园，就被慕名而来的游客抢光了。百香果的热销给了夫妻俩很大信心。

二〇一六年二月，林瑞平、潘秋霞计划将百香果的种植规模从二十亩扩大至六十亩，但土地流转十分困难。坪光村的村民对林瑞平夫妻的百香果产业并不看好，他们一直以种植水稻为生，尽管收入低，但能自给自足。

乡党政领导和村支部书记得知这一困难，领着林瑞平夫妻挨家挨户上门劝说。他们承诺，待来年百香果成熟，卖出后给农户们分红。他们的诚意打动了乡亲，最终以每亩地一年六百元的价格，流转了四十亩土地。

不过，任何事业都并非一帆风顺，林瑞平和潘秋霞种植百香果也遭遇了挫折。那时，寻乌人对百香果非常陌生，更没人会种百香果。

如何种植，对于林瑞平、潘秋霞来说，是一个挑战。

为了让百香果苗得到充足的养分，林瑞平买来三百车牛粪，将这些牛粪施在种下不久的百香果苗的根部，他期望百香果苗吸收这些养分后能够迅速茁壮成长。但事情没有按他想象的那样发展，百香果苗不仅没有长得郁郁葱葱，反而全蔫了。原来，未经发酵的牛粪是不能直接施肥的，而林瑞平直接将牛粪施到了百香果苗的根上，百香果苗不蔫才怪。

百香果苗属于藤本植物，结果量非常大，并且当年种植当年结果，这也就意味着百香果苗的需肥量非常大。由于百香果苗的根部比较浅，施肥不合理的话就容易导致百香果苗发生肥害，因此施肥的时候不能靠近百香果苗的根系，并且肥料的浓度要适宜，不可施用没有腐熟的肥料。

由于自己的盲目施肥，好心办了坏事，几十万元就这样打了水漂，这让林瑞平特别痛心。失败并没有消磨林瑞平的意志，他种植百香果的决心反而更加强烈。林瑞平之后又借了四千元，重新购买了八百株百香果苗种植到地里。真是天有不测风云，这一年赣州降了霜冻，林瑞平的百香果再一次“全军覆没”。

站在霜打的百香果面前，林瑞平的心一下子凉了半截。他摘下那些霜打的百香果，掰开一看，里面的果肉还没有成形。他把果子甩出去老远，突然一只鸭子奔跑过去啄食。他又连续丢过去几只百香果，鸭子都追过去抢食。这一不经意间的发现，让林瑞平灵光闪现，既然果子已经收获无望，不如养鸭子弥补损失。他又买来两千只鸭苗，放到百香果园里饲养，用霜打的百香果饲养鸭子，没想到，他饲养的“百香鸭”卖了十八万元，总算弥补了部分损失。

“百香果娇贵，种苗存活率低，环境温度低于零下三摄氏度，就会被冻死。梅雨季节，土地潮湿，百香果还容易暴发根腐病。”林瑞平说。他需要每天看天气预报，气温低时提前加盖“双棚”，添加照明灯；每年三月，提前灌溉预防根腐病的农药。不断总结和探索，林瑞平终于有了稳产的高招。

二〇一八年，林瑞平夫妻俩彻底解决了种苗、病虫害防治等一系列种植难题，种植百香果这才步入正轨。有了技术上的支撑，夫妻俩开始大面积扩种，乡亲们也放心将土地流转给他们，一下子达到一百六十亩。一亩地按一千五百斤的产量计算，一百六十亩地的百香果产量可达二十四万斤。扩种自然会带来产量的增加，这也给卖果带来了难题。

林瑞平夫妻种植百香果的成功经验，得到莒蒲乡党委、政府领导的充分肯定，他们看到百香果的前景广阔，发动各个村联合种植，由林瑞平供应百香果苗，负责技术指导，并与各村委签订合同回收果品。到二〇一九年，通过合作社引领带动四个乡镇三十个村发展种植百香果两千四百亩，种植百香果成为当地助力脱贫攻坚，开启致富大门的“金钥匙”。

夫妻俩进行了分工，林瑞平负责生产管理，潘秋霞负责电商销售。

会种果不会卖果，是农村的普遍现状。百香果碰水容易烂，采摘下来放置几天就会皱皮。按照以往的销售方式，潘秋霞一天只能卖出二百斤百香果，一些成熟的百香果因短时间内无法卖出，不少出现了皱皮。尽管皱皮的百香果更甜，但因为卖相不好，最后只能当作次果低价处理。如何将增收的百香果卖出，成为夫妻俩的心结。

一个夏夜，潘秋霞打开淘宝直播，看到主播生吃鸡蛋、唱山歌、下地干农活……使尽浑身解数吆喝土味山货。潘秋霞觉得这是一种全新的售货方式，她有了跃跃欲试的冲动。

潘秋霞搭建起自己的直播间，一开始，零粉丝、零观看、零购买，让她十分苦恼。那段时间，她茶饭不思，做梦都在想如何吸引粉丝。渐渐地，直播间有了少量的观众，潘秋霞没有放弃任何机会，她的嘴巴不停地讲解、演示，试吃百香果。一场直播下来，她要吃上二三十个百香果。

为了增加销量，潘秋霞尝试推出礼盒包装——每市斤九块九的特价活动。许多观众爱看她吃百香果，她给粉丝详细介绍吃百香果的心得，加蜂蜜、配酸奶、兑养乐多……还发明了百香果蒸鸡蛋、百香果浇凤爪等多种新奇吃法。通过一个月的精心营造,百香姐的直播间观众越聚越多,人气爆棚。

潘秋霞拍摄了很多小视频,并且在直播间里搞一些小活动,她的直播间人气飙升,最热闹的一次直播,两个小时就卖出了一千多单的百香果。仅仅依靠网络直播,潘秋霞的销售额就已经高达七百一十五万元。

与脐橙不同,脐橙苗种下去要等三年才挂果,而百香果当年就可挂果。一亩百香果的产量可达一两千斤,经济效益十分可观。看到种百香果收益不错,越来越多的农户愿意跟他种百香果。林瑞平建起了合作社,联系各乡镇推广自己的"两送两分一帮"产业扶贫模式,即送苗木、送技术,分户种植、分户管理,帮销售。在他的带动下,菖蒲乡六百二十五户建档立卡贫困户每户种植两亩百香果,一年下来,每户增收七千元以上。不少贫困户因种植百香果而脱贫,林瑞平就这样被农民朋友们称为"扶贫哥"。

潘秋霞直播销售百香果的成绩呈直线上升,不仅自己家的果子销售一空,她还主动到田间地头去收购农户自种的百香果,为他们解决销售难题。一些农户听说潘秋霞热心帮助他们销售果子,主动将百香果挑到直播间,他们亲切地称呼她为"百香姐"。

种植百香果的农户,既有"扶贫哥"林瑞平送果苗、送技术,解决种植难题,又有"百香姐"潘秋霞销售摘下的果子。林瑞平夫妇成为百香果种植户的贴心人,成为贫困户脱贫的引路人。

铜锣村有个叫邝小燕的贫困户,开始种了四五亩地的脐橙,二〇一六年因黄龙病全部砍了,政府鼓励她种百香果,给予五万元无息贷款,由林瑞平扶持送果苗、送技术,潘秋霞负责包销果子。她试种了三百株百香果苗,没想到那年价格特别好,卖到了十元一斤,收入五万元。投入成本约一万元,纯收入四万元。她信心满满,第二年扩大种植面积,种了八百株。每亩五十株,她种了十五亩地。第二年价格五六元一斤,纯收入八万元。通过林瑞平的送果苗、送技术,潘秋霞上门帮助销售果子,邝小燕种植百香果毫无悬念地脱了贫。

二〇一九年,在中国·深圳(第五届)国际现代绿色农业博览会上,寻乌县一口甜百香果专业合作社理事长林瑞平荣获"改革开放四十年·改变农业四十人"称号,寻乌县一口甜百香果专业合作社"百香姐"品牌荣获优质农产品金奖。

作为新型农民，林瑞平成为寻乌百香果种植的佼佼者，他担任寻乌县百香果协会会长、寻乌县一口甜百香果专业合作社理事长，成立寻乌县西河堂农业科技有限公司，带动了一方百姓共同致富。荣誉也接踵而至，他获得江西省五四青年奖章，被评为赣南乡村明星、赣州市十大创业之星、百香果产业带头人、优秀青年企业家等。

"原来在寻乌我比她有名气，现在，她的知名度已远远超过我了。"林瑞平笑着说。是的，他的荣誉有一半是妻子潘秋霞的。潘秋霞是三个孩子的母亲，抚育孩子的重担大多落在她的肩上。她还要为寻乌百香果的销售做直播，让种植百香果的农户无后顾之忧。潘秋霞也因此获得了"寻乌县十佳农产品主播"和"销售能手"称号。

据统计，二〇一九年林瑞平、潘秋霞借助淘宝"村播"等平台，为贫困户销售三百多万斤百香果，销售额达三千多万元，人均增收八千元，帮助当地两千一百三十二户贫困户成功脱贫。他们创造出了赣南脐橙"橙就你"和百香果"偶滴神啊"互联网品牌，成为中国首批农特微商实践者和领跑者。

在"感动寻乌·二〇一九年度人物"评选活动中，林瑞平与古剑辉、刘德晁、潘昌荷等九名同志被确定为正式候选人。一支曲子在喇叭里荡漾开来——

在过去的岁月里，
总有一群人让我们铭记不忘，
总有一种力量让我们热泪盈眶，
总有一种感动让我们内心敞亮。
…………

转眼之间，回家创业的时间已经长达十二年之久，林瑞平和潘秋霞走出了一条属于自己的成功之路。

二〇二一年，林瑞平、潘秋霞依托"公司＋农户"模式，种植脐橙面积达一千多亩,年产量五百多万斤;百香果年产量八十多万斤。公司的营业额一年可达两千多万元。

林瑞平常说一句话:“自己就是农民的儿子,如果能带动乡亲们致富奔小康,让乡亲们过上幸福生活,这将是我最大的愿望。”

一代人有一代人的梦想,一个人有一个人的使命。

“扶贫哥”林瑞平和“百香姐”潘秋霞知道自己的使命就是助力家乡振兴,就是让越来越多的老乡走上幸福路。

如今,乡村振兴在赣南老区蓬勃兴起,“扶贫哥”也更名为“振兴哥”,在乡村振兴的凯歌声中,他与“百香姐”正一路高歌猛进,朝着他们心中的“共同富裕梦”迈进。

步伐,越来越坚定;歌声,越来越嘹亮,越来越铿锵。

女子务工队

在南康区白石村,有一支女子务工队活跃在当地火热的建筑工地。

女子务工队干得最多的就是扎钢筋,她们一只手拿着扎钩,另一只手将扎丝对折,从钢筋斜对角穿出,然后用扎钩钩住扎丝,将扎丝交叉,旋转扎钩,将扎丝拧紧,就算完成了一套扎钢筋的动作。钢筋被女工们用扎丝拧在了一起,有的是横扎,有的是竖扎,她们将钢筋串联成一座钢铁城堡。

女子务工队的队员们吃苦耐劳,每天都起大早,将田间灶头收拾好,然后骑电动车辗转于白石村方圆二十公里的建筑工地务工。正所谓披着星星出门,戴着月色回家,每天都要到晚上六七点才回家。回家后,还有老人和孩子需要她们照顾、拾掇。女子务工队的成员,大多是一个家庭的顶梁柱。

女子务工队工作踏实,名声响亮,建筑单位都愿意聘请她们。随着业务量的增大,施工队伍不断壮大,由最初的一支队伍,发展到现在的三支队伍,队员发展到一百余人,队伍中原先的贫困户也因此变成了“脱贫户”。

卢有娣，五十多岁，曾是白石村的一名贫困户，因几年前丈夫患病欠下八万多元外债而致贫。为照顾生病的丈夫和年幼的孩子，卢有娣平日里只能做些轻松的活计，收入不高。

二〇一六年，白石村党支部书记刘玉红了解到这一情况后，除了积极帮助卢有娣寻找零工外，还主动帮她收集招工信息，联系雇主。“刚开始，自己接活自己干，有时候接到的活一个人做不了就发愁。”卢有娣将自己的苦恼告诉了刘玉红。

“像卢有娣这样家境贫困却踏实肯干，可以拉石头、搬砖、搅拌水泥的‘女汉子’，在我们村还有很多！”了解到卢有娣的苦恼后，刘玉红开始和卢有娣商量成立一个女子务工队。

二〇一七年，一个专门服务建筑行业的女子务工队成立了。她们不怕苦、不怕累，每天都起大早，迅速将田间灶头的活计收拾好，接着骑上电动车奔建筑工地，到晚上六七点才回家照顾家人。

建筑工地上的活不轻松，浇承台、修余坪、浇地梁、扎钢筋、浇柱子……女子务工队样样都干。她们吃苦耐劳、工作踏实。几个工地干下来，很快，女子务工队的名气大了起来，周边很多家庭主妇主动要求加入进来。

当年还是贫困户的叶桂莲，因公公车祸重伤入院，让本就贫困的家庭，雪上加霜。“看到周围姐妹都加入了务工队，我也想参加，可惜自己没什么技能，就没好意思开口。”叶桂莲说。后来驻村第一书记、工作队长主动找到她，并鼓励她参加区里组织的就业技能培训，掌握一技之长。

卢有娣用自己的亲身经历，现身说法开导叶桂莲。卢有娣的丈夫因患突发脑瘤送医，人被抢救回来了，却留下巨额债务。卢有娣说：“有人说我老公这个病没有救了，我说，卖房了我都要救活他。没了他，我活着有什么意思？”

刘淑兰的丈夫则因为患病，结婚之后就没有管过家庭。

三个女子的家庭都是贫困户，都不能外出务工，她们身陷困境但性格坚强，开始走到了一起。

三个女子开始在一个队里出工出力，后来队伍壮大后，三个女子成为“领头羊”，各自带领一支队伍奋战在建筑工地上。

女子务工队的工作现场

白石女子务工队的名声越来越大,承接的建筑工程也越来越多,不仅吸纳了白石村和周边村落六十多人加入队伍,而且带动了二十三户贫困户顺利脱贫。她们做事利索,工程质量好,深得雇主和老板的信任,在南康一带远近闻名,成为白石村实现脱贫攻坚、决胜全面小康的重要力量。

每个人的人生都可能会是一则传奇故事。白石女子务工队的队员,个个都是传奇。

随着业务的快速发展,发展中存在的矛盾也逐步显现出来。白石女子务工队中三个小队之间有时候也存在互相争人抢人的现象。村党支部书记刘玉红找到三个队长做调解工作,化解矛盾,促进队伍的和谐发展。同时,刘玉红还组织白石女子务工队种植了六百多亩水稻、一百多亩花生。

叶桂莲是女子务工队的队长之一,在不久前举办的南康区全民健身运动会上,叶桂莲还成了唐江镇代表团开幕式旗手,这份荣誉让她无比自豪。

二〇二一年七月六日晚上,我用微信语音采访了叶桂莲队长。从声音判断,她是一个乐观的人,她很乐意接受我的采访。我们听一听她所描述的一天的生活和工作状况——

今天上工的地方在保税区，在那里已经做了半个多月了。那里正在起一大片房子，够我们忙乎一阵子的。我们承担了两个工地扎钢筋的活，每天去二十多个人，分成两组。一组有时七八个人，有时十几个人。

婆婆四点起床，给我做早餐，还要做好中午饭带到工地上吃。我四点四十分起床，五点十分出发，骑摩托车路上要半个多钟头。我们早一点出发，就能骑慢一点。早上骑车，没那么多人，路好走一点。

临出门时，婆婆叮嘱说，今天家里请收割机收稻谷。中午休息的时候，我惦记这事，给家里打了个电话问婆婆，她说稻谷收了，现在晒着呢。一下班，我就拼命赶回家，担心下雨，要赶在下雨前收完晒的稻谷。工友们很好，大家看我家门口晒了稻谷，就一齐帮忙。几个小孩，也在帮着扫，他们看到奶奶那么老了，也在收稻谷……

叶桂莲说，村里的刘玉红书记住在她家上面，上班下班都要经过她家。每次，刘玉红书记都会过来问一下情况。叶桂莲说："我们做这个事挺辛苦的，刘书记叫我们骑车一定要注意安全。我真的感谢她，刘书记那么关心我们。"

"我们在那里扎钢筋，那些外地务工的人都说我们，你们赣州的女汉子比男子汉还厉害。我们天天干那个活，干熟了，没办法，为了生活嘛。"叶桂莲很自豪，那些务工的男同胞都对她们刮目相看。

"我是召集人，每天回家，还要把每个人的工时记下来，老板发钱的时候，有的汇总到我这里，我再分发给大家。"叶桂莲这个队长每天比别人多干活，但并不多拿工资。每次收到工钱，都是按出勤率平均分配工钱的。

每天晚上，辛苦了一天的叶桂莲，还要忙到很晚才睡。忙什么？她需要将第二天上工地的人一个个确认。一个萝卜一个坑，少一个人都不行啊。叶桂莲说："自己叫人也是叫得好辛苦，叫几十个人的时候我小孩都说，妈妈你这样做真的很辛苦。叫到十点半，有时候十一点钟，我婆婆也说我太辛苦啦。他们说你这么晚了还打电话。我说我要叫人，明天早上就要上工，等一下就来不及了。没办法，这是自己的一份责任嘛。"

看来，当女子务工队的队长真不容易。有人称赞她们是建筑工地的穆桂英，还编了歌谣唱道：

早安，务工队的穆桂英！
在务工和贫穷之间，
你选择了务工。
用自己的汗水改变命运，
那是最高尚的人生。
…………

一代人有一代人的歌，一个村有一个村的发展史。在乡村振兴的前路上，白石村在时代的更迭中不断地积蓄力量，让白石人不等不靠的底蕴得以发扬，让白石人自强自立的底气更加深厚。他们用自强不息的气度和境界，走上了幸福小康之路。

在白石村，我见到了女子务工队背后的“靠山”——村党支部书记刘玉红。

五十多岁的她，仍然风风火火，干劲十足，奔波在为民办事的岗位上。她于一九八四年高中毕业，进入村委会工作，从妇女主任到村主任再到村书记、主任“一肩挑”，刘玉红兢兢业业为白石村服务了三十七年。

白石村民风淳朴，素有自强不息、艰苦奋斗的精神传承。二十世纪七十年代，刘体煊同志更是从白石村党支部书记干至南康县委书记，充分展现了白石村党员干部敢为人先的精神风貌。

面对新时代群众的新期待，支部书记刘玉红率先垂范，带领白石村党员干部一心为群众谋事干事，赢得了百姓的赞扬和爱戴。

白石村现有六十岁以上老年人三百多人，在上级各部门的支持和刘玉红的积极争取下，白石村成立了居家养老服务中心，并且争取到多方资金支持。针对农村留守老人多、生活不便的难题，白石村探索开办“幸福食堂”，为六十岁以上的留守、独居老人提供就餐服务。因地制宜解决资金、场地和运营问题，不仅让老人吃上舒心饭，还为他们提供了一个相互交流和休闲娱乐的场所。老人们在一起唠唠家常，说说笑笑，日子越过越有味。

在刘玉红的组织引导下，六十多名农村妇女组建了白石村女子务工队，脱贫攻坚时期吸纳贫困户二十三人，每名务工队员月收入可达五千元；与此同时，还组建了有五十多人参加的园林务工队。园林务工队吸纳脱贫户十八人，他们主要从事园林种植、日常维护等工作，每人每日有一百元收入。这几年来，女同胞们增加了收入，老人们的用餐问题也得到了解决，村民的笑容更美了，左邻右舍之间也更和谐，村里的矛盾纠纷显著减少。刘玉红带领村班子用自己的辛苦指数，换来了村民的幸福指数，把讲奉献的精神落到了实处。

这两支务工队，过去为白石村决胜全面小康做出了不小的贡献，现在他们依旧风风火火，早出晚归，为乡村振兴的早日实现而奔忙。

…………

我手机上有一个"女子务工队"的微信群，队员们在劳动之余会发布一些劳动现场的照片和视频，每次点开看，觉得都十分新鲜。不管寒冬腊月，还是炎炎夏日，女子务工队都工作在繁忙的工地现场。她们的劳动场景就像一幅生动的图画，女汉子们将钢筋当作毛线衣一样编织着，是那么整齐、美观。

一座建筑，钢筋是骨架。一座建筑，需要千千万万的钢筋紧密联合来支撑。

乡村振兴，需要千千万万的群众勤奋劳动，共同致富。

看到一座座建筑拔地而起，女子务工队员们笑了，队长叶桂莲也笑了。

兄弟同心其利断金

自古就有"家和万事兴""兄弟同心其利断金""夫妻同心黄土变金"的说法，可见家在我们中华民族几千年的血脉延续中，有着多么重要的地位。

曾国藩早年写信告诉四个弟弟说："家和则福自生。"曾国藩还说："兄弟和，虽穷氓小户必兴；兄弟不和，虽世家宦族必败。"

一九九三年，南康家具只是一个仅几万元产值的草根产业。经历二十多年的发展，南康已经拥有家居制造企业一万家的产业集群，从业人员四十多万，木材百分之八十依靠进口，年消耗木材一千多万立方米。到二〇一六年，南康家具产业产值就突破千亿元大关；二〇一八年，南康家具产业产值达一千六百亿元，成为名副其实的“家具之乡”。

在唐江镇大岭家具生产基地，分布着名号不一的家具企业。步入富龙皇冠家具厂，见到总经理温世通，他温文尔雅，很善于交流，是个有故事的人。我切入正题，想撒网将他的故事全部打捞上来。

温世通生于一九七二年，家有三兄弟，他排行老二。

渐渐地，温世通跟我聊起了三兄弟的创业史。

温氏三兄弟，家住南康区唐江镇西坑村。老大温世豫，以前在武汉从事建筑模型建设工作；老二温世通，在深圳从事人力资源管理工作，算是一个完全的白领阶层；老三温世承，与妻子在唐江镇开了一家摩托车修理店。

三兄弟分散三个地方，各自从事自己的职业。

温世通说：“小时候，我们三兄弟做什么都是一条心。父亲是教师，从小就教育我们要团结。无论做什么事，我们三兄弟都会合力去完成。”

父母从小就教育他们自立。小时候，就连洗衣服，也是三人坐在门口，排成一排洗着各自的衣服，成为街巷邻里夸赞的一道风景。有一次，母亲要他们挖土种豆子，三兄弟扛着锄头，把菜地分成三段，每人一段，既分工又协作。有谁完成得不好，另两个兄弟必定相帮。三兄弟做什么事都会比拼，谁也不甘人后。每次完成任务，他们都会得到父母的表扬。

温氏三兄弟：温世承（左）、温世通（中）、温世豫（右）

二〇〇七年，看到村里不少人相继办起了家具厂，老三温世承决定拿出多年修理摩托车积攒下来的二十万元钱，投资办家具厂。老大温世豫也从武汉回来支持老三办厂。当年十一月，他们从唐江镇大岭家具生产基地一个老板手中，买下了一个面临倒闭的衣柜厂，并高薪招聘十多名木工师傅，开始家具创业之路。

二〇〇八年冬，家具厂经营首年便迎来“开门红”，纯收入达到一百多万元。“门外汉”初步尝到了投资的丰厚回报，更坚定了办家具厂的信念。效益就是号召力，老大和老三决定扩大生产，需要得力人手。两人商议，不如叫老二辞职，跟他们一起干。他们轮番给老二打电话。温世通虽然在广州做得风生水起，但毕竟是给人家打工。现在大哥与老三把家具厂做起来了，自己此时参与进去，正可以大有作为。二〇〇九年底，温世通辞去干了十四年的人力资源管理工作，从广州回到唐江镇。从一线城市退回到山乡小镇，是倒退还是进步，自然要以事业的成就来衡量了。

三兄弟聚在唐江镇，父亲召集他们开了一个家庭会议。首先，确立投资方向，三兄弟投身家具行业，这个大方向没错。其次，是三兄弟抱团经营一个企业，还是三兄弟分开各自独立办厂？他们就这个问题，分析了利弊。最后，三兄弟做出决定，与其三个人分开办三个小厂，不如在现有基础上三人共同经营同一个家具企业。这样可以整合三个人的力量把企业做大做强。

这次会议，根据三兄弟各自的能力，做了具体分工：老三温世承作为公司的原始投资人，担任“一把手”，为董事长，负责资金对接、原材料供应和家具协会等事务；老二温世通大专学历，在广东闯荡多年，有十四年的人力资源管理经验，外交能力强，担任公司总经理，负责企业管理、文化宣传和对外联络等事务；老大温世豫曾在武汉从事建筑模型建设工作，是个实干家，担任公司总监，负责公司的生产管理。

三个兄弟的媳妇也分工明确：老大媳妇负责产品质量检测；老二媳妇负责出货安排和对账；老三媳妇负责营销收款。

三兄弟合力后，排除了各自打小算盘、钩心斗角的不良因素，在企业中形成了群策群力、聚焦谋发展的景象。

南康办家具企业的老板，大多是在外闯荡多年后返乡的木工师傅，对家具行业较熟悉，开办家具企业有优势。而温氏兄弟三人，以前的工作与家具风马牛不相及：大哥做的是建筑模型；老二学的是计算机专业，毕业后做的是管理；

老三经营的是摩托车修理店。办家具厂对于他们来说是一个严峻的挑战。然而,事实证明,外行也能办家具厂。三兄弟聪明好学,一开始他们到全国其他家具企业去学习、观摩,汲取人家的先进管理经验,使自己的企业蒸蒸日上。

最初办厂时,只是生产实木床,后来发展到卧房柜、窗台,之后又做客厅沙发,再之后增加餐厅用具,劈波斩浪谋发展,最后又添加书房用具。

二〇一二年,富龙皇冠由最初的一个小厂,发展成为有四个分厂的企业。之后每年增加一个分厂,到二〇一五年,富龙皇冠发展成有八个分厂的大型家具企业。速度之快,令人咋舌。

接下来的两年,富龙皇冠开始着力打造营销团队,营销队伍现有八十多人,奔赴在全国各地,营销中心在南康名列前茅。

生产管理团队也在扎实推进,目前有十二个分厂,实行厂长负责制。厂长除外聘两个,其他的都是内部培养的骨干,任期七年以上都有股份。

企业销售收入逐年递增,二〇一〇年不到两千万元,二〇一五年就达到了一点五亿。二〇一六年、二〇一七年均超过两个亿。二〇一八年达到三个亿。二〇一九年达到三点八亿,另还有配套厂销售一个亿,销售额近五亿元。二〇二〇年、二〇二一年、二〇二二年连续三年虽有疫情干扰,但销售额与二〇一九年持平。

风景这边独好,其他地方在下雨,南康晴空万里。

通过这些年的发展,各种荣誉也接踵而至。企业集体获评南康家具协会常务副会长单位,还获得江西名牌、江西省著名商标、江西省级龙头企业、国家高新技术企业等荣誉。

随着家具企业的不断发展壮大,富龙皇冠也承担着相应的社会责任,向希望学校捐资二十万元,慰问敬老院捐款、捐物二百万元。

富龙皇冠十二个分厂共有八百多名员工,产业规模在南康家具行业排前三。

在脱贫攻坚时期,富龙皇冠积极响应党的扶贫政策,设立扶贫车间,安排三十三名贫困户就业,并帮助他们全部脱贫。

富龙皇冠之所以取得这样的成就,与三兄弟同心合力分不开。温世通说:

"'兄弟同心,其利断金',这句话很贴切。我们三兄弟奉行此格言,有事开诚布公,从不会为一些小事伤和气、分心。"

温世通在广东时,大哥在老家建新房子,都会给他留上一间房,足见兄弟情深。

三兄弟团结如一人,关键人物是父亲。过年在一起吃团圆饭,老爸都会像做政治报告一样,讲一个小时。讲什么内容呢?从国际国内形势到南康的家具业态,他都有精准的分析,教导他们做生意要稳扎稳打,不要盲目扩张。三兄弟的团结,与妯娌间的和睦有很大关系,小弟媳严玉平是大姐大,她不仅胸怀宽、格局大,而且营销能力强。南康家具行业有句流行语:"电器看董姐(董明珠),家具看严姐。"这严姐说的就是她。妯娌间有了一个主心骨,大家的心思都在经营企业上,自然不会为一些鸡毛蒜皮的事怄气分心。

所谓家和万事兴,其实得益于良好的家风家教。温世通三兄弟的团结同心,与父辈一代的团结友爱有莫大关系。父亲这辈也是三兄弟,在村里是出了名的"哥仨好"。温世通说:"我们三兄弟的孩子们,相互之间都非常团结。大的孩子都懂得照顾小的。这种兄弟同心的家风,正在下一代中传承,这是我们最欣慰的事情。"

温世通讲起了他们三兄弟共患难的往事。弟弟温世承办摩托修理店的时候,不仅修理摩托,也经营配件。他经常要到赣州进货。温世通就到广州打听,同样的配件在广州价格要便宜很多。弟弟温世承就将进货渠道从赣州挪到了广州,每月到广州进货一次。从赣州到广州,乘火车,凌晨五点左右到站,倒也方便。

每次弟弟温世承来广州进货,温世通都会到火车站去接站。这天,他叫了一辆小轿车,在火车站接上刚出站的弟弟。不想司机疲劳驾驶,速度过快,下高架桥时,撞在一根柱子上。温世通和弟弟也伤得不轻,都昏迷过去。兄弟二人被交警送至医院抢救,温世通到医院渐渐苏醒,弟弟更严重,隔了一个星期才醒来。大哥第一时间接到电话,当即赶到广州来照顾两个弟弟。温世通半个月出院了,可怜的弟弟一个月才出院。弟弟失忆,连两个哥哥和自己的老婆孩子也不认得。复检时,发现脑袋还有淤血,需做第二次手术。每次看着弟弟抽血的痛苦，两个哥哥都会难受得哭起来。大哥陪伴在小弟身边，跟他讲话，帮助他恢复记忆……经过这次变故，兄弟三人更加团结了。

南康有个诗人给温氏三兄弟写了一首诗，诗是这样写的：

三人携手兴家业，
兄为风范弟争先。
弟存宏志逐春潮，
富龙皇冠品弥坚。
…………

公司办公室的墙壁上挂着一块醒目的木刻牌匾——诚信赢天下。说起这块牌匾，身为公司总经理的温世通说，这是他们公司的经营理念，一家企业要想赢得市场和消费者，除了确保产品的质量，还要讲诚信。

为了严把产品质量关，身为公司管理总监的大哥温世豫，身上的责任很重。每一批订单，不管销量大小，他都要一一查验，并向每一名客户承诺：如果发现家具质量有问题，公司将无条件退换，并承担一切费用。

一天，公司忙着装车运送一批家具到福建厦门，当天温世豫正好在外办事，为了赶时间，公司几名员工在装车时，将五张没有经过查验的实木床装上了车。温世豫回到公司听说此事后，连忙打电话叫货车司机停车。此时，司机已经开车到达赣瑞高速公路于都服务区。确认运输车位置后，温世豫随即从公司开车赶去查验，经查验无误后，才让货车司机继续赶路。厦门客商验货时从司机口中得知这一情况，感慨不已。质量就是信誉，当年，该客商与江西富龙皇冠实业有限公司签订了长期销售合同。

还有一次，该公司销往浙江桐庐一批产品，有一客户打电话反映说床头柜可能上下车时碰掉了一点油漆，并没有提出要更换。温世豫知道后，立即安排负责销售的小弟媳妇严玉平，专程开车送了一个床头柜到南康某物流公司。第二天该客户收到物流发送来的床头柜后，深为该公司遵守诚信经营的行为所感动。时隔半个月，这名客户专程带了十几名当地家具销售老板来到南康，给富龙皇冠实业有限公司带来了近百万元的销售订单。

凭着“诚信赢天下”的理念，富龙皇冠不仅在广东、福建、湖南、湖北等地打开了销售市场，在四川成都还开设了一个总经销点，产品已辐射到了西南、西北等地。

温氏三兄弟虽然身为公司大老板，但平时十分节俭，员工遇有困难，他们都会伸手相助；逢年过节还要给员工发红包、加餐，国家法定节日，公司都是按规定给员工发双倍加班工资；村里需要筹钱建桥修路，兄弟三人都是带头捐款。

源于社会，回报社会，企业才会有长足发展。温氏三兄弟致富不忘回报社会，用真情赢得了乡亲们的认同和员工的好评。

三木为森，三口为品，三人为众。一乘一得一，三乘三得九。“三”的确是一个倍增效应。

如今，在“两个一百年”的交会点，“温氏三兄弟”正以饱满的精气神，在“一带一路”旗帜引领下，乘着中部崛起的劲风，驾驭富龙皇冠这艘家具航母，扬帆远航，奔上乡村振兴的伟大航程……

风起帆张，逐梦远航。

越来越多的返乡、下乡、本乡人员在农村创业创新，实际上还是办企业、办经济实体，这些创业创新人员就是产业发展的带头人。作为改革开放的先行者、受益者，反哺乡村、回报乡亲是广大民营企业家光荣的历史使命和义不容辞的社会责任。

随着乡村振兴的全方位实施，乡村的广阔天地，蕴含着源源不断的内生动力，充满着潜力无限的发展机遇。民营企业家心系桑梓、情系乡村，共同为实现农业强、农村美、农民富的乡村全面振兴而贡献着智慧和力量。

罗福嶂山区的村医

得悉寻乌罗福嶂山区的乡村医生潘昌荷，去北京参加全国脱贫攻坚总结表彰大会并获个人先进，我决定电话采访他。

潘昌荷居住的寻乌县项山乡福中村，地处赣闽粤三省交会点的罗福嶂地区。五六年前我曾去过这个村子，当时是为考察罗福嶂会议旧址而去。罗福嶂会议旧址在福中村内一片山坡上，进村后沿着小溪径直走没多远，看到一幢青瓦泥墙，背靠竹林的民居便是。

罗福嶂是朱毛红军从井冈山转战赣南的一处休整之地。一九二九年二月二日，红四军在寻乌圳下遭敌袭击，仓促应战，损失惨重。二月三日，在罗福嶂集结部队后，毛泽东同志在罗福嶂主持召开了红四军前委会议。这次会议撤销红四军军委，成立政治部。一路上被动挨打，与部队内部军委和前委机构重叠有关，指挥系统叠床架屋，自然是打败仗的根由。会后重新上路，红四军沿着赣闽边界行进，进入瑞金，终于在大柏地打了一个翻身仗……

我拨通潘昌荷先生的电话，发现他的手机号是福建龙岩市的。他说，当时福建这边的通信设施比江西装得早，很多村里人在福建那边买了号，他也是那个时候买的号，一直用到现在。

福中村距离福建武平三十四公里，道路要平坦得多；而到寻乌县城则有五十公里，都是弯曲的山路，很不方便。从生活上来说，福中村的老百姓到福建武平购物自然比到寻乌要便利得多。

在电话里，我将记忆中见到的罗福嶂会议旧址的状貌跟潘昌荷描绘后，他告诉我："你下次再来，可能再也找不到过去的模样了。现在对口帮扶企业深圳市百合控股集团，正投资三千万元打造罗福嶂会议旧址，建党一百周年纪念日就能对外开放了。"

在采访潘昌荷的行医故事前，我先问潘昌荷医生，朱毛红军在罗福嶂驻扎，有没有故事流传下来。潘昌荷跟我讲了两个他亲耳听来的故事。一个是小时候奶奶讲给他听的故事：

当时部队开进来时已是腊月，离过年不远了。他们是晚上来的，村里能走路的人都躲进山里了。我奶奶年老体衰，就躲在家里察看动静。几个当兵的将家里稻草房的稻草全拿走了，奶奶当时很生气，稻草拿走了，冬天里牛吃什么呀？但第三天天没亮，奶奶听见稻草房有响动，原来是当兵的又把稻草还回来了。部队很快离开了村子。

潘昌荷说，还有一个是邻居老爷爷讲给他听的。他接着说：红军离开后，老表们从山里回来，发现菜地里的菜也被拔光了。本来，部队经过，没有烧他们的房子，已是万幸。少了一些菜，他们并不觉得可惜，但令老表们惊奇的是，每一垄拔光的菜地上，红军都用菜叶子垫着，上面放着一两个铜毫子作为菜价。铜毫子有十分、二十分的，一个铜毫子在当时可以买六斗谷子呢。

老表们说，这次来的兵跟以前的不一样，从来没有见过世上还有这么好的兵。早知道他们这么好，就不上山躲了。

红军在村里还杀了四五头猪，老表们进山了，猪来不及转移。每头猪红军作价一至两个花边钱（大洋），放在猪圈里的醒目位置。

当时，有一个老表牵着一头老牛经过村前，赤卫队（寻乌地方武装）跑过去问他卖不卖。对方说卖，红军就头下把这头牛杀了。

红军驻扎时，听说羊古寨住着一帮土匪，专门干绑架勒索的勾当。红军去打，土匪闻讯跑了。没打着土匪，就打了几只麂子和野猪回来。

讲完红军的故事，言归正传，潘昌荷开始讲自己从医的经历——

我生于一九五七年，七八岁时，母亲到田里去劳动，去时扛着锄头，提着鸭笼，里面装着两只麻花鸭。收工时，因为风湿病，母亲走不回来了。村民要我去接一下。我跑去接母亲，扛着锄头、提着鸭笼，跟在母亲后面走。母亲拄着拐杖，一步更比一步艰难地走。我看着心里焦急，母亲的腿痛成这样，怎么办啊？

是的，那时村里没有医生，村民有病都是自己寻来草药敷一下了事。潘昌荷说，母亲的风湿病，只要变天，阴转晴，晴转阴，都会浮肿，疼痛得厉害。

后来，村里花钱雇了一个邻村的医生，姓钟，每月十二元钱。

一次，钟医生给母亲看完病，潘昌荷就跟医生说："我想跟您学徒。"

钟医生说："你学得下来吗？要帮人家洗疮疤呢。"

当时潘昌荷还小，初中还没有毕业，说说也就搁下了。钟医生的年纪渐渐大了，加之村里的路不平，都是上坎下坡，老医生爬不动坡，也就很少来村里了。村里亟须一名年轻医生，这是村里头等紧迫之事。

此时，潘昌荷已初中毕业。一天，村支书找到他，问："你去不去学医？县人民医院卫生学校举办培训班，学成后回来当乡村医生。"

潘昌荷说："因为我想当医生村里人都知道，村支书就来征询我意见。这个机会对我来说，简直是瞌睡遇上枕头，我毫不迟疑，一口答应：愿意！"

在县里培训一年后，潘昌荷又在吉潭乡卫生院实习半年，才准予回村正式当起了乡村医生。

潘昌荷接待的第一个病人，是一个七八岁的孩童。孩子的母亲领病人进来时，小孩无精打采，咳嗽不止，流鼻涕，高烧，经诊断是重感冒。当时没有西药，潘昌荷给病人开了一剂蚂蟥杏仁石膏甘草汤。

这是潘昌荷行医生涯开的第一单药方，没想到很灵。第二天，那个母亲就来跟潘昌荷说："孩子的病好了，没想到你学艺这么精，真了不起。"

这也是潘昌荷听到的第一声赞扬。仅一年多的时间，自己就由一个农村孩子转变成一个乡村医生，能为乡亲们看病了，他心里确实有说不出的开心。

那时一年的工资才九十元，一个月的工资还不到八元。所谓工资，是按村里同等劳力计算工分。生产队一个正常劳力的工分一年大概两千八百分，村医比他们略高，为三千分。每十分折合人民币三角，三千分折合人民币九十元。

二十世纪八十年代分田到户后，潘昌荷除享受九十元的年薪待遇外，每个月政府还给予十五元的伙食补贴，一年则有一百八十元。此外，乡卫生院还有预防针补贴，村里七个孩子需要打预防针，一年补贴十二元钱。这样加起来，一年总共有二百八十二元的收入。比起种田的老表来说，他这个乡村医生算是拿高工资的人了。

一九八九年，打破大锅饭，村里不再承办卫生室，由潘昌荷对村合作医疗进行自负盈亏。所谓合作医疗，就是一个村民交两元医疗费，每次收取五分钱的门诊费，看病不需另外花钱。如此，村民看病基本都是赊账，一年下来，村民欠合作医疗的费用达六七百元。潘昌荷没钱进药，只好去医药公司赊欠。

由于离福建武平县城近，潘昌荷每次都是到武平县医药公司拿药，积累欠账达五百多元后，他不好意思再去取药。没有药，医疗室成了半关闭状态。村民来看病，开了处方没有药，潘昌荷只好让病人拿着处方去外地拣药。

一次偶然的机会，有人请潘昌荷合伙做木头生意。罗福嶂山区多的是木头，拉到广东汕头、深圳等地去销售，挣取一点差价。

每次出外做生意回来，老婆就会跟他说："村里老有人来叫你看病，有时半夜都跑来。你还是回来看病吧。"确实，这么多年，村民们都相信他的医术，叫他们上别处去看病，路远不方便不说，他们也不放心。

村里人见潘昌荷回来，也对他说："你还是把医疗室重新开起来吧，没钱进药，我们凑钱。"

潘昌荷心想，这三省边界，几十里地没有一个医生也不成，谁家都会有个头疼脑热，病来如山倒，求医难的日子自己小时候就尝到过。自己放下干了十多年的医生行当和这些乡亲们，还真舍不得。

"那就回来做医生吧。做木头也挣了些钱，还去赊欠的药钱，还能进一批药。"他对老婆说。

第二天，潘昌荷将做木头生意挣的三千多元钱，全部带到武平医药公司，还去五百多元欠款，又新进了两千五百元医药品。

当时，医药公司的人看他突然冒出来，觉得稀奇，问他到哪去了。潘昌荷说："我欠了你们那么多钱，不敢来进药。现在有钱了，这才来还款，我向你们道歉……"

就这样，潘昌荷放下挣钱的木头生意不干，日复一日、年复一年，风里雨里、酷暑严寒，坚守在农村医疗所，坚守着清贫的生活。他脚踏三省，只为守护山村人民的生命健康。

当时,武平县城有一家大型诊所想高薪聘请潘昌荷去坐诊,他二话不说就拒绝了。到县城坐诊,工资是高了,但村里和附近的老百姓求医就难了。

潘昌荷放不下罗福嶂山区的群众,他知道深山的群众更需要他。

山道弯弯,印下了他艰辛的行医足迹;溪水潺潺,似乎在诉说他明镜般的行医誓言。

青山作证,他永远是那个为山民解除痛苦的医者。岁月荏苒,这一干,就是四十多年,他用精湛的医术守护着深山村民的平安。

进入新时代,脱贫攻坚成为时代主旋律。这位行医横跨赣闽粤三省的乡村医生,深知没有村民的健康,就没有全面小康的道理,用自己一生的清贫书写了群众满意的健康扶贫"答卷"。潘昌荷定期入户为村里四十二户建档立卡户提供医疗卫生服务,帮助贫困户报销医疗费、履行家庭签约服务等。他总是第一时间将最新的医保政策、卫生防疫知识等宣传给村里所有农户。

四十多年来,潘昌荷的行医足迹遍布赣闽粤三省的福中、大中、坪畲、高书、高横、仁居等十多个村组,惠及数千户农家,诊治病人达二十余万人次,上门出诊近万人次,每天步行五公里以上,步行超八万余公里,可绕地球两圈多。

同时,潘昌荷帮助福中村里留守老人代缴医保三百余人次,帮助住院人员办理转院手续近百次,摸排和协助农户办理慢性病二百多人次,并为福中村群众建立了居民健康档案,将六十五岁以上老人、孕产妇、行动不便的患者,作为重点健康体检对象,进行定期随访。他给村民们带去健康,成为村民们最熟悉、最亲切的人。

潘昌荷讲了三个行医的故事,第一个故事是这样的——

一天,福建武平县东留镇的一个年轻人开车来接我出诊。中午到的,吃过饭,坐他的车上门,距离有五十多公里,晚上在那里住了一夜。病人是个十岁的小孩,患癫痫病,眼睛上翻,口吐白沫。我当晚给病人扎了银针,第二天又扎针,开了二十剂药。因小孩是初病,治疗及时,很快病情得到控制。吃完药后,没有再患病。这个病人的父亲是在武平住旅馆时,经我们村里一个乡亲介绍才找到我的。

第二个故事。福建武平县民主乡坪畲村，离潘昌荷住处六公里。村里一个中年男子，得了肾结石病。起初，他在广东中山给儿子带小孩，突然患病，儿子赶忙送他到中山市人民医院治疗，做了两次手术。后来，他回到坪畲村，老毛病又犯了，就请潘昌荷去诊治。潘昌荷开了十剂的药，吃药的第二天，就打下了六个米粒大的石头，病情迅速好转。

第三个故事。广东仁居镇的一个女病人，气虚、头晕、四肢无力，需要人扶着走。她整个人走不稳，身体完全扑到搀扶的人身上来，病情相当严重。去病人家有三十公里，潘昌荷坐别人的小车去，开了二十剂药，嘱咐病人用药后就返回。过了一段时间，病人反馈信息说，现在可以正常走路了。

潘昌荷医生说："行医四十多年，自己虽不能说一贫如洗，但确实没有挣到钱。村里很多人都到寻乌县城里买房子住了，我还住在老房子里。这栋房子还是爷爷盖的，已经有一百多年的历史了。不过，能为村民们看病，也是我的福气。村民的健康，就是我的幸运。"

初心不改，做扶贫、小康路上的追梦人。潘昌荷一生将扶贫济困作为人生准则，守护住了村民的健康，就守护住了这片土地的祥和。

潘昌荷在福中村医疗室给患者配药

天使收起了翅膀，
把你留在了村庄。
打针、开处方是你的专长，
为病人解除病痛，是你最大的快乐。
穿过田园和山岗，人们世代在奔忙。
为了他们的晴朗，
你用望闻问切给百姓带来光芒……

一位诗人为乡村医生写了一首诗，这也是属于潘昌荷的诗行。正如他抽屉里那一沓沓发黄的账本，记载着他的无私奉献。四十多年来，他先后为孤寡老人、贫困户、军烈属减免或垫付医药费达一万六千元。这对并不富裕的潘昌荷来说，不是一个小数字。但对于一个赤子之心的行医者来说，这倒成了他心灵的慰藉。

对于大病就医困难户，潘昌荷主动伸出援助之手，经常免费进行诊疗。高尚的医德和精湛的医术，像一曲抚慰患者的旋律，久久回荡在罗福嶂山区……

二〇二二年四月，潘昌荷电话告诉我，现在福中村也实行乡村一体化的医疗体系，他被纳入乡镇卫生院的一员，每月能领取两千元钱的工资，生活有了保障，这也是政府对村医工作的一种肯定。

乡村振兴作为一个长期性和系统性的大战略，对于人才的需求也更为多元化和专业化，而医疗人才恰恰是乡村中缺口很大、特别需要的。潘昌荷不无担忧地说："随着我们这批乡村医生年老退出，农村将普遍面临医务人员紧缺困境，解决村里无医难题已刻不容缓。"

福中村与全国人民一道迈入小康社会，在巩固拓展脱贫攻坚成果的同时，潘昌荷决心与时代同步，用有生之年，在乡村振兴和全面建设社会主义现代化国家新征程中贡献自己新的力量。

第六章

扎根老区

空谈误国，实干兴邦。只有真抓才能攻坚克难，只有实干才能梦想成真。

“金叶”的嬗变

到宁都，第一站来到小布镇。

一座小镇，通体都烙着红军的印记。这里是朱毛红军第一、二、三次反“围剿”时的政治、军事指挥中心。瑞金建都前，中共苏区中央局、中华苏维埃中央革命军事委员会就驻扎于此。现存的老房屋便成为红军各部的旧址。

除了红色，小布还有古色。小布万寿宫始建于清嘉庆十八年（一八一三年），距今已有二百多年历史，总占地面积约四千平方米，是除南昌万寿宫外保存最为完好的万寿宫。其规模之宏大，构造之精致，在县境内的道教宫观中堪称一流。

看过红色、古色，终于要看小布的绿色了。

绿色之中，小布最出名的就是茶了。小布全镇茶叶种植面积达九千亩，年产值两千万元，主要有小布岩茶和小布茗茶两大品牌，而小布茗茶又是近年跃入茶界的“劲旅”。

我们到茶园转了一圈，登梯而上，满眼青翠。镇长推送一则微信视频给我，点开后，关于小布金叶茶业专业合作社的消息映入眼帘——

> 近年来，宁都县小布金叶茶业专业合作社发展较快，种植面积每年有新增的发展态势，目前总面积达到三千五百亩。一直以来，合作社围绕品牌战略，不断创新，科技兴茶，开拓市场，深受消费者欢迎，多年获得各种奖项，唱响了“赣南高山茶”品牌，茶叶产业获得了高质量发展。

小布金叶茶业专业合作社社长温勤生，双目炯炯有神，从前额看去，他的头顶已经秃尽，头发只剩两鬓和后脑勺一点儿。一个精明商人的面部表情，在温勤生这张脸上，能看到八九不离十。他的下巴很特别，越看越像一只梯形的斗。

小布茗茶产于宁都县小布镇境内环境幽雅的岩背脑群山之中。仰望群山，蜿蜒起伏，连绵数万里，林海茫茫，云雾弥漫，景色十分宜人。这里产茶，芽叶肥壮，有效化学成分含量十分丰富，茶叶品质非常好。

茶区位于武夷山脉支系钩刀嘴峰的半山腰，年降雨量一千七百二十一毫米，相对湿度百分之八十至百分之九十，年雾日一百一十天以上，无霜期二百六十天，日照时数一千三百多小时。土壤为冲积的酸性紫色壤土，土层深厚，pH 值五点五至六点五，有机质含量丰富。

温勤生开始讲述自己的人生经历和创业故事。

他是一九六四年出生的小布人，一九八一年高中毕业。老爸是知识分子，下放到小布。家里有九个兄弟姐妹，三个兄弟六个姐妹，他是老五。高考差一分，自己还想补习再参加高考，但家里实在没有多余的钱供他上学，父亲说："你要是自己赚得到钱就去补习，挣不到钱就不要去了。"

温勤生很勤快，暑假期间就到窑厂搬砖、烧砖，干一天两元，搞了两个月，挣了一百多元。那时候，工资水平很低，一般月工资才二十多元，没想到两个月他就挣了人家差不多半年的工钱。

他拿到钱就去报名，上补习课太累，竟然打起了瞌睡。父母亲到学校找到他，说："你一个月赚了人家几个月的工资，就不要读书了。"父母亲希望他退学，挣钱供弟妹们读书。

温勤生心疼父母亲，他们终日劳作，还要养活一大家子人，心一软，就听从了父母的意见，决定退学。眼下还有四个妹妹等着读书，退回的学费就给妹妹们报了名。

退学后，温勤生参加垦殖场内部招工，被录用。林场是国营单位，以经营木材、果茶为主。

也许是注定与茶有缘，温勤生被分配在果茶分场上班。他做过茶叶工，也做过园艺工，栽茶、种果样样会。

一九八七年，温勤生参加中央农业广播电视学校园艺专业函授学习，取得中专毕业证，评了园艺师，场里任命他为车间主任。一九九四年他被提为助理场长，一九九七年任果茶场场长，开始打造小布岩茶。

由于小布岩茶在外面影响不大，温勤生决定亲自去省城南昌开拓市场。他来到南昌民德路茶叶一条街，整条街摆放着全国各地的名茶，也有江西本土的茶叶，但唯独没有一片小布岩茶。

温勤生提着热水杯，背上茶叶，走茶馆、串门店。一家茶馆一家门店地走访，请老板们品尝他带来的新茶。有的老板见他推销，并无好话，说："你这茶没有品牌，价格还这么贵，让我们怎么卖？走吧走吧，我们这不需要。"

温勤生早已做好思想准备，无论店家说什么难听的话，都兜着，仍然笑语相对。

有的店家也挺客气，反正品茶不用付费，跟一线生产厂家唠唠也是好事。多一个朋友多一条路，客气点，没有什么坏处。

这家老板姓万，留着两撇胡子，相貌和蔼。万老板见一个农村后生在一旁站了很久，他赶紧打发走了其他顾客，看看这后生有什么需求。只见温勤生凑过来套近乎："老板好，我这有宁都的小布岩茶，想请您品尝一下。"

"你这一定是好茶。你等了这么久，我可得好好品一品。"

温勤生从容地从包里拿出一只罐子来，从里面抓出一撮茶叶，放在一只白色碟子里，递给店老板。万老板端着碟子，放在鼻子底下，吸气闻了闻，说："闻着挺香，这茶色也好，像云像雾像朝霞，果然是好茶。"

温勤生听老板夸赞自己的茶，心里一阵喜悦，说："我给您泡上一杯，你品品看如何？"

万老板说："其实，好茶不在品，闻一闻就知道是不是好茶了。"

温勤生说："您真是行家。"

万老板在茶台上一番操作，烧开了一壶水，透明的玻璃杯里放着温勤生的新茶。开水一冲，茶叶在杯子里旋转起来。待水静下来，茶叶经水一泡，舒展开来，杯子里似乎盛着一片片绿色的翡翠。

万老板端着茶杯,闻着茶的热气,一副陶醉的样子,似问非问道:“你是哪的?”

温勤生回答:“我是宁都小布的。”

万老板说:“小布,那不是当年朱毛红军反‘围剿’的指挥中心吗?你这茶不简单呢,还有红色的味道。”

温勤生高兴道:“老板您还知道我们那个小地名啊。我们那里还有不少红军当年留下的旧址呢,毛主席、朱总司令的旧居还在呢。老板有时间到我们那去看一看。”

万老板说:“好啊。这样的好地方我一定去。你这茶带了多少?我都要了,免得你到处跑。”

温勤生说:“老板,我们这茶可能要贵一些。不知道老板能不能接受?每斤一百元。”

万老板说:“好茶就应该贵一些,要不然,怎么区分出好歹来。一分价钱一分货嘛。贵有贵的卖法,我不怕贵,就怕不贵。”

温勤生说:“老板您这么说,我就放心了。您真是一位见识不凡的商家,听您这番谈吐,若不是坐在这店里,一定是个教授,我以后得多向您请教。”

…………

温勤生将随身带的十来斤茶叶放在这家“听雨轩”茶号。这十斤茶叶,温勤生并不收钱,既非经销也非代卖,就放在店里供万老板让来往客户品尝。

万老板也按温勤生说的办,来了客人,就泡茶给他们喝。客人一品,觉得茶好,自然要买。这十斤茶哪够卖的,于是他赶紧打电话让温勤生送货。

“万老板,您说送多少?”

“拉上两三百斤,我好好推广一下。”

“万老板,我们做本分生意,不过这次我得要现金,货到付款哦。”

“货到付给你一半款吧。卖得好我继续向你要货。”

“好吧,第一次打交道,我也不能不给您面子。”

温勤生雇了一辆车,带上一个业务员拉了一车货进省城。

货一送到,温勤生和业务员就急着搬货下车,万老板夸道:“你们场长很能干嘛!”

业务员接过话茬说:“他就是个做事的人。”

万老板说:“哪位是场长呀?”

业务员说:“这个搬货的就是。”

万老板一看,就是上次来推销茶叶的小伙子。温勤生放下手中的活,跟万老板握手。万老板见他满头大汗,感动地说:“我还以为你只是一个销售员呢,原来你就是场长呀。”

温勤生说:“我们场小,我这个场长在外面就是业务员,在场里就是工人。”

万老板说:“你这个货我们包销了,我打算双管齐下:一是打开政府采购市场;二是在中山路打开民间市场。”

果然,万老板没有食言。一年下来,他在政府机构销了六十多万元,民间市场销了四十多万元,加起来达到一百多万元。一个小厂有这么个销量,温勤生感到开局非常成功。

温勤生说:“工人收入高了,干活就更卖力。那个时候,我们通宵达旦地干,另有加班工资,没人叫苦。”

小布岩茶从此步入江西名茶之列,与庐山云雾茶、狗牯脑、得雨活茶齐名。

进入二十一世纪,全国各地掀起了国有企业改制的热潮。

真是成也萧何、败也萧何,小布岩茶品牌自然招惹来各方势力的争夺。

二○○三年,不少人都对小布岩茶品牌垂涎欲滴。一些大权在握的人,也想将小布岩茶据为己有。茶场招标拍卖,评估二百八十万元,拍卖时竞拍价竟然以二百万元成交。这引起了全场职工的愤怒,向有关部门投诉,才使这次拍卖流产。

后来,小布岩茶转向社会招商,各地茶商纷至沓来,最后由浙江、广东客商联合出资,以四百八十万元买断小布岩茶三十年经营权。

小布岩茶的品牌本是温勤生等人齐心协力打造出来的,但转眼间品牌变成了商品卖给了外地客商,他也由茶场场长变为失业人员,开始为生活犯愁,必须寻找新的出路。

二○○四年,温勤生出外打工,在一家毛衣厂织衣,专业不符合,干得不顺心。这年，温勤生接二连三陷入经济困境，老婆失业，盖房子欠债，儿子考大学需要学费，家庭陷入困顿。

二〇〇五年，运气来了。瑞金武夷源茶场负责人突然来到小布找温勤生，想聘任他到武夷源茶场做管理。温勤生到武夷源茶场一看，这是一个新开的茶场，山上连路也没有，生产的茶叶也没有什么品牌。温勤生觉得在这里干没有前途，试干了一个月后就辞职回了家。

温勤生刚踏进家门，武夷源茶场老板就开着车追来了。那个老板带着自己的老爸老妈，还有老婆孩子，一家人赶到小布来为温勤生父亲祝寿。老板送来直径一米的大蛋糕，将寿宴推向高潮。这下子，连自己老爸也跟儿子做起工作来。

老爸说："那里环境虽然艰苦点，但人家老板还是很欣赏你的，现在到哪去找这么好的老板啊。"

温勤生说："老爸，我不是嫌弃那里环境差，是那个场什么也没有，要全靠自己一手一脚去打理。有这个工夫，还不如自己办一个茶场呢。"

老爸说："你现在不是还没有办茶场吗？就先在他那干上一段时间，以后有了机会再自己干。这样，既把人家的茶场办起来了，将来自己办茶场也多了一些经验，两头不耽误。"

温勤生觉得父亲说得在理，就又坐着老板的车子回去了。出发前，他也跟老板掏了心窝子："我原是想自己办茶场的，现在就是缺资金，一时半会儿办不起来。将来机会成熟了，我还是要自己办茶场的。到那个时候，我随时会抽身走人的。"

老板很爽快："你什么时候真想自己办茶场，我绝不留你。若有可能，我也会出一份力，支持你办茶场。"

有了这番真诚交流，温勤生自然在瑞金那边安心地干了起来。

武夷源茶场坐落在武夷山脉观音岽，周围十多公里无人居住，自然生态环境优越，每天云雾缭绕，若是文人墨客，定能酿造不少诗情画意。

温勤生在那里一干就是四年。这四年，武夷源由一个默默无闻的茶场，一跃成为省内外知名的茶企。老板听从温勤生的建议，将武夷源茶拿到北京农博会展销,一举夺金。农博会散会后,老板有了底气,嘱咐温勤生道:“老温,你就别走了,留在北京为武夷源茶开辟市场吧。”

老板不惜重金,在江西省人民政府驻北京办事处租了一百平方米的店面,由温勤生负责驻守北京,开拓首都大市场。

一些原来在江西担任过要职的领导,对来自江西的茶也称赞不已:“来自红色摇篮的茶,做得真不赖,要好好在北京立足,打开市场。”有了他们的叫好,武夷源茶就更加跑火。

武夷源逐渐成为茶叶品牌,而小布岩茶却开始走下坡路。两相对照,不言自明:企业的竞争,最后是人才的竞争。

二〇〇八年冬的一日,温勤生在瑞金武夷源茶场规划来年的扩大再生产。一辆小车突然驰至,从车里走下小布镇镇长,他专程前来拜会温勤生。

两人谈论了茶业的前景,谈到了小布岩茶的过往和现在,也谈到了武夷源茶的新生。最后,镇长满怀期望地说:“你是小布镇人,在小布经营了那么多年的茶叶。你是清楚的,小布要发展,别的可能不行,还是要在茶叶上做文章。如果让你重新回到小布开发茶叶,你愿不愿意回去?”

温勤生道:“小布是我的家乡,回小布办茶场我当然求之不得。只是,小布岩茶卖给浙江、广东客商了,我还能回去吗?”

镇长说:“你说的这个也是实情。我们镇里也为此商量了很长时间,一直想把你这个人才挖回来,那些曾经和你打拼的茶农也都盼着你回去呢。”

温勤生道:“那镇里是不是有重新建茶场的打算?如果镇里新建茶场,我立即从这里辞职,回镇里效命。”

镇长说:“我就等你这句话。既然小布岩茶场你回不去,你还可以办别的品牌呀,比如小布森、小布茗什么的。大不了,镇里给你划拨一块山场,你大胆干起来就是。至于资金嘛,也不是大问题,到时用茶场土地抵押贷款。相信你能把茶场办得有声有色,为镇里争光。”

温勤生道:“我一定不辜负镇领导的期望。”

果然,温勤生辞去武夷源茶场的职务。按照当初的约定,武夷源茶场的老板虽十分惋惜,但也并不为难温勤生,还答应以后若有什么需要,他会全力帮助。

小布茶满山

回到了小布镇，在镇里的大力支持下，温勤生搭建了一个新平台——小布金叶茶业专业合作社。合作社把镇里种茶的茶农组织起来，利用技术对茶农的茶青收购加工，重新包装，创立"小布茗茶"品牌。

添置制茶设备，开发茶园，引进新品种，注册小布茗茶商标……一桩桩，一件件，工作有条不紊地开展起来。转眼之间，一个现代化茶场在小布镇拓出一方新天地。

二○○九年，温勤生的小布茗茶完成商标注册程序，成功参加二○一○年上海博览会并一举夺金。小布茗茶严把质量关，先后斩获上海国际茶博会金奖和江西省农业厅组织的江西省绿茶杯金奖。

荣誉不是温勤生个人的，它属于为小布茗茶共同奋斗的茶农。二○一八年，正逢决战脱贫攻坚关键时期，小布茗茶安置贫困户和下岗工人就业，由最初的五名股东发展到一百一十户股东，安排就业一百四十三人。通过"合作社＋基地＋农户"，采取统一提供优质种苗、统一技术管理、统一保价回收产品的"三统"生产经营模式，带动茶业从业人员脱贫致富奔小康。

每当采茶季节，周边的小布镇、黄陂镇、大沽乡、蔡江乡、钓峰乡五个乡镇的村民来采茶的达两千多人，加上技术工人的工资，全年要支出二百万元。

从当初的五万元建茶园，到现在投入一千二百万元建厂房、添设备，小布茗呈现一派蒸蒸日上的景象。

天道酬勤。如今,小布茗茶早已成为赣南绿茶响亮的招牌。

二〇二〇年小布茗茶获“中国绿茶杯”银奖,产品远销全国各地。

二〇二〇年,农业农村部等八部委公布国家农民合作社示范社名单,宁都县小布金叶茶业专业合作社入选国家农民合作社示范社。

温勤生说:“在乡村振兴大业中,第一要把我们合作社股东的积极性激发出来,通过这些股东带动更多的茶农,大家争取在更大规模上,真正让小布茶叶特色小镇得到体现;第二,我们还有一个规划,在品牌建设发展方面要走上更广阔的市场。”

二〇二一年六月,经过江西省品牌建设促进会认定,小布茗茶荣获“江西省名牌产品”称号。小布金叶茶业专业合作社在乡村振兴战略中发挥龙头作用,成为当地农业产业发展的中坚力量,推动着当地农业生产向规模化、品牌化、标准化、产业化方向发展,实现农业增效、农民增收双赢目标。

一片“金叶”,嬗变为众乡亲致富的绿色云朵。

云朵下,满山满坡都是挥洒汗水的采茶人。

小布金叶茶业专业合作社理事长温勤生,凭着自己对茶叶的一腔热血,带领宁都县小布镇的一百多户农民,共同走上了致富之路。有一首《采茶歌》唱得悠扬动听——

一片金叶一片云,
一层绿浪一层金。
满山茶树亲手种,
辛苦换得茶满园。
…………

百折不挠的“脐橙王子”

初冬时节，寒意渐浓，瑞金市黄柏乡龙湖村果农邓大庆家中处处透着丰收的暖意，他坐在“橙”山“橙”海中忙碌着打包发货。

“我下午刚接到一个一百四十多箱脐橙的订单，今晚估摸着要加班了。”六十四岁的邓大庆笑着说，手头却并没慢下来，麻利地把黄澄澄的脐橙分类、装箱、打包……

邓大庆告诉我，二〇二一年共收获了五万多斤脐橙，很快就被抢购得所剩无几。受前期冰冻灾害影响，脐橙产量降低了，但市场行情很好，在网上能卖到七八块钱一斤，仍然有赚头。面对仍然纷至沓来的网上订单，邓大庆只能拒绝一部分，他笑着说，这“幸福的烦恼”放在前几年想都不敢想。

邓大庆的房子是双栋，一前一后。后栋高，前栋低，错落有致。他家院子里有一棵脐橙树，密密匝匝地挂着果子，黄澄澄，金灿灿，甚是喜庆。

邓大庆有一张方正的脸庞，阔嘴，两道浓眉上横亘着几条波浪般的抬头纹。

我们到来时，他正接听电话，一个外地客户在向他咨询脐橙价格。他妻子正在给脐橙装箱。正是脐橙丰收的季节，此时不忙，更待何时。

邓大庆是个有故事的人。他遭遇了许多失败，却百折不挠，终成远近闻名的致富能人。在种植的路上，几经周折，债台高筑，还落下残疾，但他身残志坚，从失败中总结经验，多番探索，终于在二〇一二年再次种植脐橙获得成功。瑞金诗人钟燕在《橙的梦想》中这样写道：

季节洞开了一些人的心事
邓大庆，一位身残志坚的老人
忍着疾病和贫困的痛苦
用汗水浸润这片热土

橙香四溢
累累果实压满枝头，微风吹拂
这个怀揣种果致富梦想的人
水到渠成，梦想成真
…………

如今，他是当地有名的“网红”，其创业脱贫、带领村民致富的故事在当地广为流传。

瑞金既是举世瞩目的红色故都、共和国摇篮，也是赣南脐橙的主产区。

“一亩脐橙一万元，脱贫致富来得快。”这是赣南红土地新的传奇。在赣南，很多农民因为种脐橙脱贫，也因为种脐橙致富。

邓大庆，生于一九五七年一月，是瑞金市黄柏乡龙湖村人。他是红军后代，身上流淌着红色血液，在红色故事、苏区精神的熏陶中成长。爷爷担任过横岭乡（今叶坪乡）苏维埃政府主席；外祖父刘立彩兄弟均参加长征，刘立彩牺牲在湘江战役，弟弟刘立新在夺取娄山关战斗时牺牲；父亲是土改干部，后保送上卫校，当过乡村医生。

由于家贫，邓大庆只读过小学三年级，十一岁就辍学种田。年轻时，邓大庆就开始担任村干部，在村主任岗位上干了十五年。他从小就立志要改变家乡贫穷落后的面貌，带领群众植树根治穷山恶水，修路修渠改善基础设施，并通过试种果树探索出了一条脱贫之路。

邓大庆的家乡龙湖村是一个自然环境恶劣、就连砍柴也要翻山越岭走二十多公里路的小山村。不甘于家乡极度贫困现状的邓大庆一直在寻找摆脱贫困的道路。

一九七五年夏天的一个夜晚，村里大队放了一场《农业学大寨》的电影，讲述了陈永贵同志带领山西省昔阳县大寨村村民艰苦奋斗，改变恶劣自然环境，夺取农业丰收的真实故事。大寨由此成为全国学习的模范，同时，也触动了邓大庆，改变家乡贫穷落后面貌的思路在他心中逐渐清晰起来。

那时，邓大庆觉得要摆脱贫困，必须从植树造林绿化荒坡和兴修水利、道路等基础设施入手。思路决定出路,行动决定速度,说干就干。

一九七六年春,他在自家的荒山种上了一大片松树。没想到,两年后松树居然长得很壮实,根系扎得很稳,固沙蓄水效果很好。这更加坚定了他改变家乡恶劣环境的信心。

一九八三年,二十六岁的他,在村里当农技员。一九八九年,他被选为村委会副主任。同时,他开始学做生意,收购鸡菌皮、金银花、红茴香等中药材。他是个精明的生意人,在宁都、石城、瑞金、会昌、于都设有一百多个收购点,经常派人去各个点收集,最后统一卖到外贸公司。小生意挣大钱,一年能挣四五万元。那个时候的四五万元,相当于现在的四五十万呢。

一九九五年,邓大庆开始担任龙湖村村主任。从那时起,每年春天,他都要外出讨要大量树苗,分给群众种植。几年后,绿化造林达四千多亩。他还积极争资筹款,带领群众修建了水陂三座、水泥桥四座、乡村水泥路十六点五公里,还新建了一栋两层楼的村委办公楼,全村的自然环境和生产生活条件得到了极大的改善。

一九九八年,在连续做小生意十年后,他开始转行做其他产业。农民嘛,还是离不开土地。一次,他获悉福建漳州诏安县种植青梅效益不错,还培训传授青梅种植技术。他于是跑到诏安,考察后发现当地种青梅确实发了财。一棵树盛果期能收二百斤青梅,一斤青梅卖三元,一棵树就有六百元的收入。一亩地可种四十棵青梅树,一百亩地就是四千棵树。他想,家乡别的没有,荒山荒坡有的是,如果承包上二百亩,保守算下来起码可以种上六千棵青梅树,如果一棵树按六百元计算,那可是三百六十万元呢。

这样一算账,他觉得这个经济效益,一年就超过他一辈子做小生意挣的钱了。

学成归来,他马上承包了村集体的二百多亩荒山荒坡,全部种植引进的青梅。

三年后,青梅开始挂果。本来应该高兴的他,却愁眉不展。

没想到,辛苦种下的青梅结出的果子个头小、品质差,一毛五一斤也没人要。他眼睁睁看着果子烂了。

第一次种果树,就遭受如此重创。这一下,将他十多年做小生意的积蓄全部赔进去了不算,还让他原本用来买房的三万多元打了水漂。更为严重的是,他还为此背上了十七万元外债,真是血本无归,欲哭无泪。

“都是血汗钱呢。”邓大庆心痛,妻子更心痛,说他瞎折腾。

二〇〇三年赣州兴起脐橙种植的高潮,他带领全村干部群众开发荒坡种植脐橙。他将二百亩青梅全部挖掉,自己率先邀人合股种植脐橙一百二十亩,另外八十亩退给群众,由他们自种脐橙。这就是现在万亩脐橙基地的原始核心区。

那个时候,在农村搞集资入股,还是不多见的事。邓大庆敢为人先,他以土地和技术入股,其他流动资金如树苗、肥料、人工等费用由其他三人分摊。很快,一百二十亩的脐橙栽种下去,果树苗长呀长,大家都盼着果树早点结果,能将投入的钱挣回来。

二〇〇六年,邓大庆牵头创办瑞金市龙珠塔脐橙专业合作社。合作社成立之初只有五户脐橙种植户申请加入。为做大做强合作社,他上门入户,逐户宣传动员群众加入,合作社社员逐年增加,现已发展到近三百户。通过合作社这个平台,他把所学到的脐橙专业知识全部传授给果农,如地形选择、片区规划、营养脱毒苗的培育、水肥管理、花果管理、黄龙病以及其他病害防控、黄龙病树的砍挖处理等等,并手把手进行现场教学,从而使合作社社员掌握了脐橙种植管理的过硬技术。

这一年,树上挂满了黄澄澄的果子,大家松了一口气,等着摘果子收钞票呢。

可是,命运并非一帆风顺,似乎总跟邓大庆过不去。

正当邓大庆锁定目标准备甩手大干的时候,无奈造化弄人,由于长期劳累过度,疾病不断发作,他的右腿股骨头坏死。后来,病情进一步恶化,左腿股骨头也开始坏死,还并发了肾结石、胆道炎等多种疾病,成了二级肢体残疾的残疾人。

他辞去村主任的职务,全身心关注脐橙产业发展动态,购买了专业书籍认真学习脐橙种植技术。

二〇〇六年至二〇〇九年，正当邓大庆的脐橙挂果的时候，脐橙市场却起不来，价格降至冰点，合作伙伴们晦气满面。一年两年如此，也许还能挺过去，可是三年四年都如此，大家再也承受不住了。一拍两散，他们将果园转包给了别人。

由于当时脐橙种植、储存技术不过硬，销售渠道不畅，价格也时高时低，导致脐橙种植收益很不稳定。他邀请有关单位和专家分析探讨，一致认为应暂缓发展脐橙，适度改种榨汁甜橙。当时，榨汁甜橙这种饮料从美国和巴西进口，如果国内有原料，就不需要进口。

邓大庆不怕吃螃蟹，他又带头试种十六亩榨汁甜橙，种下去八百多株。由于规模小，没有人收购，本地也没有生产厂家，最后，又亏了八万多元。部分跟着邓大庆试种榨汁甜橙的农户，也亏损了，他们背地里骂他："邓大庆干什么亏什么，以后别跟着他干了。"

其实，种果树有时候就像炒股，连续低迷的行情，跌到最低点的时候，其实就是机会来临。可是，真正能挺过最后关头的人并不多。

就在邓大庆他们把脐橙包袱甩掉，开始种榨汁甜橙的时候，脐橙市场也在暗潮涌动。到二〇一〇年，脐橙价格开始上扬，市场开始跑火起来。邓大庆和几个合作伙伴悔得肠子都青了，恨得牙痒痒，眼睁睁地看着别人数着大把的票子。

脐橙市场的突然火爆，邓大庆再也坐不住了。他痛定思痛，总结失败教训后得出结论：要种果致富，首先必须在种植技术和销售渠道上攻克难关、实现突破。审时度势后，他再次把致富的路径坚定地锁定在脐橙种植上。

二〇一一年冬，在病情相对稳定的情况下，他从赣州医院出院回到家后，当即向亲友借了两千多元钱，先后前往重庆、陕西、湖北等地学习考察。二〇一二年春，他毅然拔掉榨汁甜橙，又种起了脐橙来，后又扩大种植达到二十六亩，共栽种一千六百多株。二〇一四年，脐橙价格再度上扬，邓大庆的脐橙也开始挂果，当年就卖了三万元。此后连年实现增长，二〇一七年达到二十四万多元，二〇一八年达到二十七万多元。

脱贫攻坚时期，为了带动村民致富，邓大庆在合作社内还建立了"贫困户＋基地"和"五统一"的产业扶贫机制，做到统一规划流转、统一技术培训、统一农资供应、统一病害防控、统一果品销售。仅统一农资供应方面，由于脐橙种植肥料需求量大，实行从农资公司集体批发，按批发价分发给果农，每户每年就能够节省几百到上千元不等的投资成本。对于贫困户果农，合作社还给予免费送货上门等服务。合作社通过帮扶方式，极大地加快了村民的脱贫进程。到二〇一六年十二月，合作社就帮助村里四十四户贫困户成功实现脱贫。

全面建成小康社会，残疾人一个也不能少。作为残疾人的邓大庆，深知残疾人创业的艰辛、脱贫的不易，他对残疾人等特殊群体的脱贫工作更为关注，更加倾情用力。对于合作社外的残疾贫困户，他优先雇请他们到果园务工，让他们在获得部分收入的同时，也能学到脐橙种植管理知识，逐步加入脐橙种植队伍中来。如该村贫困残疾人杨水发、邓长生等人，在他的劝说和帮助下，有的种脐橙，有的发展养牛业，二〇一七年全部脱贫。

在他的执着坚守和精心引领下，经过多年的不懈奋斗，龙湖村脐橙面积现已发展到三千二百多亩，带动了六百多人长期在果园就业，仅脐橙种植收入人均达到两万元，家家户户过上了幸福的小康生活。

“装点此关山，今朝更好看。”如今，邓大庆自幼立下的小康梦想已在龙湖村变成了美好的现实。

在邓大庆的果园中，新栽种的脐橙树下长出郁郁葱葱的花生苗。

“脐橙前三年可与花生套种，从第四年脐橙树开始挂果，就把花生苗拔除不再套种。在脐橙树下套种花生不仅能为脐橙树提供所需的氮元素，花生苗还能起到保水保湿保肥作用，尤其在秋冬季节干旱少雨时，还可对杂草生长起到抑制作用。”他俨然是一个脐橙种植的行家了。

邓大庆在脐橙园玩自拍

邓大庆知道怎样让土地产出最佳效益，他在脐橙树下套种花生，一亩地可产五百公斤花生，能榨一百五十公斤油，花生油每公斤可卖三十六元，算下来每亩地种植花生的收入为五千四百元,正好可弥补脐橙树挂果前的产值空缺。

黄龙病是脐橙种植业的癌症,防治是关键。邓大庆说:“首先要种植正规单位生产的脱毒苗,其次要重点把握三个时期:第一个时期是嫩梢期,木虱最爱啃食春梢,春梢萌发期是防治木虱的重点时期;第二个时期是暴雨或台风天过后,由于大风可能将别地的木虱吹到果园,每当大风暴雨过后,需要立即打药,防止木虱传播;第三个时期是刚发现有木虱活动或黄龙病发病迹象时立即打药,并在第三天后第五天前砍树。”这些都是在实践中总结出来的宝贵经验。

要想富,种果树。

邓大庆靠种果树彻底摆脱了困境,稳步过上了小康生活。

“一人富刚起步,大伙富才算富。政府帮我走出贫困泥潭,我不能只顾自己一个人,要带动老表们一块干!”邓大庆以黄柏乡脐橙协会为平台,带领周边村庄百余名农户组建了黄柏坳背岗脐橙专业合作社,合作社脐橙种植面积达三千多亩。

如今,龙湖村脐橙种植面积达到五千五百八十亩,平均每位村民都种植了约三亩脐橙,每亩能有一万元左右的收益。在邓大庆的带动下,龙湖村里脐橙产业通过“合作社 + 基地 + 农户”的发展路子,实现了由“单打独斗”到“抱团致富”的转变。

作为脐橙协会党支部书记、合作社理事长,邓大庆每天都在为协会与合作社的事务奔走。邓大庆那三十多亩一千六百多株的脐橙园成为他给果农讲解示范的“课堂”。

“脐橙就是我的孩子”

说到赣南脐橙，人们不得不提起袁守根。这位“赣南脐橙引种第一人”，有人索性称他为“赣南脐橙之父”。

袁守根自己则说：“脐橙就是我的孩子。”

对脐橙的爱之深切，真如父亲般溢于言表。

从一九七一年袁守根在信丰县试种一百五十六株脐橙苗起家，五十多年的时间，如今赣州全市种植脐橙达一亿株。“赣南脐橙”成为家喻户晓的特色农产品，脐橙树也成为赣南苏区脱贫攻坚、乡村振兴的“支柱树”。

信丰人称信丰为“守信之地”。这个“守”，守的就是初心，守的就是党对人民群众的诺言。

主人公袁守根，他的名字中就有一个“守”字，他守的正是党的“根”本——初心和民心。守民心，靠谁来守？当然是方方面面的人，这当中少不了科技人员。过去中国人都吃不饱饭，这就必须解决粮食增产问题，中国于是诞生了袁隆平。而赣南“世界橙乡”的叫响，离不开袁守根这样的科技工作者。

袁守根，生于一九四一年，祖籍浙江诸暨。他一九六二年毕业于江西共大总校林学系，学校留任一年，次年九月被分配到信丰县林垦局当技术员，后调信丰西牛国有林场任技术员。

袁守根兴致勃勃地跟我聊起他和赣南脐橙的不解之缘——

一九六九年八月，凌少斌从寻乌调到信丰县分管农业。在县领导开欢迎会时，他带来了两箱寻乌种的温州蜜橘给大家品尝，橘子的美味，让大家赞不绝口。

大家一边吃，一边说：“寻乌能种出这么好吃的橘子，我们信丰不是也能种吗？信丰的荒山多、土质好，种出的橘子肯定不比寻乌差。”

凌少斌说：“这橘子好种，一亩地可栽六十株，单株留果约四百个，亩产控制在两吨左右，一斤果卖一毛钱的话，就有四百多元收益，种稻子才百十块钱，种果树划算多了。何况种果树用的是荒地,不占农田,一举两得的大好事啊。”

有了凌少斌的现身说法,大家种温州蜜橘的信心更足了,立马就讨论起了到哪种的问题。

当时,西牛公社副书记袁开富正好在场,他马上站起来说:“我提议把这个园艺场建在我们西牛。我们有成片的荒地,正好种果树。此外,我们西牛林场有现成的技术员袁守根,他可是江西共大总校林学系的高才生啊。在西牛搞园艺场,技术上有保障。”

袁开富这一招挺灵,大家对将园艺场定在西牛表示赞同。

说干就干,县领导派出考察组到各地选址。考察组由农业、水利、地质等部门专业人员组成。

考察的第一个点是县域北面的西牛公社沅和大队。沅和毗邻黄泥公社丫叉桥、大阿公社太平围。此处丘陵面积虽不小,坡度也平缓,但地质大多属石灰岩土,土质浅薄,土壤径流大,水土流失严重,不适宜种植果树,被淘汰了。

第二个点是县城以南的大塘埠公社长岗大队。长岗属典型的红壤丘陵,地势平坦,土层深厚,砂石少,毗邻桃江河,具有柑橘生长的土壤、水源等条件。但是有两个欠缺:一是交通,离当时的信龙公路五公里,坐车进县城还得绕回大塘埠、坪石;二是山岭遍地松树,而松针又是当地村民的主要柴薪,一旦砍伐松树改种柑橘,当地村民的生活燃料就成问题。考察组成员摇摇头又无奈放弃了。

第三个点是信丰县东南的安西赤坑、龙水河桐梓岗。考察组爬上山岭,走垄过塅,只见到处是低矮山岭,树少草多,村舍稀落,土壤为红壤中的草地黄泥土,具有“沙、肥、厚”的特点。考察组觉得这里是种植柑橘的绝佳地段。

这年的十二月三十日,县领导孙嘉文、戴福胜、刘心田以及袁开富、袁守根几个人去实地考察。当时没有小轿车,开着一辆大货车在凹凸不平的路上走。孙嘉文坐副驾,其他人只好坐在车厢里。安西是大乡镇,离县城三十公里。车厢没有车篷,八面来风,大家在车厢里一路挨冻,好不容易颠簸着到了目的地。

桐梓岗曾经是个战场,当年红军长征经过这里,与白军大战了一个回合,双方死了两千多人。因为乌鸦成群结队在这里盘旋,当地老表喊这里“鸦吃塘”。一片荒凉之地,稀稀拉拉地长着松树、杉树和茅草。

袁守根拿了把锄头,扒开茅草,地表有一层腐殖质。土质松,适合根系生长,不易干旱。这里离县城虽远,却有个好处,没有人来偷柑橘。

孙嘉文说:“你说好,那就在这里办。”

县领导一锤定音,就在安西桐梓岗扎下园艺场的营盘。

当天,大家就在公社讨论果园规模、如何分工、要多少工人、集体的土地怎么划归国营等问题。

这些问题当中,土地问题最大,需要县、乡、村三级领导拍板。正好,县、乡、村的一把手都在,也很快解决。至于工人,定下了多大规模,才好定多少工人。所谓分工,那也是领导拍板的事。领导识人用人,只有识人准确,才能用人得当。

当天讨论到深夜,没有定论,大家只好住下来。乡里没有招待所,圩上有家安西饭店。大家到安西饭店一问,当天是圩日,客房竟住满了,只好与老板商量用板凳和铺板在二楼的房厅搭一个通铺当床,棉絮也是临时用被罩套起来急用。孙嘉文带领大家就在饭店将就了一夜。

第二天接着再讨论,终于一切问题都迎刃而解。孙嘉文指示:“你们过了年就来开工,一天都耽搁不得。”

袁守根返回西牛林场移交工作,要求公社提供两个年轻人搞测量、立标杆。公社二话不说,立马找来两个十七八岁的精干后生。好在这个项目是县一把手工程,要钱给钱,要人给人,毫不含糊。袁守根还向水利局要了两名技术员,并要求带上经纬仪、大平板仪、水准仪等工具。

袁开富已受命为安西园艺场场长,负责开发事宜。

一九七〇年二月七日,这天是正月初二,袁开富带队率领袁守根和测量人员踏上征程。

他们肩负着信丰人民创建园艺场的热切期望,早上八点钟来到汽车站,到安西的班车只有一趟。一问,需要提前三天才能买到票。现在要买,也只有初五的票了。

袁开富望了望大家,说:“怎么办? 走!”

袁守根眉头一扬:“走吧,三十公里,六七个小时路程,顶多下午四五点就能到。”

他们背包里装着衣物等生活用品,肩上扛着测量仪器。六个人,挑的挑,扛的扛,撒开脚丫子就上路。

大家都穿着冬衣,一走路,浑身冒汗。走到石门迳,已走二十多公里,大家都累了,想寻个喝水的地方。那个时候,哪有矿泉水,他们见路旁有老表砍柴的水窝子,便用手捧水喝。

喝了水,又赶路,下午四点终于到了安西饭店。两顿饭当一顿吃,住下歇息。

第二天,大家就开始到山场干活,规划园艺场。

风雨无阻,一把大伞是指挥部,年轻人在山坡上奔跑,每人一件雨衣。饭送到山上吃,省去往返时间。如此忙碌,一直忙到五月份,三个多月时间,硬是把一万亩山地圈了下来。

有了规划图,他们一面派人到寻乌、广东新宁等园艺场参观取经,一面开始招工。经安西、西牛、正平三个公社推荐,园艺场招收了第一批职工二十六人,其中木工三人、泥工两人、篾工一人。招收工人后考虑自力更生建场,袁守根亲自设计了一个四合院式的园艺场部,前门是大门,后面留一个小门,左、右各一个侧门,每个房间两张床。盖房的任务当然是自己员工干了。

说到那段刀耕火种的岁月,袁守根沉浸其中。我问:“你们盖的房子现在怎样啦?”

“这些房子现已倒塌一半了……”袁守根不无惋惜地说。当年栽下的脐橙老母亲树就在老场部左侧山南向阳处。

袁守根说:“当初培训工人的山,叫试验山。山顶、山腰、山脚都有路。将山坡修成梯田,内低外高。招收的工人培训后就是场里的第一批技术员。”

一九七〇年十一月,县里组织开发大会战。来自安西、桃江、虎山三个公社的基干民兵三百六十多人参加了会战。那时没有推土机,全靠洋锹、锄头。计划开发一千亩,实际完成六百亩。

土地挖好了,果苗提上议事日程。场里委派袁守根去调苗。寻乌园艺场提供了采购果苗的线索,采购地是湖南邵阳园艺场。袁守根按图索骥,直奔邵阳而去。

那时,交通并不快捷,先从安西坐车到信丰县城,花去一天时间;再从信丰乘客车到韶关,又一天;韶关乘火车至衡阳,仍是一天;最后从衡阳到邵阳,再一天。六百多公里的路程,足足花了四天时间。

袁守根做梦也没有想到,他此行不仅会改变园艺场的命运,也将改变赣南老区人民的致富路,让他们走得更宽阔、更雄壮。

邵阳园艺场专业培育各种果树苗。袁守根一到,就拿出介绍信,要求到育苗基地察看苗木的生长情况。看着绿油油的果树苗,袁守根当时就定下了苗木数量。那时公事公办,价钱十分公道,买多少苗由单位转账即可。

在与邵阳园艺场技术员交流时,对方技术员向他推荐:“我们这还有华盛顿脐橙苗,在邵阳种植气候不行,说不定你们赣南适合种呢,要不要带点回去试试?”

“好吧,我带几捆回去试试。”袁守根说。

袁守根买了两万棵温州蜜橘苗,捎带上四捆华盛顿脐橙苗,每捆脐橙苗有五十棵,四捆共二百棵。这次捎带的脐橙苗不过是配角,但日后脐橙当上了主角,取代了温州蜜橘,成为信丰乃至赣南的主产水果品种,这是袁守根万万没有想到的。如果他当时有先见之明,就该反过来买苗子,脐橙当买两万棵,温州蜜橘当买两百棵。但许多事情都是摸着石头过河,这事没有后悔药可吃。若不是邵阳园艺场那个技术员推荐,他连两百棵脐橙苗也不会捎带呢。

果树苗从邵阳运回安西,此时才十一月底,气温低,不适合种植,便放在向阳的地方假植,上面盖上稻草防冻。

一九七一年二月,大地回春,园艺场开始忙碌起来。两万棵温州蜜橘和两百棵脐橙苗需要种下去。脐橙苗就像是大家闺秀,受到袁守根和同事们的特别厚爱。袁守根记得特别清楚,脐橙苗是二月二十四日种下去的,种在离场部五十米远的阳坡上,这样便于观察和看护。

县里为此专门成立了脐橙“三结合”科研小组,由袁守根负责管理、研究、观测。二百棵脐橙苗占地五亩九分,最后成活了一百五十六棵。

那个时候有句话叫“宁要社会主义的草,不要资本主义的苗”,大家将“华盛顿脐橙”改叫“华脐”。

不管哪里来的脐橙苗,只要种在中华大地,就是“华脐”。

一九七三年,场里建种苗基地,开始繁育脐橙苗木。

一九七四年冬,脐橙挂果试产,收获二百公斤。果形端正,色泽橙黄,甜酸适口,香气浓郁,大家分外高兴。场里开始进行柑橘、脐橙保花保果无大小年的丰产科研活动,获得成功。

过去,美元要拿商品换,国内好的产品都出口到国外。安西园艺场产的温州蜜橘也拿到香港出口换美元。园艺场在果树栽培的前期间种的马兰西瓜也出口,一只木箱装两个西瓜,颇受香港市场欢迎。

那时,赣南有信丰、寻乌、大余、于都、兴国等六个国营园艺场,每年都会组织果品评选活动。一九七五年十一月,袁守根带着心爱的脐橙参加赣南农产品大比武,没想到带去的“华脐”在参评会上大放异彩、崭露头角,这让“华脐”成了袁守根的绰号。之后,只要袁守根一出场,大家都纷纷喊:“‘华脐’来了!”他的真名倒没有“华脐”吃香了。直到现在,袁守根的微信名还叫“华脐”呢,可见袁守根对这个名字的珍爱。

安西园艺场有“华脐”的传闻早已在业界传开。赣州地区外贸公司副经理游仁煊听说信丰安西园艺场有“华脐”,美其名曰“检查工作”,实际上是来场里探究竟的。他在温州蜜橘园地里转了一圈,回到场部办公室,问:“你们除了种温州蜜橘,就没有别的品种了?”

袁守根说:“我们还有‘华脐’,现在还在树上呢。”

游经理说:“好啊,你们竟然跟我保密,将好东西藏起来。”

来到脐橙园一看,五六亩脐橙长势喜人,虽然还不是盛果期,但树上已经挂着一只只黄澄澄的果子了。果子很奇特,底部长得像肚脐眼,故称“脐橙”。

袁守根挑了几只饱满的果子摘下,用手掰去皮,让游经理品尝。

这果子,还未掰开,香气就扑入鼻子,真够香啊。

游经理一吃,连连赞叹,说:“没想到你们园艺场还有这等独门绝技,产出了这样的天下绝品,这果子要拿去出口,一定会成抢手货。”

袁守根说:“一共才一百五十六棵树,产量有限,怎么出口?”

游经理说:“你们可以增加产量呀。”

袁守根说:“种植脐橙技术还不成熟,恐怕难以量产。”

游经理说:“你们一边组织生产,我一边给你开发市场。明年广交会你们无论如何要给我一点脐橙,我拿去展示一下,看看市场反应。”

袁守根有些为难地说:“广交会要等到四月,恐怕留不到那个时候呀。”

游经理恳求说:“多多少少,你一定要想办法给一点。”

袁守根说:“我给你留二十个。但你不要拖太久,三月底来拿。”

“一言为定。”游经理跟袁守根击掌为盟。

袁守根此时感觉自己的“华脐”成了皇帝的女儿,不愁嫁了。早知如此,就该多种“华脐”嘛。

一九七六年四月,广交会如期举行。游仁煊携带二十只脐橙,请省经贸厅驻广州办事处主任姚振海、香港华润公司五丰商行等客商品尝信丰脐橙。游经理拿出脐橙,个个橙黄鲜亮,招人喜爱。

五丰商行经理很惊奇:“你这是哪变来的脐橙?”

游经理说:“待会儿你们尝尝,吃了你们就知道脐橙是什么宝贝。”

切开脐橙,香气满室,每个人的鼻子都闻到了一股清香。拿起一吃,更是满口津甜。

大家赞叹:“今天算是吃到了仙果。”

五丰商行经理说:“明年,不,就今年收获的脐橙,你全部拿来香港卖。温州蜜橘是地摊货,这个脐橙可以上货架,我保证价格不比美国脐橙低。”

游经理说:“那一言为定,我回去就跟信丰安西园艺场签订购销合同。你这敢不敢跟我签订合同呀?”

五丰商行经理说:“合同好说,马上办,就怕你没有货。”

游仁煊拿回与五丰商行签订的合同,这是信丰脐橙出口的第一单买卖。

游经理拿着订单回来找信丰县委。县领导特别重视,决定扩大种植面积,给园艺场下达了一千亩的指标。

当时主管林业的副县长刘新田陪同外贸公司副经理游仁煊来到安西园艺

场,要园艺场增种一千亩脐橙。

“肯定搞不了,没钱。”袁守根对于上级的重视又喜又忧,种植脐橙是一个苦力活,需要大量工人。当时园艺场连工资都发不出来,每月二十三元的工资都拖欠工人好几个月了,哪来钱开发果园。

“那时,组织一部分工人到林场砍些人家不要的柴火,变卖后发工资。”袁守根回忆当时的心酸。

最后根据实际情况,定下增种二百亩的合同。赣州地区外贸公司支援园艺场十万元资金,种出来的果子百分之百卖给外贸公司,价格由外贸公司定。当然,那一百五十六棵脐橙树产的脐橙当年必须全部交由外贸公司出口。

外贸公司的游经理前脚刚走,省外贸局的同志又接踵而至。一九七七年五月,因信丰脐橙在广交会上一炮打响,省外贸局也要求扩大种植面积一千亩,并下拨发展资金十万元。

一家有女百家求,信丰脐橙的名声一下子传遍外贸领域。除了地区和省外贸部门争相到信丰订立脐橙生产合同外,中国粮油食品进出口总公司也派人赶来信丰,派来的是粮油处姓齐的处长。他从北京来信丰安西园艺场视察,县委书记凌少斌陪同,看了脐橙树,又看种植场地。

齐处长用手一划拉,说:“这一片山面积有多少?目前已种植的面积有多少?”

袁守根回答:“这整个一片有四五万亩,已经种植的面积不到四百亩。”

齐处长说:“你们能不能将四万亩山地全部种上脐橙,将信丰搞成全国最大的脐橙出口基地。”

袁守根说:“我们也想多种,只是这开荒造园需要一锄头、一锄头挖出来,一下子增加四万亩太难了。”

齐处长在信丰招待所住下来,一再要求增种四万亩。最后,凌少斌书记拍板说:“那就争取搞两万亩吧。”

这年冬天,一百五十六棵母树产的脐橙丰收,共收获两千七百公斤果子。园艺场工人从中精挑细选一千公斤出口。这年十二月二十五日,果子用木箱子装运走,在香港竟然卖到每公斤三十六港元的天价。要知道,那时候普通工人的工资也不过二十多元，一公斤脐橙比他们一个月的工资还高呢。

赣州地区外贸公司的游经理从香港拍来电报：

> 果似美国橙，价高于美国橙，请速组织货源。

脐橙在香港市场的反应如此强烈，极大地提振了袁守根和园艺场工人的信心。

一九七八年，信丰脐橙场乘势成立，袁守根从一名技术员提拔为副场长。其时，当地倡导大搞果业开发，脐橙产业发展势头旺。八月二十五日，县里组织安西脐橙基地大会战，县委书记凌少斌任总指挥，调集基干民兵五六百人，组织各乡镇民兵学大寨，用锄头、铁锹等农具大干一个多月，开垦平整出六千亩脐橙种植土地。也正是在这时候，园艺场正式改名为“信丰县脐橙场”，专业种植脐橙。

从一九七八年八月开始至一九八〇年十二月，县里共组织了三次大会战，投入劳力三千余人，开垦梯田一万零二亩，离齐处长所订两万亩还差一半呢。

对于突如其来的扩产，袁守根一时不知所措，他担心种植技术不过关难以完成任务，便申请和同事前去重庆研究柑橘种植的研究所“取经”。辗转到重庆后，得知从江西来的农业干部要大规模试种脐橙，一位研究脐橙种植技术的女研究员十分高兴地带着袁守根他们去看自己培育的三百棵脐橙树。因为时间紧迫，过完年开春就要嫁接育苗，他带去的两名工人就在重庆过年，学嫁接，等过完年又马不停蹄地赶回来指导其他工人嫁接种植。

一九七九年一月三日，经外贸部和国家计委批准，扩建脐橙生产基地两万亩，在信丰建一个鲜果出口基地。赣州地区接到批文后，将两万亩生产任务分散处理，给了宁都五千亩、大余五千亩。自此，赣南脐橙开始由信丰一县向其他县推广种植。

同年五月至六月，袁守根随外贸部柑橘考察组赴西班牙、美国考察。

袁守根回忆，当时他们一行人在西班牙的四个省，美国的加州、佛罗里达州等脐橙主产区考察后发现，对方已集约化、规模化种植，并大量使用农业机械，搞精准化种植。“摘下一片叶子，测量后就知道这棵树的土壤缺什么。”这让当时的袁守根一行人感叹不已。

袁守根的家里还保存着一张珍贵的照片。照片中，一名美国农场的工人开着一辆大型农业机械车，坐在驾驶位看着他们。在信丰几百人干一年的活，这辆大型机械一两个月就能完成。那时中国的落后，是有目共睹的。

在美国考察时，看到工人用一把小巧的剪刀嫁接脐橙苗，袁守根就想方设法让工人把剪刀送给他。回国后，袁守根找农技员试图仿制这种实用型剪刀，但农技员一番琢磨后告诉他，制作剪刀的钢材特殊，他们短期内无法批量造出。

“认识到差距，就知道我们应该从哪些方面去补短板。”袁守根他们暗自憋了一口气，但心里已经铆足了劲，一定要大力发展好我国的脐橙产业，让脐橙走向世界。

这次考察，袁守根幸运地结识了华中农业大学柑橘栽培学专家章文才教授。在章文才的帮助下，赣南通过多个渠道引进了朋娜、纽荷尔等八个脐橙新品种。赣州信丰、大余、宁都三个脐橙基地，成了栽种这些新品种的试验田。

一九八〇年，中科院南方山区综合考察队认为：“赣南是得天独厚的柑橘生产地，应成为我国柑橘商品生产重要基地。”

一九八一年底，新华社内参发表《赣南发展柑橘生产的路子应当怎样走》。看过内参，中央领导写了一封鼓励赣南人民开山种果的信。

一九八二年一月二十二日，时任中共中央总书记胡耀邦，给江西省委书记写亲笔信，鼓励赣南地区大力发展柑橘产业，还特别嘱咐要让利给果农，调动农民种植积极性。

很快，继信丰安西园艺场之后，原赣州地区园艺场、原赣州市（现章贡区）园艺场、寻乌县园艺场、定南县礼亨水库和县农科所等八个县的十个单位先后引进、试种了“华脐”。在有关部门的重视下，赣南建立了信丰安西、大余青龙、宁都田头三个外贸脐橙出口基地。

“一棵脐橙树，相当三口猪”，渐而成为流传在赣南百姓中的佳话。

后来，江西省地质调查研究院历时十年，对赣州三点九四万平方公里土地进行了一次全面“体检”。专家们通过对赣南脐橙进行专题评价，确认赣南脐橙品质优良，达到绿色食品品质，属一等、特等脐橙，脐橙中硒含量普遍较高，部分达到富硒水果标准。

二十世纪九十年代，以赣州市实施“山上再造”和“兴果富民”战略为标志，掀起第一轮发展高潮，开启了柑橘品种以宽皮柑橘为主到以脐橙为主的大调整。二十一世纪头五年，又以安远誓师大会为标志，掀起第二轮发展高潮，全面转换果园经营机制，开启了脐橙产业的大发展。

…………

信丰县凡是种植脐橙的村组，每个山地、果园都留下了袁守根的足迹。如今，满头白发的袁守根，看到赣南大地脐橙遍地，枝繁叶茂，果实累累，他异常欣慰。

赣南红土地上，那一棵棵扎根泥土、迎风摇曳的脐橙树，似乎在诉说着老区人民的小康生活和乡村振兴梦。

为了更好地掌握脐橙种植技术，袁守根在信丰安西园艺场“痴守”十五年。当年他将这些脐橙树当作自己的孩子一样来照顾，就是吃饭也常常捧着碗，边吃边观察脐橙树的生长规律。多少个不眠之夜，他翻身下床直奔小山头，跟脐橙宝贝们“说说话”。他告诉自己：“要把最适合信丰、最适合赣州的当家脐橙品种选出来，这是技术人员的责任。”

对脐橙的付出，袁守根无怨无悔。对家人的照顾，他却常感到愧疚。

妻子顾佩荃记得那个风雨交加的夜晚，即将分娩的她阵痛难忍，正准备上医院时，袁守根却接到通知，说场里有急事，需要他去处理。他咬咬牙，抓起斗笠、穿上蓑衣，冲进风雨中。“我去去就回，万一我赶不回来，你就找隔壁家的李嫂！”凌晨两点，当袁守根拖着疲惫的身躯，心急如焚地跑回家时，二儿子已来到了人世。

因为脐橙，袁守根回诸暨老家的次数屈指可数。有一年初春，橙园套栽葡萄苗木，他出差浙江金华选购苗木，为赶早回场种植，距老家咫尺却没有踏进家门。第一次携妻带子回老家过年，是一九八五年他调至信丰县科委的那个寒冬腊月；第二次回去，则是他退休后的二〇〇六年，为百岁母亲祝寿……他把一生最真挚的情愫都献给了脐橙事业。

一九八五年，在赣南脐橙名满国内的时候，袁守根走上信丰县农牧局领导岗位。此后直到二〇〇一年退休，他还在县科技局局长、县长助理、县人大常委会副主任等多个岗位任职。但是，不管岗位怎样变化，推广脐橙、让果农增收始终是他的“中心工作”。

一九八七年，在全国脐橙新品种评比中，袁守根带去的朋娜脐橙一举夺魁。从此，信丰脐橙美名远扬。在市场检验下，纽荷尔也以果大皮薄、橙红鲜艳、肉质脆嫩、清香爽口等特点“异军突起”，占到赣南脐橙种植面积的百分之九十五以上。

守望“红色初心”，服务人民群众。从事脐橙事业半个世纪，袁守根自己却没有一分脐橙园地。正是因为袁守根的敬业奉献，才有了一批批脐橙事业的“追随者”加入，在赣南大地接续唱响《橙乡吉祥》——

> 山有几道弯，水有几道弯，
> 弯呀弯呀，总有脐橙香。
> 一片片金果挂山梁，
> 一阵阵笑声在回荡。
> …………

袁守根常跟人讲起“一封信”的故事。那是二〇一一年，赣南脐橙喜获丰收，袁守根按捺不住喜悦的心情，致信时任国务院总理温家宝。在信中，他深情地写道：

> 我是一名普通农艺师，见证了赣南脐橙由小到大、由弱到强的发展历程，更是兴果富农的受益者。二〇〇八年罕见冰雹，交通受阻，导致脐橙滞销，是总理亲自批示，迅速解决了这一问题。今年脐橙又是个丰收年，来信特向总理表示感谢并报喜。

二〇一二年,时任国务院总理温家宝在百忙之中给袁守根回信,对赣南红土地上的果农表达了深情的祝福,对赣南脐橙发展寄予了无限期望,同时还请省里派人代他看望袁守根并致谢意。

袁守根从总理批示中得到启发,提出了做强脐橙产业,加快脐橙品种选育和改良,推进标准化、有机果园建设的建议,被写入改变赣南人民命运的《国务院关于支持赣南等原中央苏区振兴发展的若干意见》——

> 做强脐橙产业,加快脐橙品种选育和改良,推进标准化、有机果园建设,支持贮藏、加工、物流设施建设。积极推进国家脐橙工程(技术)研究中心建设,研究建立脐橙交易中心。对脐橙实行柑橘苗木补贴政策和"西果东送"政策。

二〇一三年,柑橘黄龙病作为一种严重危害柑橘的毁灭性病毒在赣南大地肆虐,给赣南脐橙产业发展带来毁灭性的打击。眼看几十年如一日辛苦种植的果树就要变成荒山杂木,袁守根提出防控柑橘黄龙病的三大有效措施,即"种无毒苗木、消灭木虱、挖除病树",在关键时刻为赣南脐橙产业"保驾护航"。

二〇一六年,七十五岁的袁守根被信丰县正大农业发展有限公司聘请为赣南脐橙种植技术总顾问。他经常到果园去观察脐橙的生长情况,给年轻技术员做指导。

在果园里驰骋五十余年的他,在赣南红土地上默默耕耘、挥洒汗水,长期致力于赣南脐橙的种植、推广、管理,致力于把赣南脐橙发展成为老区人民的"摇钱树"。他的辛苦努力,换来了赣南脐橙的"果甜"、老百姓日子的"蜜甜"、群众交口称赞的"嘴甜"。

袁守根不仅持续钻研种植技术,还积极为脐橙销售出谋划策。随着赣南苏区振兴发展的纵深推进,赣州乡村公路已是四通八达,电商进农村也实现全覆盖。在袁守根等人的建言下,赣州举办了多届赣南脐橙网络博览会。赣南脐橙搭上网络快车,每逢脐橙采摘季节,不少电商邀他去果园拍照、录像,为产品代言,他都乐此不疲,并要求果农恪守一个原则:橙子的品质一定要原生态、健康、营养。

党和人民没有忘记他，给予他一系列的荣誉——

二〇一九年十二月，他被授予中共中央组织部评选的“全国离退休干部先进个人”称号。这是他第一次登上人民大会堂领奖。当习近平总书记握住他手的那一刻，他情不自禁地自我介绍：“我是赣南老区来的代表。”

袁守根在观看脐橙长势

二〇二〇年十月，他获得全国脱贫攻坚奖奉献奖。

二〇二一年二月，他获评全国脱贫攻坚先进个人。

二〇二一年六月，党中央授予袁守根“全国优秀共产党员”称号。

…………

半个世纪钟情于脐橙，为赣南苏区振兴做出突出贡献，袁守根的业绩在赣南家喻户晓。在赣南老表的心中，他是一棵不老的“脐橙树”。

脐橙产业在实现从小农果到大产业的华丽蝶变过程中，解决了一百万农村劳动力就业，带动了苗木、生产、养殖、农资、分级、包装、加工、贮藏、运输、销售以及机械制造、休闲旅游等全产业链发展。赣州市果业局披露的“赣南脐橙产业发展情况”这样写道：

二〇二〇年全市柑橘种植面积二百一十九万亩、产量一百六十六万吨，其中脐橙种植面积一百七十万亩、产量一百三十八万吨。全市实现脐橙产业集群总产值一百三十九亿元，其中鲜果收入六十点七亿元。从一九七〇年试种一百五十六株到二〇二〇年脐橙发展到二百万亩，在袁守根们的辛勤努力下，“赣南脐橙”先后获批国家地理标志产品，跻身中国品牌价值评价百强榜,以六百七十八点三四亿元的品牌价值,位列全国区域品牌第六位和水果类产品第一位。目前,赣州成为种植面积世界第一、产量世界第三、全国最大的脐橙主产区。

赣南脐橙已经当仁不让地成为赣南农业第一品牌、乡村振兴的主导产业,让脐橙树从“脱贫树”“小康树”进一步发展成为“致富树”“振兴树”,在全面推进乡村振兴中,彰显农业产业“排头兵”的力量。

乡村振兴号角已经吹响。同步奔小康,关键在产业。袁守根说,要趁现在身体还好,尽最大努力指导果农管理好果园,助力乡村振兴。

采访结束,我拿起一瓣袁守根老人掰开的脐橙吃了一口,香甜的汁液让我感觉到生活如此美好。我的耳朵里飘入一支歌,是那样清新,那样悠扬——

啊吔!
路有百里长,情有百里长,
走呀走呀,橙香万里韵悠长。
一幅幅乡村美景喜心间,
一首首振兴山歌赞橙乡。
…………

第七章

园村已是"桃花源"

乡村发展、乡村建设、乡村治理全面推进，广袤乡村处处呈现山乡巨变、山河锦绣的时代画卷。

把茶当作稻来种

未到上犹县梅水乡前,早就听说这里有个茶叶专业村——园村。

沿着上犹江阳明湖西行,眼前出现一个四面环山的村落,一派青瓦白墙的客家民居环山而建,好一个秀美恬静的村子。

据说,在园村周围任意一个方向登上山顶看村庄全貌,不同的人会看到不一样的形态:有人说这里是产茶之地,村子自然像一口炒茶的大锅;有人说村子是一只茶壶,仿佛在沏茶迎客……这里有勤劳的村民、深厚的茶文化、优美的自然环境,陶渊明笔下的桃花源,也莫过如此。

园村一直以来都是客家茶叶村,所谓“千山环野绿,一水抱村流”,说的就是园村。一个小盆地,四面环山,房子依山而建,错落有致,一条河贯穿着整个村庄,最终流向村子尾端的阳明湖。园村人多地少,人均不足三分地,自古以来就有种茶的传统。随着新中国的成立,为了摆脱贫困,原来村里的老书记就号召大家到山上种茶,然后发展茶产业。园村人有三句“口头禅”——

把山当作田来耕,
把茶当作稻来种,
把茶当作花来护。

随着产业的发展,茶叶成为园村的支柱产业,既是过去带动村民脱贫奔小康的重要产业,也是今天乡村振兴路上带领村民共同致富的当家产业。

说到园村，不得不说上犹江。上犹江从云雾缥缈的诸广山脉发源而来，为赣江水系的一大支流，历史上曾被称为“九十九曲河”。它蜿蜒曲折，水色清澈，北宋大文豪苏东坡游览上犹江后诗兴大发，留下美妙的诗句：

长河流水碧潺潺，
一百湾兮少一湾。
造化自知太元巧，
不留足数与人看。

如今，上犹江上已拦坝建起了五个大电站，因而形成了五大湖泊：一是罗边湖；二是仙人湖；三是清湖；四是陡水湖；五是龙潭湖。上犹江像一根银线串起五颗明珠，湖光山色，显出一种天然美。

诸广山广袤的森林和上犹江秀丽的江河相得益彰，孕育了上犹“天然氧吧”的宜居生态环境，也给这里的人与自然增添了一份别致韵味。园村客家人的茶，就是借助大自然的土壤应运而生的。

园村有一千零九十一户人家三千七百二十三人，全村的主导产业是茶叶，有五千六百八十多亩茶园，人均茶叶面积达一点五三亩，茶叶收入人均三千六百元。曾经的贫困村，依靠一片茶叶脱贫奔小康，二〇一六年退出了贫困村序列。

现在，园村仍依靠这一片茶叶致富，小小村子是一枚棋子，在全国这盘大棋局里实施乡村振兴。

踏进一片山地，郁郁葱葱的茶园，眼前的碧绿令心神十分舒坦。从山脚往上，畦畦的茶依山势叠加。山峦起伏，其实是茶叶描绘的曲线。

一切的美在这里化为有形的茶。村民们说：“我们的好日子，是这些碧绿的茶恩赐的。”

村里人人都有一块茶园，随着茶园的扩大，自然告别了小农经济模式，走上现代农业规模化、集约化的道路，“犹江绿月”便呼之欲出。

园村全景图

“犹江绿月”是陈有良和田春兰夫妇合力打造的一个茶叶品牌，在十里八乡名气很大。

当初，陈有良、田春兰笃定了要与茶叶打一辈子交道，就绞尽脑汁想给自己经营的茶叶取个独具特色的名字。两人翻出字典，取了几十上百个名字，都一一否定了。

陈有良沉思良久说：“我们上犹犹江最出名，犹江水养育着这里的山民，就叫‘犹江绿’吧？”

田春兰一听，觉得意思到了，不过还差那么一丝丝味道，她说：“要不就叫‘犹江绿月’？‘月’与‘叶’谐音，月有着一层朦朦胧胧的意境，这样能使产品有诗意联想。”

说起来，陈有良、田春兰这对夫妻故事不少，陈有良还是田春兰的学生呢。

陈有良因家里穷，读书晚，十岁开始上学，因为放牛打猪草，三天两头缺课，小学阶段就留过三次级。田春兰则早早上学，读书像登山，一步更比一步高，初中一毕业就当起了代课教师。论相貌，田春兰可是梅水乡的一枝花，十里八乡的靓妹。田春兰到园村小学当老师，陈有良这个小学生的个子就比老师高出一头。懵懂间，陈有良对漂亮的女老师产生了难以言说的美妙情愫。

陈有良这个小学生追老师田春兰，成为村里人茶余饭后的谈资。

“癞蛤蟆吃上天鹅肉”听起来似乎不可信,但真的实施起来,却不是没有可能。陈有良用歪歪斜斜的字给田春兰写起了情书。整整三年,田春兰被执着的陈有良打动了。老师嫁给了自己的学生,一时传为梅水乡的美谈……

当田春兰合上字典,敲定“犹江绿月”这个名字后,陈有良附和道:“老婆永远是我的老师,高明!我们的茶叶有了‘犹江绿月’这个名字,一定能像犹江一样走出赣州,冲出江西;同时,月亮覆盖着大地,象征着我们的茶叶有着广阔的前景。”

“犹江绿月”品牌的打造,让园村茶叶升格成为上犹绿茶的代表作。“犹江绿月”,好一个充满女性美的商标,就像女主人那样雅致、那般恬静而又充满书卷的韵味。过硬的茶质,姣好的茶名,喝进嘴里,刻在心里。在二〇一二年的江西“浮瑶仙芝”杯名优茶评比中,“犹江绿月”被评为金奖,从此进入江西名茶一线品牌行列。

借着精准扶贫的东风,“犹江绿月”以“公司 + 农户 + 合作社 + 基地”模式,在茶叶种植中流转了四十八户建档立卡贫困户的土地,支付租金帮助农户增加收入。公司共有六十多名职工,其中有下岗职工十六人、残疾人十三人和村里的老表十多人。早年公司经营中,陈有良和田春兰夫妇就优先照顾村里的贫困乡亲和周边工厂下岗的困难职工。离村不远的森林铁路处园村火车站、县水泥厂等企业因产权转让使得一些职工下岗,陈有良倾尽全力吸纳下岗职工,共同创业,为他们谋求新的生活出路。县水泥厂有一位职工因公死于矿洞里,其上有长年卧病的父亲,下有嗷嗷待哺的婴儿,当时一家人哭得昏天暗地。陈有良安置其家属在自己的公司上班,让这个家庭重新获得生气。

脱贫攻坚是国家下的一盘大棋,陈有良夫妇主动安排二十八户贫困户在公司就业。公司还租下二十七户农户的撂荒地开辟茶园,而后又将这些茶园承包给农户管理,形成“反租倒包”式帮扶,对贫困户除了免费技术培训外,还有免费提供茶苗、平价供给化肥等服务。

有人说,陈有良是块金,时时都在闪光。

有人说,陈有良是把火,处处都在温暖他人。

看着这些年的变化,园村人说了句真心话:陈有良是“神笔马良”,他靠着对茶叶的韧劲，描绘出了一幅乡村振兴的美丽画卷。

陈有良，一九六七年生，改革开放以来梅水乡园村第一代茶人，上犹犹江绿月食品有限公司总经理、中国非物质文化遗产传承人。

从小，陈有良就跟着父亲种茶、采茶、制茶。初中毕业后，他还是种茶、采茶、制茶。不过，他也会收集村民的茶到外地推销。初尝商海之道的他，品味了苦涩和甘甜。茶成为他一生的奋斗，一生的财富。

一九九二年春，集体经济开始衰微，园村茶场对外承包，他毅然接下了这个烂摊子，翻开了农民创业的篇章。他同妻子每天早出晚归，抢抓时间在茶园里除草开沟，为茶树剪枝施肥，让茶园重焕生机。

当年，陈有良自产的四百多公斤茶被经销商抢购一空，获纯利一万五千多元，他一下成了当地的“万元户”。尝到了甜头的陈有良，一鼓作气又包下了老茶场连片被荒弃的茶园。

他一把锄头不离身，每天挖山不止，手掌磨出血疱，包扎一下接着挖。

大热天暑气逼人，鼻孔大出血，他脱下白衬衫，将茶叶揉成塞子堵在鼻孔里，又甩手干了起来。凭着他一身的牛劲，硬是一手一脚地开辟出二十多亩新茶带。

春天撒上了茶种，他在茶带里一行行地查看，拔去杂草，看茶苗长势，用绣花功夫精心侍候着这片茶园。

要想茶树长得快，就得肥来催。那时没钱买化肥，他就跑到三公里远的窑下去挑大粪。天蒙蒙亮就出发，来回挑五担，每天要跑十几个小时。那可是体力的较量，肩膀磨破了皮，腰酸背疼，腿肚子发胀。人不吃苦，茶长不壮，也难抽枝发芽。他挑着大粪，周围的人见了都远远避开。可不，他一身汗味加粪臭味，人们唯恐避之不及。

为了创业，陈有良忍受了嘲讽、白眼、冷落。

听说孔屋背茶场难以为继，声称要对外承包，这片茶园与自己的茶园连成一片，陈有良于是花高价承包下来，这确实比自己一锄一铲开垦要省力得多。望着这茫茫一片的翠绿，陈有良的心头泛起一阵欣喜。他每天早出晚归，有使不完的劲。

就这样，靠着勤劳和智慧，他完成了茶园的原始积累。

别人种茶，只求卖出鲜叶，或自己做点零星茶到圩上卖卖就满足了；而陈有良想的是如何把生产、加工和销售捆绑在一起，形成产业链来谋求长远发展。

的确，靠自己贩运到街市叫卖，或者摆地摊的销售模式，已经不能满足规模化的生产需要。

二十世纪九十年代，沿海的广东、福建等地，经济迅猛发展。陈有良另外五个兄弟都走出村子，甩掉羁绊，在广州办起了制衣厂，生意做得风生水起。

南风窗刮来的这股风，也吸引了陈有良和田春兰。

一九九六年，陈有良与田春兰一起远赴广州打拼，这一去就是数年。在广州的日日夜夜，陈有良和田春兰经历了磕磕碰碰，他们带过去的两万元钱，很快消耗一空，接着再贷款两万元投进去，结果又遭遇金融风暴，最后不得已从广州退出，重新回到园村来种茶。

可能是老天不让他们离开茶行业，也可能是除了茶业，别的饭碗根本不让他们端稳。他们从纷繁的闹市退回到宁静的园村，感觉踏实了、心安了。这里才是他们真正的家，也是他们事业远航的港湾。

二〇〇一年，他凑了部分资金，又从农村信用社贷款两万元，买回一套名优茶制茶设备，在家乡办起一个茶叶加工厂。其间，他深感自己的技术不够，便买了许多种茶、加工茶的书籍来看，又自费到福建和本省的婺源、浮梁等地考察取经。视野开阔了，雄心也更大了。

二〇〇二年，陈有良在县城租了间小门面，由摆地摊变成了店老板，由游走的小商贩变成了有门面的坐地商。在茶园劳动，穿着破烂点没有人管，现在坐店当老板就不一样了，人靠衣装马靠鞍，茶叶都要包装，何况人呢。妻子陪他到品牌店精心挑选了一套西装，打上领带，头发和皮鞋一样油光锃亮。不过，脱下这身行头，在茶园时他还是一个茶农。

茶店是交朋结友的所在。进来一个人，不管他买不买茶，都要起身迎上去，请他先品上一杯热乎乎的茶。

好不好喝，客人自有论道，但有一点是紧要的，客人坐下来喝茶前，需要打量一下老板是不是可以聊天的人。陈有良会拿锄头,也会聊天,这一点也许是他与田春兰谈恋爱的时候,就已经淬炼成钢了。

随着经营规模的扩大、销量的增加,茶叶质量也要求更严了。二〇〇六年八月,他在小店经营的基础上,成立了"上犹犹江绿月食品有限公司",并注册"犹江绿月"作为公司的商标品牌。

不破不立,陈有良打破家庭式管理理念,突破小农经济意识,实行综合经营,站在更高的起点上创业。在有关部门的支持下,他投资兴建起一条 QS 标准的现代化茶叶加工生产线,具有客家风格的办公楼也拔地而起,厂区设有培训室、阅览室、茶艺表演厅、垂钓池、体育场,以丰富员工的业余生活。

陈有良从福建引进龙井四十三号、乌牛早等优质茶种苗,建立茶苗基地母本园二十亩。他上门找茶农协商,以不低于市场的价格收购他们的产品,统一经营管理,统一品牌包装销售,公司茶叶生产基地面积一下子扩展到两千多亩。

自从陈有良成立了自己的公司,当上老板后,他始终没有忘记自己周边的茶农,更加关注村里那些病残困弱的乡亲和周边工厂下岗的困难职工。

"穷则独善其身,达则兼济天下",人的思想境界,随着事业的扩大,也会相应提升。在创业中,陈有良的思想得到升华,精神也同样得以升华。

陈有良的事业腾飞,当然离不开田春兰的辅佐。田春兰人生的辉煌,就是因为她是"茶业梦圆人"。

田春兰,上犹犹江绿月食品有限公司董事长,一位执着追求"茶业梦"的茶人。

一九八八年,田春兰与园村种茶能手陈有良结为伴侣,从此与茶叶结下了不解之缘,开始了她的卖茶、种茶、制茶的人生之旅。

两片飞舞的茶叶,阴阳回转,一种天地圆融的太极境界。这就是"犹江绿月"商标给人们的第一印象。

有人开玩笑说,两片茶叶,一片代表陈有良,一片代表田春兰,少了哪一片都不行。这似乎是他们夫妻俩精心打造的"犹江绿月"经营格局。

田春兰拿出自己教师职业的全部积蓄,还向娘家举债,全力支持陈有良承包茶园。该出手时就出手,陈有良以高出其他人两倍的承包费,一举中标,成为四十亩茶园的新主人。

最初,陈有良靠的是手工作坊制茶,白天种茶、采茶,晚上制茶、包茶,经常是通宵不眠。田春兰则一边教书,一边帮助打理生意。

茶渍,洇黑了陈有良的双手;烛火,熬红了田春兰的双眼。

陈有良天天用自行车搭着麻包,走街串户沿街叫卖;田春兰教书之余,心思跟着那辆自行车的车轮在旋转。田春兰数着陈有良用汗水换来的票子,鼻子一酸,眼泪“滴答”落在票子上。汗水与泪水交融,那时的钱就是这样挣来的。

后来,陈有良的几个兄弟在广东打工,渐渐变成老板了,每次过年回来,看到陈有良夫妻俩制茶辛苦,就邀他们去广东发展。田春兰看得出来,陈有良动心了。要是能在广东发展起来,挣的钱可以回来投资茶产业,不也是一条捷径吗?

人生需要折腾,不折腾怎么知道人生的曲折,田春兰支持丈夫的这个想法。

经历大城市商海的浸染,田春兰和陈有良的思维方式发生了裂变。没有走出过园村,你如何想象北、上、广的繁华。经历过广州市场大潮的洗礼,他们的人生发生了一次蜕变,从一对客家乡下夫妻,成长为具有商业眼光的企业家。他们虽然没积累多少钱财,却积累了最宝贵的资本——经营的头脑。

既然打算以茶为奋斗目标,那就需要扩大茶叶的种植面积。于是,夫妻二人将荒废的茶山大片大片地承包下来,并挨家挨户和村民签订茶叶修剪、下肥、采茶、制茶等协议。接着,引进乌牛早、白茶等新品种,建立了茶叶良种母本园。公司成立后,田春兰与丈夫做了分工,陈有良负责公司的生产和茶叶的制作,田春兰负责公司的管理和产品的推广宣传。分工需要协作,生产繁忙时,她主动参与到生产环节,助丈夫一臂之力。

田春兰召集村里种茶大户成立了犹江绿月茶叶专业合作社,实行茶园入股、农户投劳、兑现分红和按劳取酬。将周边农户茶园列入公司的生产基地,无偿为茶农提供良种茶苗、科学管理培训;通过合作社成员各家各户做宣传,带领农户到遂川、泰和等地参观茶园开发，增长他们的见识，提高种茶积极性，让村民都行动起来，共同打造茶叶主导产业……

田春兰大力支持周边村民利用自有山地发展种茶产业，除按成本价向茶农提供新品种茶苗外，还免费提供种植、加工技术和销售服务。在收购茶农的鲜叶时，她提出按高于市场的价格分等级收购，同时为茶农提供化肥、农药等农资三十多吨。

田春兰当过教师，自然知道教与学的重要。现代农民需要技术支撑，她花钱聘请专业技术人员为茶农讲课，培训茶农一千多人次。她还举办了多期妇女班，教她们种茶、采茶、制茶工艺，让妇女走出家门，与园村茶产业一道成长。

短短几年间，田春兰的公司通过规模化、标准化建设，发展迅猛。以二〇一七年的数据为例，职工发展到一百五十二人，固定资产达三千六百八十多万元，干茶产量达四百多吨，实现销售收入一点八亿元，税后利润两千多万元，取得了良好的社会效益和经济效益。

犹江绿月公司很快成为上犹县发展茶叶的引领者，被认定为江西省农业产业化经营龙头企业，连续三年被评为江西省“十佳茶企”、江西“守合同重信用”企业。田春兰也成为上犹县农业支柱产业“一杯茶”的领军人物。

陈有良、田春兰给员工颁发劳动模范奖励

在打造品牌的过程中，田春兰带领企业积极参加全国大型茶叶参展参评活动，捧回了众多奖项，如二〇〇八年获得中国绿茶（古丈）高峰论坛名茶评比银奖、二〇一二年获得中国（上海）国际茶业博览会“中国名茶”评比金奖。二〇一〇年“犹江绿月”商标被认定为江西省著名商标，二〇一八年被中国茶业企业品牌价值评估为一点五亿人民币，“犹江绿月”品牌已经有了较高的知名度和美誉度。

精准扶贫期间，田春兰联结三个茶叶专业合作社，合作带动六千一百七十八户农户，建立茶叶基地一万九千亩，直接订单带动农户达到五千九百户。她积极参加调研工作，为全县发展茶叶产业，出主意、提建议，采取灵活多样的帮扶让贫困户增收。企业被列为全国扶贫就业示范点、全国万企帮万村示范点，被赣州市精准扶贫攻坚领导小组表彰为二〇一七年度脱贫攻坚先进帮扶企业……

二〇二〇年，“神笔马良”陈有良被村民推举为园村党支部书记兼主任，成为园村乡村振兴的领头羊。

[哎呀嘞!]
一片茶园一片云，
片片都有茶农情。
乡村振兴战鼓擂，
[同志哥!]
喝上一口再出征。

歌声在茶园上空飘荡。在火热的乡村振兴大潮前，茶业梦圆人田春兰也信心满满地奉献着一个茶人和一个企业家的力量。建设社会主义现代化强国，需要集合每一个人的力量，陈有良和田春兰在各自的岗位，带领村民在共同富裕的道路上迈出了坚实步伐。

返乡青年的“茶香之旅”

走进“茗香阁”，服务员给我们泡上了一杯新茶，说这是村里自己产的茶叶。揭开杯盖，一股清香袭鼻而来，不尝也知是好茶。唇抵茶汤，品一品，还真不一般。入口一丝涩，入喉一丝滑，落肚口舌生香。

一个穿黑色羽绒服的中等身材的青年走进“茗香阁”。他方脸正额，眉眼带笑，鼻梁上架一副眼镜，显得极其斯文，他就是返乡创业青年陈开敏。

他的父母陈有良、田春兰当年从广州返乡创业，算得上是园村第一代返乡青年，陈开敏可算是第二代返乡青年了。

隔着茶台，我们面对面地开始聊起来。

陈开敏，生于一九九二年四月，毕业于武汉华中农业大学楚天学院食品科学与工程专业。二〇一五年大学毕业后，陈开敏回到家乡自主创业，先后创办了上犹县犹江绿月农庄、上犹绿茶制作工坊、赣州恩嘉民宿有限公司，延续发展祖祖辈辈的茶旅事业，但又追寻着与父辈不同的梦想。

陈开敏告诉我们，父母从二〇〇六年就开始成立村办茶厂，发展茶叶生产、制作、销售一条龙产业；二〇〇九年建起了这栋“茗香阁”，探索茶叶与旅游相结合的农旅发展路子。小时候，陈开敏就受父母的创业历程影响，想长大后接过父母的接力棒，将生养自己的家乡建设好。

二〇一一年，陈开敏高中毕业考上武汉华中农大。读农大，他是经过多方考虑的，如果学别的专业，毕业后可能就会远离家乡到大城市就业；学农，就是为了接力父母，为乡村的发展振兴贡献自己的力量。

大学毕业后，他义无反顾地回到园村，协助父母打理茶旅产业和农庄。

随着在农庄参与度的提高，从基础的茶叶种植、采摘、炒制到销售，他都一丝不苟。过去白白净净的大学生，经历一个夏天，皮肤就变成土地一样的颜色。

农业、农村少不了新农民。陈开敏说，如果农村没有了新农民，农村就会变得死寂一片，毫无生气可言。

陈开敏与父母的经营模式不同，他接受新生事物快，决定利用互联网拓展业务。他添置了电脑，向茶叶经销商了解茶叶消费者的特点，在网上注册了自己的网店，并做了美化设计。很快，“犹江绿月”就在网店挂牌销售。他一丝不苟地接单，足额发货，耐心向客户介绍茶叶储存知识。优质的产品，周到的服务，赢得了客户的信赖。

一时间，南昌、上海、江苏、浙江等地的订单不断增多，网销茶叶快速增长。

与此同时，陈开敏还开办了上犹县犹江绿月农庄，将独特的茶园景观和旅游相结合。茶叶采摘、加工、品鉴等体验，让游客能够全方位了解茶叶生产的全过程，亲身体验犹江绿月文化的独特魅力。

我问他：“如果父母没有在这里开辟这片茶园，你还会回到农村吗？”

陈开敏说：“说实在的，如果没有父母开辟出的这片天地，我也很有可能会逃离农村，去城里工作，毕竟城市比农村还是更有吸引力。但一切都没有假设，我还是回来了。既然我回来了，我就要以新一代农民的身份重新审视这个村庄。”现在是新时代，乡村振兴开启了新的一页，陈开敏要用新农民的思维续写新农村的崭新篇章。

看到眼前的小伙子慷慨激昂、雄心勃勃，我看到了园村的未来和希望。

随着年轻力量的加入，加上陈开敏又有自己的思路，逐步将餐饮、民宿、研学引入茶园基地，给小小园村掀起了一股新的茶旅热潮。

陈开敏告诉我，园村种茶的历史非常早，远的不说，二十世纪六十年代，小火车从这里通过时，村民们就是通过小火车将一些农产品运到山外去，换取一些零花钱。那时，园村没有公路，幸好有拉木头的小火车，将村子与外界联系起来了。

陈开敏的爷爷可以算是第一代种茶人。那个时候，爷爷背着自己的手工制茶，乘小火车走出深山，去几十公里外的唐江镇卖茶。山里的土特产在那边非常受欢迎，园村的茶就是这样打出名气的。只是手工制茶产量低，靠它换点油盐、衣服鞋帽和给孩子买文具的钱就心满意足了。随着公路的开通，小火车退出了历史舞台。后来互联网的兴起，茶叶的品质、品牌、产量都做到了历史最好。可以说,茶叶一直是园村群众脱贫致富的头等产业。

到了父母这一代,通过学习外面的先进技术,开发新的品种,打造出“犹江绿月”品牌。父母经营的犹江绿月食品有限公司,集茶叶良种繁育、种植、加工、品牌营销为一体,获得过不少荣誉。

采访陈开敏,我获悉他在参与企业管理中,从父母亲那里继承了“先富帮后富”的精神。二〇一五年,学成归来的陈开敏,正好赶上精准扶贫在全国轰轰烈烈地开展,他支持企业积极投入“万企帮万村”行动,结对帮扶梅水园村,以茶叶产业帮扶形式,以龙头企业的优势和责任,以实际行动反哺农户,带领农户增收脱贫。

在陈开敏的促进下,公司延伸产业链,将茶叶种植和茶园观光相结合,发展现代休闲观光茶旅产业,吸引了省内外游客五万多人次到园村观光、休闲旅游,让园村的群众吃上了旅游饭。

值得一提的是,在精准扶贫如火如荼的时候,陈开敏打造的“上犹绿茶制作工坊”成为非遗扶贫的一项重要成果。这是他对发展上犹绿茶制作工艺的重要尝试,目的是让上犹悠久的种茶产茶历史、渊源深厚的茶文化、精湛独特的传统制茶工艺融入现代社会,适应市场需求,弘扬优秀传统文化,不断振兴传统。上犹绿茶制作工坊将传统工艺与非遗保护、文化传承、脱贫攻坚、文旅融合、创业就业等相结合,取得了一定成果。

下一步,陈开敏将用创新的理念和思路来推动上犹绿茶制作工坊不断传承和发展,为园村的乡村振兴探索出一条新路来。

二〇一七年,随着农庄的火热,乡村旅游的兴起,围绕“食、住、行、游、购、娱”各个环节,建起了茶叶农产品展示区、茶艺表演厅、游客休息厅等景区基础设施。茶叶加工炒制体验车间、农家乐茶餐饮也随之应运而生,唯独还没有住宿。

陈开敏选中一栋背靠茶山的客家民居,想进行改造,打造成一家特色民宿。但由于村民的思想意识跟不上、市场还不成熟,最终没有谈成。可是时间不等人,他当机立断,利用公司的闲置厂房打造特色民宿。客房装饰经专业设计,突出茶文化与自然。

二〇一八年,民宿投入运营以来,共接待住宿客人一万五千名。把客人留住,用更多的时间感受乡村的美好,直接或间接带动乡村经济效益一千万元。二〇一九年,第二期民宿开始动工改造,并于二〇二〇年六月正式投入运营。每到双休日、节假日,来乡村住民宿的游客络绎不绝。人流的增加,带动园村新增水果采摘点三处、农家乐十余家。

目前,陈开敏正在筹备第三期民宿的设计与选址,将继续用好“互联网+”这个平台,以“共享、共建、共赢”的模式吸纳更多游客看向乡村,走进乡村,拥抱乡村。在民宿的发展过程中,陈开敏积极探索,集结各方力量,打造一个有故事、有体验、有品位、有乡愁的客家“茶香民宿”小镇。

陈开敏积极推动园村其他村民开办差异化的特色民宿,因地制宜,特色规划,形成园村特色茶香民宿品牌,丰富旅游业态发展,提高农民的生活水平,助力乡村振兴园村模式的发展。

“全域旅游”是近年喊得十分响亮的一个词。

依托全域旅游实施“旅游兴县”是上犹近年喊得十分响亮的一个词。

随着乡村旅游的发展,乡村已经是全域旅游非常重要的载体,同时乡村也是最易实现全域旅游的空间。

园村茶产业基地建成后,形成了集休闲、观光、旅游、种养、加工、贸易为一体的现代化茶叶庄园。在其中,有客家风情、生态风光、原始森林小火车、九曲漂流、茶艺表演,还有极有特色的绿色茶膳,吸引了众多外地游客前来观光旅游。

如何打造特色茶园,为园村定制自己的旅游特色?最好的载体就是茶叶。

正如一个旅行家所说的那样,在乡村,田园、村落就是风景,山水就是图画,生产生活就是文化体验,农产品就是旅游产品,乡村服务设施就是旅游服务设施。以前,乡村是一个非常简单的地理空间和社会空间,也不需要搞其他的产业。现在有了以旅游产业带动整个乡村经济发展的理念,很多的产业经济都能够在乡村发展了。

建设美丽乡村、开展乡村旅游,更重要的是双管齐下,让城里人找到呼吸的空间,让农民参与到乡村旅游中解决生产、生活的问题。

陈开敏(坐者)在“我们向往的乡村”主题活动中

二〇一六年,园村成立了农村电商合作社,带来销售方式的转变。现在基本靠订单销售,大型超市和茶叶配送中心直接下单,不再像以前那样茶农各自为战。

近年来,政府引导,电商企业纷纷落户园村,卖茶步入“互联网+”时代。据统计,目前,园村所在的梅水乡茶叶电商平台达五家,二〇一六年实现销售收入破百万元。

乡村旅游是乡村振兴的载体,园村要振兴,还得从茶旅开始做起。

在园村内走上一圈,颇具客家特色的门楼,随处可见。不论上屋下屋、主房大厅,每幢古民居的门楣上都有一块四周绣着花边,中间镶嵌四个夺目大字的门匾,如“越国流芳”“清白传家”“文范遗风”等,仔细品读,耐人寻味。

随着游客纷至沓来,当地农户的致富路子也多了起来。

一个开农家乐的老板笑着说:“每逢双休日或节假日,我们日接待量有十几桌,而且已经稳定下来了。”

陈开敏告诉我:“村民光卖茶还不够,要不断延伸茶产业链,让更多人来茶园体验、采风、洗肺。今年春茶开采期间,每天都会有旅游团或个人过来,累计接待游客两万余人次。”

园村在做大做强茶叶产业的同时，以茶为媒，将“卖茶”变为“卖风景”“卖生活方式”。

园村乡村旅游资源丰富，近年打造的大金山漂流吸引了不少游客。该漂流地势险要，落差大，田园风光、奇山怪岭，风景奇峻。融惊险、刺激、古老、自然为一体的旅游运动项目受到众多年轻人的青睐。

小憩于茗香阁，细品醇厚香茶；穿梭于茶树间，体验采茶制茶；赴大金山漂流，感受夏日清凉；坐上森林小火车，领会别样风情；寻找农家饭馆，品尝原始风味……这些项目，别具一格，丰富多彩，为园村所独有。

闻着茶香，沿着弯弯曲曲的游步道，我来到村中心的“茗香阁”。身着表演裙服的茶艺师钟秀华正在表演茶艺。钟秀华家是脱贫户，父母年过花甲，弟弟有先天智力障碍。钟秀华经过培训成为一名茶艺师，既能在本村做茶艺表演赚钱，又能照顾家人。“在旺季一天要表演两三场，接待几百名游客。”钟秀华说。

往年，公司支付农民季节性采茶工资六七百万元。开发大金山漂流项目，为农户提供近百个就业岗位，人均工资三千元。公司打造茶旅结合，推出“茶香之旅”，不仅让农户增加收益，还带动七十多户农户从事餐饮、住宿、农产品运输、营销等经营活动实现增收。

陈开敏说：“做乡村旅游开发得有一双发现美的眼睛。通过发现美，把这些生产、生活的场景重新提炼出来，并且把它放大，然后将它传播出去。这就是我们的‘茶香之旅’所要成就的。”

陈开敏利用“茶香之旅”打造美丽乡村，以“犹江绿月”打造乡村旅游品牌，这与婺源利用油菜花打造中国最美乡村有异曲同工之妙。

陈开敏大学本科毕业，毅然返乡创业，是“把论文写在大地上”的新型职业农民。二〇一八年，他被推选为村团支部书记，二〇二一年被评为赣州市优秀团干部。

二〇二二年一月，上犹县家庭农场联合会召开成立大会，陈开敏被推举为会长，这是农民自发组织、自觉管理、自我建设的民间社团组织。家庭农场联合会将与村公益基金会、村民公益理事会结合,为乡村发展发挥出民间社团组织的力量,凝心聚力,为乡村振兴发展和共同富裕做出积极贡献。

陈开敏告诉我:“选择返乡,为家乡做贡献,我不后悔。人才兴则乡村兴,现在国家实施乡村振兴战略,农村这个大舞台需要更多的青年人才返乡建功立业。”

这个腼腆的小伙子,打开嗓子唱起了山歌来——

[哎呀嘞!]
犹江绿月茶业兴,
茶香之旅开新局。
将论文写在大地上咧,
[同志哥!]
建功立业报党恩。

小火车开启乡村旅游新画卷

走进园村,看见两列墨绿色的窄轨火车停靠在园村车站前,绿皮车身上赫然写着“赣南森林小火车”。在四面环山的园村,竟然还能与火车相遇,这出乎我的意料。

小火车沿着窄轨穿村而过,将村子分成两半。现在森林小火车作为旅游观光车得到开发利用。汽笛鸣响,给山乡带来新的生机。我的眼前似乎展现这样一幅图景:一列小火车奔驰在上犹江畔,在乡村振兴的路上,开辟出一轴新画卷。

园村党史学习教育讲解员黄平告诉我,那个年代,借助小火车的交通优势,当地人把手工师傅做的园村茶,运到上犹江沿线的圩镇去销售,打出了名气。园村茶在二十世纪七八十年代就可以说是远近闻名了。

园村的森林小火车是世界上保存得最完好的小蒸汽机车之一，被誉为“世界级旅游珍品”，全国仅此一列。森林小火车最鼎盛的时期，有十个火车头、一百多名驾驶员和三万名林木工人。

由于国家政策调整和环保的考虑，小火车一九九八年正式停运。那时，小火车不仅将赣南的木材运出了山外，支援了国家建设，同时，也给当地农民带来了便利。就拿园村的老百姓来说，当年村民自己地里生产的茶叶、香菇、木耳和土里刨出的红薯、山芋都通过小火车运到山外的唐江、南康、赣州等地去销售，为那时的村民脱贫致富做出过贡献。

在黄平的平缓讲述里，我的笔下有了森林小火车的建设史——

二十世纪六十年代，一些林区为方便运输木材，修建了许多森林小火车。赣南森林小火车就是这个时期修建的。这也是赣南历史上的第一条铁路，全线有涵洞七十四个、桥梁四十七座。

赣南森林铁路共设有西河、杨梅渡、蟠龙、凤岗、唐江、龙华、大坑、油石、梅水、园村、窑下等十一座车站，并在杨梅渡站附近设置了森林铁路管理处、机务段和编组站。

中国大陆共有三十六处森林铁路（以下简称森铁），其中东北三十三处，南方三处。随着封山育林政策的实施，二十世纪九十年代起，大部分森铁相继停运、拆除，至今仍具备通车条件的屈指可数，赣南森铁就是其中一处，而且是南方现存唯一的森铁，更显弥足珍贵。

赣州地处亚热带，气候温暖、雨量充沛、山峦起伏、河流众多，是得天独厚的优质林场，自古以来盛产木材和竹材，特别是西面的上犹、崇义两县，位于罗霄山脉东麓，海拔两千零六十一点三米的主峰齐云山是赣南最高峰。山高谷深、林木茂盛，森林蓄积量超过赣南地区总量的四分之一。但林区过于偏远，交通极为不便，早期只能依靠马车、放排等原始方式运输，运量极其有限，大量上好的竹木难以出山。

据资料，上犹、崇义木材资源极为丰富，仅上犹水库每年木材蓄积量达一千零八十四点一六万立方米，约占当时赣州木材总蓄积量的三分之一，还有毛竹蓄积量三千七百八十四点九一万根。以前每年经过上犹江陡水水库过坝的木材放运量达三十万立方米，毛竹五百万根。因运输不及时，造成大批木竹腐烂，修建森林铁路就提上议事日程了。赣南森林小火车从上犹县梅水乡窑下阳明湖畔至赣州城区的杨梅渡，轨道全长八十七公里，轨距七百六十二毫米，每年能完成六十二万亩原始森林木材的运输。

那个时代，小火车为国家建设做出了应有贡献，但运输方式的快捷便利，使林木遭到掠夺式的采伐，很快让上犹、崇义的林业资源枯竭，生态环境遭受了巨大破坏。到二十世纪七十年代末，荒山秃岭随处可见，水土流失触目惊心。望见当时穷山恶水的景象，人们发出这样的感慨——

兴国要亡国，
宁都要迁都，
上犹变下游。

一九八六年，国家取消了赣南木材的调拨指标，赣南山区开始限伐和封山育林。

林业工人开始从龙滩电站水库和陡水湖打捞水里的木头，光拉这些打捞的木材，赣南森林小火车就整整拉了四年。

幸运的是，上犹森林小铁路与小火车得到较好保存，这在我国南方林区尚属唯一，以至德国蒸汽机专家称之为“目前世界上保存得最完好的小蒸汽机车和窄轨线路之一”，为十八世纪欧洲工业革命的“活化石”。

黄平说，近年来，森林小火车作为旅游观光车得到开发利用。汽笛鸣响，给山乡带来新的生机。森林小火车观光段现已开通新建至园村段线路，全程十二公里，往返一小时。

森林小火车缓缓行驶在大山中，游客们欣喜若狂，一路观赏多姿多彩的花海、翠绿的茶园、活色生香的生态农庄、古朴厚重的客家门楣等风景，领略怡人的田园风光和浓郁的客家风情，感受恬静的绿色林海与清新的天然氧吧，这无疑是别样的世外桃源。

当年，上犹江上的木排铺天盖地、源源不断地接踵而来，船工号子此起彼伏,蔚为壮观。原始森林被斧砍锯伐,木材顺流而下,在陡水湖畔被装上森林小火车。小火车汽笛声声,喷着白烟,隆隆地驶向山外,去支援社会主义建设。

赣南森铁穿越赣州市章贡区、南康区和上犹县,全线处于诸广山至赣州盆地的过渡地带,地形条件复杂多样,施工难度极大。曾有赣南森铁的建设者赋诗回忆那段峥嵘岁月:

当年陟岭定方圆,线路相承犹赣牵。
一笔山河千古迹,万人心力五湖肩。
入岩深处真无路,凿洞通时别有天。
荏苒轮飞三十载,笛声往复出云巅。

森林铁路的通车,使得林区的产能大幅提升。彼时,窑下站热闹非凡,拖船和火车的汽笛声此起彼伏。数不尽的木排、竹排从密林深处顺流而下,在这里集结上岸,源源不断地被“小火车”运送到章江岸边的赣州木材码头,再由赣江运往各地。林业局还先后修建了多条企业专用线,列车抵达赣州后,无须汽车转运,便可以直接驶入赣州木材厂、赣江造纸厂等森工企业。

运走木、竹的同时,“小火车”还运来了现代化的机械设备,纤维板厂和森林化工厂在林区相继落成。森林铁路和各个林场、森工企业相互促进、不断发展,运量年年攀升,一九八〇年共运输木材十三万立方米。不难想象,当年的森铁是怎样一派热火朝天的景象。

进入二十世纪九十年代,赣南森铁到了无材可运的境地,大部分机车、车辆都被变卖,森铁连接的工厂、码头,不是改制,就是关停。

中国大陆南方另外两条森林铁路——福建建西森铁和广东乳阳森铁均于一九九三年遭到拆除。幸运的是,作为沿线数十万百姓赖以出行的通道,赣南森铁被保留了下来,森铁处依然坚持开行旅客列车。因为线路不再繁忙,甚至可以为沿线百姓运输大件货物、建造房屋加开专列,满载水泥、砖瓦的列车可以直接在沿线居民家门口停车卸货,这种情况在绝大多数铁路上是无法想象的。

一九九八年，随着农村公路的完善，旅客列车才正式停运。

森林需要休养生息，小火车停运也到了迫在眉睫的地步。

二〇〇四年，森铁处与当地旅行社合作，修复了部分线路，开行了旅游专列和客、货混编列车，游客可以从赣州乘坐小火车抵达风景如画的上犹江水库。因为种种原因，旅游专列在开行了几年后也没能继续运行下去。不过值得欣慰的是，蟠龙至窑下段的铁路被保存了下来。

二〇一四年一月三日，赣南森铁"重装亮相"，被整修一新的 ZN120 型内燃机车和几辆新造的旅游客车在园村站整装待发，迎接旅客。小火车开行线路从园村站往返窑下站，沿途可以看到陡水湖的风光美景。后来又新增新建站，变成新建—园村—窑下区间运行，区间约八公里。

黄平告诉我，二〇一六年，上犹县重启赣南森林小火车旅游专列，市旅游局给予了大力支持，村里也成立了合作社，开启了一列小火车的运营，每年游客有两万人，给村里带来二十万元的村集体收入。小火车过去运木材为国家做贡献，现在发展乡村旅游带动群众致富。

小火车撬动乡村游

二〇二二年,园村有识之士计划融资对铁路沿线改造提升,打造森林小火车旅游走廊,让游客感受到更加怡人的田园风光和浓郁的客家风情。

我的眼前似乎展现这样一幅图景:一列小火车奔驰在上犹江畔的崇山峻岭间,在乡村振兴的路上,开辟出一轴新画卷。

新时代文明实践广场

新建的“茶文化广场”中央,一把巨型紫砂壶悬空倾泻,壶嘴喷出洁白的泉水,给本就饱含负氧离子的清新空气带来阵阵茶香。原来,不远处正在加工烘焙茶叶。

茶文化广场是园村党史学习教育的宣传阵地之一,因此被村民称为“新时代文明实践广场”。

二〇二一年,在园村党支部书记陈有良的带领下,开辟了“一二三”工作机制:

所谓“一”,就是建造一个“茶文化广场”,也是“新时代文明实践广场”。

所谓“二”,就是开展“两个活动”,即开展“我为群众办实事”实践活动和常态化开展“乡间夜话(午话)”活动。新时代文明实践广场是活动场所之一。县、乡、村干部和群众“同照一盏灯,同坐一条凳,同谈一席话”,通过放电影、送戏下乡、讲故事、有奖知识问答等各种丰富多彩的夜话活动,把党史故事、党的政策讲给大家听,面对面与群众交流,认真倾听群众的意见建议,反馈“我为群众办实事”取得的实效,提高群众满意度。广场一侧的板报上晾晒着二〇二一年园村“我为群众办实事”清单,抄录几则:

甲实事具体内容:协调处理S547公路梅水至窖下段征地拆迁矛盾纠纷。事项来源:乡间夜话。办理进展情况:乡村干部积极逐户上门做思想工作,道路得以顺利施工。是否办结:是。办结时间:三月二十八日。

乙实事具体内容:组织党员志愿者助力春耕生产。事项来源:乡间夜话。办理进展情况:村两委积极通过乡间夜(午)话和上户等形式向农户宣传春耕生产,保障粮食安全生产,并组织党员志愿者帮助春耕生产,提高农户知晓度,杜绝耕地撂荒和非耕地、非粮化等,积极开展粮食生产。是否办结:是。办结时间:四月十九日。

丙实事具体内容:开展"六一"节日慰问,情暖留守儿童活动。事项来源:乡间夜话。办理进展情况:六一儿童节到来之际,积极开展关心关爱留守儿童活动,送爱心礼物,教育孩子们听党话、感党恩、跟党走,争做时代好少年。是否办结:是。办结时间:六月一日。

…………

所谓"三",就是开设办好"三个讲堂",由脱贫攻坚亲历者、身边模范、支部书记结合自己的亲身经历,用朴实生动的语言讲述身边人、身边事。

园村党史学习教育讲解员黄平侃侃而谈:

第一个讲堂,是"乡村振兴大讲堂"。每个月,我们邀请曾参与脱贫攻坚的县、乡、村干部和驻村工作队队员等亲历者,讲述园村脱贫奔小康进程中的重要事件和重大成就,让党员干部群众,特别是没有经历过的人群,对党史和对幸福生活的来之不易有更直观、更深刻的认识。

第二个讲堂,是"模范讲堂"。邀请老党员、老战士等到支部、文明实践站或者在"乡间夜(午)话"中,用亲身经历讲革命故事,学习革命精神,近距离聆听他们的感人故事,教育引导青少年做到知史爱党、知史爱国。全村有十五名老党员获得"光荣在党五十周年"表彰,现在已经邀请了多名老党员讲党史、讲先进事迹、分享工作生活体会。

第三个讲堂,是"支书讲堂"。村支书陈有良,是村里的致富带头人、"犹江绿月"创办人。陈有良不仅为支部党员讲党史党课,还到制茶中心为群众讲党史、改革开放史、社会主义发展史。以"支部书记带头讲、支部委员引领党员学、党员带动群众学"的形式,让每一位党员真正听得进、记得住、受教育、有提高。

园村自然禀赋好，旅游资源丰富、客家文化底蕴深厚，这些年在村两委的带领下，取得了不俗的成绩，获得全国一村一品示范村、全国乡村旅游重点村、中国最具魅力休闲乡村等国家级荣誉，还获得省4A级乡村旅游景点、省乡村旅游示范点、全省休闲农业与乡村旅游五星级园区等省级荣誉。

在园村，百分之九十五的农户建立了大小不一的茶园，年产干茶一百一十吨，产值达三千六百二十万元。仅茶叶一项，全村人均纯收入就达五千三百元，使整个园村成了远近闻名的茶叶专业村。

现在，园村茶叶的种植也有了新的模式。种植方法由原来的人种天养，转变为科技带动土壤改良、品种普查、品牌推广，加快茶叶种植向专业化、生态化转型升级。

走进茶园，一排排茶树的两端立着小木牌，近前一看，上面写着该小片茶园的所属人。通过私人订制茶园，远方客户订制茶园的春茶可直接送达客户手中。这便是犹江绿月公司推出的“互联网 + 私人订制茶园”模式。

“一个可视探头就像一座小气象站，能观察茶树生长环境，搜集各方面的信息。”园村党支部书记、村主任陈有良说。通过数据分析，茶农们能准确把握

新时代文明实践(茶文化)广场

茶叶生长的最佳条件,例如何时浇水、何时施肥,种出来的茶叶才更清香爽口。

如今,园村再也看不见曾经的危房、破旧的土坯房。道路两旁一排排水泥二层小楼鳞次栉比,村后竹林掩映,房前屋后茶园青葱碧绿,一派美丽乡村的画卷在我眼前徐徐展开,让人不禁想起陶渊明那篇不朽的诗文:

> 土地平旷,屋舍俨然,有良田、美池、桑竹之属。
> 阡陌交通,鸡犬相闻……黄发垂髫,并怡然自乐。

陈有良告诉我,如今,园村老表日子过得红红火火,农村一片欣欣向荣,你看见的每个村民脸上都洋溢着幸福的微笑。园村践行"绿水青山就是金山银山"的生态发展理论。乡村振兴要走符合农村实际的路子,遵循乡村自身发展规律,充分体现农村特点,注意乡土味,保留乡村风貌,留得住青山绿水,记得住乡愁。

园村的样貌,是苏区振兴和社会主义新农村建设的示范点,也是上犹县乡村振兴的经典范例。如今的赣南大地,在乡村振兴旗帜的引领下,处处显示出一派锐意进取、蓬勃发展的喜人景象。我相信不久的将来,赣南原中央苏区的广大农村在赣南老表的巧手描绘下,将成为人人心中向往的"桃花源"。

第八章

红土地上的绿色答卷

山水林田湖草沙是一个生命共同体。人的命脉在田，田的命脉在水，水的命脉在山，山的命脉在土，土的命脉在树。

水土保持的“兴国模式”

在兴国县永丰乡豪溪村的山岭上耸立着一座“望绿亭”。老红军舒光才晚年回到家乡，看到满目疮痍的荒凉山坡，心痛不已，建亭并刻下对联表明自己的心迹：

忆当年曾拥葱茏，奋起工农举红色一帜；
为此日还我峭峻，重披松柏望绿盖千峦。

舒光才，在苏区时期担任过儿童团团长、少先队队长、少共国际师副班长，参加过第四、五次反“围剿”战斗，参加过长征。重庆谈判时，他担任过毛泽东的警卫参谋……

从对联的字里行间可以看出，舒光才少年离开家乡时，家乡曾是葱茏一片，松柏苍翠，绿盖千峦。几十年回到家乡，千山万峦竟然变成光秃秃的景象，能不心痛吗？

红土地在哭泣，兴国的父老乡亲发出一声声呼喊：还我青山绿水！还我绿色家园！

追溯历史，兴国曾是森林苍翠、绿盖如云的地方，秦时建阿房宫的采伐木客成为第一批兴国客家人。

明清时期，水旱灾害十分频繁，几乎每隔两三年就会来一次。频繁的自然灾害，究其原因，当然是生态环境失衡的结果。《兴国县志》载清道光四年（一八二四年）的景象：

然兴邑自有铁厂，而山峦之颓败，水道之淤塞，贻害田畴，正复不少。

邑无长江巨浸，加以童山濯濯，每遇暴雨，山上砂石涌入溪间，河道日见淤塞。即河南、潋江二渡，为一邑之水汇处，而十日不雨，舟即不行。

清末以来，战乱频仍，森林屡遭破坏，水土流失更加严重。

一九五一年，江西省水利厅、省林业厅联合在兴国设立"江西省水土保持实验区"，开始水土保持治理。

自此，兴国县先后组建江西省水土保持试验推广站、赣南水土保持科研所、江西省水土保持研究所、兴国县水土保持试验所、杨村马福山水土保持推广站、上垄水土保持攻关队、兴国县水土保持试验站等机构。在毫无先例可借鉴的情况下，兴国水土保持人摸着石头过河，采用挖"向天池""鱼鳞坑""水平沟"，修筑"谷坊"和"一锄法"种马尾松等方法进行治理的尝试，经三十年的艰苦探索，为水土流失治理积累了宝贵的经验。那时，治理水土流失被列为各级政府重要的议事日程，但时张时弛，流失面积仍然继续扩大。

随着二十世纪五六十年代人口的激增，人们对自然资源的索取加剧，树木柴草的增长比不过刀斧的速度。人们进山砍柴，木头没有了，就割茅草。一家一口大灶，草木的生长比不过灶火燃烧的速度。山一片一片地光，岭一片一片地秃，土一片一片地被雨水冲走，光秃秃的山，夏天的地表温度能有七八十摄氏度，别说飞禽走兽了，连老鼠也看不到一只。

当地村民对光山秃岭有深刻认识，他们比喻说："一只老鼠在山上跑半个小时，连藏身的地方都找不到一处。"一座座山，就像剃了光头似的。

光秃秃的山，尽是崩岗、花岗岩、紫色页岩，雨水无法立足，将表层土冲刷成沙，沙随水走，堰塞河道，洪水泛滥，灾年不断……生态恶化造成的后果令百姓苦不堪言。

据一九八〇年底水土保持综合区划调查，全县水土流失面积达二百八十四点八六万亩，约占土地面积三百三十六万亩的百分之八十四点七八；农民人均收入仅一百二十一点一元,贫困人口多达二十七点三万,占总人口的百分之五十二。兴国人民生活在这样贫瘠的土地上,如同生活在“江南沙漠”。难怪有民谣这样唱道:

兴国要亡国,
宁都要迁都。

那时,水土流失波及全县,除县界高山外,到处都是光山秃岭。山地面目全非,河水暴涨,灾害连年不断。崩塌的光山带来恶水,河床淤塞,暴雨连绵,洪流滚滚,冲破堤坝,淹没庄稼,毁坏房屋,伤及人畜,沿河农田村庄成为洪水通道。洪水过后,河干水尽,赤脚可涉。

严重的水土流失导致全县大小河流普遍淤高一米以上,有的地段高出田地和道路两米,成了地上悬河。山地植被覆盖率仅百分之二十八点八,十年树龄不足一米高。山体到处沟壑纵横,基岩裸露。在二千二百四十平方公里的山地上,活立木蓄积量仅有五十一万立方米,每亩山地不足零点一五立方米,这是多么凄凉的景象。

有人总结兴国水土流失的原因,一是自然因素,二是人为因素。

自然因素与降水量有关。兴国县年降水量在一千五百五十八毫米以上,雨季降水量较多,强度大,易形成大雨和暴雨,这为水土流失提供了动力条件。

人为因素与生产建设活动有关。乱砍滥伐使森林植被减少,加剧水土流失的进程。

兴国由于特殊的地质条件、战争、过度开荒等原因,导致水土流失触目惊心,一度被群众描述为:

天空无鸟,山上无树,
地面无皮,河里无水,
田中无肥,灶前无柴,
缸里无米。

一九八〇年，全国水土保持协调小组根据兴国严峻的水土流失状况，决定由水利部牵头，派出以长江水利委员会总工程师率领的专家组，帮助兴国县开展“水土保持综合区划”和“水土保持综合规划”。

专家组从过去的治理经验中提炼出行之有效的治理方案，在解决好群众生产生活中的实际问题条件下，迅速组织试点并加以推广。

一九八一年，专家组根据实地勘察情况，将地处“江南沙漠”腹地的塘背小流域列入部管试点小流域开展综合治理研究，成立了以长江水利委员会牵头，省、地、县联合组成的综合治理领导小组和以“长委”周录随工程师为主的技术指导小组，进驻“塘背小流域试验观测管理站”开展工作。指导小组通过实地调查，在总结前三十年防治教训的基础上，制定出包括“山水田林路能”综合治理方案，发动群众边试验边治理，重新吹响了向水土流失宣战的号角。

塘背小流域面积为十六点三八平方公里，其中山地面积十一点五五平方公里，水土流失十一点五三平方公里，约占山地面积的百分之九十九点八。面对严峻的水土流失状况，指导小组经过反复试验，将环山水平沟改成坡面竹节式水平沟，呈品字形排列；筛选出一批适合种植的乔、灌、草品种，进行立体种植；同时，采取封山育林、严禁砍割草木等严厉措施，开展向沼气要能源的开发沼气等便民措施，节能相结合，边治理边总结边改进。

这一经验，为此类型区的治理和开发找到了最佳方法和技术，提供了一个好的模式，其治理经验逐步向全县、全区、全省、全国推广。

一九八八年底，塘背小流域内共完成治理面积十一点五三平方公里，治理度为百分之百。从二〇〇〇年起，管理站再度实施水保生态修复工程，巩固了治理成果。治理后的塘背小流域，生态环境得到明显改善，农林牧各业也获得全面发展。植被覆盖度由原来的百分之十上升到目前的百分之七十，保土效率为百分之七十九点六。这一成果与“猪沼果”工程的推广应用有关。

兴国曾有“砍柴要出国”的笑话。由于植被稀少，燃料、肥料、饲料、木料“四料”俱缺，特别是群众烧柴极为困难，二十世纪八十年代初，兴国县高兴乡的村民，成群结队去泰和县砍柴，故被群众戏称“砍柴要出国”。

农村离不开“四料”，而兴国又偏偏“四料”紧缺，这就进一步加剧了对山地植被的破坏,扒松毛、砍幼树、割茅草、铲草皮等现象随处可见,而林草植被难以保护又使水土流失更加严重,形成恶性循环。这种状况下,要使村民放下手中的刀铲,只有改变村民“四料”的来源,这样“猪沼果”工程就应运而生了。早在二十世纪七十年代初期,为了解决农村能源问题,一些农村就开始使用沼气。由于当时的技术和建筑材料等原因,产气率低,换料难,群众积极性不高。二十世纪八十年代后期,随着科学技术的进步,强回流式沼气池研制成功,具有进料自流、出料方便、产气率高、无异味的优点,被群众接受。经过几年的探索,水土保持小流域综合治理“猪沼果”工程在兴国迅速推广。

…………

走进兴国县水土保持展览馆,那一幅幅水土流失治理前后对比的图片,让人感到震惊不已。治理前,山地裸露着脊背,有的寸草不生,有的虽有一丝绿意,但细看,稀稀拉拉,长了十年的松树不到两尺高,还瘦骨嶙峋。治理后,树木成荫,绿意葱茏,有的山地种上了果树。

在治山理水的战斗中,兴国县干部群众纷纷扛起锄头,上山下地,用辛勤的汗水栽下一片片树苗,在贫瘠的山地上播撒绿色的希望。听,山歌就像劳动号子,响彻山丘——

[哎呀嘞!]
龙凭大海虎凭山,
人凭志气排万难。
众志成城保水土,
[同志哥!]
修复生态凯歌传。

从二十世纪八十年代起,兴国县委、县政府就提出:“不抓水保的班子,不是好班子;不抓水保的领导,不是好领导。”在群众眼里,时常能看见县委书记、县长扛着铁锹到水保责任山参加治山劳动的身影。当时,全县上下流传着这样的顺口溜:

全县上下齐心干，
一任接着一任干，
一任干给一任看，
带领群众一起干。

一张张“县委书记、县长抡着锄头干，男女老少齐上阵”的照片，一幅幅用当年“苏区扩红”的干劲抓水土保持工作的图景，感人至深。这个曾经被称为“兴国模范”的老区县，在社会主义建设中重新焕发“模范”本色。

为治理穷山恶水，兴国涌现了一批先进人物，兴国县水保局局长刘拥军向我介绍了全国人大代表邓经镗的事迹。

邓经镗，生于一九四八年，退休前是江西省赣州市兴国县水保局的一名普通水保干部。过去的三十年中，邓经镗因为一直从事水保工作并做出了巨大贡献，一九八九年荣获“全国水利系统劳动模范”“江西省劳动模范”荣誉称号，同年九月被评为全国劳动模范。

四十多年前，邓经镗所工作的兴国县龙口乡水土保持现状可以说是山荒岭秃、地瘠人贫，植被覆盖率只有百分之八，被当时国内外水保专家比作“江南沙漠”。按照当时责任分工，邓经镗作为龙口乡的水保员主动承担了龙口乡石角塘荒山治理的任务，并在全乡的治山动员大会上立下了“不治好石角塘，决不下山”的军令状。治理荒山，不仅要靠勤劳肯干，还得动脑子。邓经镗凭借积累的经验摸索出了荒山综合治理的“五结合”方案。

功夫不负有心人。仅仅五年，邓经镗所治理的龙口乡芦溪村共计新开公路五公里，修梯田三百一十一点六亩，旱田改水田三百八十亩，并在水土条件较好的山脚山窝种植板栗、杨梅、柑橘等经济林五万多株，造林六千余亩，沙漠变成绿洲。一九八六年，芦溪村从过去的穷困村一跃成为全省闻名的“水保先进村”，芦溪村也成了当时的“小康村”。

作为一个水保人，邓经镗呼吁，全社会要特别珍惜来之不易的绿水青山，在日常生活中要坚持立足自身，点滴做起，厉行节约，防止浪费，珍惜资源，植绿护绿，减少污染，保护生态环境，为人类永续生存与发展尽绵薄之力。

乌石岭塘背河小流域治理纪念亭

兴国县塘背水土保持科技示范园，位于兴国县龙口镇都田村境内，园区南北宽约二千一百米，东西宽约一千二百米，园区规划面积三平方公里，总投资四千四百五十六点八七万元。按照“一轴一带四区”规划布局打造，目前示范园已完成水保科普示范区、“江南沙漠”治理区、开发防治示范区、土壤生态保育区等四大功能区建设。

二〇一一年至二〇一七年，示范园完成投资九百余万元，建成水保成果展览馆、气象站、径流观测场，恢复重建了一九八二年建设的卡口观测站及其配套设施，并在园区建立了全县党员干部水土保持培训教学点和水土保持警示教育基地。二〇一八年二月，兴国县塘背水土保持科技示范园被水利部命名为“国家水土保持科技示范园区”。示范园的建成，更好地展示了兴国水保成果，传承兴国水保精神、讲好兴国水保故事，为水保科普、研究提供平台，为水保生态文明建设提供了活的“兴国样板”。

来到乌石岭塘背河小流域治理纪念亭，刘拥军局长扒开柴草，现场向我介绍了曾获得国家科技进步二等奖的“水平竹节沟”水土保持工程。“水平竹节沟”即在山地上沿等高线顺自然地势开挖水平竹节型蓄水沟，起到截短坡长、减少径流时间、拦截地表径流的作用。修建了竹节沟就等于修建了一座小水库，有很好的蓄水保土作用。

近年来，兴国县通过做好山水林田湖草保护文章，让一片片荒漠披上绿装。驰而不息的水土保持生态建设，使兴国山水旧貌换新颜，用数据来举证或许更具说服力：

——水土流失综合治理程度达到百分之七十八点三；

——土壤侵蚀量减少百分之四十点八；

——坡耕地有效治理度达百分之百；

——林草覆盖率由百分之二十八点八上升至百分之八十四；

——活立木蓄积量由五十三万立方米，增至七百九十九点四万立方米。

兴国水土流失得到有效治理，生态面貌实现了从严重恶化到整体好转，生产条件和生活环境得到很大改善。

在塘背小流域纪念亭斜立着书页式碑刻，其上刻有《塘背小流域纪念亭序》，文字显示曰：

塘背小流域，系水利部在我国南方开展水土流失综合治理的第一条试点小流域。一九八一至一九八八年期间，长江水利委员会在省、地、县各级配合下，组织当地干部群众用锄头、铁锹等工具，经过多年起早摸黑、流血流汗、不畏艰苦的连续奋战，最终战胜穷山恶水，全面完成各项规划治理任务，达到各项技术指标。“南方花岗岩剧烈侵蚀区小流域综合治理研究成果”获水利部科技进步二等奖、国家科技进步三等奖，并在我国南方红壤水土流失区得到广泛推广应用。

……

在土地革命时期，毛泽东曾多次来兴国指导工作，举办“兴国县土地革命干部训练班”，制定《兴国县土地法》，做了《兴国调查》《长冈乡调查》等报告。在第二次全国工农兵代表大会上，毛泽东赞扬“兴国的同志们创造了第一等的工作”，并亲笔为兴国的代表题写了“模范兴国”四个大字。

岁月荏苒，在这片红色的土地上，老区干群承力接续，在践行“两山”理论中创新前行，为治理崩岗劣地交出了一份“第一等答卷”。

人的命脉在田，田的命脉在水，水的命脉在山，山的命脉在土，土的命脉在树。兴国人“一任接着一任干”的水保工作，就是要在光秃秃的山上种树，变成绿水青山，因为绿水青山就是金山银山。

“模范兴国”名不虚传。一种可复制的水土流失治理的“兴国模式”正在推广。我的笔不由自主地在笔记本上写下一行行文字：

树长起来了，
山变绿了，水变清了，田变肥了，
环境变美了，农民变富了，
这就是苏区振兴下的生态振兴，
这就是乡村振兴下的美丽中国。

崩岗变成“花果山”

来到凌源村，这里有着典型的崩岗治理经验。

凌源村位于兴国县永丰镇西南方向，东邻埠头乡、龙口镇，南界赣县区田村镇、白鹭乡，西连均村乡，北接隆坪乡、高兴镇，距离县城三十公里，开车需要一个小时。

这个偏远的小村，四周被山岭紧紧包围。因为当地红色土壤半石半土的结构，加上曾经过度开荒、砍伐等人为因素，水土流失严重，崩岗地貌随处可见。村民们对此记忆犹新：

以前这里崩岗多，
下雨就把农田冲；
种田沙土把田埋，
种果果子无收成。

崩岗，是水土流失、坍塌后经年累月形成的山体，看起来非常吓人。山上寸草不生，光秃秃的，一下暴雨，山岗上的土就随着雨水向下流，久而久之，就形成坍塌,像一道道伤口,惨不忍睹。

树长不了,水土也保持不了,水沟变得更宽、更大、更深。看来,崩岗的根源是缺树木,无绿化。

连绵的大小崩岗,像一块块伤疤,堵塞农田、道路、水沟、河流,严重影响周边群众的生活,同时也制约着村子的发展。

凌源村人口两千一百八十六人,人均耕地面积不足一亩,土地较少且分散,而山上崩岗就像一把利剑,劈砍着凌源村人的希望,封锁了凌源村发展的咽喉。

二〇一八年,兴国县实施崩岗治理工程,针对凌源村的状况,兴国县水保局经过调研,通过开挖排水沟、减缓坡度、边坡植草、条带种果等治理方式,昔日陡峭连片的崩岗被挖掘机、推土机整成一条条平整的条带,换上了绿色的新装。

凌源村驻村第一书记钟成辉说:"我们在山岗坡面修建挡墙,拦住水冲下来的土,两边硬化后,泥沙都到沉沙池里,排出来的就是清水。这个核心理念就是保持水土,让肥力不被水冲走,形成良性循环。山岗表面我们种上草皮,长草长树自然就可以形成森林。"

以前的荒山变成了青山,环境实现了大变样。然而,经济发展的瓶颈依然存在,驻村第一书记钟成辉脑海中思索着如何让村民增收的问题。他说:"在治理好生态环境以后,我们想着应该把村里的经济搞上去,充分利用好生态环境的优势,引进外资,以企业带动村民致富的模式摆脱贫困。"

钟成辉是兴国县检察院干部,于二〇一六年三月到凌源村任第一书记。他走进村子的第一印象,看到的是一幅破烂不堪的贫困景象。由于以前的过度砍伐,造成村里的生态环境破坏,水土流失严重,因而形成的崩岗有二百三十多处。每年汛期淹没良田五百多亩,给村里带来巨大经济损失。面对此情此景,他积极作为,带领全村改造传统的耗能方式。同时封山育林,争取资金治理崩岗。全村共治理崩岗点一百七十多处,有效利用面积三百八十五亩,将治理好的面积以集体出租的方式承包给种养户,从而走出了一条以租代治、以治强村的新路子。每年在生态方面村经济收入达到了十万元。

村里通过“公司＋村集体＋贫困户”的方式，发展特色产业，成立了两个合作社，山上种起了脐橙、油茶等经济作物，带动贫困户就业增收，实现了脱贫奔小康。

几年来，凌源村封禁治理崩岗地貌约四千四百亩，新建经果林和水保林等六千一百多亩。

二〇一六年三月，凌源村开始组建合作社，流转荒山五百三十六亩，种植脐橙树一万三千棵。同时，引进美国先进技术，利用崩岗荒地建设零排放、垂直通风、自动恒温的现代养猪场，年出栏达五千头。猪粪经发酵六个月后，做有机肥，用于山上脐橙种植，变废为宝，杜绝了生态环境的污染。

见到凌源村田园种养合作社社长、丰源农场场长钟小云，他中等身材，有着精明能干的头脑。他领着我爬山，脚下就是崩岗。以前水土流失，山上什么树都长不大；现在经过治理，种上了成片的脐橙树，树上还挂着黄澄澄的果子呢。

钟小云，一九七八年生，大专文化，二〇〇〇年到广东、兴国等地打工。二〇一五年春，钟小云开始创办田园种养合作社。在村支书钟方萍的积极支持下，钟小云流转土地三百六十五亩，开始种水稻，其中三百一十亩种植香稻，产品卖给广东红一米业公司。该公司到凌源村现场收购湿稻，每公斤三点七元，依据二〇二〇年亩产五百三十公斤计算，一亩地可产生一千九百六十一元的经济效益，三百一十亩地的总收益可达六十万元。另外，合作社将余下的五十五亩地开挖鱼塘，饲养本地草鱼，加工兴国鱼丝，销往广东、福建，每年可打捞鲜鱼七千五百公斤，生产鱼丝四千公斤，按销售价每公斤七十六元计算，收入可达三十点四万元。两项相加有九十多万元。

我们一边登山，一边聊天。他说，在脱贫攻坚时期，合作社链接贫困户四十五户，其中土地入股二十一户，长期务工十一户，定向收购六户，现金入股七户。土地入股先付保底分红百分之四十九，荒山每亩三十元，稻田每亩一百五十元；长期务工每个月保底工资一千八百元，每年保证不少于六个月的务工期；定向收购水稻和鱼，保证每年每户收入五千元；现金入股每户两万元，每年保底分红三千元。

现阶段，贫困户虽已脱贫，但国家仍然坚持脱贫“四不摘”政策——摘帽不摘责任，摘帽不摘帮扶，摘帽不摘政策，摘帽不摘监管。现在脱贫户仍然延续过去政策，继续享受各项优惠政策。

钟小云告诉我，他读初中时，就有做农场主的梦想。他畜牧兽医专业毕业，从事过农资销售行业，二〇一三年从外地返乡，看到村里很多荒山荒地没人种，就想利用这些荒山荒地种水稻和果树。

登上山顶，看到周围的山峦都种上了脐橙树，满山绿意葱郁，取代了过去光秃秃的山头。钟小云摘下一个饱满的脐橙，用手掰成两半，递给我品尝。

好甜！

钟小云说：“还有两年，这些脐橙树就到盛果期了，那时你再来品尝我们丰收的喜悦吧。”

望着这一棵棵碧绿的脐橙树组成的绿色云朵，我笑着默许了他的邀请。

山坡下，是一块块不规则的稻田。他指着农场前面一块水田说：“这块田，以前因为崩岗水土流失冲到田里，无法耕作，杂草丛生。我们合作社流转过来，花了二十多万元才打造成了可耕作的农田。”

钟小云指着前面连绵起伏的山岗说：“那些山，因为崩岗，本是光秃秃的，现在种上了脐橙，显得有些绿意葱茏了。当初办养猪场时，觉得这些猪粪是上好的有机肥，应该用来搞种植，后来就流转了这些荒山种脐橙。”

崩岗上的果树挂果了

任何事业都不是一帆风顺的，钟小云做农场主的梦想，同样也会遭遇挫折。

钟小云是个返乡青年，他在外做生意赚了点钱，就开始到家乡投资创业。没想到做农业要这么长时间才有回报。当时资金几乎用完，工人工资又要发，万般无奈之下，他找到镇领导说明情况，镇领导马上帮助联系农商银行，利用贴息贷款解决了资金问题。

当时有几户农户的土地不肯流转，而且正好在合作社流转土地的中间，连机械也无法下地整块耕种。后来，他找到村书记，一户一户做工作，才将这几户村民的土地流转过来。

现在合作社增加了一百四十七亩脐橙、八十亩水稻。生产方式也由传统农耕转向新型农耕方式，比如脐橙、水稻的杀虫，就采用无人机喷农药；增加了现代化的收割机、打田机，生产效率上了一个新台阶。有了这些新设备，解决了收割和打田难的问题。实行统购统销、统防统治模式，有效解决了销售难的问题，又节省了成本、增加了收益。此外，合作社还定期帮助农户培训养猪技术和防治"非瘟"技术，为当地农民做技术上的指导。

山上瓜果成林，山下田美鱼肥。生态产业逐步成为最具活力的致富产业，也是村民摆脱贫困、奔向小康的有效路径。钟小云脱贫攻坚中的突出表现，得到省委、省政府表彰，被授予"江西省脱贫攻坚先进个人"称号。

二〇二二年中央一号文件提出全面推进乡村振兴，我问钟小云有些什么新计划。

钟小云此刻将目光投向远方，满怀憧憬地说："我们要以合作社带动产业发展，走特色产业之路，改变凌源村贫瘠的崩岗生态环境，打造富有凌源村特色的农产品。帮助周边农户的产品做成品牌，打出市场。带动更多的农户参与发展乡村旅游，挖掘本地特色的传统文化，讲好新时代乡村振兴故事。"

合作社采取入股分红、务工就业、土地流转、定向收购的利益联结模式，让村民们获得了切实的好处。

谈到崩岗的变化，凌源村脱贫户钟远春深有感触："过去这里都是崩岗，山上什么都种不了。现在合作社在山上种上了脐橙，我在脐橙基地务工，一天可以拿到一百元钱。这里还有我流转的山地二十六亩，每年有两千六百元分红。"以前的荒山崩岗真的变成了金山银山，钟远春哼唱起了幸福歌：

以前光秃秃，现在郁葱葱。

生态环境好，百姓口袋丰。

村民李石香早先养殖鸭子，但是因为一直找不到销路，不能产生很好的经济效益。现在扶贫政策好，她就多养了一点。现在，她已经养了三四百只鸭子，一天可以收两百多个鸭蛋，一个月下来就有四五千元的收入。鸭蛋卖不出去的时候，合作社会来收购，并对收购的农产品进行加工，然后推向市场。

如今，合作社兜底，脱贫户的产品不愁销路，绿色生态的农副产品也得到了市场的认可。

大家的钱袋子鼓了，生活条件也大不一样了。如今的凌源村，合作社基地规模达到一千三百一十亩。山好水好的村庄，也吸引着外出打工人员返乡创业。

崩岗变成了绿岗，穷山村一晃变成了美丽的家园。人与自然的和谐相处中，“大地伤疤”变成美丽风景。

钟小云说，乡村振兴战略，需要绿水青山。保护生态环境和发展经济需有机统一、相辅相成。在发展生产时要注重以生态环境保护为前提，要把生态发展与壮大村集体经济结合起来，努力实现双赢，将凌源村打造成美丽、富饶、文明、和谐的幸福乡村。

一旁的凌源村党支部书记钟芳萍告诉我：“凌源村通过‘公司 + 村集体 + 农户’的方式，发展特色产业，成立了三个合作社，山上种起了脐橙、油茶等经济作物，形成山上种果、山下粮仓的经营格局，带动脱贫户就业增收。借力山水林田湖改造工程的推进，合作社的种植、养殖业形成了良好的效益。”

一九八五年七月，钟芳萍高中毕业回乡，看到满目疮痍的崩岗，山上光秃秃，山下水混浊，田园缺水龟裂，便立志要改变凌源村的现状。他进入村委会担任村团支书、民兵连长、文书，直到二〇〇三年担任村支书兼村主任，至今已经干了二十年。二〇一八年，兴国县实施崩岗治理工程，针对凌源村的状况，通过开挖排水沟、减缓坡度、边坡植草、条带种果等治理方式，崩岗换上了绿装。

村党委瞄准了整治后的山林资源,钟芳萍书记鼓励年轻党员钟小云回乡创业,并协助流转山地八百三十七亩,充分利用农场设备优势、技术优势以及农产品销售渠道,为合作社成员提供一个良好的农业发展平台。如今,合作社年收入达一千万元,为永丰镇凌源村的乡村振兴事业做出了应有贡献。

突然,一串悠扬的歌声,从崩岗治理后的山坡上郁郁葱葱的果园里飘来——

[哎呀嘞!]
治山治水斗志扬,
凌源崩岗换新装,
山顶树木绿油油,
山腰花果阵阵香,
山下鸡鸭唱欢歌,
[同志哥!]
鱼儿嬉戏在池塘。

废弃矿山的"绿色蝶变"

山水林田湖草沙生命共同体新理念,在每一寸国土上发生着质的变化。

二〇二一年十二月,寻乌县继去年十月被生态环境部列为"国家生态文明建设示范县"后,又被江西省生态环境厅授予"绿水青山就是金山银山"省级实践创新基地和省级生态县荣誉。

在"生态立县,绿色崛起"的方针指引下,寻乌奋力打造美丽中国"江西样板"、争当生态文明试验区建设排头兵,为打赢筑牢东江源头绿色生态屏障的重要"战役",实施了文峰乡石排、柯树塘和涵水片区三个废弃矿山综合治理与生态修复工程,为废弃矿山治理探索出了新模式。

踏着各路参观人员的足迹，我也加入访问队伍中一探究竟。

车子沿着一条乌黑的柏油公路深入进去，与山里奔涌而来的河流逆向行驶。耳畔响起一支悠扬的歌谣——

绿水青山就是金山银山
乡愁正暖飘在山路弯弯
花色绚烂绽放幸福美满
爱在绿水青山梦也安然
…………

不记得这是谁唱的歌了，歌词里反复出现"绿水青山"，很符合眼前移动的情景。

一路上，穿过几个村落，一排排新盖的楼房，错落有致。河水碧波荡漾，青山绵延起伏，一派美丽乡村的图景，让人羡慕不已。

很快来到一处起伏不平的山地，这里满目青绿，虽说是新植的草木，但也称得上繁茂葱郁。这里就是寻乌县文峰乡上甲村柯树塘山水林田湖草沙综合治理工程现场。

为了方便人们参观拍摄，山坡上修建了一个漂亮的观景台。拾级而上，只见蜜蜂在花丛中采蜜，蝴蝶在翩翩起舞；微风轻拂脸颊，空气异常清新。登台远眺，一排排松树和灌木生机盎然，油茶树舒展绿叶迎风摇摆，满眼碧波的植被郁郁葱葱。

很难想象，这里曾经是寸草不生、满目疮痍的废弃稀土矿山。

文峰乡上甲村地下埋藏着极为丰富的稀土资源，自二十世纪七十年代开始，这里成为争相开采的沃土。原本翠绿的山林，植被以野蛮的方式被剥离，开挖得百孔千疮。满载稀土的卡车颠簸着运往山外，运走了珍贵的资源，留下了哭泣的山体——植被破坏、水质氨氮超标、水土流失严重、土地沙化，真可谓惨不忍睹。

过度开采的重创，将曾经的绿水青山变成了臭名昭著的"南方沙漠"。

寻乌县发改委主任、山水林田湖办公室原主任林佛招向我描绘了这样一幅场景——

寻乌县稀土资源富集,已探明稀土储量五十万吨,远景储量一百五十万吨。改革开放前,稀土开采为国家建设和创汇立下了大功,但由于无序开采和生产工艺落后,遗留下废弃稀土矿山十四平方公里,造成植被破坏、水土流失、河道淤积、耕地淹没、水体污染、土壤酸化等生态问题,既影响本地群众的生产生活,也严重影响下游人民的喝水问题。

二〇〇八年,文峰乡上甲村柯树塘正式封山,停止稀土开采。年复一年,人们盼望不再开采后,土地能够自然复绿,然而,废弃矿山依然故我,成为水土流失、草木不生的废地。

二〇一七年六月,柯树塘废弃矿山治理工程正式开工,推土机、铲车、挖掘机、工程车轰轰隆隆地开进一眼望不到边的“白色沙漠”,按照早已设计的图纸,各就各位,将沟壑推平、填实,将危崖铲除、碾平。低洼处建成小湖泊,高处砌上护坡。原来的废矿土压实后,铺上八十厘米厚的黄泥土。经过一年零两个月的努力,在科学化的治理模式下,光秃秃的山头逐渐消失……平坦处变成高标准良田,起伏的山峦则种上油茶树、脐橙树、百香果苗。草木再次回归,岁月循环,落叶腐化成泥,泥又促成草木更加苍翠。

在政府公文里,这里的场景被科学描述:

——项目区河水氨氮含量较治理前减轻百分之六十以上,入河水质显著改善,汇河口出境断面水质达到Ⅲ类水以上;

——项目区原本的少数几种草本植物增加至草灌乔植物百余种,林草覆盖率达到百分之九十五,成活率达百分之九十五以上;

——水土流失得到根本性控制,山洪灾害得到有效控制,项目区防灾减灾能力进一步提升;

…………

这场向废弃矿山要生态环境的攻坚战,先后实施了以文峰乡石排、柯树塘和涵水三个片区为核心的废弃矿山综合治理与生态修复工程,总投资约九点五五亿元,对废弃矿山用山水林田湖草沙是一个生命共同体的理念进行了全面治理修复。

拾级而上,山顶的观景台成为人们登临的去处。观景台为两层小亭阁,无论从哪个方向观景,都是满眼的翠绿,谁能想象到这里几年前竟然是荒凉的废弃矿山。

在观景台的展板前驻足,新老照片展示了治理前后的景象。

一边是山体裸露、破败刺目、沟壑林立的苍凉景象,一边是治理后植被葱郁、草木茂盛、花果飘香的花园式景观。

林佛招说,以前的矿区都是黄土裸地,无植被可言,只有芒萁、芒草、黑莎草稀稀拉拉地点缀在刺目的土层表面。而在试点项目启动后,为确保植被数量、面积、质量的全面提升,一方面加大土壤改良、土地复垦力度,使土壤质地基本满足绝大多数植物生长条件;另一方面对每个平面、坡面采取种子撒播、苗木移栽的方式进行植被复种。

登上观景台的小亭阁,环眼四望,满目苍翠葱郁。

柯树塘废弃矿山综合治理与生态修复工程项目组,探索出了"山上山下、地上地下、流域上下游"的"三同治"水土保持模式。说白了就是根据矿山地形地貌,分别施治,如高处建挡土墙、低处挖排水沟、边坡复绿等措施,使矿区内整体水土流失量由三百五十九立方米降至三十二点三立方米,控制率达到百分之九十一。

经过治理,地表、边坡未出现大型沟壑或崩岗现象,全面消除了大型崩塌、泥石流等地质灾害;此外,通过采用高压旋喷桩、建设梯级人工湿地、乔灌草相结合、针叶阔叶林木相间等工程和生物措施,水体中的氨氮含量削减了百分之八十九点七六,大大改善了入河水质。

这些"科学化"的治理模式,的确让人耳目一新。

文峰乡石排、柯树塘和涵水片区三个废弃矿山综合治理与生态修复工程从水土流失强度、植被覆盖率、水质改善和土壤改造等多方面综合施治,使生物多样性的生态断链得到逐步修复,又呈现出大自然的勃勃生机。在这个条件下，通过"生态+"的治理模式，将生态包袱转化为生态价值，推动生态产品价值的实现：

"生态+工业"。通过治理石排连片稀土工矿废弃地，开发建设工业园区用地七千亩，打造成寻乌县工业用地平台，目前已入驻企业二十八家，新增就业岗位八千余个，直接收益三点四八亿以上，实现"变废为园"。

"生态+光伏"。通过引进社会资本投入，在石排村、上甲村治理区引进企业投资建设爱康、诺通两个光伏发电站，装机容量达三十五兆瓦，年发电量三千八百七十五万千瓦·时，年收入达三千九百七十万元，实现"变荒为电"。

"生态+农业"。综合治理开发矿区周边土地，建设高标准农田一千八百多亩，利用矿区整治土地种植油茶和其他经济作物一千二百多亩，既改善了生态环境又促进了农民增收，实现了"变沙为油"。

"生态+观光"。已改造提升206国道至稀土废弃矿区道路七公里，建设自行车赛道十四点五公里以及步行道一点二公里，计划统筹推进矿山遗迹、科普体验、休闲观光、自行车赛事等文旅项目建设，与青龙岩旅游风景区连为一体，着力打造旅游观光、体育健身胜地，促进生态效益和经济社会效益的统一，逐步实现"变景为财"。

宜林则林、宜耕则耕、宜工则工、宜水则水，这是寻乌制定的治理原则，统筹水域保护、矿山治理、土地整治、植被恢复等四大类工程，探索"三同治"治理模式，实现"废弃矿山"变"绿水青山"。同时，通过政府奖补、银行信贷、合作社和龙头企业带动等措施，帮助当地群众发展特色产业，因地制宜种植油茶、竹柏等经济作物，区域内矿山遗迹、科普体验、休闲观光等文旅项目基本建成，综合效益大幅提升，真正实现"废弃矿山"变"金山银山"。

在矿区复绿边缘地带，有一片郁郁葱葱的油茶林，这是谢青山和谢金万、谢昌华等几个村民栽种的。油茶林共有一百五十多亩，其中的三十亩是村民谢青山种植的。谢青山说，小时候屋外就是青山绿水，所以父亲给他取名"青

修复后的柯树塘废弃矿山现貌

山”。一九九五年，因当地生态遭受破坏，父亲带着家人搬到县城居住。如今，谢青山申请到十多万元政府贴息贷款，也回村里种了三十多亩油茶。“以前废弃矿山没有治理好，水土流失严重，我就没有信心去管理油茶林。现在通过治山理水，我也增强了信心，花精力去管理，二〇二一年油茶收益三万多元。今年估计能翻番，预计收益六万多元。”谢青山笑着说。

谢青山告诉我，没有治埋前，他们种的油茶被水冲掉不少，每家都有损失。治理后，水沟砌得非常好，边坡也种上了草，路也修成了自行车赛道，现在来油茶园就像走进了公园一样。

憧憬未来，喜笑颜开的谢青山不忘展示他前不久在微信朋友圈发的一段感言：

> 今天这里治山理水，
> 生态复绿换了新颜。
> 废矿重回绿水青山，
> 美丽蝶变还是家乡。

一段感言,就是一首诗歌。这是村民幸福生活的一个缩影,也是山水林田湖草沙综合治理的奇功。昔日满目疮痍的稀土废弃矿区,而今草木葱葱,一派山明水秀,生机勃勃,恍如画家笔下刚完工的一幅国画,令人心旷神怡。

平整修复后的山体又重现昔日的婀娜多姿,旖旎的山林风光又回来了。如果夜晚到这里登台望星空,看到的一定是又大又亮的星星。

生态好了,花园般的山水田园自然引来了蜜蜂飞舞,原来是钟世展养的蜜蜂在百花丛中忙着采蜜。

钟世展是上甲村的一名脱贫户,依靠种脐橙、百香果、养蜜蜂,用勤劳的双手致富。谈到现在的生活,他满脸春风地说:“我们百姓的日子,现在过得比蜜还甜。”

钟世展养蜜蜂一年的收入五万五千元。这笔账是这样算的,他每年小暑至大暑期间开始摇蜜,每箱蜜蜂可摇蜜五公斤,每公斤蜜六十元,一箱蜜蜂可产三百元,他每年养殖约一百五十箱,这项收入为四万五千元;此外,到秋冬时节,他还向周边村民出售蜜蜂三十多箱,每箱卖三百元,这项收入有一万元。

钟世展种脐橙四百多棵,占地九亩,二〇二一年收获优质脐橙一万三千五百公斤,每公斤卖价四点六元,这项收入有六万二千多元。

钟世展还种了十亩百香果,一株百香果一般收果十七点五公斤,每公斤百香果售价四点八元,每株百香果收益八十四元,一亩地种六十株,亩产约为五千多元,十亩地则为五万多元。

钟世展还会做泥工活,每年打零工,还有一万多元收入。此外,他还在村里当护林员,年收入一万元。

一样一样地仔细算下来,钟世展的年收入达十八万七千元。

钟世展说:“绿水青山就是金山银山,现在我们村民生活过得好,治山理水功不可没。废弃矿山变成美丽家园,幸福生活万万年。”

身处田园花海,一些游客通过网络展示眼前的美景。昔日的废弃矿山,已然成为旅游“打卡地”,更成了当地村民致富奔小康的生态“福地”。

废弃矿山治理,是筑牢东江源头绿色生态屏障的重要“战役”。这场“战役”，寻乌从蓝天、碧水、净土三方面全方位攻坚，成功获批国家生态文明建设示范县，环境空气优良率达百分之九十九，重要水功能区水质达标率百分之百，森林覆盖率达百分之八十二点三七。

柯树塘的变化引来无数人的参观学习，成为山水林田湖草沙综合治理的“打卡地”。一个摄影团队将这里的美景收入相机后，有人轻轻唱起了歌谣——

[哎呀嘞!]
废弃矿山披绿衫，
草木茂盛花更香。
山水林田湖草沙，
[同志哥!]
幸福生活比蜜甜。

君子谷里野果香

二〇二一年八月，生态环境部发布“绿水青山就是金山银山”实践模式与典型案例首批名单，“崇义县立足特色果业资源引领三产互促并进”案例成功入选。

陪同我的媒体朋友介绍说，崇义县走“绿路径”，铸“金钥匙”，并联业态促进“三产”融合，创新营销推动兴产富民，乡村振兴步子越迈越快、路了越走越宽广。据统计，崇义县“三产”融合发展受惠农民达六万人，人均年增收近两千元，生态产业对全县的经济贡献度超过百分之六十。

绿色生态，是崇义的财富之源。为了将生态优势、资源优势转化为产业优势，助推乡村振兴，崇义结合县域资源特色和产业基础，出台专项实施方案，重点扶持刺葡萄等一批特色产业，突出品质种植，彰显产业特色。

车子进入柏油路面，如同滑入绿色的时光隧道。这里的崇义山区，是罗霄山脉东南深山区的诸广山一条深谷。当地人告诉我，这条山谷叫君子谷。

君子谷里隐藏着全国一流的野生刺葡萄种质资源圃。据说，这里培育出“君子一号”“君子二号”和白玉等高产优质酿酒良种，君子谷野果世界园由此获评江西省刺葡萄标准化栽培示范区。

我们来到山门口，测量体温，戴口罩，里面有电动车接我们进入。

讲解员陈秀英，负责全程讲解。

电动车恒速向前奔跑，扩音器里陈秀英的嗓音挺好听，她给我们讲解君子谷——

二十世纪九十年代开始，
这里的人们不求回报地营造着一个野果世界，
只源于对自然的无限崇尚。
岁月如歌，
一路承载着的是——
十几年的骄傲与自豪。

在展板上，我看见开创野果世界的建设者当中有庄上辉、覃民扬、庄席礼、粟俊、张有余、庄席来等人，从野果保护到野果资源库的建设，从野果品种选优到选优品种的生态种植，从野果生态特性研究到野果深加工酿造的开发历程，梦想牵引着他们一路耕耘。

展板上的影像，刻录着创业初期的艰难，当时的条件与君子谷的环境一样原始。现在还残存着二十世纪九十年代建设者们留下的痕迹：这条水沟，是为规避山洪而建设的泄洪道；这堵老墙，是为保护野果资源而建设的围墙；这排房子，是当年为改善工作环境而建设的君子谷作业房……

君子谷中荟萃了各种野果，诸如金樱子、杨梅、草莓、拐枣、地稔、橄榄、尖栗、酸枣、毛桃、八月炸……应有尽有，不胜枚举。有人别出心裁地将这些野果树采集起来，又将它们栽种在一条山谷里，组合成一个野果世界，真正是物以类聚啊。

我也是从山里走出来的，很多野果子都见过，有的也尝过，它们的味道至今在味蕾上萦回。

电动车再将我们拉到刺葡萄种质资源圃，看到满山满坡的野葡萄种植基地。

君子谷，正是以出品刺葡萄干红和野果醇、野果饼干、野果饮料等系列产品而饮誉中外。

好酒不怕巷子深。大山也挡不住君子谷越来越响亮的名声。

酿酒需要好材质。这里有一种野果子叫刺葡萄，它适合于大片培植，因此成为葡萄酒之中的特例。

我们来认识一下刺葡萄，它的学名为 Vitis davidii (Roman. du Caill.) Foex，是葡萄科葡萄属植物。木质藤本。小枝圆柱形，纵棱纹幼时不明显，被皮刺，无毛。卷须两叉分枝，每隔两节间断与叶对生。果实球形，成熟时紫红色。花期四至六月，果期七至十月。它分布于中国陕西、甘肃、江苏、安徽、浙江、江西、湖北、湖南、广东、广西、四川、贵州、云南，生长于海拔六百至一千八百米的山坡、沟谷林或灌丛中。

刺葡萄的根可供药用，可治筋骨伤痛。

刺葡萄营养价值高，含丰富的糖类，主要含葡萄糖和果糖，还含大量的有机酸。

刺葡萄果实中还含有蛋白质、果胶以及钾、钙、磷、铁等矿物质元素，多种维生素等，是优良的酿酒原料。

南方山区的野果子，过去战争年代是红军和游击队的果腹充饥之物，现在是理想的酿酒和果汁原料。诸广山广袤的森林，决定了这里的生态环境绝好。汩汩流淌的泉水和高负氧离子都是制作酒的原料。酿酒师如何在云雾缭绕的环境里，配置出上好的佳酿，这给我们以丰富的想象。

君子谷是一个野生水果的种质资源库，又是一个天然的野生水果主题公园。君子谷内建有野生水果资源圃、野生刺葡萄资源圃、野果酒庄、野果酒博览馆等。

群山环抱之中的野果酒庄

电动车在森林里左转右转,很快把我们拉到一座现代建筑前停下,这里是刺葡萄酒生产车间。讲解员领我们来到一个观影厅,光线暗下来,视频徐徐展开,是关于野果世界与刺葡萄和酿酒的故事。看了视频,我们对君子谷和刺葡萄酒才有了大致的了解。

下一站,陈秀英领我们去国际会议中心一侧的餐厅就餐,品尝刺葡萄酒。

在九曲回环的栈道上行走,太阳已经落山,最后的一片余霞挂在山的尽头。此时,树丛中透出灯光,我们似乎在云端踏步,不是神仙,胜似神仙。我突然想,此时若是有人唱起一段山歌,无疑是别一番味道。

我怂恿陈秀英唱上一段,陈秀英也不生分,站在栈道上,面朝我们轻轻哼唱起来。悦耳的音色在西边最后一抹霞光中荡漾,分外好听。

客家老妹山歌多,
日出唱到日落坡。
阿妹歌声赛蜜糖,
听得阿哥心欢畅,
心欢畅呦!

陈秀英说，这是客家山歌。本来说发抖音的，可惜我是菜鸟，录音失败了，只好将这美妙的山歌留给晚风和霞光了。

在餐厅沙发就座，餐前，野果制作的零食先填了肚子一角。接着，一道道清淡的菜肴端上圆桌。落座后，杯子里已经有了一抹紫色的刺葡萄酒。喝了一口，满嘴盈香。

此刻我在想这个酒庄的庄主是一个怎样的人，他打造刺葡萄酒的情怀，像一首诗歌，像一曲音乐，也像一篇散文或小说，蕴藏着韵律和美学。

陈秀英简述了庄主和君子谷的故事——

庄主姓庄，名席福，山里长大，从小就尝遍了山里的野果子。师范毕业后回乡教书，后告别教坛去珠三角寻找新的人生目标。

离开故土，总有诸多不舍。庄席福整整有半个月时间，常常一个人来到“君子谷”，在森林里散步，思虑。半个月后，他才下决心远走他乡……

就这样，庄席福来到广东，进入一家国际贸易公司。由于工作认真，他很快提升为主管，工资收入也明显提高。

那时，远在珠三角打工的庄席福心中就燃烧起一种渴望，希望有一片属于自己的山谷，漫山遍野全部种上野果，每个季节都有不同的果子可以品尝。

热爱家乡、喜欢怡情山水、钟情于大自然的他，当置身繁华都市时，脑海里不时闪过的却是他儿时的生活记忆，并不断勾起他隐藏在心灵深处的儿时梦想和生活意境：一座小木屋，一片挂满野果的宁静森林，一股清澈山泉，小屋周围山花烂漫，野果飘香。置身于斯，闲暇时，一杯清茶，一本书……

二十世纪九十年代，庄席福与当地的村委会签订了君子谷的承包合同，开始把工资投到君子谷的生态保护中。他在这里设立野果保护区，专门用来收集和保护野果种质资源。

那时他还是一家外资企业的职员，便委托他的弟弟看山养树，并特别叮嘱弟弟要保护好树林里的野果。

随着林业生产的不断优化，一些野果因为“炼山”而遭毁掉。

所谓“炼山”，就是造林时将山上的杂草、灌木或采伐剩余物用火烧掉。

一把火，烧掉的是杂草、灌木，同时也毁掉了珍贵的野果或其他濒危植物。

庄席福组织起了一支精干的团队，他们的视线放大到整个南方，收集和保护了大量的野果资源，在君子谷基地建起了野生水果资源圃，同时又相继建起了野生金樱子、杨梅、野生刺葡萄等专类野果资源圃。资源圃保护和收集的南方野果种类齐全，资源完整，仅中国野生刺葡萄资源圃内，所收集的野生刺葡萄植株就达一千一百多份。

在庄席福和同事们的坚守和努力下，君子谷终于成了一个生态梦想的家园：中国南方的各种野果和《本草纲目》记载的南方药材，在这里几乎都可以找到。君子谷成了名副其实的野果世界、生态王国。

他在筑梦，筑造一个童话般世界的梦，漫山遍野都是野果子。再用这些野果子酿酒，酿造世间最甜最美的酒。

——刺葡萄优良品系选培成功，建立有机种植示范基地，并酿造出第一种野生刺葡萄酒。

——君子谷科技团队开发的君子谷生态产品君子谷刺葡萄酒系列，参加第五届“亚洲葡萄酒质量大赛”，获得“两金”“两银”的优异成绩，实现了中国本土特有葡萄品种的葡萄酒在该国际大赛上金奖零的突破。

君子谷已经建成的野果酒庄，年酿酒能力一千吨，成为翠绿群山环抱中名副其实的生态酒庄。

…………

杯中的酒让人陶醉，故事也让人沉醉。一个从小尝遍野果的山里人，竟然按照小时候的梦想打造了如此动人的野果世界，酿造了这么美妙的刺葡萄酒。

这个酿造野果酒的人，他建造了君子谷这样一座生态富矿，而这个富矿又影响了远远近近的老表的生活。

企业将刺葡萄苗木提供给村民，派出专家和技术人员到田间地头，面对面开展刺葡萄种植技术咨询和指导，并与五千多户农户签订了战略合作协议，以不低于保护价的市场价格收购农户种植的刺葡萄。目前，企业已经带动全县七千多户农户种植刺葡萄八千多亩，丰产后可实现亩产四千至六千斤，每亩增收八千至一万二千元。

企业利用投资农产品深加工项目，从而通过收购农民自留山的野果，诸如野生杨梅、金樱子、酸枣等，来进行生态饮料和生态食品加工，让山区农民有更多的收获。该项目实施后，每年向农民发放的收购款就达三百余万元。

目前，企业正投资四千多万元，建设以野果主题公园和特色产业村等为主要内容的“君子谷小镇”。

君子谷小镇与两杰村共建，以三产融合发展为主线，将把君子谷、两杰葡萄沟打造为一个“绿野仙踪”式的野果主题公园、生态食品加工示范区、现代特色农业种植示范区，从而使两杰村和君子谷成为一个人与自然和谐、旅游和生态生活共享、生态环境与生态工业相容、既有美丽环境又有生态工业和大旅游支撑的特色乡村。

小镇将通过三产融合发展实现整村发展，并提升崇义县一万户农户的特色刺葡萄产业的整体素质，形成超十亿元的农业产业集群。

近年来，麟潭乡依托君子谷的优势，大力鼓励农民发展刺葡萄种植，建设了两杰刺葡萄基地和龙峰刺葡萄基地，打造“两杰葡萄沟”，大力推广刺葡萄庭院种植。全乡刺葡萄产业迅速发展，刺葡萄种植面积达到两千余亩，参与农户三百五十余户，成为远近闻名的“刺葡萄之乡”。

以野果为媒、生态为介，把世界的目光吸引到江西崇义。

生态梦是一种情怀。二十年来，君子谷人经历了从创建野果保护区，到建设野果选优品系生态种植园，再到农产品精深加工的发展历程。

君子谷中种植的刺葡萄

“绿水青山就是金山银山。君子谷小镇将以人与自然和谐共处为发展理念，坚持农业、工业、旅游业融合发展的建设方向，持续打好生态牌，带领更多农民脱贫致富，共同建设美丽乡村，实现乡村振兴。”庄席福说。

君子谷人坚持以科学和创新的方式指导生产，坚持环境保护和生态生产相结合，终于把儿时的梦想铸就成一个野果和植物的生态家园，一个生态食品研发和加工生产的桃源谷地，一个乡村振兴的试验田和示范园。

君子谷野果世界带动全县农户种植刺葡萄一万多亩，开发出刺葡萄酒、露酒等系列产品，并依托于此，建成一条精品旅游线路和一条葡萄沟旅游观光带。

一个生态美梦，在君子谷大放异彩。

如果每一座大山里，都有一座君子谷该多好啊！

临别，在栈道那端传来一阵悦耳的歌谣，是陈秀英的嗓音——

客家山歌满山溜，
泉水唱出青山翠。
乡村振兴示范园，
野果飘香人人醉，
人人醉呦！

第九章

插上电商翅膀

电商不仅可以帮助群众脱贫，而且还能助推乡村振兴,大有可为。

廖奶奶咸鸭蛋的“网红”故事

二〇二一年二月,廖秀英被中共中央、国务院评为“全国脱贫攻坚先进个人”,这一喜讯传回瑞金市壬田镇廖奶奶咸鸭蛋专业合作社,引起合作社全体社员的欢庆。

这不是廖秀英奶奶第一次获得如此高规格的荣誉。早在二〇一六年,她就与邓迎香、申纪兰等三十八人一起站在“全国脱贫攻坚奋进奖”的领奖台上,从时任国务院副总理汪洋手中接过奖牌和证书,那一刻,她感到无比光荣。

一位耄耋之年的老人成为脱贫攻坚和乡村振兴的带头人。

一个个遍布城乡的“邮乐购”成为邮政践行国家战略的大舞台。

这是一个产生乡村振兴故事的时代,我们试图从“廖奶奶咸鸭蛋”的故事里升华出赣南人民奋发新时代的精气神……

在瑞金市壬田镇,没想到“互联网 +”能让一个八十多岁的老奶奶扬名。与她一同扬名的还有她用传统技法腌制的咸鸭蛋。通过“互联网 +”,以她的名字命名的“廖奶奶咸鸭蛋”成为赣南苏区振兴的一张响亮名片。

壬田镇,也许对于我们并不陌生。八一南昌起义部队南下进入瑞金的第一站就是壬田。当时贺龙率领的第二十军从石城来到壬田,在大垄里与国民党新编第二十师王文翰部遭遇,激战三小时,击败敌军三个团,俘敌官兵数百人,缴枪数百支……

每到一个地方,挖掘当地发生的红色故事,不仅没有浪费时间,反而有助于了解这个地方的历史风貌。

进入脱贫攻坚时期，壬田镇挖掘出“廖奶奶咸鸭蛋”这个传统产品，以“互联网+合作社+贫困户”模式，带动周边贫困群众共同创业，共同致富，真正实现了“互联网+”大众创业万众创新的壬田模式。据称，“廖奶奶咸鸭蛋”每天在网络上销量超过千枚，最高峰时日销售达一万枚。

走进壬田镇廖奶奶咸鸭蛋专业合作社，只见会客厅墙面的“廖奶奶咸鸭蛋的发展历程”上写着：

二〇一五年五月，瑞金壬田镇凤岗村建立“邮乐购”电商扶贫站点，对产品详情页进行设计、明确产品规格及进行包装测试，第一枚“廖奶奶咸鸭蛋”正式上线。

二〇一五年十二月合作社成立，同时正式注册“廖奶奶咸鸭蛋”绿色品牌并授权合作社。

二〇一六年三月，首次登上央视，在当地政府的帮助下，建设光伏发电恒温鸭蛋储存仓库、鸭蛋养殖配送车间，初步完善扩大规模。

二〇一七年，为进一步发展壮大咸鸭蛋合作社产业，打造标准化生产体系，政府出资一百余万元，进行农产品的管控追踪，为廖奶奶咸鸭蛋产品品质提供了有力保障。

二〇一七年七月，完善标准化体系，新建成标准生产厂房，探索实现生产、加工、销售等的规范化、流程化的电商产业链发展。

…………

从最初的一个腌制大缸，到现在的一千个大缸；从以往的走街串巷零散售卖到现在的规模化、产业化，足不出户销往全国；从勉强维持生计到带动贫困户脱贫致富奔小康，一枚枚鸭蛋通过一根网线做成大产业，变成致富蛋……这当中究竟有着怎样的传奇呢？

廖奶奶咸鸭蛋专业合作社总经理张扬，三十七八岁，瘦瘦高高，戴一副边框眼镜，待人热情。张扬是廖奶奶的孙子，中国非物质文化遗产客家咸鸭蛋腌制技艺市级传承人，二〇一七年四月担任廖奶奶咸鸭蛋专业合作社总经理，获得江西省邮政分公司二〇一九年电商“百优扶贫能手”荣誉称号。

讲起自己奶奶的故事,张扬功课做得不浅。他说,奶奶的身世连接着那个苦难的旧时代:一九四四年,奶奶十二岁时,奶奶的父亲将她送至瑞金避难,自己返回梅州,以后便音讯全无。据说,奶奶的父亲是东江游击队的人,当时佩戴着手枪,为了参加革命把女儿寄养在瑞金。那时生活困难,奶奶寄养在一个堂伯母家,父亲没有来接她,堂伯母就将她以三箩谷子的价格卖给地主家当童养媳。新中国成立后,妇女解放,她解除了童养媳的婚约,嫁给了长工张财福。

二十世纪六十年代,奶奶被乡卫生院培养成为村里的接生员。每次接生,户主都会送给她十几个鸭蛋。鸭蛋多了吃不完,她就腌制起来。奶奶在家门口的树底下摆一张小方桌,上面放着咸鸭蛋,招揽生意以贴补家用。有时,她也会做点米酒,加上咸鸭蛋一起拿到圩上去卖。到了二十世纪八十年代,市场繁荣起来,奶奶在家里开起了小卖铺,卖咸鸭蛋,也卖米酒、腐乳、豆干、猪耳朵、咸菜等自己加工的土产。这当中,最为称道的还是奶奶腌制的咸鸭蛋,渐渐地,“廖奶奶咸鸭蛋”就在镇里镇外有了名气。

“互联网+”经济时代,中国邮政集团公司发挥自己在全国网点遍布的优势,在全国农村发展“邮乐购”业务。二〇一五年,江西省邮政分公司联合江西省扶贫办和省商务厅,共同打造了江西电商扶贫工程,吹响了邮政精准扶贫的集结号。自此,数千名江西邮政电商业务人员深入贫困山区。他们精准地找到适合乡亲们种植养殖、便于电商物流销售、城市居民普遍接受的农副产品,推向电商市场,助力脱贫攻坚。“廖奶奶咸鸭蛋”就是在这样的大背景下应运而生,被推上脱贫攻坚一线的。

壬田镇凤岗村水源丰富,当地的咸鸭蛋蛋白细嫩、蛋黄油亮。当时,瑞金市邮政分公司电商业务负责人杨雄找到廖奶奶,要她把自家的咸鸭蛋放到“邮乐网”上卖,奶奶便成为凤岗村电商销售第一人。

不到两个月,原来卖八毛钱一个的咸鸭蛋,卖到了四元至五元一个,月销量也从原来的几百个增至上千个。

八十五岁高龄的廖奶奶赶时髦学习年轻人创业,廖奶奶咸鸭蛋专业合作社应运而生。合作社吸收社员三十二户,其中贫困户二十八户,贫困户可向合作社出售鲜蛋,务工、入股分红。按照“统一品牌、统一品种、统一方法、统一技术、统一收购、统一销售”原则,形成了咸鸭蛋村镇化产业模式。

张扬告诉我,当时在政府的支持下,给贫困户免费发放鸭苗。贫困户领到鸭苗,按照合作社的要求养,产出来的蛋由合作社以高于市场的价格兜底收购。这样一方面可以保障养殖户的利益,另一方面可以保障合作社蛋源的品质,加之邮政部门在自己开设的网店进行扶贫产品推广销售,一条咸鸭蛋生产、销售产业链就此形成。

一年后,首批加入合作社的二十八户贫困户户均增收两万余元成功脱贫。

蔡运生是第一个加入合作社的专业养殖户,加入第一年就养殖土鸭四百八十只,孵化鸭苗五万羽,年收入达十万余元。

从最初的二十八户贫困户到第二年的五十六户贫困户,再到后来的九十二户贫困户,越来越多的贫困户加入了合作社。

五十五岁的杨人芙、五十六岁的杨秀英、五十七岁的钟科福……很多上了年纪的贫困户主动到合作社务工,依靠自己的双手过上了富裕的生活。

二〇一七年,在壬田镇政府的支持下,镇农民电商运营中心开辟出两千平方米,用于廖奶奶咸鸭蛋专业合作社建设新厂房。新引进的生产设备,让合作社告别了纯手工作业,咸鸭蛋的产量和品质得到了质的提升。这年底,“廖奶奶咸鸭蛋”年产值超过三百万元;二〇一八年、二〇一九年年均产值逐年翻番。

二〇一九年十月,“廖奶奶咸鸭蛋”从全球八百二十份减贫案例中脱颖而出,入选了由世界银行、联合国粮农组织等国际组织评选的“全球减贫最佳案例”。“廖奶奶咸鸭蛋”在投资市场的估值已经接近一千万元。

二〇二〇年,受新冠肺炎疫情影响,合作社发展萎靡不振。瑞金市邮政分公司再次伸出援手,助力“廖奶奶咸鸭蛋”销量实现百分之一百五十的增长。

廖奶奶咸鸭蛋合作社辐射周边叶坪乡、大柏地等乡镇形成典型脱贫致富的产业。以“廖奶奶咸鸭蛋”为代表的瑞金咸鸭蛋还被正式批准为国家地理标志保护产品。

“廖奶奶咸鸭蛋”的扶贫故事火遍大江南北,受到各类媒体记者的关注。

“廖奶奶咸鸭蛋”生产车间

央视《新闻联播》《焦点访谈》、《人民日报》等中央主流媒体多次报道。一系列的荣誉接踵而至,继二〇一六年获得“全国脱贫攻坚奋进奖”,二〇一七年廖秀英又获得“全国三八红旗手”、江西省十大新闻人物、赣州农村电商脱贫十佳先进个人等荣誉。

廖奶奶咸鸭蛋合作社改变的不只是脱贫户的生活,而且教会他们本领和技能,让大家主动依靠双手去脱贫致富。

张扬领我参观生产车间。足有半个篮球场大的腌制车间,地面上摆满了腌制鸭蛋的大缸,缸口用薄膜密封着。张扬在一个大缸前停下,打开薄膜,缸里堆满了一个个黑色泥球,这就是正腌制的鸭蛋。一缸五百只鸭蛋,整个腌制车间有一千个大缸,一次可以腌制五十万个鸭蛋。

张扬告诉我,腌制技术是奶奶的秘方,需要分两道工艺来完成,先是裹上一层黄泥巴,泥巴里掺入食盐、酒等,然后再裹上草木灰,就变成了现在黑黑的模样。草木灰是天然的防腐剂,这样能保证咸鸭蛋的品质。

在会客厅,张扬端出来一盘切开的咸鸭蛋,蛋白与蛋黄分明。白的似玉,黄的如金,真可谓一蛋之中,金玉齐全。倒上一杯农家自酿的米酒,就着咸鸭蛋、豆腐干下酒,那滋味,神仙的日子也不换。

品尝之后,我们发现廖奶奶咸鸭蛋不咸,蛋白丝滑,蛋黄沙甜,确实好吃。

与张扬碰了一杯,然后我们到凤岗村去看廖奶奶。

车子开了不远,来到一个大村落,这里就是凤岗村。廖奶奶住在村子中心位置,隔着门窗看见奶奶在打瞌睡。

年岁不饶人,廖奶奶每日晒着太阳,看着太阳从东山升起,傍晚又从西山落下。她觉得太阳就是一只咸鸭蛋,或者说就是咸鸭蛋里的蛋黄。她腌制了一辈子的咸鸭蛋,太阳就陪伴了她一辈子。太阳金灿灿的,她腌制的咸鸭蛋的蛋黄也是金灿灿的,所以,她说太阳也是一枚咸鸭蛋。

她现在常常在太阳底下打瞌睡。一打瞌睡,她就做梦,梦见咸鸭蛋在空中飞舞,她弄不清楚咸鸭蛋怎么会飞呀飞呀,没有翅膀飞不起来呀。

她问孙子张扬:“咸鸭蛋怎么会飞?”

孙子张扬懵了:“咸鸭蛋怎么会飞,奶奶您糊涂了吧?”

廖奶奶说:“我没糊涂,就是看见咸鸭蛋在飞,飞得到处都是。在镇里飞,在瑞金飞,在赣南飞,在省城飞,飞到很远很远的地方去了。”

张扬“哦”了一声说:“奶奶,最近我们的咸鸭蛋非常火爆,除了瑞金、赣州、南昌,有的还卖到了上海、北京、深圳呢。我们的咸鸭蛋确实在到处‘飞’,奶奶您晒着太阳知天下事,您真神!”

廖奶奶不答孙子张扬的话,眯上眼睛又在太阳底下打着盹儿,只要眯上眼,咸鸭蛋就到处飞。她觉得这是一种享受。一辈子做的咸鸭蛋现在一下子全朝她飞来,比太阳的光线还多……

廖奶奶坐在椅子上,身上披着一个小被子,见我走近,伸出一只手跟我握了一下。廖奶奶慈祥地笑着,手很温暖。廖奶奶很上相,像一位明星一样。

二〇二一年,合作社售出二百六十万枚咸鸭蛋,营业总收入达六百万元。其中,合作社支付脱贫户的鸭蛋款二百八十万元。张扬说,以一户农家养二百只鸭子为例,农户一年可增收近两万元。合作社腌制生产的工人工资,分淡旺季,淡季一般十来个工人,旺季需六十来个工人,工资按月一般两千多元钱,每年支付工人工资约五十万元。

在乡村振兴大潮中，小小的咸鸭蛋借助互联网平台和廖奶奶的匠人精神，变成带动村民致富的“金蛋”。廖奶奶不仅上了电视，还成为一首诗的最美素材：

廖奶奶成了“网红”
一枚小小的鸭蛋
腌制后成为
一枚温暖的共同致富之蛋
一枚红土地上的乡村振兴之蛋

“山货大王”

靠山吃山，大余县金坪村党支部书记、主任张汉家利用电商技术，为村民销售土特产，带动山区村民致富，传为佳话。

河洞乡金坪村地处大余县西南边境，毗邻广东省仁化县、南雄市，是章江的源头之一，也是北山游击区的核心区域。

金坪村地处大山深处，森林茂密，又是赣粤边界，自然是打游击的好地方。

当年红军长征左路军红一、九军团就是从大余的青龙、黄龙、西华山、游仙、吉村、内良向崇义的聂都进发，与河洞擦肩而过。一九三五年四月上旬，项英、陈毅率赣粤边特委在河洞召开了对赣粤边坚持三年游击战争起到重要作用的“长岭会议”。

河洞一带有许多红军打游击的故事，有人编成了歌谣——

章江源头第一漂，
温泉泡得游人醉。
长岭会议九十载，

红色信仰照千秋。

…………

一座布满红色因子的大山，盛产各种山货，诸如香菇、木耳、笋干、多彩椒、野蜂蜜、杨梅干等。这些产品当然是城里人喜爱的土货。

张汉家骑着摩托在山间小道穿梭，几乎走遍了河洞乡所有的村和小组。

他在收购山货时，也常常会听到老表们讲述红军打游击的故事。

在棚洞村，当地老表跟他讲，项英、陈毅等的领导机关在这里遭遇过突袭。敌人在圩上见到有人采购大批粮食，觉得蹊跷，于是跟踪尾随。幸被红军哨兵发现，鸣枪示警，特委机关人员才得以安全转移。

在天井洞，叛徒龚楚将游击队后方主任何长林拉下水，借开会之名到龙西口集合，游击队被龚楚带领的国民党卫队包围，赴会的三十多人当场牺牲，二十多人被俘后惨遭杀害。国民党卫队还捣毁了天井洞的红军后方基地，杀害了红军医院的伤病员，制造了骇人听闻的"北山事件"。

龚楚的目标是搜索项英、陈毅等重要领导人。在帽子峰下，伪装成游击队的龚楚遇见侦察班长吴少华，龚楚说要找项英、陈毅汇报重要工作，吴少华在前方领路。走到半途，吴少华发现这伙人装备与游击队不同，且说的都是广东话，于是警觉起来。他一边走一边盘算脱险的计谋。快到哨所时，吴少华突然跑过去喊："快开枪，是敌人。"龚楚不知底细，不敢贸然前进，这才化解了一场灭顶之灾……

张汉家说，收购山货的途中，他也受到了红色文化的熏陶，当年的红军游击队在敌军"围剿"的情况下四处突围，随时都有生命危险。

北山有了叛徒龚楚、何长林的破坏，已无处藏身，特委决定迅速转移到油山。转移必须通过国民党重兵把守的梅关。陈毅等人在离梅关四十里的地方隐蔽了两天三夜，然后出其不意，不走小路走大路。在一个月色昏暗的夜晚，特委机关一行二十人左右，在敌人的眼皮底下，越过梅关要隘，胜利到达油山。陈毅诗兴勃发，挥笔写下了《偷渡梅关》：

敌垒穿空雁阵开，
连天衰草月迟来。
攀藤揖葛君须记，
万载梅关著劫灰。

这首诗知道的人少，有人认为这首诗是《梅岭三章》的热身之作。如今再读、三读，“断头今日意如何？创业艰难百战多。此去泉台招旧部，旌旗十万斩阎罗……”依旧热血沸腾。

“想到打江山的那一代人，用生命换来了今天人民共和国的欣欣向荣。我们不仅要珍惜，还要加倍建设好自己的家园。”张汉家不无感慨地说。

由于地处偏远，交通不便，山里的特色农产品难以走出大山，就算卖出去也卖不了好价钱。当地群众最大的梦想，就是让山里的农产品走出大山，走向外面的世界。

“只有让山里的农产品走出大山，才能让这一方父老乡亲脱贫致富。”张汉家如是说。

除了走进大山收购村民的土特产外，他还引领带动金坪村群众发展特色产业，大山小村的交通短板已变身生态产业优势。他凭着自己的辛勤劳动，不但自家的农产品销售红红火火，还引领带动周边近三十户村民发展香菇、木耳、笋干、多彩椒等特色产业，撑起一个边远山村的致富梦和幸福梦。

决战脱贫攻坚那几年，为确保如期脱贫，在县、乡党委政府的全力支持下，张汉家带领群众全面启动交通基础设施建设，硬化通组主干道五点三公里，总投资达一百七十余万元。

路通了，山货可以便捷地运出大山，原先的交通短板彻底解决，而金坪村自身的生态优势正逐渐凸显。金坪村平均海拔五百米，森林覆盖率百分之八十五以上，空气清新，温度适宜，没有丝毫工业污染，这些正是它独有的生态优势。

一直以来，当地有种植香菇、木耳、竹笋等特色农产品的传统，这些长在深山里的宝贝，都是城里人的稀罕物，销路根本不用愁。通组道路修好后，农户发展特色农产品的热情更加高涨，山货产量节节攀升。

要让优质山货成为“聚宝盆”，光有产量还不够。“关键是打开销路，让山货卖上好价钱！”作为村主任的张汉家，带头大胆尝试，逐渐摸索出一条“合作社 + 基地 + 电商”生产销售山货的路子来。

张汉家的思路很明确，就是要利用现代互联网的渠道，售卖安全有保障的农产品，带领大山里的乡亲们走上致富道路。一开始，大山里的人很少接触网络，很多乡亲不知电商为何物，张汉家抓住县里鼓励发展电商的机遇，在河洞圩上开办了全县第一家电商服务中心。

“阿叔，你这些香菇很新鲜，我拿到网上帮你卖。”有空的时候，张汉家都在村里挨家挨户收山货。

“我做这个不是为了赚钱，做了一两年，连个店租钱也没挣回来。”他说，“我就是想帮乡亲们把山货销出去，乡亲们满意了，我心里就踏实。”

成功总是青睐勇于奋斗的人。渐渐地，张汉家的网店越开越红火，店里的山货供不应求，年销售额达三四十万元，很多客商甚至慕名而来，与他洽谈合作事宜。他的爱心代卖也得到了乡亲们的大力支持，很多村民会亲自将农产品送到张汉家店里。

“我们这里交通不便，去县城很远。现在汉家在网上就能把农产品卖个好价钱，我们省心多了。”村民温仁雄说，张汉家的爱心代卖让他非常感动。

“食品安全不能保障，电商就做不长久。”为了把好产品质量关，张汉家不但自己种山货，还牵头成立了合作社，把附近的种养大户都动员加入进来。

他对产品质量要求很严格，经常到社员的山场、大棚实地察看，监督社员采用传统技术种养，绝不允许使用化学药品。进货时，每样山货都是自己亲自看货、分拣、包装。

电商平台的加入，不仅为藏在深山的优质山货打通了一条通往市民餐桌的捷径，更在当下“互联网 + ”的时代风口上，为山区乡村开辟了一条脱贫致富的新路径。如今,张汉家的合作社已经有会员三十余人,发展毛竹种植四千余亩,发展袋料香菇一百二十万袋。

脱贫户杨应章算了一笔账,他搞的香菇大棚,每亩可投入袋料香菇一万筒,每筒成本价两点五元左右,可育香菇约零点七五公斤,现市场价每公斤八元,每筒产值约六元,每筒产生的效益为三点五元,每亩产生效益约三点五万元。在杨应章的大棚里,一万多袋香菇整整齐齐地码放在香菇架子上,蓄势待发。"等到年底采菇时,预计可增收三万多元。"杨应章乐呵呵地说。

创业不息,创新不止。有了香菇、木耳、竹笋基地后,张汉家租下了二十亩的土地,准备搞多彩椒种植加工。这个新产品,投放市场后供不应求,让张汉家下定决心扩大种植面积……

在河洞,当年红军游击队为人民打江山,留下了可歌可泣的佳话。如今,走在乡村振兴的新征程上,无数共产党员以守江山的初心,不断满足人民群众对美好生活的向往,守住人民的心。

张汉家发挥基层党支部的引领作用,积极倡导共同致富理念,山里老表都竖起大拇指夸赞他是为民办事的好书记。他谦虚地说:"自己力所能及地为老百姓做一点事,与打江山的革命前辈相比,微不足道。"他希望乘着乡村振兴这股东风,发展壮大村集体产业,进一步提升村民的获得感和幸福感。

村民有了"富足之家"

行走在上犹县寺下镇富足村,放眼望去,粉红的桃花、金黄的油菜花、洁白的梨花拔蕊怒放,与连绵的青山、盘旋的公路、蜿蜒的河流、漂亮的民居交相辉映,构成一幅绚丽多彩的春日图景。这里的村民,在乡村振兴的春风吹拂下,勤劳、自强地摆脱贫困、追求幸福,也同样满怀希望地行走在新时代的春天里。

葛金莲就是其中的一位。这会儿,她刚从村部下班,行走在回家的路上。

十分钟后，她走进自家宽敞明亮的三层砖混房里，房屋干净，老人幸福，孩子上进，丈夫有固定收入，一种幸福感油然而生。要知道，她家从前可是建档立卡贫困户呢。

一路经行处，莓苔见履痕。从贫困户转变为村干部，从家庭主妇成长为社会公益人，六年间，葛金莲励志脱贫、知恩感恩，用一腔热血书写着一个新时代青年的奉献情怀。

一九八八年出生在寺下镇新圩村的葛金莲，身材不高，体形瘦小，但做起事来却很干练、成熟。听着她讲述家里的贫困经历，分享着如今的好日子，在她的眼神里，我读懂了“奋斗”二字。

二〇〇六年，葛金莲嫁给了本镇富足村的农民黄光连。当时的寺下镇流传“富足不富、南坪不平”的顺口溜。的确，那时候的富足村是个穷乡僻壤的山沟沟。村里有个叫上洞的组，村民二十五户，其中贫困户就有二十户，是名副其实的深度贫困村。

葛金莲嫁给黄光连时，婆家的经济条件极差，用“家徒四壁”形容一点也不过分。三间低矮的土坯房，公婆都已七十多岁，且体弱多病，婆婆又患有精神疾病，常年靠药物维持。后来，她生育了一双儿女，经济负担更重了。家里的开支仅靠丈夫四处打零工维持，日子过得捉襟见肘。有时候，她和丈夫也想外出打工，可是他们一没技术、二没特长，而且家里上有老、下有小，脱不开身。

面对眼前的贫困日子，葛金莲日日发愁，夜夜难眠，何时才能摆脱这贫困的日子呢？

好雨知时节，当春乃发生。二〇一四年春，葛金莲家来了两位尊贵的客人，他们就如一场及时雨，涤荡她脸上的阴霾，浇灌家中干涸的日子。县供销社驻富足村第一书记黄建华和驻村干部陈庆忠第一次走进葛金莲家时，就给这个家庭带来了一丝生机和希望。

他们在了解葛金莲家的情况后，把她家列为建档立卡贫困户，给葛金莲婆婆申请了低保，带着葛金莲丈夫参加制衣、电子组装培训，又帮他在东莞找到了工作,每月有三千多元的收入,日子稍稍好转。可是她家底子薄、基础差,光靠丈夫打工和几亩薄田、几块穷山,要想彻底摆脱贫困,不知更待何时。

春风化雨,润物无声。驻村第一书记黄建华多次去她家,做帮扶工作。这天,黄书记推心置腹地跟葛金莲说了一番话,他说:“小葛,你这么年轻,不能存在‘等靠要’的思想,得自己努力找脱贫致富的渠道。我既然跟你家结对子了,你有什么困难,我都可以帮助你,咱们一个个来解决,早晚都会过上好日子的。”葛金莲提出了脱贫致富的各种困难,黄书记说:“咱们遇上一个好时代,上面有好政策,办法总比困难多。”然后,黄书记用一些白手起家的故事来激励她。

也就从那一刻起,葛金莲暗下决心,不等不靠,要靠自己双手,努力奋斗来致富。驻村工作组对她家的十八亩低产油茶林和毛竹林进行改造,她自己同时还养鸡养鸭。葛金莲家的茶油、土鸡土鸭、土鸡蛋等天然绿色无污染的农产品,很受城里人青睐。货源不够时,她还要到邻居家去买,就这样,一来二去也帮着村里人往外销售山货。

功夫不负有心人。二〇一五年,葛金莲在家里靠油茶和养殖挣了两万多元,丈夫黄光连打工也挣了近四万元。有了钱,葛金莲和丈夫盖起了三层砖瓦房,真正享受到劳动致富的快乐。年底,葛金莲与家人商量,主动申请退出贫困户。

鸦有反哺之情,羊有跪乳之恩。

葛金莲的日子渐渐富有了,她心里萌生了一个念头,她要加入中国共产党,成为一名党员,更好地为服务村民发一分光、尽一份力。

其实,葛金莲早在二〇一五年就有了加入共产党的想法。那年,她家的油茶通过低改,产量大大增加。临近采摘的时候,她要照顾父母和小孩,眼看就要错过木梓的采摘期,心急如焚。黄书记得知后,带着村里的干部一起帮她采摘,后来帮她拉着木梓去榨油,最后还通过微信平台帮她卖油。那一刻,她激动地向黄书记道谢:“帮扶干部真好,比自己的亲人还亲,事事替我们操心。”黄书记却说:“我是一名党员,来村里就是帮助群众的,你不要这么客气,只要有困难，帮助群众解决困难就是我们的责任！”

一句普通的话深深地震撼了她。这些年，她知道是党的好政策让她脱了贫、致了富，是党的好干部让她感受关怀温暖。二〇一七年三月，她郑重地递交了入党申请书，以一名正式党员的标准严格要求自己，积极参加村里的志愿服务活动。

二〇一八年，上犹县探索设立“八员三工一干”，葛金莲很荣幸地当上了村里的扶贫专干，她就有更多的机会回报村里。

何谓“八员三工一干”？

“八员三工一干”即生态扶贫就业专岗。“八员”即地质灾害安全员、河道水库管理员、乡风文明监督员、社会治安维稳员、生态环境监察员、山林防火护林员、农村气象信息员、食品安全监督员；“三工”即卫生监督保洁工、乡村道路养护工、乡村中小学清洁工；“一干”即农村就业扶贫专干。担任“八员三工一干”，每人每月领取二百至一千二百元不等的误工补贴，解决了上犹县五千四百六十五名低能弱能贫困群众收入来源问题。

葛金莲担任扶贫专干后，积极为村民销售土特产品。她深知，富足村的农副产品虽然很多，但是受地理位置和通信条件的限制，再加上村里多为上了年纪的老人，农副产品销售难问题逐渐凸显。为此，她上网查资料，想方设法解决问题。

葛金莲在收购村民的土特产品

这天，她找到黄书记，说：“咱们村可不可以办一个农副产品销售平台，帮助村民销售农产品。”

黄书记说：“我们正跟村里商量着这事呢，没想到你也想到这层了，那你来着手办，帮助老表们销售农产品，是一件看得见、摸得着的大好事。”

葛金莲的提议得到县供销社和镇党委、政府的重视，村里决定把老村部改造升级，将一些基层阵地资源进行整合，建立集农副产品销售、贫困户就业、技能培训、文体活动为一体的电商综合服务站。二〇一八年六月二十九日，富足村迎来了一件大喜事，“富足之家”电商服务站正式成立。在大家的推选下，葛金莲担任“富足之家”电商服务站的站长。

最初，电商平台并不被村民认可。村里多为留守的老人，思想比较保守，网络能卖山货？快递靠谱吗？你们在网上发个照片就能卖出去？几十年的传统销售模式在他们心里根深蒂固，一时半会儿转变不过来。

面对村民的质疑，葛金莲不急不躁，跟村里人讲现代的物流销售模式、电商平台的作用等等。面对村民囤积的山货，她竭尽所能，主动收购，利用电商平台销售。

村里的曾凡诚就是在葛金莲的帮助下，通过电商平台将蜂蜜、蘑菇、木耳、笋干等山货销售出去的成功典范，而且收入可观，卖了几千块钱呢。就这样，一点一滴地带动和辐射，周边的村民才慢慢认可电商平台，慢慢认可葛金莲。有人还给她编了新谣——

你轻点鼠标，
放飞我心中的向往。
纵然跨过千山万水，
总是闪烁诚信的光芒。
…………

有的村民家离村部较远，葛金莲就主动上门收货，然后在电商平台上出售。有的村民的农产品在线上不好卖，她就帮忙通过各种途径线下卖。总之，她要帮着大家一起挣到钱，过上好日子。

村里住着一对老夫妻，老头子叫黄光禄，他和老伴都享受低保政策，平时自己手工制作一些竹扫把、竹锅刷、竹篓等竹制品，维持生活。黄光禄夫妻俩都七十多岁了，腿脚不方便，每次圩日，葛金莲都看见他们背着沉甸甸的竹制品去卖，卖不掉的还得背回家。葛金莲格外心疼他们，每次都上门收购，将他们的竹制品放在电商平台上卖。说实话，这类的竹产品并不太好卖，邮寄也不方便。

葛金莲亲自跑到县城，去保洁公司帮他们推销竹扫把，去县城的各大饭店推销竹锅刷。交易达成了，双方保持长久的合作关系。这样，黄光禄夫妻俩只管在家里制作，不用愁销路了。只要他们制作出一定数量的产品，就联系葛金莲，她就上门去取货。

古人云："爱出者爱返，福往者福来。"每次，葛金莲去黄光禄家收产品，老两口都把家里好吃的、好喝的拿出来让葛金莲尝。这也是他们表达谢意最朴实的方式。在葛金莲的帮助下，如今，这对老夫妻生活有保障，收入也不错。

村民们看见葛金莲一天天地忙忙碌碌，刚从这家收购完土鸡蛋，又去那家收茶油，生怕她累出病来。葛金莲兴奋地说："我不累，现在我的生活好了，又拿着扶贫专干的工资，这些都是党和政府给的，我应该为老表们多做点力所能及的事。"说完，葛金莲背着山货又回到电商服务站了……

二〇一九年六月，在富足村群众的支持和信任下，葛金莲补选为富足村委会委员。当上村干部的葛金莲干劲十足。

十月金秋时节，江西省农副产品消费扶贫对接会在南昌召开，上犹县寺下镇富足村"富强专业合作社"应邀参加。在农副产品展销柜前，一个娇小玲珑的年轻女子正在"富强专业合作社"的展柜前推介各种农副特产——

> 我们寺下镇富足村是上犹县一个偏僻的山村，这里摆放的每一件农副产品都是从农户手里直接收购过来的，绝对纯天然，没有任何加工的成分。

这个热情推介农副产品的女子就是葛金莲。此刻，她正滔滔不绝地跟客户介绍每一种农产品："你看，这笋干，不是统一加工的，是农户自己直接晒干的；这苦菜干，是纯野生的，不是种植的，没有任何添加剂……"说到茶油，她会把摘茶子到榨油的过程给客户如数家珍般讲解一遍。同时,她还主推了寺下镇产的牛肉,牛是放养的,牛肉是放心肉。

听了她的推介,好多客户纷纷称赞。在这次对接会上,他们带去的所有农副产品销售一空,现场成交额超五千元,还成功预购茶树菇、笋干、辣椒酱、牛肉等产品三万多元,并确立了长期供货意向协议。

这年秋天,葛金莲加入了共产党,成为一名正式党员。

二〇二〇年,线下销售受新冠肺炎疫情影响很大,而葛金莲发挥线上销售优势,先后帮村民销售了价值六万余元农产品。五月二十日,她参与寺下镇组织的"消费扶贫,与爱同行"电商销售活动,又帮村民销售了价值八万九千万元农产品。

幸福是奋斗出来的。葛金莲用她奋斗的足迹,完成了一次又一次美丽的蝶变。自二〇一八年"富足之家"电商服务站启动以来,"富足之家"共举办八次消费扶贫活动,帮助农户销售农副产品价值四十八万六千元。

如今,富足村可谓名副其实的富足。村容村貌变美了,基础设施完善了,更重要的是村民们的腰包鼓起来了,他们不仅物质富足,精神世界更加富足。

现在,农村电商正步入高质量发展的快车道,在优化农村产业结构、助推农产品质量提升、实现产地与消费地的无缝对接等方面作用越来越突出,为乡村振兴添加了新动能。

"乡村振兴的步伐追赶着我的脚后跟,我将继续帮助农户销售农副产品,增加老表们的获得感。"葛金莲信心满满地说,"现在我们村发展了富硒茶产业,未来电商平台将有更大的用武之地。"

“电商达人”

走进安远县鹤子镇，就走进了一个电商世界。

这里的农民有句口头禅：“手机成为新农具，直播成为新农活。”好一派电商忙碌的景象，正如人们嘴里所唱的那样——

芝麻快开门呀，阿里售货忙；
天猫快起床呀，淘宝已开张。
漫天的订单铺长路，
走进时空的长廊……

鹤子镇位于安远县的西南边缘，由于地处偏远，导致当地的经济发展受到严重阻碍。近年来，当地以电商为着力点，推动乡村实现喜人巨变，带动群众持续增收致富。

安远是红色星火地，翻开安远的红色篇章，茶梓圩农民暴动、天心整军、尊三围保卫战、中央红军长征突破第一道封锁线等历史往事至今口口相传。一九二九年一月二十九日，朱毛红军下井冈山进入赣南，被国民党李文彬和刘士毅的两股部队四个团围追堵截，从定南进抵安远县第一站就来到鹤子圩，后进抵孔田圩。一年后，朱毛红军由信丰转战来到安远天心圩——这里曾是朱德、陈毅率南昌起义部队进行“天心整军”的所在。毛泽东在天心圩住了几天，离开天心时是晚上，因路上漆黑，毛泽东向邻居叶柱新借了一盏马灯。直到新中国成立后，毛主席仍惦记着这件陈年旧事，专门派人给叶柱新送来一百五十元钱，作为马灯的赔偿……

一路上，红色文化研究会副会长赖永峰向我讲述着安远的红色故事。

每到一地，我都要先了解当地的红色历史，因为乡村振兴之路是过去红色历史的延续。

来到鹤子镇电子商务运营中心，两排房子中间是个停车场，来来往往的都是送货和发货的车辆。一间间的房子，是一家家电商运营商在忙碌，有的正在忙着直播销售产品。

农民们正排队将自己包装好的脐橙送到镇里引进的快递网点进行贴单发货。

“以前卖脐橙我们靠等客户上门收购，如果客户不来，脐橙就有可能烂在地里。现在卖脐橙我们是通过电商销售到全国各地，销量大了，我们的收入自然就增多了。”一个年轻的果农自豪地说。

进入“十三五”以后，当地巧借互联网这个载体，大力发展电商。现如今，提篮叫卖的传统销售模式已经成为历史，田间地头拿起手机销售成为当地农户的新农活。

鹤子镇以互联网为载体，以打造电商小镇为目标，通过成立电商运营中心、引进快递企业、培育“村红”“村播”等有效措施，让大山里的农产品走向全国各地，不仅拓宽了农民的销售渠道，农民的收入也随之水涨船高。现在，鹤子镇每年有六百五十多万斤农特产品插上了“电商翅膀”飞出大山，全镇人均可支配收入突破一点三万元。

销售难的问题迎刃而解后，带来的则是产业集群发展。

为降低农户的运输成本、提高配送效率，全国首条电商快递农村“智运快线”项目在鹤子镇启动建设，全线长度超过三十公里，十个行政村全覆盖。今后的农特产品将搭上空中缆车直达县城，形成“城乡半小时经济圈”。

智运快线是安远县东江电商产业集团与广东中保斯通集团合作打造的商用智慧物流快线，首条线路已在安远县鹤子镇试运营。

智运快线被称为“空中物流高速”。智运快线依托架设的低空静止索轨道，供无人驾驶穿梭机器人运载小批量货物。货物包裹从轨道基站内进行装卸，为村民提供便捷的快递接驳配送服务。通过县域智慧云快线网，绝大部分商品和快递能在一小时内低成本畅达县城与乡村之间，有效打通工业品下行“最后一公里”和农产品上行“最初一公里”。农民可以在家门口直接发货、取货，为农产品保鲜快捷销售提供了“高速”通道。

智运快线空中运输线

此外，安远县还打造了智运商城，根据农村需求，创新开发了安远村播和短视频功能，广大农民可以在自己的平台上进行直播或短视频展示产品和销售。

我在与电商创业者潘东风交谈中，了解到他的个人经历特有趣。

潘东风是吉林松原人，毕业于赣南师范大学，曾在赣州人民广播电台从事记者职业。二〇〇九年他成为江西省大学生“村官”，在安远县版石镇岭东村干了两年，转乡镇事业编干部到孔田镇农业服务中心工作；后借调县新农村办，到县赣南苏区振兴办工作。二〇一二年底，县组织考试选拔，他考到县粮食流通服务中心，干了半年，县里正式成立苏区振兴办，抽他回去干了两个月，于二〇一三年到农业部农村社会事业发展中心新农村建设处跟班学习。二〇一三年底，他参加公开遴选，从事业编考入公务员，任中共车头镇委员会组织委员。二〇一五年三月，县里组建电商办被借调。二〇一六年三月回到车头镇上班，七月调任凤山乡党委副书记。二〇一七年九月县棚改，成立拆迁办，被借调。后仍回凤山乡。二〇一九年八月,安远县决战脱贫攻坚取得胜利,潘东风于次月辞职,自主创业。

二〇二〇年一月,潘东风协助安远县电商办领导班子组建国企安远县东江电商产业集团,担任安远县东江智运配送有限公司法人兼总经理。

二〇二〇年七月,潘东风出任安远县知否职业培训中心讲师,着手为“村红村播”计划培养更多的农村网络销售主力军,帮助更多的农民将自己的产品通过电商的方式销往全国各地。

从潘东风的履历看,他从大学生“村官”干到乡党委副书记,精明强干的他本是一位很有前途的公务员,最后辞职创办电商企业,从此与电商结下不解之缘。

潘东风作风扎实,有自己的思路。他重点谈了安远正在打造“智运快线+智运商城+智慧园区”城乡绿色智慧物流发展新模式。

农村运输成本太高,如何破解农村县、乡、村三级物流配送的难题?鹤子镇正在开发的智运快线,建造成本为每公里三十至五十万元。安远县智运快线村村通试验区项目将建设一个县级智能配送总仓,十八个乡镇智能配送分仓,一百零二个村级基站,全线长约三百六十公里。在整个县域乡村低空架设一个链接县、乡、村的自动化运输网络系统,形成“智慧产业园+智运商城+智运快线”的新型电商物流模式。这将彻底解决农村农副产品运输“最后一公里”的问题。

潘东风说:“智运快线的建成,能够大大节约我们的运输成本,比以往能节约到百分之三十至百分之四十;在配送时间上,也能节约一半左右的时间,这成为我们百姓的一条‘便民线’和‘致富线’。”

目前,鹤子镇有近三百二十名青年回到家乡,开始了电商创业梦。一批批的土山货在电商的推动下,成为“网红”,卖到了全国各地。下一步,鹤子镇将依托智运快线,打通城乡资源互通的壁垒,力争在“十四五”期间实现以城带乡、城乡互补的远景目标。

鹤子镇紧紧围绕“建设水墨鹤子,打造电商名镇”的发展定位,充分发挥作为安远对接粤港澳大湾区桥头堡的区位优势,坚持“一步一印,一年一变”,强力推动新型城镇化示范镇建设。

在示范镇建设过程中，鹤子镇牵住产业发展这个“牛鼻子”，巧借电商东风和消费扶贫契机，创造性地贯彻落实产业扶贫“五个一”机制，积极与中国科技大学合作创建富硒农业产业基地，通过大力实施“五个千亩富硒产业兴旺计划”，形成了“以短养长，长短结合，众星拱星”的产业兴旺格局。同时巧妙地将电商元素融入示范镇建设，在新城区建立起集培训、仓储、打包、发货、服务等功能于一体的电商运营中心，通过建设5G基站、实施“村红”培养计划、开通5G直播间、推进全国首条电商快递农村“智运快线”建设、召开富硒农产品直播推介会等重大举措，培养了如钟得招、魏韶珍等一大批“网红”“村红”，推动鹤子镇农产品搭上数字时代电商快车道，助力乡村振兴在鹤子镇结出硕果。

良性发展的智慧电商圈，大大激发了全民创业热情。如今在鹤子，农民们一手拿锄头、一手握手机，鹤子的农产品从“提篮叫卖”变成了“指尖消费”。鹤子镇从名不见经传的山区贫困镇一跃变成了远近闻名的电商名镇，成为周边乡镇农特产品集散地和电商聚集地，将有效辐射带动全县电商产业实现持续、快速、健康发展。

在鹤子镇半迳村，我走访了几个自营电商的脱贫户。

首先来到了钟得招家。这个一九八九年出生的农村妇女还算精明，她独自带着两个还在读小学的儿子，赡养着年迈的养父养母。丈夫因家境贫困，不堪忍受压力，于二〇一四年离开了这个家。

“他刚离开那阵子，看着家里小的小、老的老，我觉得天都要塌了，每天闷闷不乐。为了生活，我只能外出打工，每个月也只能领到两千多元，日子过得紧巴巴不说，还见不到父母、孩子。”钟得招如是说。

二〇一六年，钟得招被精准识别为建档立卡贫困户。二〇一七年，钟得招在帮扶干部和驻村工作队的鼓励下，报名参加了由安远县电商办组织的免费电商培训，学习如何在线上售卖赣南脐橙及其他农副产品。自己种脐橙自己卖，节省成本的同时也等于在增加收入。二〇一七年，钟得招用了一年的时间来摸索、尝试，平均每个月能有四千多元的收入，比在外打工收入还高。她很兴奋,更加潜心提高电商营销技术。

二〇一八年,钟得招申请了五万元的金融贴息贷款,增种了一百多棵脐橙树,饲养了两千多只土鸡。这一年,她通过电商销售脐橙实现收入十三万元。但是大规模的养鸡还是第一次,虽然政府有补贴,但最终还是因为自身技术欠缺而导致亏本。

二〇一九年,钟得招不甘心,又养了一千只土鸡,并给自己定了一个年纯收入六万元的小目标。

钟得招这回赢了,她骄傲地说:“虽然只养一千只土鸡,但是因为有了经验,这回把头年亏损的钱全部挣回来了,再加上脐橙的销售,年收入超过了我的目标,也顺利脱贫了。”

为了扩大增收渠道,带动更多的村民一起致富,二〇一九年,钟得招在村里设置了一个快递分点,既能拓展农村消费,又能帮助农产品“走出去”。

钟得招是个能折腾的女人,她申请成立的农业发展公司批下来了,她说:“我准备将赣南脐橙销售做大,创建自己的品牌。二〇二〇年,我的目标就是把公司经营起来,吸纳更多的村民就业,帮助他们增加收入,致富奔小康。”一年一个目标,村民们都给钟得招竖大拇指。

钟得招满怀感恩地说:“党的好政策,给了我生活的信心;电商平台,点亮了我的希望。现在我们一家五口人,生活过得像芝麻开花节节高,一年好过一年。”

车子拐进一条村道,在小溪旁不远,是钟明亮的家。他现年四十岁,因儿时发生意外,导致腿脚不灵便,无法出外务工。他曾于二〇一五年被精准识别为贫困户。政府组织残疾人电商培训班,学习电商营销,他积极参加。看着左邻右舍通过发展产业实现致富梦,钟明亮也想大干一场,利用自己的山场种植脐橙。在帮扶干部的帮助下,钟明亮办理了五万元产业扶贫贷款,种植了一千棵脐橙树,其中三百棵已经挂果。二〇一九年,他通过学来的电商技术,将自家种的五千多公斤脐橙全部卖掉了。他太开心了!他的诚信赢得了客户,后来果子不够卖,他还帮助村民卖了五千多公斤。电商技术不仅使自己致富了,还能帮助别人一起致富,这是钟明亮没有想到的。

钟明亮做直播，正好扬长避短。他肩挑手提不行，但对着镜头推销产品，还是很有一套。他在直播间，打开嗓子，推介土特产品，嗓音里有土气，但却是质朴的。他说，鹤子镇因地制宜，按照统一租地、统一标准、统一入股、统一销售的模式，大力实施了大棚蔬菜、红蜜薯、油菜、金线莲、洛神花等“五个千亩富硒产业兴旺计划”。镇里产业兴旺，电商技术运用的机会就更多。

在返回的路上，我碰上从圩上开着三轮车回村的魏韶珍。他也是鹤子镇半迳村的脱贫户。二〇一九年他在一块十多亩的山地种植脐橙树五百棵，目前长势良好。他以前在药厂干过销售，返乡后学习电商技术，从门外汉变成“电商达人”。他说：“干电商，刚开始三个月没有收入，后来琢磨透了，收入也就上来了。”他现在一个月能收入一万五千至两万元。他是个名副其实的乡土“网红”。

魏韶珍说：“以前没有电商技术，种点百香果，早上背一筐百香果出去卖，天黑才回来。卖果子很难，不敢多种。现在自己能操控电商，自己的果子卖掉了，还可以帮助乡亲们卖，这才感觉自己是个有点用的人。”

我说：“那你下一步可以扩大果园面积，多种果树呀。”

魏韶珍说：“现在开通了‘村村通’智运快线和电商直播，城乡来回不到一小时，再也不用担心蔬菜瓜果烂在田间地头了，我正打算多种几亩地的脐橙呢。”

网络绘蓝图呀，鼠标来导航；
叫醒供货商呀，带上快递郎。
开心的笑声一阵阵，
传遍地球的村庄。
哦，电商……

悠扬的《电商之歌》在乡村飘荡，好一派电商风景。在鹤子镇，像钟得招、钟明亮、魏韶珍这样的“网红”，不下三百名。他们通过电商，让深山的特色农产品“插上电商翅膀”销往全国。

安远县智运快线项目开创了乡村智慧物流先河，为全国提供了一个县域经济发展的“安远模式”，为如火如荼的乡村振兴伟业提供了一个范本。

除了智运快线，安远县还抢抓交通运输部对口支援的历史机遇，把交通作为乡村振兴的先导工程。已科学谋划“四好农村路”路网，建设了产业路一百九十五公里，推动新增五十多个近十万亩的特色产业基地，为乡村振兴提供了强有力的支撑。

第十章

特色小镇在崛起

干在实处永无止境，走在前列要谋新篇。

和君教育小镇的红色记忆

短短几年的魔幻变身,梓坑村成为一座名扬全国的和君教育小镇。

梓坑村曾是中央红军长征后中央留守机关驻地,烙着红色印记,潜藏着无数红色故事。而今这些红色故事又成为和君教育小镇的血液,使特色小镇建设与红色文化有机结合、同频共振。

一九三四年十月,中央机关和主力红军被迫撤离中央苏区。为掩护主力红军和中央机关安全转移,牵制和迟滞国民党军队主力对中央苏区腹地的进攻,十月十三日,中央分局和中央政府办事处在瑞金云石山成立。中央分局委员由项英、陈毅、陈潭秋、贺昌、瞿秋白五人组成,后来增加邓子恢、张鼎丞、谭震林、梁柏台、毛泽覃、汪金祥、李才莲为委员,项英任中央分局书记,陈毅任中央政府办事处主任。

十月下旬,项英、陈毅率中央分局和中央政府办事处由瑞金云石山迁往于都宽田,十二月底又迁往于都黄龙(今黄麟)井塘村,一山之隔的会昌县赤鹅(今白鹅)乡梓坑村便成为中央分局和中央政府办事处驻地井塘村的大后方。

梓坑村地处中央分局和中央政府办事处驻地井塘村西南,之间有大山阻隔。两地相距十公里,有山道穿行其间。村西紧邻贡江,渡过贡江,翻过一座山后,就是于都县禾丰镇,这是中央分局和中央政府办事处预设的最后撤离通道。

梓坑村是一个山高林密、野猪成群的山谷。这里有万亩森林和竹海,山泉溪流环山串联,大小瀑布随处可见,山峡之间分布着数百亩民居稻田,好一片客家住民的古老村落。贡江绕村而过,犹如玉带。大坝拦江,上游高峡平湖,下游大江奔腾。

步履蜿蜒间,到处都是红军留下的印记。

当年,驻扎在梓坑村的留守苏区中央机关单位繁多,随便数一数就有中央军区政治部、国家政治保卫局、裁判部、中央卫生部、中央药材厂、中央疗养所、中央总供给部、中央电报局、中央警卫连、中央羁押所、中央印刷厂、中央红军被服厂、中央国家银行、中央兵工厂、中央运输连、红军供销合作社等部门。

一九三五年二月十八日,国民党军步步逼近,留守中央机关和红军部队从预设的路线转移。梓坑村群众用二十多条船连夜搭成浮桥,数千名红军高唱革命歌曲渡河。留守部队翻过白鹅九岭的钟公嶂,转移到于都禾丰、上坪一带。

这次撤离,红军将无数无法随军转移的笨重设备如印刷厂、兵工厂和被服厂的机械就地掩埋。据说,留守梓坑村的中央总供给部部长邓子恢,在赣南省职工联合会委员长王贤选的协助下,指挥红军战士和部分百姓将三船来不及运走的钨砂秘密掩埋于白鹅下游十公里的花桥沙滩上。白军占领梓坑村后,到处打探红军埋藏的军事物资,采用威迫利诱的办法将埋藏的钨砂挖了出来。

敌人计划将三船钨砂用船沿贡江顺水运往赣州,以便向国民党粤军驻赣绥靖公署第六绥靖区司令余汉谋邀功请赏。红军战士老李是梓坑村人,因伤没有跟上部队。眼看敌人要将苏区人民流了无数汗水淘洗好的钨砂变成战利品,他主动联系了另外两位船工,和盘托出沉船弃砂的计划。

老李说:“我们决不轻易让白狗子得到钨砂,想要钨砂得拿命来换!”

两位船工附和赞同道:“老李,你是红军好汉,我们俩听你的。”

清明那天,天空下着雨,在江边的一棵大樟树下,老李和另外两位船工被敌人押上载满钨砂的船。贡江水流湍急,三艘木船顺着江流向下游飞驰。白军在船上喝酒喧闹,想着很快就要发一笔横财,早已心猿意马。当船行至深水区时,老李唱起了激昂的船工号子,这是他向另外两条船上的船工发出信号。

老李和另外两位船工用竹篙下端尖利的铁钎,暗中将船底戳穿,江水涌入船舱,手忙脚乱的敌人涌过来堵漏。三艘船在激流中沉没,船里的钨砂也被江浪吞噬得一干二净。

船上的白狗子全部沉到江中喂鱼了,老李和另外两位船工不知下落……

梓坑村留下了太多的红色故事。而今,那些斑驳的红军标语似乎依然在向后来者讲述着那段血与火的历史。

时光之车驰骋至二〇一七年八月十一日,在北京和君集团举行了一个关乎梓坑村命运的签约活动——一个总投资约三十亿元、规划面积约一万六千亩、建设用地约四千亩的合约签署完毕。事关梓坑村的一场现代变革由此展开。

和君教育小镇于二〇一八年三月开工建设,首期建成约十万平方米的建筑面积,包括办公区、教学区、居住区、商业区、生活区、书院区、田园区、景观区、游览区等。山高林深、野猪成群的山沟沟里,迅速形成了完整的、现代化和智能化的办公、教育、生活和文化旅游功能。

在梓坑村,和君教育小镇横空出世。

一本名叫《和君教育小镇愿景》的小册子里这样描述——

> 从山村变为小镇,起始于和君商学院从北京迁建到此。镇子的核心是和君商学院的校园,教学楼、图书馆、宿舍、食堂、研发楼、实验楼、钟楼、专家楼、报告厅、剧场、诉衷亭、省思堂、石板路等建筑,外观上一概是"最美小镇"的风格,砖墙、瓦顶、屋檐、街道,古韵氤氲……
>
> 森林的美妙和纯净,你沐浴其中,沧桑与晦气、功利与躁动,不知不觉间化作乌有,你发现自己最美好的状态还是做回一个自然之子,回到大自然的怀抱,魂归故里。

在北京和上海都设有总部的和君集团,将华南总部设在梓坑村。选择梓坑村,打造一座融山水自然和红色文化为一体的教育小镇,犹如万山丛中绽放出一朵不染尘世、超凡脱俗的绚烂奇葩,这需要独到的眼光。

小镇的街道和巷子依照历史遗存和自然山势而建。从小镇的任一街道和巷子走出去,都是郁葱幽深的林海、清澈灵秀的山溪或浩荡奔涌的江河。

这里的森林和植被,简直就是清肺吸尘的浴场和氧吧,足以洗涤万古红尘、

和君教育小镇图书馆

百世污秽。慢走、跑步、登山、骑山地车，各取所需；静坐、弈棋、畅谈、倾诉，随你所爱。

和君教育小镇，基础定位是和君集团的总部基地、和君商学院的实体校园。以此为依托，引进高端人才和先进管理模式，逐步带动教育、培训、会务、文化、旅游、度假、养生、居家、生态农业、特色产品等产业的发展。最终目标是建设成为“宜居宜业、循环经济、产镇双荣、天人合一”的生态文明样板镇。

小镇以“一轴、一带、五区”为总体布局：

“一轴”，即沿梓坑山谷的文化发展轴；

“一带”，即沿贡水两岸的产业发展带；

“五区”，即书院群落区、教育校园区、生态山居区、公共功能区和基金财富区。

经过精心设计的小镇，其间还分布“三校、三书院”设施：

“三校”，指和君商学院（未来的大学）、附属中学（高中部和初中部）、附属幼儿园和小学，形成教育体系。

“三书院”，指石圾山书院、大箬山书院、小箬山书院，在茂林修竹里，沿着山泉溪流，形成书院群落。

…………

贡水在会昌城收集绵江和湘水两支江水，形成贡江，至庄口镇又收集濂江水，一路浩荡北行，流经白鹅峡，形成一个犁头状的江湾，梓坑村就在犁尖与犁头湾的这片山地上。在犁尖处，二〇一一年建成一座水坝发电，称“白鹅水电站”，总装机量两万一千瓦。水电站的建成，使梓坑村顿有“截断巫山云雨，高峡出平湖”的神秘与豪迈意境。

白鹅峡，也称会昌峡，是贡江在会昌县的总出口处，其下游则进入于都县黄麟乡朱田村地界。其地势险要，景色优美，峡口两山如壁对峙，怪石奇景万千。白鹅峡西岸石壁间，镶嵌着一座修建于清代的观音阁。依江而行的小径，行人可驻足歇息。临台观景，好一派峡江秀色，清代洪祯有诗赞曰：

壁立双崖拔，江流一道分。
矗霄青未了，夹岸碧天垠。
…………

在犁头尖翻起泥浪的地方，就是梓坑村的核心地带。这里分布着小镇街区客家水街、游客集散中心、商业一条街、图书馆、知识广场、教辅一条街、客家祠堂和民俗馆、小镇人家、民宿酒店等，组成小镇的公共功能中心。多元业态、各种商家在这里呈现他们的产品与服务、品牌与文化，共同组成小镇学子观察和体验商业世界的前沿窗口。

当年留守苏区中央机关的驻地，有多个革命旧址，红色教育资源丰富，组成红色教育中心。

山谷深处、林泉飞瀑，客家原住民的遗弃宅基地和田亩，则建设成为生态山居中心。

梓坑村还号称有“三水系”，即指梓坑山谷水系、贡水两岸、九岭水系河湾区。

这里山清水秀、空气新鲜、人文飘香。钟声在山风中飘荡，生态之美、文化之美、产业之美、教育之美、人情之美、生活之美，正所谓“各美其美，美人之美，美美与共”也。

和君小镇有一座钟楼。登上钟楼，整个耕读村，一览无遗。钟楼对联曰：

登楼观诗书礼易乐春秋；

鸣钟醒智信仁勇严良知。

钟鸣催人醒。听到钟声的人也会体悟到生命应有的真谛。钟身上刻有铭文《和君诵》：

人生平常，吃饭穿衣。穷则独善，达则兼济。

格致诚正，命自我立。修齐治平，自强不息。

三度修炼，知行合一。上善若水，成人达己。

道法自然，敬畏规律。内圣外王，天人一体。

生不枉来，死不犹豫。感恩天下，魂归大地。

《和君诵》十句话八十字，兼融明代哲学家王阳明的思想精华和圣贤境界。王阳明曾为都察院御史，巡抚南赣地区四个州，时达四年，其创立的心学理论与实践在赣南基本完成。

在决战脱贫攻坚时期，和君集团董事长王明夫回家乡投资兴业，选择梓坑村建设和君小镇，他希望能够以商引商，为会昌乃至整个赣州市的招商引资办点实事。

和君小镇集自然山水、人文生态和红色文化于一身。苏区时期，梓坑村的群众基础很好，加上这里地形地势险要、易守难攻，可通往于都黄麟，会昌小密、西江及瑞金大部，再远可至福建长汀、龙岩。因此，当年的留守红军在十分艰难的时刻选择在这里与敌人周旋。

留守红军中央印刷厂，坐落在梓坑村后面大山中一个叫“小玉山”的山上。当年中央苏区国家银行的纸币就是在这里印刷。苏区主要刊物《红色中华》，在瞿秋白的主持下，在这里隐蔽地坚持出版到一九三五年一月二十一日。后来，前来“围剿”的白军就是据此误以为中央政府和红军主力还留在苏区。如今，那些房屋早已倾倒，前往小玉山的路也已长满蒿草粗藤。

梓坑村村口山腰的枫树下有一家“红军被服厂”，其旧址是一栋“马钉”型客家民居，只是“马钉”仅剩一半，早在多年以前就没人居住了，可惜无法找到当年红军留下的活动痕迹。据说，在当年大炼钢铁时，这里曾挖出不少缝纫机残骸，都被投进了火窑。如今红色历史的见证者多已作古，后来者只能依据文字做着自己云雾出没的想象。

留守苏区中央政治保卫部和裁判部在梓坑村坑尾新屋，旧址是半山上独踞的一栋老房子，在一扇门板上，可以看到几组数据：

6cm 小铳圈……
8cm 大铳圈……
6cm 长型铳钩……

这些数据，是当年红军留下的，至于是制造武器还是采购物品的记录，就不得而知了。

在梓坑村溪背新屋的留守苏区中央总供给部，墙上有清晰可见的红军干部用毛笔记下的粮油财物往来账目：

福巍供红粘谷并皮一百斤；
福双供白粘谷并皮六十斤；
供糯谷十六斤并皮贱狗子手；
…………

梓坑村群众与红军建立了良好的军民鱼水之情。当年，毛泽覃的妻子贺怡怀胎七八个月，村里群众采来当地的草药炖鸡为她补身子。一九三四年十二月的一个早晨，贺怡和她的父母与毛泽覃在迳口依依惜别，踏上了前往赣州的小木船。谁能想到，这是这对革命夫妻最后的诀别。

白军猛烈地扑向梓坑，红军被迫撤离。白军占领梓坑，进行反攻倒算，不少苏区干部和群众遭到地主武装“铲共团”、还乡团等反动组织的迫害。梓坑村苏维埃政府主席李福龙躲进山里的一座废窑里，每日由家人送吃的，十多天后被狡猾的“铲共团”跟踪捕捉。

反动派的杀人手段残忍至极，骇人听闻。如挖眼睛、割耳朵、斩手指、割舌头、砍脚背、铁烙火烧、剥皮、沸水淋头、坐飞机、打地雷公……惨不忍睹，无所不用其极。

反动派抓到李福龙后，施以毒刑，将其剥皮后，撒上盐。李福龙遍体鳞伤，数度晕死过去，最后被活活折磨致死。在《会昌县志》的“烈士英名录”里收录了七千七百三十八名烈士姓名，其中白鹅乡就有四百六十五名烈士，我找到了李福龙烈士的名字。看着这些密密麻麻的烈士英名，每一个烈士背后，都有一段壮烈的故事。

所幸，英烈的死换来了人民共和国的建立。一个叫李长财的村民曾有过这样的回忆：“那年我十岁，过元宵节时跟奶奶一起晒太阳，一位红军战士临行拉着奶奶的手说，老婆婆，我们要走了，你们不要说出去，过十五天，我们还要回来。”可是，李长财的奶奶和大家一等就是十五年多，直到一九四九年八月人民解放军南下部队才解放会昌、解放梓坑。

新时代的梓坑，迎来千百年来的最大变迁。梓坑村副书记李雄发告诉我，他曾领着乡贤王明夫跋山涉水考察梓坑村村情和地貌。自二〇一七年春天始，王明夫董事长不止一两次来到梓坑村，起码不下五六次的勘察才下定决心，最后县、乡、村的领导前往北京签下了打造和君小镇的协议。

梓坑村有十个村民小组，其中七个小组需要征迁：梓坑村核心地域的溪背、园坝、迳口三个小组要搬迁，贡江两岸的峡口、上坳下、下坳下三个小组要搬迁，坑尾小组因建三度书院也需要搬迁，只有大塘、白沙、松树塘三个小组不搬。梓坑村总户数四百二十八户，总人口一千五百四十人；其中征迁户二百八十四户，人口一千零七人；未征迁户一百四十四户，人口五百三十三人。所有征迁户都在养工坑另建安置小区，住进了宽敞明亮的楼房。

和君小镇也为当地带来了翻天覆地的变化。首先是梓坑村的道路、供水、排污、强弱电、通信网络等基础设施，进行了全面的升级改造。其次是小镇建设的区域，原住村民整体搬迁。原来缺乏统一规划、凌乱不堪的住房整体拆迁，在附近专门规划安置区，建设崭新的村民安置小区。道路、水电、通信、垃圾处理、休闲设施等一应俱全、崭新靓丽。

更重要的是,和君小镇的建设和发展,为当地村民提供了就业和创收的机会,带动村民多种经营,促进致富奔小康。小镇的第一期建设过程,就吸纳了几百个当地村民来参与包工、做工、做饭、保洁、绿化、材料运输等工作,村民通过这些工作获得的月工资最低也有三千元,最高能过万。小镇的正常运营和后续发展,将为当地提供大量的长期就业岗位和创收机会,带动村民开展多种经营。

推动乡村振兴、促进当地村民共同致富,是和君小镇的题中之义。乡村振兴如果没有人才的振兴,那是不完善的。而人才振兴必须建立在教育的基础之上。和君小镇以教育为依托,为乡村振兴培养产业、文化、生态、组织等各类人才,这是乡村振兴大局中的一步先手棋。

和君小镇正竭力打造“教育、文化、旅游”产业结构,以“生态文明、宜居宜业、人才聚集、天人合一”为形态的特色小镇,开辟崭新的“和君”发展模式,将梓坑村蜕变成一幅社会主义新农村的美丽画卷,为赣南苏区乡村振兴发展再添新活力。

俯瞰和君教育小镇(摄影　黄振荣)

从兰花小镇看“五美乡村”

每天打开大门，就像走进公园一样。兰花小镇的村民可谓推窗见景，一片鸟语花香，不是桃花源，胜似桃花源。这是谁家的读书郎在诵读诗行：

不是生来偏爱兰，
缘于神姿自天然。
心逐碧草摇清风，
嗅得幽香沁心田。

于都禾丰镇兰花小镇远近闻名，占地三千余亩，预计总投资十三亿元，是全国规模最大的兰花种植观光基地，通过党建引领，采取“龙头企业＋合作社＋脱贫户”的方式，带动周边村庄发展。而两年前，这里还是一片荒废的河滩地。

在禾丰镇园岭新村的兰花直播间，村民曾富华对着手机镜头熟练地为线上顾客展示一盆盆娇艳的兰花——

墨兰紫黑，蕙兰艳丽，春兰叶带形……这里是兰花直播间，品种很多，亲，如果喜欢的话可以下单，我们尽快为您发货。

禾丰镇以兰花为主导产业之一，因紧邻兰花小镇博兰园，园岭村在乡村振兴过程中顺势建设了兰花新村。村里兰花争奇斗艳，游客络绎不绝。

在外务工多年的曾富华看到家乡搞起了兰花小镇，被各种各样的兰花所震慑，立刻心有所属，喜欢上了花中君子之一的兰花。他当即承包了一百亩兰花大棚，开设了兰花直播间，一边开展兰花生产，一边开展线上销售，着力将人气效应转化为经济效益。

曾富华高兴地说:“以前玩抖音没有收益,现在做了‘带货主播’,两个月的线上收益就有六千多元钱。”

三月份的行情好,自家兰花不够卖,现在还帮着乡邻销售兰花。

曾富华很快被人称为“兰花王子”。受他的影响,村民们种兰花的热情也被点燃,除在基地承包大棚外,还利用门前屋后、走廊阳台、闲置荒地等建设小棚参与兰花种植。不少人在自己家里也开起了兰花直播间,利用微信、快手、淘宝、中国兰花交易网等交易平台开展线上销售。

“借力兰花产业,大多数村民实现了创业就业、增收致富。”园岭村党支部书记曾传清如是说。

园岭村坐落在于都县禾丰兰花小镇核心区,千百年来,这里的村民始终秉承“诗书济世,耕读传家”的族约古训,人才辈出、人文荟萃、民风淳朴。

早在土地革命时期,红军在禾丰留下了大量的活动遗迹。一九三一年十月,彭德怀率领的红三军团二师奉命到禾丰一带开展革命活动,帮助地方建立了禾丰区苏维埃政府、尧口乡苏维埃政府、大龙乡苏维埃政府等红色政权。而今,在尧口村河生组尹氏民居内,仍保留着三十一条落款为“红三军团二师五团二连”的宣传标语。

一九三五年二月十日,中央分局、中央政府办事处离开井塘驻地,经会昌

兰花小镇航拍图

梓坑村白鹅峡渡过贡江，来到于都南部山区禾丰黄泥村。

此时，已经陷入四面楚歌的留守红军，由于执行错误的军事斗争路线而丧失良机，导致突围危机重重。

数千名红军伤病员和红军留守儿童需要就地安置。禾丰、利村和祁禄山一带山区，是当年安置红军伤员和留守儿童的主要区域。

当时，红军已被白军的“铁桶计划”围困在方圆不足二三十公里的狭小地带，要安置这么多伤病员和留守儿童，谈何容易。红军主力撤离后，留下的重伤员有六千多人，分散在七八个医院中，这些医院大都驻在山区的民房、祠堂里，陈毅坐着担架到各处和负责同志们一起安排处理，陆续动员疏散了四千多人。陈毅亲自在禾丰、上坪山区安排疏散最后的两千余名伤员到群众家养伤。陈毅拄着拐棍亲自去向伤员做了恳切坦诚的动员，并动员组织山区的干部和群众，要求群众收容伤员，将他们带回家去，做儿子也好，做女婿也好，伤好了，多一个劳动力。就这样，在苏区军民深厚的感情基础上，迅速地安置了这批伤员。

禾丰镇每家每户都收养了一至两名伤病员，最多的一户收养了七名。

除了伤病员，还有红军留守儿童也需要安置。陆定一和唐义贞的女儿叶坪就寄养在禾丰的库心村。唐义贞在苏区时担任总卫生部药材局局长兼卫生材料厂厂长，因有孕在身行动不便而成为留守人员。三岁的女儿叶坪交给因病未能参加长征、被批准返乡的本厂管理员张德万，委托他将女儿找可靠人家寄养。临行前，唐义贞将女儿的旧衣裳叠好包妥，还连夜为女儿赶制了几件不同年龄穿用的棉衣。当留守部队转移至禾丰时，张德万将叶坪寄养在库心村的一户赖姓人家。

唐义贞于十一月初，被派往闽西到少共省委宣传部指导工作，在长汀四都圭田乡苏维埃政府所在地的残疾红军范其标家中，生下了一个男孩后归队。一月二十八日，唐义贞等人被国民党三十六师围困在乌蛟圹山坑里，因寡不敌众被捕，不久遭开膛破肚残忍杀害。由于张德万后来病逝，寄养在库心村赖家的“叶坪”便成为无人认领的孩子。事有凑巧，时隔五十多年后，叶坪的儿子赖章盛读到陆定一写的《关于唐义贞烈士的回忆》一文，觉得自己母亲与陆定一描述的女儿叶坪十分吻合，于是写信给陆定一。这才有了陆定一与女儿叶坪失散半个世纪后的相聚……

在红色故事浸染的禾丰打造兰花小镇，有了别具一格的韵味。

兰花小镇坚持与脱贫群众共同发展、共同致富的理念，让脱贫群众成为乡村旅游受益主体，积极探索“景区＋农户”“龙头企业＋合作社＋脱贫户”等多种利益联结机制，创新业态模式，为乡村振兴开辟广阔空间。

禾丰镇通过搭建乡村旅游资源平台，辐射带动周边村民规划建设旅游基础设施和特色项目，拉动农业观光、农事生态体验、农业科普、餐饮住宿、农业研学、特色农产品经营等旅游产业的融合发展；通过土地流转、劳务务工、公益性岗位等方式，带动兰花小镇周边六个村四千七百一十三户农户、五百九十七户脱贫户增收致富。

禾丰镇以园岭、金盆村为试点，成立禾丰兰花联合合作社，以现金、劳务等形式各吸纳十名有闯劲、肯吃苦、懂技术的脱贫户入股。赣州鑫悦生态农业科技发展有限公司给每个村免费提供各一百亩高标准兰花大棚，并负责“包种苗、包技术、包销售”等全套技术服务，兰花联合合作社负责综合经营管理、财务管理、合作社规范化建设及协调企业与农户关系等工作，引领农户参与新型农业，共享发展成果。

经过市场测算，一盆兰花包含租金、种苗、肥料等培育成本约七元，鑫悦公司以每盆八元的价格统一收购，一盆兰花的利润约为一元。一亩大棚每年可培育兰花五千盆，经过培训后的脱贫户一人每年可看管十亩五万盆兰花，营销额为四十万元，利润为五万元，扣除五千元合作社管理服务基金后，每人每年可增加净收入四点五万元。

每个村一百亩高标准兰花大棚每年可培育兰花五十万盆，营销额约为四百万元，利润约为五十万元。十名脱贫户按五千元标准缴纳合作社管理服务基金，每村每年可增加村集体经济收入五万元左右，较好地实现了脱贫户、村集体经济增收、企业高效盈利与产业发展多方受益的良好局面，真正实现“造血式”增收。

眼前的乡村，平整宽敞的沥青路铺到了家家户户门前，红瓦白墙的民居依山傍水，村庄整洁清新；村民房前屋后花香四溢，兰菊蔷薇争奇斗艳……好一派美丽乡村的悦目图景。

回想当年留守红军在禾丰遭遇的困境，四面八方的白色恐怖将禾丰、上坪一带包围得铁桶一般，项英、陈毅在禾丰召开中央分局紧急会议，对部队突围做出部署，近万名红军部队和地方工作人员，分兵九路，分散突围。突围部队折损十之七八，牺牲了中共中央分局委员瞿秋白、贺昌、何叔衡、阮啸仙、刘伯坚、周以栗、梁柏台、钟世斌、毛泽覃、李才莲、李天柱、杨英等一批重要干部。值得庆幸的是，中央分局和中央政府办事处主要领导人项英、陈毅、陈潭秋、张鼎丞、邓子恢、谭震林、蔡会文、周建屏、陈正人等重要干部得以幸存。一万多人的部队突围出去的只有两千人。中央苏区留守部队突围之战，是红军史上与中央红军湘江血战、红十军团兵败谭家桥、西路军浴血河西走廊等战役有着同样令人揪心的悲壮。

红军走后，禾丰地区被当地保安团团长华品懋杀害的革命群众达五百余人。

…………

战争的硝烟早已散尽，而今禾丰人民已经跨进全面小康，正在乡村振兴路上拼搏。

来到园岭兰花新村，扑面而来的是一派生机、充满希望的景象。

看着老人在水墨风情的广场上散步，孩子在新修的道路上骑行，村民们幸福感满满，兰花新村党支部书记曾传清开心一笑："一切付出都是值得的！"

二〇二〇年底，为全面推进乡村振兴，经反复调查研究，禾丰镇党委决定，将位于禾丰兰花小镇核心区的园岭村作为"五美"乡村示范点进行改造提升。听到消息后，曾传清一夜未眠，第二天即组织召开村两委会议，制定行动方案，随后又召开村小组长、乡贤会议和村民大会，组建理事会，通过层层宣传发动，获得村民的一致赞同。

村民大会召开的第二天，村民们就开始主动拆除自家的围墙和铁皮棚等。在镇村党员干部和理事会成员的带领下，十五天内，全村共拆除旱厕两个、附属房三十八间一千六百余平方米、围墙六千八百米、防盗网一千八百余平方米、铁皮棚六百八十平方米，清运废料两千一百余吨，清理沟渠三千八百六十米，清理线杆十二处，全面保障项目顺利推进。

建设方案通过后，该村组织理事会成员和村民代表一起到全南等地，学习乡村建设的先进经验。村民们对新村建设充满向往、热情高涨，一时间，如何建设好新家园，成了村里最火热的话题。

项目动工后，干部群众更是不分昼夜、携手奋战，处处热火朝天。镇村党员干部和理事会成员几乎二十四小时轮流坚守在工地，随时协调解决工程建设中出现的问题；村民们也积极参与，有的村民白天上班、晚上在工地帮工，有的村民专门请假全天候参与项目建设。

二〇二一年二月四日，项目启动第二十八天，兰花新村一期项目基本完工。看着焕然一新的新家园，村民们纷纷竖起大拇指，瘦了六公斤的曾传清书记黝黑的脸上绽放出笑容，他说："县里开展'大学习、大调研、大攻坚'活动后，我们党员干部都是干字当头、狠抓落实、勇争一流。对乡镇和村里的工作，村民们也变得更加理解支持、更愿奉献力量。"

每到傍晚，园岭兰花新村便热闹起来，放学归来的孩子们三五成群地打闹嬉戏，有的走进耕读园读书学习，有的到广场打球健身。华灯初上，村民们大都聚集在广场，拉家常，跳广场舞。

夕阳映照，在附近务工的村民曾裕峰夫妻俩结束一天的工作，一前一后回到家中准备丰盛的晚餐，和孩子们共进晚餐。晚饭后，曾裕峰带着家人在村里散步，平整的村道上花香四溢，空气中弥漫着幸福的味道。这看似平常的一天，却是在外务工二十年的曾裕峰最近才有的生活。他说："现在兰花小镇建起来了，村里的生活环境也得到极大提升。在这样美丽的乡村生活，是我们梦寐以求的。现在不用出去打工了，在乡村务工就能挣钱，我愿意留在家乡，幸福地过好每一天。"

禾丰兰花小镇的产业发展得日益红火，人气越来越旺，曾裕峰决定返乡务工。经推介，曾裕峰顺利地入职鑫悦现代农业发展有限公司，带领村民开展花卉种植和管理，每月收入近五千元。曾裕峰的爱人也在兰花小镇上班，夫妻两人每年收入超过十万元，摆脱了家人两地分居之苦，可谓挣钱顾家两不误，岂不快哉！

依托兰花小镇产业发展优势，带领农民致富，发展壮大村集体经济，是园岭推进“五美乡村”建设的重要保障。近年来，兰花新村采取“龙头企业＋合作社＋党员＋农户”的模式发展兰花产业，成立兰花产业合作社，领种两个大棚近二十亩兰花进行示范带动。二〇二〇年，兰花新村集体经济收入超过十五万元。二〇二一年，兰花新村进一步扩大兰花种植面积，加上农机服务、基地管理等收入，预计全村集体经济收入将超过五十万元。

至今，兰花新村十五名党员均通过入股、领种等方式参与兰花产业发展，一百多名村民在兰花小镇务工，人均每月收入超过三千元，七十多岁的老人都能获得每月两千多元的务工收入，真正实现了企业、村集体经济和农户抱团发展、共享共赢。

既要精心规划、精致建设，又要精细管理，才能精美呈现。秉承这样的理念，已基本完成一期项目提升改造的园岭兰花新村，在一众乡贤和村民的支持下，开始探索乡村治理新路子。兰花新村尝试社区物业管理模式，专门成立由党员任会长、以党员为骨干的理事会，明确其在监督管理、日常管护、化解矛盾纠纷等方面的职责，并从村集体经济收入中划拨部分经费，为理事会成员发放一定补助。同时，按照“谁受益、谁管护”的原则，突出村民主体地位，实现乡村治理常态化、规范化。

村民签订“门前三包”责任状，将包卫生、包秩序、包整洁的承诺和星级家庭评比情况挂在家门口；村里设立公益岗位，聘请工作人员开展村庄保洁、花草和公共设施管护、孝老食堂运营等工作，理事会和妇女小组长协助管理，定期开展监督评比，确保村庄环境整洁如新，各环节运行顺畅。

兰花小镇总体规划占地三千余亩，项目完全建成并稳定达产后，生产规模每年可达国兰一百五十万盆、蝴蝶兰二百八十万盆、鲜切花五千万株、盆栽五百万盆、蔬菜二百亩，可实现年营业收入两亿元，利润约两千五百万元。

一期投资三点五亿元规划新建一千亩，其中建设高标准恒温薄膜兰花大棚三百亩、外遮阳多连体果蔬采摘大棚三百亩、高标准恒温兰花展示厅一千一百平方米、花海二百亩、亲子游乐园一百亩、科研大楼及旅游观光酒店民宿等三十亩,目前已平整土地五万五千三百平方米、搭建兰花大棚四百七十亩、种植各类乔木灌木五千七百零四棵。

二期建设六百亩高标准兰花大棚、科普大楼、游客接待中心与停车场、兰花展厅和公园、花海、花卉长廊、河边廊道、神农湖、匠心园、滨河道路等,并对沿途民房庭院进行提升。

兰花博览园展厅占地一万一千平方米,分为兰花艺术沙龙、兰花直播间、兰花小院、兰花趣味科普园、智慧农业体验区等七个主体功能区,错落有致地向各方游客展示春兰、四季兰、蕙兰、建兰、墨兰、春剑、蝴蝶兰、国兰、石斛兰、刀兰、兜兰等近三百个稀有名贵兰花品种。

十月里来秋风凉,中央红军远征忙;
星夜渡过于都河,古陂新田打胜仗。

这是中央主力红军当年跨过于都河,踏上漫漫长征路的情景。今天,于都

兰花小镇内景

县在乡村振兴的远征路上，开始着手打造“五美”乡村示范点。

何谓“五美”？

即产业兴旺之美、自然生态之美、文明淳朴之美、共建共享之美、和谐有序之美。“五美”成为乡村振兴发展的一项重要指标。

禾丰，除了大力打造“五美”乡村，还以产业兴旺、生态宜居、乡风文明、生活富裕为发展思路，将特色资源优势转化成产业优势，因地制宜地描绘乡村振兴蓝图。

兰花小镇正在谱写大文章，发挥大作为，为禾丰乃至于都的乡村振兴写就精彩华章。

足球小镇的追梦

早就听在定南县教育科技体育局的同志介绍，说定南建了一个足球小镇。我期望有机会去见识一下。

定南地处江西赣州市南部边陲，毛泽东、朱德率红军曾两次途经定南。一九二九年一月，毛泽东、朱德率红四军下井冈山转战赣南，经由信丰、全南、龙南进入定南县的月子，还在定南龙塘圩官亭岗与郭一清、黄达领导的红二十六纵队会师；一九三二年六月，毛泽东、朱德率红军东路军一部，经安远版石、信丰鹅叫进入定南北部的龙头，东路军另一部则从安远的鹤子进入定南的龙塘，两路军马在定南迳脑会合，前往广东南雄参加水口战役。

定南这个红军的穿插之地，现在正在全力打造足球小镇，以足球带动产业兴旺。

足球是风靡全球的世界第一大运动，为全世界人民所喜爱。众所周知，现代足球是英国人发明的。然而众多的资料表明，中国古代足球的出现比欧洲更早，历史更为悠久。据《战国策·齐策》记载：

临菑之中七万户……临菑甚富而实，其民无不吹竽、鼓瑟、击筑、弹琴、斗鸡、走犬、六博、蹋鞠者。

通过上述记载，可以清楚地看到，当时齐国都城临淄的居民生活富裕而充实，青壮年男子为了休闲娱乐、锻炼身体和服兵役，几乎人人喜爱蹋鞠。“蹋”和“蹴”都是“踢”的意思，“鞠”是球名。到了唐宋时期，“蹴鞠”活动已十分盛行，成为宫廷之中的高雅活动。

施耐庵的《水浒传》中，写了一个由踢球发迹当了太尉的高俅。小说虽然在人物事迹和性格上做了夸张，但基本上是宋代的事实。高俅球技高超，因陪侍宋徽宗踢球，被提拔当了殿前都指挥使，这要算最早的著名球星了。

南宋《武林旧事》曾列出了“筑球三十二人”竞赛时两队的名单与位置：

左军一十六人：球头张俊、跷球王怜、正挟朱选、头挟施泽、左竿网丁诠、右竿网张林、散立胡椿等；

右军一十六人：球头李正、跷球朱珍、正挟朱选、副挟张宁、左竿网徐宾、右竿网王用、散立陈俊等。

这恐怕是历史上的第一份足球运动员“参赛名单”了。

一九五八年七月，国际足联时任主席阿维兰热博士来中国时曾表示：足球起源于中国。

足球，有“世界第一运动”美誉，且是全球体育界最具影响力的单项体育运动。而“足球起源于中国”的说法，也让中国人对这项历史悠久的运动情有独钟。

远在赣南的定南，建起了完善的足球场馆设施，并成为江西省唯一的国家级足球训练中心，这不得不令人叹服。随着核心场馆的建成，一座现代足球小镇也随之崛起。

这座学校和社会共享的标准足球场馆投入使用后，足球场地实现“进校园、进社区、进企业、进公园、进乡村、进景区”的开放式管理。

走进被一号看台、二号看台、三号看台半包围着的巨大足球场,周边的紫红色跑道包围着中间的绿色球场,不会踢球的我,也有了“一试身手”的欲望。

我的眼前,晃动着健儿们奋勇拼搏的身影,而观众席上,响起啦啦队员摇旗助威的呐喊。

场馆内的管理员从球柜里取出足球,朝我踢来。我用脚踢住,接着飞起一脚踢去,球在球场飞滚起来。他起跑几步,踢住球,接着飞起一脚,将球踢得飞快。我拼命追上去,竟跑出二三十米才踢住球,随即一脚朝球门踢去,足球飞快地滚向球门。没有守门员,球顺顺当当地滚进了球门。我浑身开始发热出汗。这确实是一项锻炼身体的好运动。

陪同我参观的定南县教育科技体育局工会主席黎崇真说:“我们一个美好的愿景就是通过打造足球之城,让足球来改变这座城。”目前定南全县足球场已达四十二块,平均每万人拥有足球场一点九一块,超过国家平均每万人拥有足球场零点五块的标准。

在文化旅游产业方面,定南县将足球元素与乡村振兴、全域旅游相融合,配套建设足球民宿、足球酒店、足球村,把参赛、训练、观赛的人吸引到乡村观光旅游。二〇二〇年定南县承办系列赛事活动的参赛人数换算成旅游人口约八点二二万人次,带动四家四星级以上酒店建成开业。定南县以足球为媒,成功地引进总投资达四十八点六亿元的文旅项目。

同时,定南县大力推进校园足球改革,投入一点二亿元在全县所有学校建设、改造专业足球场地,已被列为“全国青少年校园足球试点县”。

“创新一种校园足球的发展模式,是我们的目标。”黎崇真说,“我们称之为‘四个落实、三不脱离’模式。”

“四个落实”即落实场地、落实教练、落实课时、落实赛事,“三不脱离”即学习不脱离学校、交往不脱离社会、生活不脱离家庭。

相较于传统的体校模式,定南县的校园足球发展模式更为开放,学生需做到学习跟训练两不误。如今定南县共有十九所学校被评为全国青少年校园足球特色学校和全国足球特色幼儿园,约一万二千名中小学生经常性参加足球运动。

定南的足球发展以“1 +2 +2 +14 + N”的模式打造足球之城，即：

“1”是打造一个足球之城；

第一个“2”是建设一个足球训练中心和打造一个足球综合体；

第二个“2”是打造两个足球示范镇；

“14”是打造十四个足球示范村；

“N”是把足球元素融入经济社会发展的各个领域。

看来，定南的足球小镇不小，是足球之城的大战略。

定南着眼于满足新时代全县人民对体育运动、赛事欣赏等新期盼、新追求，努力完善社会足球场地设施，培养本土足球品牌，培育体育精神，营造体育事业发展的良好氛围。

从二〇一七年开始，定南推进足球融合发展，探索出多条融合发展的路径。走体教融合之路，把培育足球理念与发展基础教育相融合。从“娃娃”、青少年抓起，夯实足球发展的社会之基，推动足球进校园，开设足球课程，传播足球文化，配齐足球师资教练，组织开展青少年足球赛事，从而有力地带动家庭、

绿茵场上的青少年健儿

联动社会，营造了越来越浓厚的足球文化氛围。目前，全县经常性参与足球运动的青少年达到了一万人，占中小学生总数的百分之二十左右。

定南以足球赛事经济为纽带，将足球元素与文化激活、乡村振兴、全域旅游相融合，配套建设足球民宿、足球酒店、足球村等内容，把参赛、训练、观赛的人群吸引到景区、乡村观光旅游……

足球小镇迎来了大赛事。定南确定为全省、全市足球赛事重点承办地。

二〇一九年八月，首届定南足球文化节暨江西省第五届百县青少年足球运动会开幕式在足球小镇盛大举行。全省百县一百五十支青少年足球队，二百四十九名中国足球业内人士、国内足球名宿、中国明星足球队员，国家体育总局、省市有关领导出席活动，现场演员和观众近两万人，网络在线观看人数达四百三十万人次，形成了舆论热点和良好的社会反响。

"把足球打造成为定南响亮的名片，将足球精神融入定南人民的血脉，让足球改变一座城、影响几代人"正成为定南人民的共识，足球运动带来的社会风气净化、居民精神面貌变化鲜明而广泛。

山区小县与大球运动结合在一起，将擦出怎样的火花呢？

在教育小镇、影视小镇、电商小镇、龙虾小镇、汽车小镇等各类小镇风行的时候，定南独辟蹊径打造足球小镇，大力推动足球事业和足球产业融合发展，书写了一份以球为媒促乡村振兴发展的亮丽答卷。

如今，"把足球打造成为定南响亮的名片"正成为定南上下的共识共为。

到目前，定南县城已规划建设了二十四块足球场地，无论是常住居民，还是旅居访客都可以免费进入足球场地，参与足球运动。

定南将足球场地设施建设纳入城乡规划、土地利用总体规划和年度用地计划，结合新区开发、旧城改造、大型居住社区建设、公园新建，利用存量建设用地、荒地、闲置地、人防工程、废旧厂房等，新建、改扩建公共足球场地和社会运营足球场地，并鼓励建设小型化、多样化的足球场地，方便居民就近参与足球运动。

在一个欠发达的山区小县，建设如此高规格足球场地，资金从哪里来？

以资源换投入，是足球小镇建设资金的重要入口。定南与有资质的公司合作,通过改造残次林及低效林,争取土地占补平衡指标上市交易,在短期内筹集到不少建设资金。

县发改委、县财政局、县教科体局等部门积极筹措和争取上级资金支持足球事业发展,各镇(街)加大资金筹措力度建设足球镇、足球村。

县里成立足球发展基金会,鼓励社会捐赠,广泛吸引各类企事业单位、社会力量和个人捐建足球场地。

定南采取不脱离学校、家庭、社会的"三个不脱离"方式,把培育足球理念与发展基础教育相融合。为了普及足球运动,定南县推出《中小学校园足球学生用书》,小学每个年级每周至少开设一节足球课。

如今,全县每个学校每个班级都有了球队,从班级赛、校园赛再到全县比赛,对表现出色的学生,按不同年龄选拔到梯队免费训练。目前,全县六万余名义务教育阶段学生中,至少有一万两千人每天接触足球。

到目前,定南已成功承办国家级足球赛事三次、省级足球赛事六次、市级足球赛事三次,并逐渐引进北方球队来县冬训。定南积极争取"造赛事"的自主权,高标准策划组织青少年 U 系列足球联赛,致力打造"定南杯"U 系列足球赛事品牌,主动争取国内、省内 U 系列有影响的足球赛事在定南落地。国家发改委、国家体育总局多次来县调研指导,江西省体育局已授牌定南"江西省足球后备人才定南训练基地"。

…………

一辆专门接送小球员的公交车已经停在定南三小门前。下课铃"当当当"敲响后,十岁的钟钰淘便和几个穿着大红色队服的小球员,连奔带跳,踏上公交车,"小球员"们乘车驶向城区的江西定南国家足球训练中心。

三年前,定南青少年足球梯队开始招生,钟钰淘成为 U－10 女子足球梯队队员。放学后,她经常与小伙伴们到定南足球训练中心练球,下课后不上补习班而上绿茵场。为了满足女儿踢球的心愿,钟钰淘的父母带着女儿从农村搬到县城附近。

"女儿练球之后更开朗、自信,学习方面也更加自律,不上补习班成绩也稳定在班级前三。"冯素清说,"教练们和孩子们约定,期中或期末考试单科成绩低于九十分就停止训练；政府也很贴心，每天下午下课时间安排公交车免费接送孩子们，减轻家长们的负担。”

足球带来的改变，不仅体现在钟钰淘身上。定南县教科体局一份全县小学足球队队员成绩表显示，二百七十三名梯队队员和二百三十一名校队队员中，共计百分之五十一点三九的学生踢球后成绩有进步。

不仅如此，火热的校园足球还让定南的一些留守儿童放学后有了更多健康的选择。他们放学后在专业教练的陪同下在绿茵场上奔跑。

正如孩子们口中诵读的词句那样，足球的魅力确实势不可当——

绿茵场上豪气狂，
左开弓，右穿杨，
疾若群狼，千骑卷平冈。
运筹帷幄在军帐，
起脚射，前锋郎。
人在场上血脉张，
鬓微霜，又何妨，
前冲后往，只见尘土苍茫。
挥汗如雨几相忘，
快回守，协门将。

二〇一九年，钟钰淘所在的球队在“菁英杯”青少年足球联赛女足赛区邀请赛上获得第三名。

在迎接县“U－9 女子足球队”凯旋仪式上，县领导热情洋溢地说：“优异成绩的取得，归功于教练员的精心指导，归功于家长们的热情支持，归功于同学们的勤学苦练。成绩属于集体，成绩来自勤奋，希望大家戒骄戒躁，勤学苦练，奋勇拼搏，再攀高峰。”

全县超过百分之八十三的中小学生在县城学校就读，为把培育足球理念与发展基础教育相融合，教育局大力推动足球教学改革，一方面开展足球训练的普及机制，每班每周拿出一节体育课上好足球课，把足球知识、足球基本技能教学纳入小学体育的必修课；另一方面，成立校园足球校本教材编制小组，编制了符合各年龄段的足球校本教材。

钟颖川现在是定南二小的足球教练，每天上午八点到十点参加县里组织的培训后，下午放学后就带着校队的孩子训练一个半到两个小时。他说："现在，县城每个学校有教练，每个班级有球队。从班级赛、年级赛到校级比赛，表现出色的学生按不同年龄段，选拔进入足球梯队免费训练。"

在九年一贯制的定南实验学校，一个标准的十一人制足球场上，两个班的孩子正上着足球课。"现在校园里踢球的孩子多了，会踢的孩子多了，踢得好的孩子多了。"定南县教体局局长李乐明介绍，县里还与赣南师范大学等高校签订合作协议，打通优秀足球运动员升学绿色通道。

你追我赶轮回路，
汗流浃背不知苦。
为了理想，
全力以赴……

足球是诗歌，是意志力，有足球的地方，就有战场角力。足球是圆的，它像奔跑的战鼓。多少赛场英雄，每天锤炼决不认输的品格。想要进球，需要力度、时间和速度的精确计算，更要奔如犀牛。未来中国的球星，我想一定会从这小城走出。

现代足球，经过近两百年的发展，在全球拥有广泛的群众基础，世界杯等赛事牵动着全球亿万球迷的心。这就注定了小小足球的背后蕴藏着巨大的商机。打造足球产业的定南，势必要用好足球带来的商业价值，推动县域经济发展。

"功夫动漫"一行人来到定南考察，助力定南将足球城市名片转化为城市超级 IP 的产业链。他们此行的目的是通过打造专属的、国际级别的校园足球题材动画片，借助全国及全球发行渠道，把定南足球推向全国乃至全世界。

定南正是希望借助足球的热度，助力全县文旅产业发展。

“足球+动漫”“足球+文化”“足球+旅游”“足球+健康”“足球+工业”等，一个个“足球+”产业成为推动乡村振兴融合发展的重要引擎。

蘑菇小镇的“蝴蝶效应”

章贡区沙石镇火燃村是远近闻名的“蘑菇小镇”，我决定前往这个村探个究竟。

廖培宇是章贡区融媒体外宣组的一个小伙子，他领我来到峰山脚下的火燃村。

在中央苏区时期的一九三二年二月，中央红军发动了赣州战役，历时三十三天。在国民党军守城部队的顽抗和援军的反击下，红军攻城以失败告终。据史料记载，当时，赣州东南区域的沙河和沙石地区成立了苏维埃政府，地方党组织蓬勃发展，增编了红军独立第九师，壮大了红军队伍。火燃村也成立了农会、赤卫队和支前组织，群众支援红军的热情空前高涨，家家户户为红军推砻打碓做米，支前队员昼夜不停地为部队运送弹药物资。

火燃村处在峰山的包围之中，有了绿水青山，何愁没有金山银山。

车子从市中心穿过贡江之上的沙石大桥，拐几个弯后进入一条山区柏油路，很快便来到沙石镇火燃村“蘑菇小镇”。

来到蘑菇小镇，顿时给我诗意的想象。朦胧诗人严力就曾写过这样一首诗：

谁能
说服自己
在阴暗的处境里
生命不存在了

背着光

朽木怀了孕

蘑菇是朽木化腐朽为神奇的精灵。蘑菇确实容易给人诗意的联想，柳绿花红，梦境般张开生命之伞，迎着风雨绽放。此刻，我想蘑菇小镇，是一座诗意之城吧。

进入火燃村，迎面一个小湖泊让人心旷神怡。

据说，这里原是一块沼泽地，蘑菇小镇规划时，变成了一片明镜似的湖泊。

火燃村地处章贡区峰山国家森林公园脚下，全村十四个村民小组，五百零五户二千零八十六人，一千七百五十余亩耕地。经过综合施策、多措并举，富民强村的“火燃”经验成为可复制、可推广的样板，在赣州市章贡区乡村振兴中发挥重要的示范作用。

蘑菇小镇自二〇一七年规划，二〇一八年就建成营运了，二〇一九年开始美丽乡村建设，发展乡村旅游业。

湖泊里倒映着天上的云彩。云彩变幻着，有的像双孢蘑菇，有的像金针菇，有的像平菇，有的像茶树菇，有的像香菇……

蘑菇小镇一角

火燃村大力发展食用菌产业，化身“蘑菇小镇”，创新“示范园＋龙头企业＋基地＋农户”的发展模式。基地研发生产的金针菇、秀珍菇、香菇等食用菌产品通过农业部无公害产品产地认证，还打造了菇蔬城、硒康、云晟、留鲜菇等有市场号召力，深受消费者欢迎的食用菌品牌。金针菇产品在赣州市场占有率达到百分之八十，远销广东、湖南、福建等国内大中城市。

在“蘑菇乐园”大棚内，阳光穿过棚顶的金属框架间隙，洒落在白色的菌棒上。香菇、凤尾菇、猴头菇们，第一时间感受到了光的温暖，正尽力伸长着自己的躯体。蘑菇乐园是蘑菇小镇新的创收点。

一排排的培育架上，整齐码放着一个个菌棒，工人们正熟练地摘取菌棒上的蘑菇，扔到篮子里。每扔一个，蘑菇还会在篮子里调皮地弹跳一下。

长在大棚里的蘑菇比野外森林中的蘑菇虽说少了一些诗意，但仔细观看菌棒上的蘑菇，看那如伞如亭如盖的蘑菇，没有绿叶扶衬，依旧给人素衣凌风之感。

这时几个背书包的小学生走进蘑菇科普馆，他们被蘑菇的千姿百态吸引，似乎激发了他们心底的诗意。老师给孩子们布置了写蘑菇的作文，因此他们就到这里来寻找写作的灵感。有个孩子拿出小本子来念——

蘑菇是，
寂寞的小亭子。
只有雨天，
青蛙才来躲雨。
晴天青蛙走了，
亭子里冷冷清清。

蘑菇本身就是童话。对于蘑菇生产者来说，他不是童话世界的制造者，却建设了一座蘑菇小镇。

火燃村党委书记郭学贵是远近闻名的“蘑菇大王”。他说，火燃村的食用菌产业最早起步于二〇〇八年。当时他和几个敢闯敢干的青年人返乡创业，经过一番深入细致的市场调查后，发现了食用菌产业的商机，于是共同出资创办兴万家现代农业发展有限公司,建立了食用菌基地。

郭学贵是个有故事的人,我们攀谈起来,也大致了解了蘑菇小镇与他的渊源——

一九七三年一月出生于火燃村的郭学贵,初中毕业后,于一九九二年二月到广东从事建筑业。经过十多年的打拼,他积累了一定的资本,决定回家乡创业。二〇〇八年十月,郭学贵融资六百多万元,在火燃村开始食用菌种植。在村干部及村民的支持下,他流转土地三十亩,创办了赣南第一家工厂化食用菌生产基地。

为了提高生产效率,郭学贵引进高效灭菌炉、自动装袋机、电动翻料机等食用菌生产设备,同时配套建设了装袋车间、菌种室、接种室、锅炉房、仓库、冷库和加工包装车间,实行立体化管理,主要栽培金针菇、茶树菇、凤尾菇等十个品种。投产当年产量达二百万袋、六十五万公斤,产值达六百五十万元,产品主要销往赣州、广州、北京、上海等地。

在他的带动下,火燃村逐渐发展形成以食用菌产业为主导产业,蔬菜、花卉苗木、休闲农业为特色产业的现代农业示范园区,实现产值四千万元,使火燃村从一个贫困落后的村庄变成远近闻名的食用菌专业村。

二〇一五年,郭学贵当选为火燃村村委会主任,第二年担任火燃村党支部书记。自此,火燃村在这位"蘑菇书记"的带领下,依托蘑菇产业,开始了美丽乡村建设。

项目占地面积两千五百亩,分两期建设,一期投资一千五百万元,主要建设内容为房屋立面改造、水生态文明系统建设、生态餐厅建设改造及蘑菇系统工程、旅游设施建设景观提升改造建设、道路建设及改造等。二期概念规划,由四部分组成,投资六千万元,内容有综合服务区、火燃亲子农场、田园艺术区、奇幻森林区。火燃美丽乡村旅游项目,唤醒了沉睡的资源,盘活了村民的闲置土地和闲置民房,实现了资源变资产、资金变股金、农民变股东的"三转变",建立了脱贫攻坚的长效机制,实现乡村更美、青山更绿、农民更富。

脱贫攻坚时期,蘑菇小镇为打赢脱贫攻坚战做出了积极贡献。火燃村有三家食用菌工厂化企业,年产金针菇、香菇、木耳、平菇等各类鲜菇四千五百吨。通过农业化龙头企业为主体，采取"示范园 + 龙头企业 + 基地 + 农户"的发展模式，蘑菇小镇吸纳当地农民一百二十多人就业，其中贫困人口十六人，人均工资收入两万多元，还与六十九个贫困对象签订三年金融扶贫贷款协议，每年向每户贫困户发放两千四百元的投资收益分红，贫困群众全部顺利摘帽。

如今，走进火燃村，处处呈现火热的建设场景。一条条村组道路、入户道路已经铺就；瓜果蔬菜基地、花卉苗圃基地，工人们正在种植各种蔬菜、苗木，生态的优化最终将增加群众的收益，提高群众的幸福指数。

"乡村振兴就是要带动全村人共同致富，任重道远，但绝不停步。"郭学贵踌躇满志地说。

蘑菇小镇充分发挥食用菌产业的"蝴蝶效应"，产业触角延伸到了特色餐饮、观光体验、工艺研学、休闲采摘，通过"农业 + 旅游"的形式，打造乡村旅游综合体，实现产业多元化的转型……

站在明眸般的湖泊前，看到山峰、树木和漂亮的民居的倒影，也看到了"五兄弟乐队"晃动的影子。

随着村容村貌的改观和游客的增多，村里的文化娱乐活动也随之兴起。

火燃村"五兄弟乐队"，远近闻名，胜似明星。这支乐队的成员由五位退休的亲兄弟组成，最年长的已经八十九岁，最小的也有六十五岁，他们用唢呐、二胡、锣鼓、电子琴这些简单的乐器，组合演奏出别具特色的乐曲。

五兄弟曾经的职业各不相同，有参加过抗美援朝的老战士，也有伤残退役军人，还有乡村教师、机关干部和农民。

五兄弟从小都爱好乐器和音乐，大哥李汉光擅长打鼓；二哥李民森在部队时就学会了拉胡琴；三哥李汉文自小在农村，传承了舞龙和吹唢呐等技艺；老四李汉武则爱好弹电子琴；老幺李民伟声音好，爱唱歌，现在是乐队的主唱。

五兄弟年轻时各自为自己的家庭和事业忙碌，兄弟之间聚少离多。而今，五兄弟从各自的工作岗位退了下来，又相聚在风景如画的火燃村老家颐养天年。他们平时除了种种菜、养养家禽，便在老屋里吹拉弹唱。二〇一三年四月，他们正式成立了火燃村民间艺术团——五兄弟乐队。每天的吹拉弹唱，既陶冶身心，又能给村民和游客带来欢笑，何乐而不为呢？

吹拉弹唱情有所寄；

琴棋书画老有所为。

这是火燃村民间艺术团门前的一副对联。挂牌艺术团的老屋，是五兄弟从小生活的住宅。两张方桌上摆满了乐器，两把唢呐、六七把二胡、两架电子琴、一副锣鼓、一套钹、一套音响，还有笛子、葫芦丝……在首届章贡文旅节上，火燃村作为其中一条精品旅游路线吸引了许多游客、嘉宾，五兄弟乐队代表火燃村演出合奏了《八月桂花香》《十送红军》《没有共产党就没有新中国》等节目，赢得了游客的阵阵掌声。

有趣的是，五兄弟乐队改编的《火燃农民唱新歌》，赢得了群众的喜欢。这是一支新时代美丽乡村的奋进之歌，曲调高昂，词意高远。请听——

火燃农民哎，新旧比大变样，家家住新房。

自然环境美如画，青山绿水遍地花。

党的好政策哎，指引方向明哎。

生活越过越幸福，越幸福哎，开心喽！

湖泊里倒映着火燃村五兄弟乐队的身影，也倒映着火燃村村民勤劳的身影。

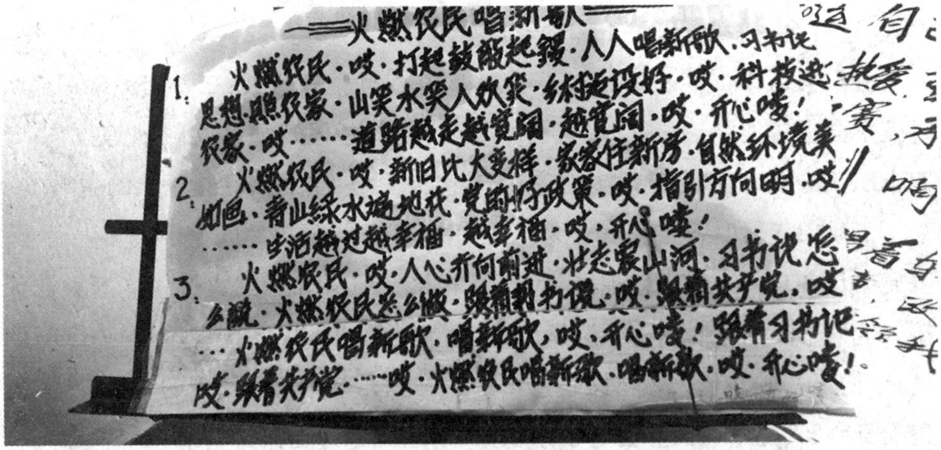

《火燃农民唱新歌》歌词

从蔬菜大棚之间的一条大路穿行,碰见几个进棚务工的妇女,其中一个叫朱年女的停住脚步,我和她聊了起来。她告诉我,这些大棚是二〇一八年建的。她是二〇一九年八月一日进大棚务工的。一来就整地,种茄子、辣椒、西红柿,有的是无土栽培。她一人管理八个棚,每月三千元。蔬菜大棚离家近,走三四分钟就到家了。以前,村民坐在家里扯闲谈,聊是非,现在没时间谈论是非了,全村人更和谐了。

在脱贫户吕烈荣家,六十四岁的他感慨道:“自己这一生,被两个孩子的病搞苦了,一生好贫困。”

吕烈荣生育了三个男孩,两个因为残疾未结婚。他长年在外务工,做过泥工、挖过煤,挣的钱不够两个孩子看病。老大患有智力障碍,无自理能力。老二患有精神障碍,动不动就摔打东西,家里的两台黑白电视机都给摔坏了。

帮扶干部跑上跑下,帮助老二做鉴定,定为四级残疾;还帮他找事做,让他在村里登峰食用菌公司务工,每月有三千元工资。

老有所为,吕烈荣也被安排在公司做保安,每月一千元工资。老三夫妻俩,一个在村企业上班,一个在村委会上班,小家庭生活也蒸蒸日上。

吕烈荣说:“现在生活好起来了,全靠共产党。”这是他的掏心窝子话。

第一书记袁阳淦是章贡区农业农村局干部,他说:“火燃村自精准扶贫工作开展以来,村里四十八户贫困户一百四十人,全部脱贫实现了小康,现在正在为乡村振兴谋发展。火燃村环境美了,路好走了,游客也来了,村民的生活如芝麻开花节节高。”

火燃村的村民返乡开办农家乐,当地的土特产品成为游客喜爱的旅游产品。火燃村从偏僻的落后村成为赣州市中心城区市民休闲旅游的好去处。

来来去去的人流,因为蘑菇小镇的一次闲逛,让心灵得到了一丝安宁。人群中不乏嗓音婉转者,她轻声唱起了歌——

一簇簇蘑菇在菌棒疯长
凸显生命的张力
不经意的收获,终于明白

只要积极向上
心在哪里都能安放
在火燃村的画卷里
最精彩的还是蘑菇

二〇二一年，火燃村实现村集体经济收入七十万元，蘑菇乐园收入约一百万元，菌包收入约五十万元，乡村旅游收入约五万元。

小小蘑菇，给火燃村带来了翻天覆地的变化，村民的口袋鼓了，乡村也更加美了。

火燃村的湖泊里，倒映着村民们在乡村振兴路上，奔向幸福生活的笑脸。

第十一章

风从赣南起

口袋鼓起来、脑袋富起来、生活美起来。实施乡村振兴战略要物质文明和精神文明一起抓，特别要注重提升农民精神风貌。

长溪风尚

早就听说石城县有着截然不同的一番景象，无论什么宴请都不送礼不收礼，让人听了觉得非常惊奇。除了请客不收礼之外，石城人嫁女无彩礼、丧事喜事从简办……石城县的这些新风尚、新习俗已经成为远近闻名的佳话，也被称为“石城现象”。

近年来，社会上请客送礼之风较为盛行，结婚宴、祝寿宴、乔迁宴、满月宴和升学宴等，名目繁多，令人难以招架、苦不堪言。江西“天价彩礼”新闻也屡见不鲜，并在社交媒体推动下成为富有争议的话题。

尤其在一些乡村，有的村民一年要吃几十趟酒，光随礼就得几千上万元，且这个“礼”属于家庭财政中不得不支出的范畴。有的村民本不宽裕，但为了面子，趟趟酒不少吃，到年底还欠一屁股债。今天人家做酒，你随礼；明天你做酒，人家也随礼。这种“礼尚往来”的事，逐渐演变为一种陋习，让人闻宴色变，又无处可躲。

二十世纪九十年代起，石城县党委、政府大力倡导“请客不收礼”，此举获当地民众积极响应，送礼文化也悄然生变，从“请客收礼”“请客退礼”到“不送不收”，节俭之风因此风行全县。

“请客不收礼”这个风气最早发生在石城县屏山镇长溪村。

长溪村具有悠久的文化历史。五代十国后晋开运二年（九四五年），南唐御前都指挥使大将军赖滔从近村灌头陂迁长溪。琴江由北向南穿村而过，一级支流横江河由东向西、征棚坑河由西向东汇入琴江，取“三溪汇集，长流不息”

长溪村赖氏宗祠

之意，故名“长溪”。

现存的长溪赖氏宗祠建于清康熙四十五年(一七〇六年)，迄今三百一十五年。祠堂有上、中、下三进主厅，前有围池、照墙，两厢还建有牌楼，三进八井两舍五十间，古朴庄重，古色古香，是石城县目前保存最为完好的宗祠古建筑。长溪赖氏传承中华传统美德，他们订立的“九修族规”“九修家训”，形成了良好的家风家训，成为村民自信、自律、自强的行为指南。长溪赖氏族规十条：

遵法纪，敬祖宗，孝父母，睦兄弟，和邻居，
重教育，敦文明，树正气，慎交友，讲信义。

长溪赖氏家训：

吾祖慎公，开基莲塘；谆谆教导，终生难忘。
尊老爱幼，德福寿长；兄弟团结，为人榜样。
妯娌和睦，家园兴旺；无事生非，两败俱伤。

严教子女，有福可享；放任自流，老少遭殃。

勤劳耕种，粮食满仓；贪图安逸，三餐粥汤。

…………

长溪村是赣州市离退休干部“正能量活动示范点”，是石城县宗祠文化展示基地、乡风文明教育基地、关心下一代工作示范点、乡村旅游示范点，受到各界广泛关注。

长溪村从二十世纪九十年代开始流行“请客不送礼”的良好风俗，并影响扩展至全县，被誉为“请客不送礼”的发源地。

一九九七年，退休教师赖德水适逢七十大寿，儿女们想为他操办一场宴席，请乡亲们喝酒庆贺一番。赖德水本来不想做酒，但迫于儿女们的一番盛情，就答应小做几桌，只请亲戚朋友。为了不增加乡亲们的经济负担，他特别提出，凡来喝酒的谢绝送礼，他也坚决不收礼。如此约法三章后，开始发请帖，操办寿宴。请帖是这样写的：

某某先生（女士）台启：

谨定于公历一九九七年二月二十六日（农历一九九七年正月二十日）中午十二时，在长溪赖氏宗祠为家父赖德水举行七十华诞志庆，聊备菲酌，恭迎光临！

请勿送礼，切切！

这个请帖与众不同处，就在于那四个字“请勿送礼”，让人耳目一新。

当时，虽说请柬上写明“请勿送礼”，但赴宴的客人还是像往常一样备上了红包。等到赴宴见到老寿星，大家纷纷掏出红包，往老寿星怀里塞。但赖德水有言在先，于是拒收了一个个送过来的红包。有几个亲戚，无论如何要赖德水收下红包，说：“我们做酒时，你每次都包那么大的红包，礼数十分周到。今天轮到我们庆贺你的七十大寿，你却不收礼。这让我们的面子往哪搁？您一定得收下。”赖德水拦不住，只好先收下红包，并在红包上写上送礼人的名字，待宴席后再退还客人。

俗话说,请客先有意,吵口先有气。赖德水是教师,桃李满天下,二十多个台桌爆满,人气旺盛。操办酒席的人脚不沾地,忙着添酒添菜,将一场不收礼的寿宴,办得红红火火。乡亲们第一次吃不收礼的宴席,兴高采烈地称赞:“赖德水老师开了一个好头。”

有的村民当场表态:“今后,我们家办酒席也不收礼。”

赖德水这次寿宴“请客不收礼”,成为一种示范。后来村里其他人办酒席,也以他为榜样,收到请柬的宾客轻轻松松来赴宴,不用为送礼而给乡亲们增添负担。自此,“请客不送礼”成为长溪村的新风尚,并影响周边乡镇,从而在石城县风行起来。

长溪村赖氏宗祠祠务委员会副主任赖世钦告诉我:“由于不收礼,请客的频率少了,过去连小孩过周、满月都要大摆酒席,现在可简单多了,年龄没上六十、七十不庆寿,不摆酒宴。即使红白喜事办酒席,其规模也小得多了,过去那些点头之交可请可不请的人一律不请了。”

长溪村委会和祠委会正在积极推行厚养薄葬的风尚。自新时代文明实践站成立以来,村里志愿者服务队也应运而生。志愿者服务队为七十岁以上老人集中在祠堂过重阳节,为孤寡老人、留守儿童理发、煮米茶等,为敬老爱幼做出表率。过去老人逝世,家里非得忙上十几天不可。请阴阳师看山场、拣日子。出殡前五六天,请礼生、纸折、道士,又请洋号,又雇土吹,一百余只花圈,浩浩荡荡,为死者跪了又拜,拜了又跪,折腾来,折腾去,既费钱又受累。为此,长溪村委员会和宗祠委员会多方动员死者家属丧事从简。

二〇一六年,长溪村有一位七十多岁的老牌大学毕业生、县人民医院医德高尚的副主任医师逝世。村委会做工作后,这家人就没请礼生做祭文、没请道士,也免去了二十四拜、七十二叩首,只是出殡的早上开了一个简约的追悼会。

通过几年来的不懈工作,现在卓有成效。过去请五六个礼生做祭文,布置孝堂须四五天,现在只请两个礼生做两天,花圈只限十只左右,这样下来节省了不少开支。过去办一场丧事多则十几万元,少则五六万元,丧事简办后,只要两三万元,大大节省了开支。

随着石城移风易俗风气的形成，从这里出去的石城人越来越多地回到生养自己的乡村，热心公益事业，回馈乡邻。

一九九七年，长溪村在村支书赖见贤的倡议下成立了祠委会。祠委会成立后，在赖才云、赖才生、赖世炎、赖才桥、赖德廉等老同志的辛勤工作下，先后成立了“祠堂管理基金会”和“奖学助学基金会”。

长溪村村民、乡贤民间捐资八十一万元，成立祠堂管理基金会，通过协助村基础设施建设、帮助村弱势群体、支持村文化事业等发挥重要作用。现在的赖氏宗祠尊儒重道、互襄互助，已成为社会互助救助站、卫生环境监督站、民间纠纷调解站、文化活动联系站、公益事业服务站，对长溪村的建设发挥着重要作用。

长溪村乡贤自发捐资一百余万元，成立奖学助学基金会，以“奖励高才生，扶助贫困生，激励小学生”为宗旨，通过以息养奖的方式，每年为大学新生、贫困生、在校优等生提供固定金额资助。

据统计，自二〇〇七年始，长溪赖氏共有三百一十七名本科生获得奖学金，其中，一百一十二人考入大学一本，每个学生获奖金两千元；二百零五人考入二本，每个学生获奖金一千元。此外，对长溪小学各年级总分第一名奖二百元、第二名奖一百五十元、第三名奖一百元。贫困生视其困难程度助学五百至两千元，有七十六个贫困生获得助学金。全村共五百五十六人受益，总共支付奖学助学金四十五万七千七百九十元。每年定点在赖氏宗祠举行奖学助学金发放仪式。

捐资助学激励着长溪村的学子孜孜不倦、求学奋进，营造了一种浓厚的文化氛围。“忠厚传家久，诗书继世长。”长溪村尊师重教、热心公益蔚然成风。

长溪赖氏奖学助学基金会董事长赖才云，曾任石城县人民政府常务副县长，退休后，一直担任长溪赖氏宗祠祠务委员会名誉主任、关心下一代委员会主任。他尊师重教，情系长溪，积极倡导和发展长溪赖氏两个基金会，全家先后为奖学助学基金捐资七十万元，为祠堂管理基金捐四十余万元。赖才云不仅是尊师重教的楷模，而且是移风易俗的带头人。

长溪奖学助学基金会首笔捐资，出自江苏嘉联置业有限公司董事长、长溪赖氏宗祠名誉主任赖小平之手。二〇〇七年，赖小平对下一代成长十分关心，捐款二十万元，首创长溪奖学助学基金会。紧随其后，美国某大学教授赖德健，不忘乡梓，捐款十万元奖学助学。

二〇一一年，赖才云八十岁生日，儿孙们计划拿出十万元来给老爷子办寿宴。赖才云对儿孙们说："十万元办寿宴吃吃喝喝就没了，不如将这十万元拿来捐给奖学助学基金会，把钱用在奖学助学上不比吃喝强吗？"儿孙们觉得老爷子觉悟高，奖学助学是为了全村的公益事业，自然都拍手赞同。就这样，赖才云压缩寿宴规模，并提出请客不送礼，把儿子们拿来办寿宴的十万元钱捐给了长溪赖氏宗祠奖学助学基金会。二〇一五年，其妻陈惠民病故，赖才云再次主张丧事从简，要求儿子为其母亲捐资二十万元扩增奖学助学金，以报答乡梓和母亲的养育之恩。

二〇二〇年，德高望重的长溪乡贤赖才云，年届九十，溘然长逝。赖才云生前对封建礼仪就深恶痛绝，按照他生前遗愿，简化一切祭奠程序，只在出殡当天开了个追悼会。他的儿孙们委托祠委会主持丧葬事宜，并将预备的丧葬费二十万元捐给奖学助学基金会。丧事简办，将丧葬费用来奖学助学，其高风亮节，为世人树立了榜样。

从善如流，长溪村乡贤们热心公益事业，蔚然成风——

赖渭坤，一九五六年生，高中毕业，石城客运站董事长。富不忘本，热心公益事业，但凡修桥修路，他均积极参与，慷慨捐助。一九九九年独资修通了枫树亭至大坪岗上水泥公路，长达四百余米。二〇〇〇年修建大坝大桥捐资两千元，二〇一三年为长溪赖氏宗祠管理基金捐资三万元，二〇一四年为长溪赖氏奖学助学基金捐资十万元。

赖晓清，法学博士，深圳国际投资商会法律中心主任，深圳市社会组织总会监事长。从事律师工作三十余年，经手大小案件一千余起，为个人、集体挽回经济损失五十余亿元。曾先后为广石公路、屏由公路捐款多起，二〇一三年为赖氏宗祠管理基金捐资十万元，为修坪塘环村公路捐资一万元。

赖东亮，一九五八年生，高级建筑工程师、坤巽古建设计院院长。为建设新农村设计的"红双喜"工程，获国家级一等奖。富不忘本，乐善好施，为家乡建设捐款多达二十余次。其中,长溪小学建校捐一万八千元,大坝修桥捐十六万八千元,孟宏公修厅堂捐三千元,赖氏宗祠管理基金捐两万元,捐修缮费两万元,捐奖学基金十万元,大坝修厅堂捐五万元,长溪村枫树亭修路修塘捐十万八千元。他还为编撰《屏山镇志》、修建屏由公路各捐两万元及修建小溪背桥、洪石背桥各捐六千元。其妻邹爱萍也为长溪赖氏奖学助学基金慷慨捐资二十万元。

…………

二〇二一年,赖氏宗祠奖学助学筹备工作正在进行之中,已陆续接到小溪背、河沿边、新屋里等小组的多位家长申报。七月二十二日,莲塘下组赖宇翔在赖小滨支书的陪同下,来到赖氏宗祠向祠委会呈送了其儿子赖奕成录取至西北工业大学、其侄子赖纪锋录取至南通大学的录取通知书。赖宇翔还郑重地向奖学助学基金会捐赠现金十万元,他热情地说:"奖学助学之风,使长溪村人才不断发掘涌现,我愿意为奖学助学出一份力。"

赖氏宗祠祠委会副主任兼秘书长赖世钦为长溪村奖学助学写了一首赞歌:

琴水欢歌庆盛典,
奖学助学裕后贤。
习文修武创伟业,
治国齐家续新篇。

长溪村乡贤们积极捐款修桥铺路、奖学助学,这种高风亮节的精神必将影响更多的人。"请客不收礼"已经深入人心,寿宴简办、丧事简办正在成风化人,也将在乡村振兴的大潮里,从长溪村漫向全镇、全县乃至更广阔的乡村,演变成新的时代风尚。

田庄上，夕阳红

最美不过夕阳红，温馨又从容。
夕阳是晚开的花，夕阳是陈年的酒，
夕阳是迟到的爱，夕阳是未了的情，
多少情爱化作一片夕阳红。

一首乔羽作词的《夕阳红》，在无数人的心头唱响。尤其在今天，中国已经进入老龄社会，老年人口过亿，养老越来越成为社会的大问题。这首歌就显得极其有意义。

一路上，心头回响着这首歌的旋律来到田庄上。

田庄上养老中心，空旷的中心场地栽种着高低参差的绿色植物，这里成为老人们晒太阳或聊天或运动的场所。

在绿树环绕的一小块空地上，十几个老人在音乐的节奏中做着简单的摆手、踏步运动。空地一侧安放着两把长条靠背椅。老人们运动完了就坐在椅子上，像一群"排排坐吃果果"的孩子，在和煦的阳光下，老人们含笑享受着晚年的幸福时光。

我走过去，与他们攀谈起来。

眼前的郭宜明大爷说："人怕老，老了做不来吃的，走路也走不稳……要是没有这家养老中心，自己真不知该怎么办，病了去找谁。"

这些问题曾长时间萦绕在郭宜明的脑海里，年纪越大，心情越沉重。

八十一岁的郭宜明，是兴国县良村镇西岭村人。妻子早年离家出走，他抚养女儿长大成人。女儿远嫁福建后，郭宜明一人生活，无人照应。年过七十后，他依靠特困户的政策和女儿寄来的生活费过日子。

五年前，脑梗和帕金森症，让他完全丧失了自理能力。

"没人照顾，自己又动不了，饭也做不来吃，人老了真可怜！"想起患病时在家的日子,他的眼角还泛着泪光。

为让农村特困、失能老人能得到及时有效的救助,当地政府创立了贫困人口集中供养这一扶贫脱贫的有效模式,郭宜明幸运地被送到了这里。

田庄上养老中心位于风景秀美的埠头乡枫林村,是兴国首家公办民营、医养结合的综合性养老服务中心,内设一级医院资质的兴国县慧博源医院。

郭宜明一入住,便开始接受专业的治疗。护理员汪秀平每天为他提供翻身、接大小便等无微不至的日常照料,每晚临睡前还为他用中药泡脚,并拍打按摩脚部半小时。

在医生的指导下,他还进行了康复训练。

每天,汪秀平帮助他活动踝关节、膝关节、髋关节等,让关节及肌肉功能得到锻炼和改善。

"我们还根据他的身体状况和生活习惯,调整营养膳食,像蛋、奶、肉、青菜等食物,都搭配均匀,样样不少。"汪秀平说。

经过耐心细致的护理,半年后,郭宜明就能下床行走,讲话也顺畅了。这三年来,政府为郭宜明兜底治疗费用达三万七千元。老人虽年事已高,记性不好,却深深地铭记着党和政府的恩情。

有一天,面对着护理人员,他"扑通"一声跪在地上,嘴里不停地重复着:"多谢你们,多谢党和政府的好政策。要不然,我早就没命了。"

刘小英,六十多岁,二〇一六年三月送进田庄上养老中心,患脑梗中风后遗症,不会走路,不会说话。经过康养护理,她现在和正常人一样,会走也能说了。她告诉我,在家一年多不会走,到赣州和兴国的医院治疗了三次,每次一个月,没治好。在这里每天有护理员陪着自己走五次,每天泡脚。她真没想到,自己这个病还能好,是田庄上养老中心让她获得了新生。

…………

兴国县田庄上养老中心是兴国县首家公办民营、医养结合的综合性养老服务中心。

它坐落于赣州市首批十大"美丽乡村"示范点埠头乡枫林村田庄上,由政府规划选址并于二〇一五年六月完成主体建设,十月由慧博源老年公寓有限公司承接运营。养老中心建设总投资六千万元,其中政府投资两千八百万元,慧博源分三期共投资三千二百万元。

养老中心占地五十亩,建筑面积一万〇五百三十一平方米,现有床位四百五十张,分为医疗区、护理区、康复区、疗养区、后勤保障娱乐区。

考虑到老人们的健康管理问题,刘满玉在中心内设了医院,开辟了双向转诊绿色通道;还设立了中医馆,为老人提供优质高效的养护服务。

二〇一五年十月担任兴国慧博源医院院长、兴国县田庄上养老中心院长的刘满玉,有着丰富的基层卫生院护理和行政管理经验。她生于二十世纪六十年代,一九八四年于兴国卫校毕业后便在南坑乡卫生院当护士。一九八九年担任兴国县洪门村卫生所所长,负责洪门村的预防接种、妇幼保健以及医疗卫生工作。

二〇〇三年十二月至二〇一五年六月,刘满玉主持筹建了江西省兴国县第二医院并担任行政院长。其间,她不断学习,补齐短板,二〇〇六年毕业于井冈山医学院临床专业;二〇〇七年至二〇〇八年在华中科技大学同济医学院进修医院管理,参加 EMBA 研修班。

担任兴国慧博源医院院长、兴国县田庄上养老中心院长以来,她大胆创新,开办兴国县首家公办民营、医养结合、"互联网+养老"的综合养老服务机构,从此踏上了健康养老服务的新台阶。

刘满玉院长常常告诫中心的工作人员:"养老是一份良心事业,做就要做好,做就要做实。"

"当时,我是被担架抬进房间的。没想到,我现在生活基本能自理了。"二〇一九年九月,八十六岁的董科选被送到这里。入住前,他因不慎跌倒导致骨折,在医院治疗多日后仍不能独立行走。考虑到家人无暇照料,他果断地选择了田庄上养老中心。如今,在工作人员的精心护理下,老人康复得非常好,已能独立行走。

我问这里的老人,住在这里好不好,每位老人都竖起大拇指比画,说:"这里是我们老人的乐园!"

老人们说:"白天可以健身、下棋、唱歌、练毛笔字、拉二胡、听红色故事,忙得不亦乐乎。夜间,稍有头疼脑热等不舒服,就能随时唤来护理员、医生。"

不少特困、失能老人在田庄上养老中心得到救治、安享晚年的故事在兴国传开,越来越多的老人来了,养老中心的经济效益不断增长。如今,这里已入住老人二百七十二人,其中农村特困、失能老人四十二人。

老人们说:"在这里我们真的是实现了老有所养、老有所医、老有所乐的养老梦。"

在田庄上养老中心的食堂里,工作人员正忙着清洗蔬菜,准备午餐。墙壁上贴着一张菜单,每天吃什么一目了然。

院长刘满玉介绍:"平时我们每天都有集中活动时间,过年过节会专门安排联欢会和小型运动会,有肢体活动、益智游戏、绘画等项目,这些活动难度都很低,为的是让更多的老人参与进来。"

"没有比这里更好的地方了。"埠头乡失能特困老人钟正元一边下象棋,一边接口说。钟正元八岁时患小儿麻痹症、风湿性关节炎,手脚严重萎缩,在别人面前经常觉得抬不起头来。到了养老中心后,他过上了衣食无忧的生活,不仅学会了用智能手机聊微信、看新闻,还把象棋下到了养老中心"高手"的水平。

埠头乡年逾八旬的"独腿老人"杨乾明,二十九岁遭遇失能、丧妻、丧女三大不幸,一直过着"与世隔绝"的日子。入住养老中心后,在工作人员和志愿者的撮合下,他积极与另一名孤寡老人交往,最终两人生活在了一起,相互扶持、鼓励。他说:"感谢养老中心帮我找到老伴,让我在养老中心成了家。"

"吃得好住得暖,每周食谱荤素搭配不重样。对一些不能自理的失能人员,护工还会耐心喂食,就跟自己的亲人一样,每天都能感受到温暖和幸福……"大家对这里的服务都赞不绝口。

养老起源于原始社会末期,夏商两代继承之,但西周才在制度上臻于完善。《礼记·王制》:"凡养老,有虞氏以燕礼,夏后氏以飨礼,殷人以食礼,周人修而兼用之。五十养于乡,六十养于国,七十养于学,达于诸侯。"这说明西周规定按年龄大小由地方或国家分别承担养老责任,在政策上,不仅中央要负责养老,地方也要负责养老。《礼记·乡饮酒义》也说:

民知尊长养老,而后乃能入孝弟;
民入孝弟,出尊长养老,而后成教;
成教而后国可安也。

养老已上升至教育感化和国家安宁的重要程度。尤其我国已于二〇〇〇年进入老龄化社会,二〇一九年底,已有六十岁及以上老年人口二点五四亿,预计二〇二五年将突破三亿,二〇三三年将突破四亿,二〇五三年将达到四点八七亿的峰值。为此,要实施积极应对人口老龄化国家战略,让每位老年人都能生活得安心、静心、舒心,实现广大老年人及其家庭对日益增长的美好生活向往。截至二〇二〇年六月底,全国已建有近二十二万个养老服务机构和设施、七百九十多万张养老服务床位,同比分别增长百分之二十六点六和百分之七点七。连续四年实施养老院服务质量建设专项行动,初步建立起养老服务综合监管制度,养老服务质量大幅提升。开展养老服务人才培训提升行动,明确培训任务并分解到地方,制定培训大纲,推动各地落实,确保到二〇二二年底前培养、培训一万名养老院院长、十万名专兼职老年社会工作者。

兴国是著名的烈士县、将军县和被毛泽东称赞创造了"第一等工作"的苏区模范县,是苏区精神和苏区干部好作风的重要发源地。荣光的背后,是一直以来特困供养工作面临的巨大压力。受战争创伤和相关自然环境影响,兴国

田庄上养老中心老人生日季度集会

县的残疾、失能人口比重一直很高，截至二〇一八年底，兴国县六十周岁以上老年人共十一点九万人，占总人口的百分之十三点九。其中，特困老年人三千一百八十一人、失能特困老年人一百一十九人。

兴国县田庄上养老中心将“医+养+康”理念贯穿于养老服务全过程，将生活照料和康复护理功能整合在一起，让入院老人享受专业化、全方位的健康养老服务，成为养老事业的楷模。

目前，养老中心有九十八名工作人员，其中医、药、护、技共二十七人，护工五十八人，其他后勤服务人员十三人。在这支专业团队的运营下，中心运用现代化的管理理念，制定标准化的管理制度、操作规范以及医疗查房、巡视、管理制度，从多层面完善管理，做到安全、健康、有序运营。中心每月进行业务培训，保证每个工作人员的服务规范性。

针对老年人慢性疾病多的状况，中心还开设了中医馆，利用中草药、制定健康食谱进行食疗。食疗需根据每位特困老年人的健康状况和饮食禁忌，拟订专门的食疗计划。实行集中照护后，这些失能老人都变得面色红润、精神饱满，过上了与大多数老年人一样的晚年生活。

此外，利用足浴、针灸、艾灸等设备进行辅助康复理疗，真正将生活照料与康复护理相结合。

中心医生钟科发是个二十八九岁的年轻小伙子，他于二〇一六年十二月到中心工作。他学的是临床医学专业，以前在福建上班。田庄上养老中心搞医养结合，这在江西还是首创，很有发展前景。他回到兴国工作，能够照顾家庭，很开心。他告诉我：“我们每天要实行三次查房，发现有不舒服的老人，立即采取措施。医养结合有许多好处，中心通过内设医院，使入院老人日常健康得到有效管理。一般病情在养老区就处理了，微重病情入院治疗，特重病情通过双向转诊的绿色通道快捷地转入县医院治疗，真正做到‘小病不出院，床前可看诊’。”

护工钟四凤，是住在周边的农村妇女，今年五十六岁，她到中心工作才半年多。她描述了自己每天的工作：早上起床，给老人穿衣，帮老人打水、洗脸、整理床被、抹桌子等。她说，在这里工作很愉快，虽然给老人擦屎擦尿，但在家里也要给小孩擦屎尿，没什么两样。她说："老人跟自己一样，不看轻老人。每个人都会老，现在自己服侍老人，将来自己老得不能动了，也需要别人服侍，你说是也不是？"我点点头，她朴素的话语蕴含哲学的味道。

七十八岁的杨传享，是城岗乡农民。他告诉我，是两个儿子把他送到这里的。他认为田庄上养老中心走的这条医养结合的路子十分好。他每天看着医生、护士、院长，都会到各个房子察看问候老人，护士很负责，对老人十分关心。他说："饭端上来，开水端上来，每天好像在这里做客一样，日子过得十分舒心。能有这样一个地方养老，真是幸福啊！"

有一首《看红叶》的诗，这样写道：

放棹西湖发浩歌，诗情画意两如何。
莫嫌秋老山容淡，山到秋深红更多。

这是一首为老人扬眉吐气的诗。人老了，老有所依也是一种幸福，山到秋深红更多嘛。在乡村振兴背景下，如何促进农村养老事业进一步发展，是一件值得深入探讨的事情，但田庄上养老中心的现行做法，无疑具有示范意义，它已稳步走在全国养老事业的前列。

龙图村的文明实践

二〇一七年七月和八月，中宣部分别派出课题组，学习当年毛泽东做寻乌调查的方法，开展蹲点调研，形成了《寻乌扶贫调研报告》并呈报党中央。二〇一八年八月，中共中央办公厅印发《关于建设新时代文明实践中心试点工作的指导意见》要求，新时代传习所统一更名为"新时代文明实践中心"。

开展"新时代文明实践中心"建设对寻乌有着特殊意义，寻乌县积极探索，勇于创新，率先在全省创建并用好了一批覆盖城乡的"新时代文明实践中心"。

在决战脱贫攻坚时期,寻乌探索出了一条"精神扶贫"的"寻乌模式"。

"新时代文明实践中心"在寻乌已形成"中心、所、站、点"四级阵地体系,即一个县级"实践中心"、十六个乡镇"实践所"、一百八十六个村级"实践站"、七百一十五个"实践点"。村和居委会按照"就近就便、便民惠民""办公场所最小化,服务群众最大化"的原则,因地制宜做好阵地资源整合,打造"文明实践+党群服务+社会治理"综合体七十三个,鼓励布局分散或人口较多的自然村,利用闲置的校舍、祠堂、村民闲置房屋等场所,建设新时代文明实践点,构建一站多点的"1+N"阵地体系。

新时代文明实践中心成为人们学习理论政策的学校、丰富文化生活的舞台、倡导移风易俗的平台。善唱者唱起了文明实践之歌:

沐浴阳光,走向富裕,
我的梦就在你的梦里,
亿万个我,千万个你,
我们用奋斗和幸福相遇。
哎——

从寻乌县城驱车沿二三六国道一路向南,约四十分钟车程,来到晨光镇龙图村,只见村口大棚林立,村道干净整洁,文明之风、发展之风迎面扑来。

龙图村距镇政府所在地二十一公里、距县城二十五公里,东与留车镇飞龙村、南与留车镇余田村、西与菖蒲乡黄沙村、北与金星村接壤。全村共有四个自然村、八个村民小组,全村总人口二百九十五户一千二百九十八人。村党支部共有党员三十一名,现有村两委班子成员五人。

龙图村曾是寻乌一九二八年"三二五"暴动总指挥刘维铲、副总指挥刘维锷兄弟俩的家乡。那时暴动队员唱着《暴动歌》冲锋向前:

我们大家来暴动,
消灭恶地主,

农村大革命，
打土豪分田地，
一个不留情……

暴动失败后，总指挥刘维铲、副总指挥刘维锷兄弟俩在转移途中被敌人杀害。当时，寻乌人民唱起了《五更哭》歌，表达了对烈士的崇敬和怀念之情：

一更哭，哭二刘，
维铲、维锷共产头，
共产未成先身死，
愿为革命把命丢，
千秋万载姓名留。

土地革命战争时期，从龙图走出去的年轻革命者刘建华，一九三三年七月，在邓小平同志为书记的会昌中心县委（又称会寻安中心县委）领导下的寻乌县工作；中央红军长征后，他又在赣粤边参加项英、陈毅领导的三年游击战争，新中国成立后担任江西省政协副主席。他写下的革命回忆录《风雷激荡二十年》，书的开篇写道：

一九一六年七月，我出生在江西东南部最偏僻的山区——寻乌县河角乡龙图下村的一个农民家庭。这里山峦起伏，草木葱茏，中间有一弯溪水流过。我的家，就在这山峦下面的小溪旁边，处在依山傍水的河谷地带。一眼望去，真是山青水绿，景色迷人。

…………

刘建华笔下的龙图是那样秀美，但他的祖父被国民党粤军开枪打死，祖母为地主家砍柴换米度日，后劳累而死。父亲刘维栋是村里暴动队的负责人，后因肺病缺医少药而去世。母亲担任过妇代会的代表。刘建华走出村子后，直到新中国成立，才与母亲重逢。

新中国成立后，人民当家作主，从群众嘴里唱出的歌谣没有阶级意识，变作治山治水搞建设了，真是什么时代唱什么歌呢——

春风一吹百花香，
人民作主把家当。
治山治水搞建设，
城镇乡村披新装。

进入新时代，新时代文明实践站在龙图村像一阵春风，吹入村村寨寨、家家户户，一扫往日阴霾，阳光灿烂。近年来，龙图村产业实现弯道超车，人居环境焕然一新，村风民风文明有序，由过去的落后村逐渐成为远近闻名的先进村。

龙图村党支部书记兼主任刘清山告诉我："群众在哪里，新时代文明实践站的阵地就建在哪里。我们围绕新时代文明实践站建立了八个实践点，分别是少儿之家、文化广场、文明驿站、产业孵化基地、文明小院、红色讲堂、革命广场、健康之家。这八个实践点服务对象包括男女老少各个群体，实现受益人群全覆盖。"

"尽管文明实践站建起来了，但我们不能要求群众都聚集过来，我们要走到群众中间去。"刘清山书记说。基于这种"以人民为中心"的思想，龙图村在村民常常聚集的广场、店铺附近都设立了"文明实践点"，将时政新闻、新鲜资讯、政策法规送到群众的身边去。

刘新春的家门口挂着"龙图村文明实践点"的牌子。这位年届八十的退休老党员，平时在家开一个小卖部。他热心助人，经常主动帮助群众代收快递。自己住房靠近村小学，一些放学后家长接送不及时的孩子就到他家的小院玩耍，他帮着照看。群众有事没事，都喜欢聚集在他的小卖部周边聊天。群众不经意间谈到的问题，刘新春会竖起耳朵来听，群众提的意见他会及时向村两委反馈。村两委也注意倾听群众意见，及时解决问题，群众拍手称好。

脱贫攻坚时期，村里遇到修路、环境整治的困难，刘新春主动牵头成立理事会，召集相关户主反复开会做思想工作。他率先带头拆除自家空心房六十平方米，并号召群众拆除阻碍修路的一座祠堂，有力地推动了全村空心房拆除工作。

提及将自己的住房腾出作为"文明实践站"的最大感受，刘新春笑着说："能为村里人提供一个聚集活动的场所，我很高兴，很开心。"

在龙图村，像刘新春家这样的文明实践点还有"少儿之家""四点半课堂""百姓说事"等。

为完善村级组织运行机制，推进农村基层民主协商，健全党组织领导的自治、法治、德治相结合的农村基层治理体系，寻乌县在村级层面建立"百姓说事"工作制度，推动村级组织班子高效履职，建强基层战斗堡垒，开创乡村振兴工作新局面。

龙图村村民刘民亮的妻子在二〇一九年被查出患有癌症，本就不富裕的刘民亮一家面对高额的治疗费用，顿时手足无措。正当他感到迷茫时，邻居告诉他，可以去"百姓说事"这个平台求助，他便抱着试试看的心态，把情况反映给村干部。村干部调查了解情况后，帮助他申报了低保户和贫困户，并得到了相关部门的批准。

"'百姓说事'这个平台十分好，在这里说事情跟在自己家聊天一样，很轻松，也方便。"刘民亮说。

在乡村振兴的旗帜引领下，龙图村把产业发展摆到核心位置来抓，通过党员干部领着干、村民商量着干、志愿者帮着干，带动群众共同致富。龙图村引进富祥生态农业科技有限公司，在龙图村坪上、下村河背建设了两百亩大棚蔬菜种植基地，通过倒租返包的方式，让每户农户每年分红三百八十八元，采取土地流转租金入股分红的方式，让每户农户租金与分红收益每亩每年不低于八百八十八元。通过优惠政策、技术支持、销路帮扶等扶持，鼓励村民大力发展脐橙、蜜橘、糯米蕉、百香果、畜禽、蜜蜂等村级特色产业，呈现出多元发展态势，促进村民增收致富。

脱贫户刘乾亨通过发展产业奔小康，除种植十五亩脐橙、三亩糯米蕉外，还养殖了五百多只番鸭,被评选为龙图村的“脱贫之星”。他脱贫后不忘反哺村民,加入文明实践致富能手服务队,经常提供技术指导、志愿服务,帮助更多村民脱贫致富。

刘乾亨过去一直在外打工,二〇一四年为照顾年迈的父母回到家乡。在村干部的帮助下,他承包了一片有九百多株果树的果园,没想到,果园的收益高出自己外出务工的工资。几年下来,他不仅成功脱贫,还在村里买下了一座两层的宅基地住房,在寻乌县城里也购置了房产和小轿车。刘乾亨笑着说:“以前在外面打工存不下几个钱。现在收入提高了,时间也更自由了,在自己家乡创业比在外乡打工强。”

在龙图村,很多村民和刘乾亨一样,乘着产业发展的快车脱贫致富。通过推动光伏、杉树、果业、蔬菜等产业的发展,该村经济状况发生了巨大改变,不仅村民的“钱袋子”鼓起来了,村集体的收入也增加了。

在初步解决了村民物质生活的问题之后,如何丰富村民精神生活成为龙图村的新课题。龙图村目前采用“1 + N”的形式引导村民培养良好的兴趣爱好。所谓“1 + N”即“一个新时代文明实践站加多个新时代文明实践点”。其中,文明实践站的文娱设施较为集中,能为村民提供唱歌、弹琴、读书、交流的空间,还会不定期举办各种讲座以拓宽村民的视野。

在生态宜居建设方面,新时代文明实践站起到了积极作用,倡导群众积极参与,发动广大志愿者参与基础设施建设、农村人居环境整治、水生态环境治理等志愿活动,全面补齐了基础设施短板,村容村貌焕然一新,人居环境得到巨大改善。

龙图村党建宣传员刘文洲心里有一本账,他说,公共设施方面,龙图村完成了七个村民小组六点三公里通组公路和六公里入户小道建设;实施饮水改造工程,解决了七个小组二百三十户的饮水问题。此外,新时代文明实践站、文化广场、卫生室、污水处理厂等公共服务设施也全部建成投入使用,村庄功能配套日趋完善。人居环境方面,全村共拆除“空心房”三点二万平方米,拆除乱搭乱建三十八处共两千四百二十七平方米,粉刷墙面六点二万平方米。水生态治理方面,争取项目资金一千多万元,打造龙图“一河两岸”护堤工程,种

在新时代文明实践文化广场开展乡村文艺演出

植樟树、桂花树两千五百株，形成一道靓丽的风景线。

龙图村翻天覆地的变化，让不少外出务工的村民和读书郎回家感到陌生。刘文洲深有感触地说：“我大学毕业回到家乡，走在笔直、宽敞又平坦的水泥路上，以为走错地方了。以前路面窄、坑坑洼洼的黄泥路一直在脑子里呢。村里外出打工的人过年回家找不到老路口，沿着崭新的路一直走，结果跑到隔壁村里去了，闹出了找不到家的笑话。”

乡风文明建设，离不开优良村风村史的传承。龙图村是一个有六百多年历史的村落，村里老表大多姓刘，《刘氏宗谱》载有“刘氏家训”：

敦孝弟：孝弟为百行之首，凡为人子弟者不可忍灭天性，兹我族子孙，宜敦孝弟于一家。

睦亲族：宗族为万年所同，虽分房系支派，实源同一脉。

和乡邻：乡邻同井而居，出入相友，守望相助，不可相残相斗，视异姓同骨肉之亲。

…………

村里的刘氏宗祠，是新时代文明实践点，墙上贴有“刘氏格言十则”：

立身其正其言，待人以厚以宽；
教子唯忠唯孝，治家克勤克俭；
存心能忍能耐，做事不偏不倚；
接物勿欺勿怠，处事曰谨曰廉；
尊长毕恭毕敬，交友与德与贤。

龙图村“村规民约”中进一步提倡新事新办，破除陈规陋习，明确规定红白喜事简办，其中条款写道：

…………

第八条　提倡喜事新办，在村红白理事会指导下进行，不大操大办、铺张浪费，贺礼原则上不超过一百元。

第九条　破除封建陋习，丧葬从俭，厚养薄葬，在村红白理事会指导下进行，不大操大办、铺张浪费，六十岁以上的长者无须随礼，所随烛礼原则上在四十元以内。

通过组织每家每户亮家风家训的形式，营造崇德向善、诚信友爱、邻里和睦的乡村风尚，培养下一代树立优良品格，提高群众思想道德水平。龙图村过去赌博现象较为突出，通过开展“五治”行动，突出重点抓治赌宣传、抓赌博整治、抓群众思想转化等，扭转赌博歪风。

新时代乡村振兴的过程中，妇女作为“半边天”是乡村振兴的享有者、受益者，更是推动者、建设者，在农村广阔天地贡献巾帼力量。

巾帼小屋是村妇女群众的“娘家”，是温暖的大家庭，村妇联主席带领村妇联执委、妇女小组长，开展各项关爱活动和维权活动。引领妇女发展产业，勤劳致富，用双手创造未来的美好生活，传承孝道好家风，共建互助互爱温暖家园，营造良好家风、文明乡风、淳朴民风，做新时代新女性，为乡村振兴贡献巾帼力量。

巾帼小屋是爱的小屋，是妇联组织带领广大妇女，参与文明实践的阵地和平台，以“赣南新妇女”运动为抓手，培育良好家风、文明乡风、淳朴民风，传播新思想，引领新风尚，当好“娘家人”，发挥好“六员”作用：

政策路线的宣传员，
社情民意的信息员，
乡风文明的先行员，
矛盾纠纷的调解员，
妇女致富的引导员，
排忧解难的服务员。

巾帼志愿者陈佛英，热心参与村里的公益志愿活动，环境整治、关心孤寡老人、帮助邻里、调解纠纷，村里随处可见她志愿服务的身影。陈佛英古道热肠，不论谁家有难处都愿意帮衬一把。村妇联号召村民参与志愿服务，她第一个报名。她以无怨无悔、知足常乐的态度参加村里的公益志愿活动，为村民热心服务。从早到晚，人们总能看到她忙碌的身影：替邻居锁上没锁好的门；义务帮助子女不在身边的生病老人，带他们到医院去看病；自掏腰包为独居老人买衣服、鞋子。

有人问她：“为什么要去做义工？”

她的回答很简单：“我们不只是为活着而活着，还要为更多的人快乐地活着而活着。”

曾辰娇，是一位“七九后”的农家妇女，家住龙图村坪上小组，被村民称为“好孙媳妇”。奶奶林来招今年九十四岁，常年卧病在床，生活不能自理。她和丈夫不辞辛劳、无微不至地照料瘫痪的奶奶。前不久，奶奶不慎摔伤住进了医院。住院的一个月，她每天帮助奶奶翻身清理身体、帮助大小便、准备衣食，陪奶奶唠家长里短解闷。由于奶奶不能自理，会无缘无故地发脾气，但她总是面带笑容,想尽一切办法哄奶奶开心。曾辰娇说:“谁都有老的那一天,自己也有子女,我现在得做出榜样来,好好孝敬老人。”

谈到乡风文明时,刘清山书记的一番话让人若有所思:“乡风文明,是乡村振兴的‘晴雨表’。乡风文明关系到乡村振兴的文明程度以及质量和水平,关系到农民群众的获得感、幸福感和安全感,群众满不满意、幸不幸福,是乡风文明程度最直接的体现。”

民族要振兴,乡村必振兴。龙图村在新时代文明实践站的引领下,在文明实践中感悟文明,从而实践文明。如今,龙图村正以崭新的面貌,在赣南这片红土地上生发出新的时代魅力。走在龙图村干净的村道上,瓦蓝的天空下,一派和煦美丽的乡村景色,有人唱起了这样的歌谣——

龙图好风光,
文明旗帜扬。
向着中国梦的远方,
奔跑在春天的路上。
…………

尾声

永远的歌谣

苏区精神、长征精神与井冈山精神一样，跨越时空，永不过时，是砥砺我们不忘初心、牢记使命的不竭精神动力。

没有调查，没有发言权

春日，寻乌县统计局驻丹溪乡清溪村乡村振兴工作队第一书记胡兴如、工作队员黄绍贞和包村干部一起走访了村里茶叶种植大户何法龙，实地了解该村茶叶种植情况。他们向何法龙提出的问题颇值得玩味：

“您种植茶叶多少年了？”

“用什么肥料啊？”

“什么时候采摘茶叶品质最好？”

“茶叶是自己加工吗？”

“有销售渠道吗？”

“收入怎么样？”

乡村振兴工作队对该村茶叶分布、种植规模、种植管理、采摘用工、加工方式、销售渠道进行摸底，为该村特色产业找准发展方向，助推乡村振兴。

种植大户何法龙带着工作队冒着烈日，来到了他家种植茶叶的田头山岗，详细介绍了茶叶种植、管理、采摘、加工、销售等方面情况，并对该村如何破解产业规模小、工艺水平差、产品档次低、销售渠道少、缺龙头企业等提出了自己的看法和建议，请求乡村振兴工作队为该村茶叶发展把脉，努力提高茶农收入，把清溪建设成农业更强、农村更美、农民更富的秀美乡村……

在乡村振兴路上，干部深入田间地头调查研究，这种风气值得赞扬。寻乌是毛泽东同志开展寻乌调查的地方，我们步入时光隧道，回到那个烽火岁月，溯源毛泽东所做的那场影响深远的寻乌调查，从中透析出寻乌调查对乡村振兴的现实意义。

一九三〇年五月，红四军攻克寻乌。毛泽东在战争间隙，利用红军发动群众的机会，在寻乌县委书记古柏的协助下进行寻乌社会调查，接连开了十多天调查会，做了他当时最大规模的一次调查。这次调查内容后来被整理成八万多字的《寻乌调查》。

《寻乌调查》对寻乌的地理交通、经济、政治、各阶级的历史和现状进行了全面系统而详细的考察分析。在调查研究过程中，毛泽东灵感闪现，从哲学的高度进行理论概括，针对红军中的教条主义思想写出了《调查工作》一文，提出了“没有调查，没有发言权”这一著名论断。

在古今中外的政治家中，毛泽东是最擅长做调查研究的领袖之一，也是做调查研究最多、最深入的一个。毛泽东在《寻乌调查》的开篇写道：

> 我做的调查以这次为最大规模。我过去做过湘潭、湘乡、衡山、醴陵、长沙、永新、宁冈七个有系统的调查，湖南那五个是大革命时代（一九二七年一月）做的，永新、宁冈两个是井冈山时代（一九二七年十一月）做的。湖南五个放在我的爱人杨开慧手里，她被杀了，这五个调查大概是损失了。永新、宁冈两个，一九二九年一月红军离开井冈山时放在山上的一个朋友手里，蒋桂会攻井冈山时也损失了。

可见，毛泽东做过很多的调查，而且这些调查大多因为战争原因而丢失了，让他无比痛惜。

从青年时期，毛泽东便开始了调查研究。二十四岁那年，他就与萧子升步行漫游长沙、宁乡、安化、益阳、沅江五县，历时一个月，行程九百公里，沿途接触城乡社会各阶层的人士，了解风土人情，获得许多新鲜知识。那一次漫游，可以说是他社会调查的基础。

一九二五年十月，三十二岁的毛泽东担任国民党中央宣传部代理部长，在国民革命军第二军司令部编印的《革命》第四期发表《中国社会各阶级的分析》一文。文章将中国社会各阶级分为五大类，即地主阶级和买办阶级、中产阶级、小资产阶级、半无产阶级、无产阶级。这个分析，是他长期关注社会、关注民生、关注中国命运而做出的精准判断。

一九二六年七月，距毛泽东辞去国民党中央宣传部代理部长职务才一个多月，身为广州农民运动讲习所所长的他带领第六届农讲所五十名学生到韶关地区实习。八月中旬，他又组织农讲所全体学生到海丰实习两周。这两次带队实习之后，他写了一篇题为《国民革命与农民运动》的文章，深刻指出：农民问题乃国民革命的中心问题。农民不起来参加并拥护国民革命，国民革命不会成功。

一九二七年一月四日至二月五日，毛泽东考察了湖南湘潭、湘乡、衡山、醴陵、长沙等五个县的农民运动，每到一处，他都广泛接触和访问广大群众，召开各种类型的座谈会，获取大量的第一手资料。毛泽东撰写《湖南农民运动考察报告》，明确农民是中国革命的主力，为后来开辟井冈山道路、农村包围城市道路提供了理论支撑。

这次考察中，尤其需要提到衡山考察，毛泽东将考察内容整理成《衡山调查》。

在毛泽东的头脑中，随时随地，都紧绷调查研究的弦。许多调查是在特殊年代的特殊时间节点完成的，如一九二七年八七会议后，他以中共中央特派员的身份从武汉到长沙，在板仓看望杨开慧及孩子们，在与家人团聚的间隙，还找了五位农民、一位篾匠和一位教师，在杨开慧家开了两天调查会，了解到农民要求全盘解决土地问题的想法和对局势的看法。一九二七年十一月，他在井冈山开辟农村革命根据地，对宁冈县做详细调查，写下《宁冈调查》。一九二八年二月，在井冈山根据地发展壮大的同时，他深入永新进行社会调查，写下《永新调查》。

由于战争环境恶劣，一些调查报告遗失了，后来毛泽东痛心地表示，失掉别的任何东西，他不着急，失掉这些调查（特别是衡山、永新两个），使他时常念及，永久也不会忘记。

一九三〇年五月，毛泽东在寻乌调查时写下《调查工作》一文，党内曾少量印发。同年八月，中共闽西特委将此文翻印成小册子，在红四军和中央苏区传播。由于战火连连，资料难以保存，《调查工作》这本小册子在转战中不慎遗失，毛泽东很是惋惜，常常跟人提及，说想念这篇文章就像想念自己的孩子一样。一九五七年二月，福建省上杭县茶山公社官山大队农民赖茂基，把自己珍藏多年的一本《调查工作》捐给中共上杭县委。一九五九年，中国革命博物馆筹备处的同志在福建龙岩地委收集到这本小册子。次年，中央政治研究室的同志从革命博物馆借来这本小册子，才使这篇重要的历史文献再度面世。一九六一年一月，毛泽东的秘书田家英从中央政治研究室的同志那发现了这本小册子，立即要来并送交毛泽东。看到自己写的这篇失而复得的文章，毛泽东高兴地说，失散多年的孩子，终于找回来了。后来，这篇文章经毛泽东修改审定，改名为《反对本本主义》，编入一九六四年出版的《毛泽东著作选读》甲种本，首次公开发表。

一九三〇年十月二十五日，毛泽东和朱德率红一方面军总部抵达新余县罗坊，在繁忙的工作之余，他从兴国县出来当红军的农民中找了八个人，开了一个星期的调查会，深入调查八户农民家庭的详细情况，主要了解土地斗争后农村的经济和政治状况。此次调查后于一九三一年一月被整理成《兴国调查》。

一九三〇年十一月七日、八日，毛泽东与古柏、谢唯俊等人经过吉水、吉安境内，在东塘、大桥、李家坊、西逸亭等处，调查村乡两级苏维埃在土地革命斗争中的组织和活动情况，整理成《东塘等处调查》一文。毛泽东说，在这次调查前，我对于那些情形的观念是模糊的。调查后发现，仅凭猜想，不做调查，得出的结论可能是两样的。

一九三〇年十一月二十一日，还是在行军途中，毛泽东与古柏、谢唯俊等人经过吉水县一个叫木口的小村子吃午饭，利用短暂的时间做了一次专题调查——《木口村调查》，可以说是毛泽东做过的最短的一次调查。这次调查目的是了解"村政府委员的成分及本村所杀反动分子的成分"。

一九三一年六月，红军取得第二次反"围剿"的胜利，在建宁期间，毛泽东经常深入群众，访贫问苦，了解情况，关心群众生活。他对警卫员说，一个领导者要把调查看作吃饭一样经常、重要，一天不串门，就像一天没有吃饭。

一九三三年十一月中旬，此时，距中华苏维埃共和国成立已经两年整，为了给即将召开的中华苏维埃第二次全国代表大会做准备，毛泽东率中央政府检查团到兴国县长冈乡进行调查，下旬又到闽西上杭县才溪乡调查。《长冈乡调查》和《才溪乡调查》，是毛泽东为了总结和推广基层工作经验而做的，是中华苏维埃共和国临时中央政府在江西瑞金建立后，毛泽东等中国共产党人开始治理国家的探索。人民政府如何管理，苏维埃政权如何运转，必须找到一些典型经验加以总结和推广。

《长冈乡调查》涉及人口、基层组织、群众生活等二十个方面的内容，但始终有一条主线贯穿其中，就是牢固的群众观点、真挚的为民情怀。在调查中，毛泽东走村入户，深入田间地头，与群众推心置腹谈心。他把群众的利益时刻放在心上，不仅将“群众生活”作为专项单列出来，还详细询问油、肉、衣等具体情况，了解群众生活是否改善，关爱之情跃然纸上。他写道——

一　今年碰着饥荒

今春莳田前，竟有百分之八十的群众缺粮，要向东固、沙村、富田、水南等很远地方办米。这百分之八十的人平均整差一个月粮，每人每年需谷五担，月计四斗。全乡一千五百人的百分之八十为一千二百人，一个月粮计四百八十担，都从远地办来解决了，无饿饭的。

二　明年则不怕

今年春耕虽好，因虫害秋收不好，只等于去年的收成。但(一)秋耕好，番薯、豆子均比去年增加四成；(二)冬耕又加种蔬菜、胡豆、雪豆与油菜；(三)去年秋收后群众曾把谷子大批卖给商人，每担价仅二千八百文，不足一元，固然需要钱用，抓紧些少粜出点是可以的，但没有注意到，今年开了全县的会，议定非四元不卖给商人，并应少卖；(四)去年秋收后供猪供鸡鸭浪费许多，今年供的少了；(五)去年一、二两期公债，买两元需费去二担半谷，今年经济建设公债，买十元还只需交谷二担，——因此可保证明春不荒。

三　油有多余

花生比去年好，可打油。家家多少分了一点木梓岭，又有些木油。油不少，还有多余。

四　豆子可以换盐，但食盐量大减

今年豆子收成好（水匀，去年则几全受水害），豆价也好（去年每担九元，今年十二元），可交换全乡食盐百分之六十。其余百分之四十的盐，可以多余的油（油多百分之三十）去交换。

…………

毛泽东从群众生活的实际出发，将群众日常所需的米、油、盐、肉、鸡鸭、柴火、衣服等生活必需品的情况，调查得仔细分明……

我来到长冈乡调查纪念馆。走进大厅，迎面就是一组大型雕塑，再现当年毛泽东在长冈乡做调查的情景。毛泽东在兴国长冈乡做了为期七天的调查。调查期间，他晚上开会，白天走访群众，掌握了大量的第一手材料。

在长冈乡马屋组，我见到了曹承凤，她是当年毛泽东在长冈乡的调查对象马荣海的孙媳妇。当年，贫农马荣海的房子失火烧了，乡苏维埃政府发动群众捐钱捐料，三天就帮他盖起了新房。

曹承凤家现有三栋房了，分别是土坯房、青砖房和小洋楼。呈品字形分布的这三栋房子，新旧鲜明，高矮不一，每栋房子背后都有一段故事。

曹承凤告诉我，土坯房就是一九三三年苏区干部帮助建的。前几年，她的儿子马辉志看到村里伙伴都开上了小汽车，也准备买一辆，可是这栋苏区时期的老房子堵住了进庭院的路，想拆掉。她坚决不同意，告诫儿子："人要懂得感恩，我们要像保护自己的眼睛一样保护它。"

另外两栋房子，一栋青砖房是马光松、曹承凤夫妻于一九八二年建的，全家生活从此上了一个台阶。一栋三层小楼是马辉志一九九九年开始建的，二〇一二年又趁着苏区振兴好政策，花十四万元进行了翻修，外墙装修由政府补贴，成了名副其实的乡间别墅。

三栋房子的变化，让我们深深感受到，党的初心就是为人民谋幸福。这三栋不同年代的房屋见证了长冈村的变迁，也承载着我们党密切联系群众、关心群众生活的初心和使命。

曹承凤家的三栋房子,是三个不同时代的见证

一九三四年一月,毛泽东在第二次全国工农兵代表大会上指出:兴国的同志们创造了第一等的工作,值得我们称赞他们为模范工作者。他认为,正是由于长冈乡的干部把关心群众生活与支援前线的扩红、筹粮筹款工作结合起来,才赢得了广大群众的拥护和支持。

毛泽东在兴国县长冈乡调查之后,紧接着又率团前往上杭县才溪乡调查。他深入群众,帮助老百姓解决困难。

在走访中,毛泽东遇见一位大妈,她讲了自己的困难。她家暴动后分到的三间平房,发生火灾烧掉了两间。全家五口人,她和老头体弱多病,守寡的儿媳妇带着两个孩子,大家挤在一块住。家中又无劳力,生活非常困难。毛主席不仅安慰她,而且当夜就找来区、乡干部,研究怎样帮助解决这位大妈的困难。干部们想不出好办法,毛主席开导他们说,你们找群众商量,能否开展一个村帮村、邻帮邻、一村帮一户、百人帮一人的互助活动?这使干部们开了窍。第二天,在乡干部的带动下,大家献工献料,各户拿一点,帮助大妈盖房。半个月后,新房就建好了。

这个故事说明,毛泽东在苏区时期就注重扶贫——虽然那个时候还没有扶贫之说,但毛主席帮助群众解决生产生活困难,就是精准扶贫。

“调查就像‘十月怀胎’,解决问题就像‘一朝分娩’。调查就是解决问题。”一代开国领袖开启的调查研究之风将代代相传,这是打江山的法宝,也是守江山的信条。

学术界曾在寻乌召开过一次“寻乌调查与乡村振兴战略学术研讨会”,与会代表围绕寻乌调查与美丽乡村建设、历史进步中的新农村建设、实施乡村振兴战略等问题进行了深入研讨。与会专家纷纷表示:

无论是当年《国务院关于支持赣南等原中央苏区振兴发展的若干意见》的出台,还是党的十九大报告提出的乡村振兴战略,都充分显示出调查研究对宏观政策制定的重要性,这是毛泽东早年做寻乌调查传承至今的宝贵的政治法宝。

熟练掌握调查研究的诀窍,才能真正实现“从群众中来,到群众中去”的理念。这也体现了观察问题、分析问题、解决问题的马克思主义立场、观点和方法。

调查研究是我们党的传家宝,是做好各项工作的基本功。要学会在调查研究中提高工作本领,“谋事之基,决策之基,成事之基,都在调研”。

在乡村振兴如火如荼的伟大图腾面前,回溯毛泽东同志的寻乌调查精神,更加体会到中国共产党人一以贯之的人民立场和求实作风。只有谨记并践行“没有调查,没有发言权”的工作作风,切实推动全党形成崇尚实干、力戒空谈、精准发力的良好作风,才能确保中央大政方针和决策部署在基层落地生根。

接着本文开头所述,寻乌县统计局驻清溪村乡村振兴工作队第一书记胡兴如带领工作队员一起走访茶叶种植大户何法龙,他们发扬寻乌调查精神,深入田间地头全方位调研,为扩大产业规模、提高加工档次、抬高茶叶品质、拓宽销售渠道做全面规划,并已着手争取一百五十万元资金,协助清溪村两委兴建茶叶种植基地四百亩、新建茶叶加工厂房、购买一套茶叶加工设备,以产业振兴带动乡村振兴。这是寻乌调查在乡村振兴大潮中再谱新曲的豪迈,请听——

[哎呀嘞！]
寻乌调查作风好，
共产党人戒空谈。
田间地头调研忙，
[同志哥！]
乡村振兴谱新篇。

苏区干部好作风

来到红色故都瑞金，发现苏区人民处处洋溢着喜悦的心情，不等不靠、负重拼搏的苏区精神在城镇乡村到处显现。

赣南苏区，是人民共和国的摇篮，是苏区精神的发源地。苏区人民以巨大的牺牲和奉献实践共产党人崇高的理想，催生和孕育了苏区精神，这是赣南人民最大的一笔精神财富。在新的历史时期，赣南人民笃志弘扬苏区精神，坚定推进赣南苏区振兴发展信念。

九十一年前，中华苏维埃共和国临时中央政府在中央革命根据地瑞金宣告成立，谱写了中国共产党领导的革命根据地建设和红色政权建设的新篇章。

踏行在赣南红土地，回顾我们党领导人民为实现新民主主义革命任务而艰苦创业的伟大历程，缅怀革命先烈的不朽业绩；结合正在开启全面建设社会主义现代化国家新征程的实际，弘扬苏区精神，承前启后、继往开来。

赣南原中央苏区是中国共产党人学会治国安民和造就大批治国精英的实验基地。

一九三一年十一月七日，中国共产党第一个全国性红色政权——中华苏维埃共和国临时中央政府在瑞金宣告成立，开启了中国共产党局部执政的伟大尝试，开始了夺取全国政权的伟大预演。毛泽东在这里写下了《星星之火，可以燎原》《反对本本主义》《我们的经济政策》《关心群众生活，注意工作方法》等光辉篇章。毛泽东在中央苏区的一系列重大理论创造,不仅直接指导了中央苏区的革命斗争,而且为中国共产党和中国革命的胜利奠定了科学的理论基础。

兴国县是苏区干部好作风的发源地。二十世纪三十年代,那段土地革命战争的艰苦岁月,一首《苏区干部好作风》的歌谣在苏区上下广为传唱,成为当年苏区干部优良思想作风和过硬工作作风的生动写照——

[哎呀嘞!]
苏区干部好作风,
自带干粮去办公。
日着草鞋干革命,
[同志哥!]
夜打灯笼访贫农。

"自带干粮去办公",彰显了苏区干部清苦廉洁的生活作风;"日着草鞋干革命",彰显了苏区干部坚忍不拔的革命斗志;"夜打灯笼访贫农",彰显了苏区干部深入调研的务实作风。

那时的苏区干部秉持一心为民的公仆情怀,走在群众之中,嘘寒问暖,体恤群众疾苦,帮助群众发展生产。

土地革命战争时期以瑞金为中心的中央苏区,在波澜壮阔的苏维埃革命中培育形成了伟大的苏区精神。

苏区精神尽管是八十多年前铸就的,但它历久弥新,仍具多维的时代价值。至今,老百姓还赞誉苏区干部:

吃的金丝汤(红薯丝),
睡的金丝床(稻草),
穿的金丝鞋(草鞋),
打的胜利仗。

苏区干部是群众的贴心人。他们是联系群众、没有官架子的“提包政府”。毛泽东高度评价道:艰苦奋斗体现了“我们的政治本色”。

那时的苏区政府,建立了有效的监督机制,凡贪污腐化行为一旦发现必受严厉惩治,由此产生了高效廉洁的政府体系。在一九三二年四月至一九三四年三月的两年间,中华苏维埃政府和江西省苏维埃政府处决了八名腐败分子。在红军离开中央苏区前,苏维埃中央审计委员会发表的审计报告说:“我们可以夸耀:只有苏维埃是空前的真正的廉洁政府。”

苏区干部好作风陈列馆位于兴国将军园内,陈列馆围绕“苏区干部好作风”主题,共展出文物二百一十三件、油画十八幅、大型仿生景观十二组,运用现代化高科技手段以及多样化艺术手段重现了包括毛泽东在兴国县长冈乡做调查、金莲山下五英烈、樟树塘小桥、《梅岭三章》等大型场景,通过声、光、电等多媒体现代布展方法,全面展现了“苏区干部好作风”的伟大精神内涵。

一件件实物、一幅幅图片、一个个情景再现,让我们对苏区时期干部一心为民的高贵品格了然于胸。

当时,苏区干部正是凭着崇高的革命理想、无畏的牺牲精神、鲜明的人民观点和清廉的自身形象,赢得了劳苦大众的真心爱戴和铁心跟随,进而打造了中国革命坚不可摧的“铜墙铁壁”。

在江西省瑞金革命纪念馆,展出了一册苏区时期的账本,上面记载着毛泽东廉洁自律的感人事迹。一九三三年八月十七日,毛泽东和江西军区参谋长陈奇涵一行四人,来到苏区江西省长胜县铲田区(今宁都县)调查工作。

铲田区苏维埃政府主席钟赤牯听说毛主席到村里来了,急忙四处寻找,最后在红军家属许大娘家里找到了。他埋怨道:“毛主席,你们进村来,为啥不事先打个招呼,好让我们有个准备呀!”

毛泽东闻言,拍着钟主席的肩膀笑着说,为什么要事先打招呼呢?下来了你们一定会晓得,现在不少干部下乡,生怕下面不知道,这种作风不好嘛。

当晚,毛泽东等人住在一所破旧的祠堂内。晚饭吃的是山芋粥、红薯,外加一盆咸萝卜干。钟赤牯执意要去弄点好吃的东西,被毛泽东坚决制止了。

次日清晨,毛泽东同警卫员吴吉清要赶回瑞金中央政府。临行前,他对吴吉清说，你按照规定去区苏维埃政府财政部结清伙食费和食宿费，我们先走一步，你随后赶来。

在区财政部，长工出身的老部长听说毛主席在这里住了一宿也要交食宿费，说什么也不肯收。吴吉清无奈，只好收回钱，匆匆上路，追上了先行的毛泽东。

毛泽东问他：食宿费结了吗？吴吉清吞吞吐吐地说出区财政部不肯收钱一事。毛泽东闻言，大为生气，立即要吴吉清再次返回，务必将钱交清。陈奇涵参谋长眼看离开区苏维埃政府已经很远了，便笑着说："毛主席，还是由我来办这件事吧，你们赶路要紧。"

毛泽东紧握陈奇涵的手，叮嘱道：老陈，这件事你一定要办妥。我们是领导干部，在执行制度方面更要严格。陈奇涵郑重地点了点头。他回去后果真代表毛泽东向财政部转交了食宿费。于是在铲田区苏维埃政府财政部用毛边纸制作的账本上，便记载了这样一笔：

十八日主席毛泽东住，到还大洋一元四角五分。陈奇涵。

新中国成立后，铲田区的老同志将这册保存完整并盖有区苏维埃政府财政部印章的珍贵文物捐献给了"瑞金革命纪念馆"，成为革命领袖廉洁自律的生动见证。

一名外国学者说过："一个可以修筑长城的民族，是没有任何困难克服不了的。"在苏区干部身上，就充分显现了不怕困难、愈挫愈勇的民族精神。那时正处在战争年代，经济基础相当薄弱，生活条件十分艰苦，国民党对苏区实施政治上打压、经济上封锁、军事上"围剿"，中国革命处在极其艰难困苦的境地。危急关头，毛泽东、朱德、周恩来等老一辈革命家带领苏区党员干部、红军官兵和人民群众，展开了一场保卫中央苏区、扩大胜利成果的艰苦卓绝的伟大斗争。

没有枪、没有弹，就从敌人手里夺。每次战斗打响，红军干部率领士兵冒着呼啸的子弹冲向敌阵地，不曾犹豫，不曾畏惧，不曾反顾，即使倒下也保持着冲锋姿势。

没有吃、没有穿,就自力更生干。为了突破敌人经济封锁,苏维埃中央政府组织广大军民进行生产自救活动,上至主席、副主席,下至村主任,都同群众一样参加生产劳动,春耕秋收,建厂办学,无所不能。

在各种革命任务和风险挑战面前,各级干部模范带头、以身作则。如苏区干部"十带头",即政治学习带头、军事训练带头、执行勤务带头、参军参战带头、遵纪守法带头、购买公债带头、节省粮食带头、优待红属带头、发展生产带头、移风易俗带头,就是"苏区干部好作风"最有力的实证。

一九三四年三月十三日,《红色中华》发出"为四个月节省八十万元而斗争"的号召后,陈云、邓颖超等同志当即决定,从我做起,"每天节省二两米,一年不领新衣服"。

苏区群众都说,种种困难遇到共产党人,它们就只好退却,真是"高山也要低头,河水也要让路"啊!

风云激荡的革命岁月里,江西革命老区的人民心怀坚定信念,一心跟党走,踊跃参军扩红,支援革命战争,为创建、巩固和发展中央苏区付出了巨大牺牲。

最后一碗米送去做军粮,
最后一尺布送去做军装,
最后一个亲骨肉送去上战场。

在革命战争年代,赣南人民抱着坚定跟党走的信念,认识到只有共产党才真正为人民谋利益,只有跟着共产党才能翻身得解放。在腥风血雨的革命岁月,苏区人民倾其所有,几乎把最后一块银圆、最后一枚铁钉,都奉献出来支援红军、支持革命了。

新中国成立后,赣南人民更加坚定跟党走的信念,支持新中国建设。但是由于战争创伤、自然条件等因素,赣南苏区仍存在经济发展落后,贫困面相对较大,交通、能源基础设施滞后,产业发展层次低,民生保障不足等特殊困难和问题,是全国较大的集中连片特困地区。就是在这种状况下,这里的人民,尽管生产、生活条件艰苦,尽管点着松油灯、住着土坯房,却始终念着共产党的好,记着共产党的恩,时刻不忘教育子孙后代跟党走。这种坚定的信念很可贵,很真诚,很感人。老区人民为国家付出了太多太多,现在,国家从政策、资金和项目上扶持赣南,是赣南人民应该得到的待遇。

赣南苏区振兴发展,政策倾斜、各方支持是有力推动,主动作为、自力更生是内在的根本动力。赣南人民要以赣南苏区振兴发展为契机,艰苦奋斗、负重拼搏,不图虚名、不做虚功。

这时,讲解员为我们唱起一首耳熟能详的兴国山歌——

[哎呀嘞!]
苏区干部好作风,
真心实意为群众,
柴米油盐都想到,
[同志哥!]
问寒问暖情义重。

歌声在空旷的馆厅回荡,历史的回响时刻提醒着人们,在这片红土地上,发生过怎样可歌可泣的感人故事,上演过多少筚路蓝缕的伟大探索。

党中央始终对革命老区满怀深情、十分牵挂。二〇一一年十一月四日,纪念中央革命根据地创建暨中华苏维埃共和国成立八十周年座谈会,在北京人民大会堂隆重举行。习近平同志代表党中央出席座谈会,并发表重要讲话。讲话不仅高度评价了原中央苏区这段光辉灿烂的历史,而且从中央层面首次提出了振聋发聩的“苏区精神”——

坚定信念、求真务实、一心为民、清正廉洁、艰苦奋斗、争创一流、无私奉献。

“苏区精神”的提出,不仅是对历史的肯定,更为重要的是,它前承“井冈山精神”,后启“长征精神”,成为我们党“精神链条”中极为重要的一环,具有填补空白的重大意义。

习近平总书记深刻指出:“井冈山精神和苏区精神,承载着中国共产党人的初心和使命,铸就了中国共产党的伟大革命精神。这些伟大革命精神跨越时空、永不过时,是砥砺我们不忘初心、牢记使命的不竭精神动力。”

一幕幕感人肺腑的场景,演绎着老区人民对中国共产党的深厚感情、为中国革命胜利作出的重要贡献。

新时代苏区干部不忘初心、不改本色,新风貌、新气象在红土地上不断涌现。决战脱贫攻坚战中,赣州市三千五百零九个行政村(社区)都有驻村第一书记和驻村工作队,八点五九万名干部与二十九点零四万户贫困户结对,实现结对帮扶贫困户全覆盖并顺利实现脱贫摘帽。今天,所有驻村工作队仍然坚守在阵地上,带领村民向着乡村振兴的更高目标进发。

一个个苏区干部的身影,与新时代脱贫攻坚时期扶贫干部的身影重叠。中国共产党人赓续红色血脉,永葆苏区精神一心为民、艰苦奋斗的本色,鼓起迈进新征程、奋进新时代的精气神,凝聚起实施乡村振兴和全面建设社会主义现代化国家的磅礴力量。

赓续“长征精神”

二〇二一年十月二十二日,是红军长征胜利八十五周年。党的十八大以来,习近平总书记多次深情讲述长征故事,强调:今天中国的进步和发展,就是从长征中走出来的;我们世世代代都要牢记伟大长征精神、学习伟大长征精神、弘扬伟大长征精神。

这些天,各地的农村基层村(社区)“两委”换届工作正在紧锣密鼓地进行中,乡村振兴,人才是关键,选出什么样的“带头人”,对于国家实施乡村振兴战略具有十分重大的意义。在这个新的时代节点,作为被挑选出来的基层村(社区)带头人,更要赓续伟大的"长征精神",不断激励自己,走好乡村振兴的新长征路。

回首二〇一九年五月二十日下午,于都河一如往日翻滚着,一波连缀着一波,叠印出一幅安宁祥和的景象。中共中央总书记习近平来到于都河畔,向高耸云天的中央红军长征出发纪念碑敬献花篮。随后,习近平参观了中央红军长征出发纪念馆。在会见于都县红军后代、革命烈士家属代表时,他动情地说:当年党和红军在长征途中一次次绝境重生,凭的是革命理想高于天,最后创造了难以置信的奇迹。现在国家发展了,人民生活变好了,我们要饮水思源,不要忘了革命先烈,不要忘了党的初心和使命,不要忘了我们的革命理想、革命宗旨,不要忘了我们中央苏区、革命老区的父老乡亲们。

告别时,习近平总书记勉励干部群众说:现在是新的长征,我们要重新再出发!

二〇一二年六月,在习近平同志的亲自推动下,《国务院关于支持赣南等原中央苏区振兴发展的若干意见》的红头文件顺利走出中南海,跨越万水千山传到赣南。从此,赣南高歌猛进,开始了苏区振兴的跨越式发展。

站在于都河畔当年中央红军长征出发的渡口前,望着波澜起伏的河水,我的眼前浮现近九十年前那个秋夜的情景。

中央红军八点六万人,硬是凭着一双脚板,跨过于都河,辗转万里,历尽种种艰难险阻,最终胜利到达陕北吴起镇,从而完成了一次无与伦比的史诗般远征。虽然,到达目的地时,队伍最后仅剩六千余人,中央红军却用生命和鲜血绘就了改变中国前途命运的史诗。

这便是震古烁今的二万五千里长征。赣南瑞金、石城、兴国、会昌等地,均是中央红军长征的出发地,唯有于都作为中央红军长征集结出发地,被人们誉为"中华民族伟大长征精神"的起源地。

一九三四年十月十日晚,中共中央、中革军委率领中央、军委机关和直属部队编成军委第一、第二纵队,从瑞金出发,向于都集结。此前,接到命令的红一、三、八军团分别从兴国竹坝、洪门,石城南部,兴国古龙岗战场陆续向贡江

中央红军长征集结出发地于都东门渡口旧址

右岸的于都集结休整；红九军团则从福建长汀经瑞金来到会昌珠兰埠集结休整，为最后的战略转移做准备。红五军团承担长征大部队的殿后任务，最后撤出战场奉命转移，十九日从兴国社富地区抵达于都河畔。

整个土地革命时期，于都县共有六点八万人参加红军，占当时全县人口的五分之一。全县除老弱病残和妇女幼儿外，几乎全部青壮男丁都参加了红军，从事生产劳动的只有妇女、老人和身体残疾者。

在长征前夕两次扩红运动中，一万余名于都儿女报名参加红军，先后组成八个补充团，主力红军在于都集结休整期间，红一军团补充二千六百人、红三军团补充二千六百人、红五军团补充一千三百人、红八军团补充一千九百人、红九军团补充一千三百人，共计补充九千七百人，其中七千人是于都籍战士。

长征前夕，于都人民节衣缩食，积极响应中共中央和中央人民委员会的紧急动员，筹集粮食二十五万担，占全苏区的四分之一。在红军集结期间，于都人民组织大批慰劳队，带着鸡蛋、猪肉、草鞋、斗笠等慰问品，热情慰问红军指战员。

长征出发时，红军是踏着浮桥渡过于都河的。搭建浮桥的木板，都是于都人民捐献出来的房梁、门板，有的百姓还捐出了自己的棺材板。踏在这样的浮桥上，红军哪儿舍得离开苏区啊。苏区人民也舍不得红军走啊！数以万计的男女老少来到于都河边为红军送行。他们从四面八方拥集到渡口来，有的给部队送来茶水；有的抢着帮助部队挑担子、背背包；有不少妇女和老大娘穿行在等候过河的队伍中间，送草鞋、送布鞋、送雨伞，还往战士们怀里塞吃的东西；有的站在河边深情地唱着：

送红军到江边，
江上穿呀穿梭忙。
千军万马渡江去，
十万百姓泪汪汪。
恩情似海不能忘，
红军啊，红军！
革命成功早回乡。

河水奔腾咆哮，苏区人民敬仰的领袖身穿单军装，左臂上搭着大衣，他虽重病刚好，身体还很虚弱，但步子还是迈得那样稳重矫健。那匹黄骠马，跟在他后边。马上驮的是他的全部行装，马褡子里装着两条毯子、一条薄棉被、一条布床单、一块油布；红油纸伞、挎包和干粮袋系在一起。挑夫挑着两个铁皮文件箱……这就是当时的中华苏维埃共和国临时中央政府主席的全部家当。

依依不舍的老表在呼喊："同志们，你们可千万要回来啊！"

此时的人民领袖攥着拳头，斩钉截铁地说着："我们一定会回来的！"

…………

参加长征的于都籍红军将士一万七千余人，其中一万三千人在长征途中壮烈牺牲，三千余人在突破第一、二、三、四道封锁线时被打散回到原籍继续从事革命斗争，只有一千余人胜利到达陕北，新中国成立后仅留下二百七十七人。在长征队伍中，每五人中就有一名于都人，长征路上每一公里便有一名于都籍红军将士倒下。

在距西门渡口旧址不远的于都县工人文化宫七楼的长征源合唱团陈列室，我见到了烈士后代林丽萍，这位小学音乐教师的红色家史令人唏嘘。她说，当年爷爷将三个兄弟送去当红军，他们走出家门以后再也没有回来。一九五五年，爷爷接到政府颁发的烈士证明书，是小弟林罗发生的名字，另两位兄弟连烈士证也没有。烈士证明书上的牺牲地点和牺牲原因一栏写着“北上无音讯”。

“北上”就是长征，而长征有二万五千里路，到底牺牲在哪一段，烈士证明书上并未载明。这种情况不止林丽萍爷爷一家，许多红军家庭都收到过这样的烈士证明书。

爷爷捧着这张烈士证明书，心情既激动又难过。激动的是终于有了小弟的消息，难过的是小弟牺牲了，且牺牲地点仍然是个谜，而另两个兄弟可能永远也不会有消息。从此，爷爷就落下了心病，一定要找到小弟牺牲的地点。林丽萍说，父亲十岁时，爷爷就去世了。临终前，爷爷拉着父亲的小手嘱咐道：“你长大后，一定要找到你小叔牺牲的地方。”

父亲“遗传”了爷爷的心病，并将这块心病“遗传”给了林丽萍。

林丽萍是幸运的。一次她随长征源合唱团去广西兴安县红军长征突破湘江烈士纪念碑园演唱，在烈士英名墙上意外发现了小爷爷的名字——林罗发生。这个铭刻在心底的名字，让她有了触电般的疼痛和激动。那一刻，她抚摸着碑上的名字，泪雨纷飞……

望着当年的渡口，无数林罗发生这样的战士踏上浮桥渡过于都河，踏上了远征之路，为革命胜利流尽了最后一滴血。他们以革命理想高于天的坚定信念，在长征路上既书写了浴血湘江、强渡乌江、飞夺泸定桥、翻雪山、过草地的撼天壮举，也留下了“半条被子”“彝海结盟”等诸多动人佳话。

…………

江山就是人民，人民就是江山。革命战争年代，我们夺取政权，为人民打天下，老百姓就是我们战胜敌人的“铜墙铁壁”。和平时期，我们推进社会主义现代化强国建设、坚持改革开放、为人民治国家，人民群众是我们党执政的最大底气。

二〇二一年是红军长征胜利八十五周年，也是全面推进乡村振兴的开局之年。于都敢为人先，创新探索新时代“五美”乡村建设，探索“于都路径”，建成八十九个产业兴旺之美、自然生态之美、文明淳朴之美、共建共享之美、和谐有序之美的示范点。一时间，于都刷爆微信朋友圈，成为“网红打卡地”，一幅“气象新、面貌美、活力足、前景好”的“五美”乡村画卷正在于都大地徐徐展开。

迟日江山丽，春风花更香。

清晨，朝阳初生，在于都县梓山富硒蔬菜产业园，处处可见一派繁忙景象，这里因带动了当地村民脱贫致富，成为知名的“打卡地”。

“我们早上六点钟开始上班摘辣椒和茄子，每天都能摘好几千斤辣椒和茄子。每天地里都有好几十个人在这里工作，我们在家门口都能赚到钱。”黄玉莲说，她在蔬菜产业园区务工，每天收入八十元，一个月下来可拿两千多元工资。许多村民和她一样，每天都在大棚里面忙着采摘蔬菜、打包、装车，把新鲜蔬菜运往市场。

于都县因地制宜，利用丰富的富硒土壤资源，大力发展富硒农业产业，提升农业农村现代化水平，全面推进乡村振兴。

据统计，截至二〇二一年末，于都县五十亩以上规模蔬菜基地有一百零九个，总面积四点五万亩，蔬菜播种面积二十二万亩，年产蔬菜四十五万吨，综合产值达三十亿元。于都县通过劳动就业、土地流转、承包大棚等方式帮助两万余户居民增收，通过发展蔬菜产业带动贫困人口八千余人实现人均增收约一万七千二百元。

乡村振兴新征程，乘势而上再出发。在赣州市的广大乡村，新一轮的振兴强音正在奏响，一幅农业高质高效、农民富裕富足的乡村全面振兴画卷正在展开。

…………

二〇二二年二月二十二日，首都北京又出台一个“中央一号文件”——《关于做好二〇二二年全面推进乡村振兴重点工作的意见》，从文件名字便知“乡村振兴”是二〇二二年工作的重中之重。

二〇二二年是乡村振兴的关键之年，赣南以苏区精神为引领，明确要扎实巩固脱贫攻坚成果，全面推进乡村振兴，使农业农村工作取得新成效。党员干部在笔记中画下两个重点：

——牢牢守住保障国家粮食安全和不发生规模性返贫两条底线；

——围绕“打造新时代乡村振兴样板之地”的目标，深入实施乡村振兴战略,全力促进农业稳产、农民增收、农村安定,助力新时代革命老区高质量跨越式发展。

赣南是中央红军长征出发地,是长征精神的源头、“地球上的红飘带”的起点,有一首歌谣这样唱道——

一根红飘带,
从南到北高高飘扬,
那是为民初心迈出的坚定步伐,
一次次绝境重生越挫越勇,
迎来了炽热温暖大地的太阳……

历史奔涌向前,精神代代相传。

如今,战争年代血与火的生死考验少了,但具有许多新的历史特点的伟大斗争仍在继续。

赣南原中央苏区承载着中华苏维埃共和国的光荣历史,是党的伟大精神和优良传统的精华,需要一代代宣传好、传承好、发扬好。

传承红色基因,赓续红色血脉,我们要从中国共产党人的精神谱系中汲取信仰力量,走好新时代赶考之路,续写红土圣地新的时代荣光。

当代中国,江山壮丽,人民豪迈,前程远大。我们进入了中国特色社会主义新时代,脚下的路被赋予新的寓意,乡村振兴的冲锋号已经吹响,建设社会主义现代化强国的宏伟蓝图已经绘就。

在新长征路上,我们还有许多“雪山”“草地”需要跨越,还有许多“娄山关”“腊子口”需要征服。在乡村振兴的新长征路上,虽然形式不同,但困难和挫折将会如影随形,不断地出现在面前。这就要求基层党员干部要坚定理想信念,千万不能被困难所打倒,而要努力提高自身解决问题的能力;立足现实,从工作实际着手,不断铸造解决问题的“金钥匙”;坚持不懈,迎难而上,在解决问题的过程中,寻找规律,积累经验,成为战胜困难的“主攻手”;以伟大的“长征精神”攻坚克难,到事业发展最困难的地方、人民群众最需要的地方、问题矛盾最集中的领域去,真心实意地为群众办实事,用真诚的态度和拼搏的精神,赢得群众的信任和拥戴。

八十多年前,长征是一次开创新局面的伟大远征,当年的红军战士以鲜血与生命的代价,开创了中国革命的新局面。每一代人有每一代人的长征路,每一代人都要走好自己的长征路。今天,我们应该赓续“长征精神”,紧密团结,齐心协力,向全面推进乡村振兴伟大战略进军,朝着全面建成社会主义现代化强国、实现第二个百年奋斗目标和以中国式现代化全面推进中华民族伟大复兴而奋勇前进!

参考书目

一、著述等

《决不让一个老区群众掉队——脱贫攻坚“赣州答卷”》,北京师范大学中国扶贫研究院著,人民出版社,2020 年 9 月版。

《红色宁都》,邱新民著,江西人民出版社,2014 年 8 月版。

《红色信丰》,庄春贤著,江西人民出版社,2019 年 11 月版。

《永远荣光——模范兴国历史记实》,中共兴国县委党史工作办公室著,中共党史出版社,2017 年 4 月版。

《生态修复看兴国》,王永禄主编,黄河水利出版社,2018 年 12 月版。

《红土地上的绿色华章:水土保持生态治理的赣州模式》,洪向华主编,中共中央党校出版社,2021 年 6 月版。

《没有调查　没有发言权——毛泽东寻乌调查史料选编》,寻乌县革命历史纪念馆编印,2013 年 5 月版。

二、地方党史、革命史料

《共和国的摇篮——中华苏维埃共和国》,张启安编著,陕西人民出版社,2003 年 9 月版。

《中央苏区史:全 2 册》,余伯流、凌步机著,江西人民出版社,2017 年 5 月版。

《中国共产党信丰历史 · 第一卷(1924—1949)》,中共信丰县委党史工作办公室著,中共党史出版社,2015 年 9 月版。

《中国共产党瑞金历史·第一卷(1926—1949)》,中共瑞金市委党史工作办公室著,中共党史出版社,2015年9月版。

《中国共产党大余历史·第一卷(1926—1949)》,中共大余县委党史工作办公室著,中共党史出版社,2016年9月版。

《中国共产党赣县历史·第一卷(1926—1949)》,中共赣县县委党史工作办公室著,中共党史出版社,2015年11月版。

《中国共产党石城历史·第一卷(1929—1949)》,中共石城县委党史工作办公室著,中共党史出版社,2016年9月版。

《中国共产党上犹历史·第一卷(1926—1949)》,上犹县党史县志工作办公室著,中共党史出版社,2015年12月版。

《中国共产党赣州市章贡区历史·第一卷(1926—1949)》,中共赣州市章贡区委党史工作办公室著,中共党史出版社,2016年6月版。

《中国共产党赣州市南康区历史·第一卷(1926—1949)》,中国共产党赣州市南康区委党史工作办公室著,中共党史出版社,2016年12月版。

《中国共产党江西省于都县历史·第一卷(1926—1949)》,中共于都县委党史工作办公室著,中共党史出版社,2017年12月版。

《中国共产党兴国历史·第一卷(1926—1949)》,中共兴国县委党史工作办公室著,中共党史出版社,2016年12月版。

《中国共产党江西省会昌县历史·第一卷(1929—1949)》,中共会昌县委党史工作办公室著,中共党史出版社,2018年12月版。

《中国共产党江西省全南县历史·第一卷(1926—1949)》,中共全南县委党史工作办公室著,中共党史出版社,2018年2月版。

《中国共产党崇义历史·第一卷(1926—1949)》,中共崇义县委党史工作办公室著,中共党史出版社,2015年12月版。

《中国共产党定南县历史·第一卷(1926—1949)》,定南县档案史志局著,中共党史出版社,2016年5月版。

《兴国人民革命史》,中共兴国县委党史工作办公室编,人民教育出版社,2003年2月版。

《川北小参革命斗争纪事》,中共龙川县细坳镇委员会、龙川县细坳镇人民政府编,粤龙准印〔2013〕第035号。

三、地方志

《瑞金市志》,瑞金市志编纂委员会编,三秦出版社,2007年2月版。

《于都县志(1986—2000)》,于都县地方志办公室编,方志出版社,2005年9月版。

《石城县志》,石城县地方志办公室编,三秦出版社,2009年12月版。

《赣县志(1986—2000)》,赣县地方志编纂委员会编,三秦出版社,2010年12月版。

《安远县志》,江西安远县志编纂委员会编,新华出版社,1993年2月版。

《崇义县志(1986—2000年)》,崇义县地方志编纂委员会编,方志出版社,2004年11月版。

《大余县志》,江西省大余县志编纂委员会编,三环出版社,1990年8月版。

《信丰县志》,江西省信丰县县志编纂委员会编纂,江西人民出版社,1990年1月版。

《上犹县志(1986—2000)》,上犹县地方志编纂委员会编,方志出版社,2004年8月版。

《会昌县志》,会昌县志编纂委员会编,新华出版社,1993年10月版。

《寻乌县志》,寻乌县志编纂委员会编,新华出版社,1996年1月版。

《南康县志》,南康县志编纂委员会编,新华出版社,1993年3月版。

《龙南县志(1986—2009)》,龙南县地方志编纂委员会编,方志出版社,2011年8月版。

《全南县志》,江西省全南县县志编纂委员会编纂,江西人民出版社,1995年5月版。

《云石山乡志》,《云石山乡志》编辑部,2015年5月版。

《信丰脐橙志》,《信丰脐橙志》编辑部编,江西人民出版社,2013年11月版。

四、回忆录、日记

《在毛主席身边的日子里》,吴吉清著,江西人民出版社,1977年8月版。

《跟随毛主席长征》,陈昌奉著,天津人民出版社,1973年11月版。

《赖传珠将军日记》(上下册),赖传珠著,军事科学出版社,2005年1月版。

《风雷激荡二十年——刘建华回忆录》,刘建华著,中央文献出版社,1999年7月版。

《陈丕显回忆录:赣粤边三年游击战争》,陈丕显著,上海人民出版社,2002年8月版。

附录　作者深入赣南采风略记

按:《赣红谣》是新时代文学的一个重要收获,为创作该书,作者在长达七年的时空,用时一百三十一天,先后八次踏入赣南十八县(市、区)和闽、粤边界,行程达两万五千公里,撰写采风笔记二十余万字,拍摄照片近八千帧,采集和见证了原中央苏区在乡村振兴大潮中发生的翻天覆地的巨变,充满激情地书写了自己的所见所闻。

第一趟赣南采风行

定南

二〇一五年十一月五日(周四),晴。

陪同人员:县委办主任李乐明,县人大常委会副主任周平滔,县博物馆馆长龙翠峰。

采风地点:老城镇,岿美山钨矿,两座围屋——明远第围、虎形围。

二〇一五年十一月六日(周五),晴。

陪同人员:县委办副主任叶伟华,龙翠峰。

采风地点:天九镇兴隆村,广东省龙川县细坳镇小参村,中央苏区盐道旧址。

龙南

二〇一五年十一月七日(周六),晴。

陪同人员:龙南县委办副主任任卫华。

采风地点:关西镇关西围屋群,里仁镇栗园围,武当镇武当山景区。

二〇一五年十一月八日(周日),晴。

陪同人员:任卫华。

采风地点:杨村镇太平桥、燕翼围。

二〇一五年十一月九日(周一),阴雨。

陪同人员:任卫华,林场员工李国萍。

采风地点:九连山林场。

全南

二〇一五年十一月十日(周二),大雨。

陪同人员:县委宣传部副部长蓝海洋,县文联主席李恢明,县水利局局长陈裕民,县文化馆馆长方贤芬。

采风地点:天龙寺,南迳镇扬芳古韵梅园,大吉山钨矿。

二〇一五年十一月十一日(周三),阴。

陪同人员:李恢明,方贤芬。

采风地点:龙源坝镇雅溪围屋,陂头镇瑶族村。

信丰

二〇一五年十一月十二日(周四),阴雨。

陪同人员:县文广新局局长肖生祥。

采风地点:油山镇上乐塔、红米垇村、革命烈士陵园,正平镇九渡村、芫庙村,县城大圣寺塔,赣粤边三年游击战争纪念馆。

记述:潭头水上游是穆公寨,也是赣粤两省的交界处,珠江水系北江的源头。广东省孔江水库,过去是一个小码头,可通航,水汇浈江,再汇北江入珠江。在九渡绕到庙下村,有赣粤两省分水坳。跨过分水坳进入粤境南雄县界址镇——红四军下井冈山进入赣南、中央红军长征都曾经过这里。

二〇一五年十一月十三日(周五),阴雨。

陪同人员:肖生祥,新田镇镇长蓝善利,金鸡村支书黄月荣、主任邱文光。

采风地点:新田镇百石村、金鸡村,古陂镇杨坊村中革军委驻地。

记述:中央红军长征突破国民党粤军第一道封锁,陆定一同志得知前方胜利的消息,豪情满怀地写下战斗诗篇:

十月里来秋风凉,中央红军远征忙。
星夜渡过于都河,古陂新田打胜仗。

赣县

二〇一五年十一月十四日(周六),阴雨。

陪同人员:县文联主席叶林,湖江镇组织委员华智斌,湖江镇夏浒村原书记戚齐杰。

采风地点:储潭镇储君庙,万安水库(赣江十八滩),湖江镇夏浒村(戚氏宗祠、谢氏宗祠)。

记述:沿赣江下行,一路风光无限。抗元英雄文天祥的《过零丁洋》诗句"惶恐滩头说惶恐,零丁洋里叹零丁",其中的"惶恐滩"就是湖江镇一带十八滩之一。夏浒村是民族英雄戚继光的祖籍地。戚继光上溯五代戚明德,从赣州夏浒迁徙至山东登州。

二〇一五年十一月十五日(周日),阴转晴。

陪同人员:叶林。

采风地点:田村镇宝华寺,白鹭乡白鹭古村。

兴国

二〇一五年十一月十六日(周一),阵雨。

陪同人员:县委宣传部副部长凌传昌,县文联副主席钟贞培。

采风地点:长冈乡调查纪念馆。

二〇一五年十一月十七日(周二),晴。

陪同人员:钟贞培。

采风地点:梅窖镇三僚风水村。

于都

二〇一五年十一月十八日(周三),阴。

陪同人员:县文联副主席许九洲,县博物馆副馆长张小平。

采风地点:中央红军长征出发地纪念园及纪念馆,东门渡口,贡江镇窑塘遗址,罗田岩——周敦颐《爱莲说》碑刻的发表地。

记述:当时中央红军长征从于都河八个渡口向南进发,八个渡口分别是:梓山镇山峰坝,县城东门、南门、西门,罗坳镇鲤鱼、石尾、孟口,靖石乡渔翁埠。

二〇一五年十一月十九日(周四),晴。

陪同人员:许九洲,寒信峡肖寿六公族理事会会长肖东洋。

采风地点:段屋乡寒信村,宽田乡杨公村杨公祠,岭背镇谢屋村步蟾坊。

宁都

二〇一五年十一月二十日(周五),晴。

陪同人员:县委办干事廖玮,县委史志办副主任曾春生。

采风地点:东山坝镇虔化县遗址、小源村榜山翁祠——宁都会议旧址,小布镇中共苏区中央局、中华苏维埃革命军事委员会成立旧址、万寿宫,黄陂镇山堂村。

二〇一五年十一月二十一日(周六),阴雨。

陪同人员:廖玮,曾春生。

采风地点:翠微峰,肖田乡朗际村、带源村。

二〇一五年十一月二十二日(周日),晴。

陪同人员:廖玮,曾春生。

采风地点:中央苏区反"围剿"战争纪念馆,水口塔,永宁寺,唐敕封东平侯孙诩墓。

记述:孙诩墓是风水大师杨筠松的杰作。从《重修唐故东平侯孙诩墓记》可知,孙诩原为汴州陈留(今河南开封)人,为中原世族。中华民国临时大总统孙中山系孙诩第三十五世孙。

石城

二〇一五年十一月二十三日(周一),阴雨。

陪同人员:县图书馆馆长刘敏,县委宣传部干事熊鑫,石城中学工会副主席廖东升,横江镇党委副书记陈东旺,赣江源村主任范行海。

采风地点:赣江源镇秋溪村、赣江源村,赣江源第一瀑。

二〇一五年十一月二十四日(周二),阴雨。

陪同人员:刘敏,县作家协会主席温涌泉。

采风地点:李腊石,石城阻击战纪念园,闽粤通衢,琴江镇大畲村,通天寨。

二〇一五年十一月二十五日(周三),阴。

陪同人员:刘敏,温涌泉。

采风地点:太平天国幼天王洪天贵福囚室——桂花屋,赖德廉砚雕工作室。

记述:赖德廉先生慷慨地将一方透出青碧色的砚作篆刻上流畅的行书赠送给我,上书:"鄱阳湖一书作者凌翼先生雅属。江西石城砚龙砚斋主人德廉镌赠。"

二〇一五年十一月二十六日(周四)上午,晴。

陪同人员:刘乡长。

采风地点:龙岗乡砚石采矿区。

记述:一个叫根保的村民领路,车子在一条泥路上行进了两三公里,在一处山窝前停下,开始步行。跨过一条水沟,扒开柴草,进入山窝纵深,见到一处山崖,地面到处是乱石。这里就是砚石采矿区。我在乱石堆里,翻拣了两块砚石带回去做纪念。

瑞金

二〇一五年十一月二十六日(周四)下午,晴。

陪同人员:瑞金市文联退休干部曾长发。

采风地点:叶坪乡"一苏大会"旧址,沙洲坝革命旧址群,红井,中央革命根据地历史博物馆,中华苏维埃纪念园。

二〇一五年十一月二十七日(周五),晴。

陪同人员:瑞金市文联干部钟秀华,邹燕明,赣江源自然保护区管理局副局长刘剑锋,日东林场场长杨小毛。

采风地点:日东林场黄竹村(现名赣源村),瑞金市赣江源自然保护区,赣江源头。

二〇一五年十一月二十八日(周六),晴。

陪同人员:瑞金市文联干部曾小云,钟俊诚。

采风地点:罗汉岩景区,瑞金市博物馆。

江西瑞金—福建长汀

二〇一五年十一月二十九日(周日),阴雨。

陪同人员:曾长发,长汀丘有滨、林恭。

采风地点:瑞金九堡镇密溪村,福建长汀辛耕别墅、瞿秋白烈士纪念碑、汀州天后宫、汀州古城墙等。

会昌

二〇一五年十一月三十日(周一),晴。

陪同人员:县文联主席周丝生,县文联干部许佳、金朵儿,县民宗局张春华。

采风地点:翠竹祠(赖公庙),会昌山。

二〇一五年十二月一日(周二),晴。

陪同人员:周丝生,许佳,金朵儿,筠门岭镇文化站站长蓝永贵。

采风地点:会寻安中心县委旧址,邓小平旧居,汉仙湖,汉仙岩,羊角水堡,盘古山。

二〇一五年十二月二日(周三),雨。

陪同人员:许佳,金朵儿,县文明办主任曾鹏飞。

采风地点:萧天长榜书工作室。

寻乌

二〇一五年十二月三日(周四),雨。

陪同人员:县文联主席刘志,毛泽东寻乌调查纪念馆馆长黄有斌,县作协主席刘传启。

采风地点:毛泽东寻乌调查纪念馆,县果业局,县农粮局。

二〇一五年十二月四日(周五),晴。

陪同人员:刘志,刘传启。

采风地点:吉潭镇圳下战斗旧址,澄江镇周田村。

记述:圳下战斗是朱毛红军移师赣南以来最为惊险的一次战斗。村里有一座燕齿桥,为清乾隆年间建造的单墩双拱石拱桥。

二〇一五年十二月五日(周六),雨。

陪同人员:刘志,刘传启,汤景常,卢美娟,赵丽珍,刘艳红。

采风地点:三标乡三桐村桠髻钵山东江源,县电商产业园。

江西寻乌—广东梅州

二〇一五年十二月六日(周日),晴。

陪同人员:刘承源,李基良,刘艳红,陈阳招。

采风地点:梅州剑英图书馆,梅州市客家文史研究会,中国客家博物馆。

记述:见到客家文化研究专家李国泰先生,他讲述了有关香花文化的内容。餐席时,释耀香师傅给我们演示了一段香花唱词,十分动听。

寻乌

二〇一五年十二月七日(周一),晴。

陪同人员:王佳京,凌富村支书凌福金。

采风地点:澄江镇凌富村,罗珊乡泊竹村凌吉公陵园,罗塘谈判旧址。

二〇一五年十二月八日(周二),晴。

陪同人员:黄绍明,李基良。

采风地点:项山乡福中村罗福嶂会议旧址,福建武平县民主乡高书村,三省(闽粤赣)三县(武平、平远、寻乌)碑。

记述:在福中村,黄绍明联系一户人家,在他家吃饭。这个村都姓潘,接待我们的这户人家也不例外。需要特别说明,黄绍明也跟这位属马的兄弟不相识。

第一次见面就这么热心肠，女主人从厨房端出了最好的菜肴，有炖山羊、客家三丝、豆腐……每一道菜都十分可口。在高山草甸处分叉，我们车子开到一处二水汇流的溪旁，见到一座古石桥，古驿道的雏形依在。回到山顶的平坦处，我们遥望天门石（双门石），感觉十分奇特，两块巨石如门相对，大自然的鬼斧神工，令人诧异。

安远

二〇一五年十二月九日（周三），雨。

陪同人员：县文化局副局长刘红光。

采风地点：城区无为塔、真君庙、经国书院、万寿宫，三百山景区。

二〇一五年十二月十日（周四），阴。

陪同人员：刘红光，天心镇文化站站长叶翔蔚、仰湖村支书廖春。

采风地点：车头镇龙头村、尊三围保卫战旧址、官溪村永兴书院旧址，天心镇天心整军旧址、仰湖村。

安远—定南

二〇一五年十二月十一日（周五），阴。

陪同人员：刘红光，定南李乐明、龙翠峰。

采风地点：上午安远老街，下午前往定南。

章贡

二〇一五年十二月十二日（周六），雨。

陪同人员：高开文，赣州市博物馆副研究员刘灯明。

采风地点：宋城，郁孤台，八境台，建春门浮桥。

二〇一五年十二月十三日（周日），雨。

陪同人员：高开文，刘灯明。

采风地点：通天岩风景区。

上犹

二〇一五年十二月十四日(周一),阴。

陪同人员:县委政策研究室主任廖太春,刘昌晋,骆石梅。

采风地点:梅水乡园村,陡水湖,上犹油画工厂,县博物馆,县文化馆,东山寺。

二〇一五年十二月十五日(周二),阴。

陪同人员:郭家鹄,刘昌晋,县广电新闻中心副主任凌乐瑞,五指峰乡副乡长朱磊。

采风地点:五指峰,江西坳(湖南桂东与江西上犹的分水岭)。

二〇一五年十二月十六日(周三),晴。

陪同人员:廖太春,刘昌晋,双溪乡组织委员周小敏。

采风地点:双溪乡大石门西晋摩崖石刻、红四军驻地遗址,寺下镇泥溪村,安和乡陶朱村。

记述:在大石门的村口,有一西晋摩崖石刻,被专家称为江西第一碑,属省级文物保护单位。石刻云:“青山翠色,磊落葱茏。石濑浅浅,飞龙翩翩。壁立中柱,波涛汹汹。形曰灵龟,羲文是宗。显千万世,申锡无穷。蔚起人文,有虞歌风。猗欤胜地,于焉托踪。建兴二年虞去庀书。”大石门村还有鲜明的红色文化,一九二八年八月二十八日,毛泽东率红四军回师井冈山在大石门驻扎,部队进行了休整。

大石门西晋摩崖石刻

江西大余—广东南雄

二〇一五年十二月十七日(周四),晴。

陪同人员:县文化馆馆长刘增福,县史志办主任邓思喜,县委宣传部副部长兼文联主席刘有鸣。

采风地点:广东南雄市珠玑镇珠玑巷,梅岭古驿道。

二〇一五年十二月十八日(周五),晴。

陪同人员:刘增福,邓思喜。

采风地点:新城镇周屋村,池江镇南野县故址,青龙镇赤江村青龙铺王阳明落星处,黄龙镇丫山灵岩寺、丫山农庄,牡丹亭故址、牡丹亭公园,嘉祐寺塔,南安东山大码头。

记述:青龙铺,此处邻章江,过去是老圩场,为王阳明落星处。一五二八年,王阳明从广西回老家,途经大余,病逝于青龙铺老圩码头船上。

二〇一五年十二月十九日(周六),阴。

陪同人员:刘增福。

采风地点:左拔镇曹氏围屋。

记述:曹氏围屋是赣南最古老的客家围屋之一。围内曾有四十多个院子,五百间房屋,住着七百余人。

崇义

二〇一五年十二月二十日(周日),晴。

陪同人员:县文联主席钟新源,华川湲,郭峰。

采风地点:上堡整训旧址,上堡乡水南村客家梯田,思顺乡齐云山村王阳明“平茶寮碑”。

二〇一五年十二月二十一日(周一),晴。

陪同人员:钟新源,华川湲,吴梅花。

采风地点:聂都乡白溪村、祝圣庙、夫人庙。

记述:聂都乡位于崇义县西南边陲,湘、粤、赣三省交界处。《山海经》记载:“赣水出聂都东山,东北注江,入彭泽西。”聂都是章江源头发源地,为章江源头第一乡。

二〇一五年十二月二十二日(周二),雨。

陪同人员:钟新源,华川湲。

采风地点：阳岭国家级森林公园，小江社区。

记述：下午四点一刻，在崇义中学为学生讲“文学创作之路”。

南康

二〇一五年十二月二十三日（周三），雨。

陪同人员：县文联主席刘颜尧，《南康文艺》主编张丽娟，朱明莲，刘红梅，李兰芳，赖冬梅。

采风地点：南山和谐城，家具城，赤土畲族乡花园村地前组。

二〇一五年十二月二十四日（周四），阴雨。

陪同人员：张丽娟，朱明莲。

采风地点：坪市乡谭邦古城，唐江镇卢屋村，郭大力故居（三江乡斜角村）。

赣州市

二〇一五年十二月二十五日（周五），阴。

陪同人员：谢红，龚文瑞，邓左民。

采风地点：赣州客家文物博物馆，马祖岩，宝兴禅寺。

记述：借宿在新建的宝兴禅寺，遇见李虞财先生，他投资修建了老寺庙、公路等设施，最后赠送给寺庙。龚文瑞对王阳明的一番解读，让人醍醐灌顶。王阳明一生所追求的方向，就是孟子言“大学之道，在明明德，在清明，止于至善”。所谓格物，就是观察事物美好的道德内涵。格物要与内心打通，直接从内心出发。正心，诚意，修身，养德，齐家，治国，平天下——这就是儒家思想的最高境界。

二〇一五年十二月二十六日（周六），阴。

陪同人员：谢红。

采风地点：马祖岩，和谐钟塔，白塔。

记述：谢红引领我上高速，在途经赣江大桥东岸引桥南侧的和谐钟塔前，停下来，欣赏风景。又在赣江大桥西岸的白塔前，停留了十几分钟，章、贡二水在龟尾滩前汇合，钟塔和白塔分立两岸，形成赣州城的水口。赣江大桥如一把巨锁，锁住赣州的滚滚财源。

第二趟赣南采风行

瑞金

二〇二〇年五月十九日(星期二),晴。

陪同人员:瑞金市扶贫办主任曾能贵,央视拍摄团队吴昊、陈佳。

采风地点:瑞金市扶贫办。

记述:参观瑞金市扶贫成就展示馆。

二〇二〇年五月二十日(星期三),晴。

陪同人员:扶贫办小陈,央视拍摄团队吴昊、陈佳。

采风地点:叶坪"一苏大会"旧址、华屋村十七棵松、洋坊村,壬田镇廖奶奶咸鸭蛋合作社,大柏地乡大柏地战斗旧址、大柏地战斗纪念馆、王氏宗祠,黄柏乡龙湖村脐橙基地,沙洲坝镇红井旧址。

二〇二〇年五月二十一日(星期四),雨。

陪同人员:扶贫办小陈,云石山乡党委书记杨明,万田乡麻地村文书刘海东,央视拍摄团队吴昊、陈佳。

采风地点:云石山乡丰垅村、梅坑村,万田乡麻地村。

记述:万田乡麻地村是瑞金至于都的必经之地,一九三四年十月,中央红军机关从云石山出发至于都集结准备进行战略转移,途经麻地村驻扎,因此这里被誉为"中央红军长征宿营第一村"。麻地村搞土坯房改造的时候,有的村民从老屋砖缝中拆出了当年红军的借谷票,成为麻地支援红军长征的历史见证。在麻地村毛泽东旧居,刘海东向参观人员讲述着麻地的红色历史。他担任村里的义务讲解员已经多年,是麻地村红色名村创建的亲历者和见证者。

瑞金—于都

二〇二〇年五月二十二日(星期五),雨。

陪同人员:瑞金市委副书记蓝贤林,于都扶贫办副主任叶小飞,央视拍摄团队吴昊、陈佳。

采风地点:瑞金"二苏大"旧址,于都中央红军长征出发纪念馆,长征源小学。

于都

二〇二〇年五月二十三日(星期六),晴。

陪同人员:叶小飞,央视拍摄团队吴昊、陈佳。

采风地点:仙下乡龙溪村,梓山镇潭头村。

瑞金

二〇二〇年十二月七日(周一),晴。

陪同人员:市扶贫办主任曾能贵。

采风地点:市扶贫办。

二〇二〇年十二月八日(周二),晴。

陪同人员:市扶贫办干事曾俊雄。

采风地点:拔英乡举办赣闽三县(市)五乡(镇)“寨鼎皇”杯特色扶贫农产品评比推介交易会现场,拔英村曾拔英故居旧址,大富村谢九月养猪基地,拔英村曾国庆养鹿基地。

记述:拔英村有一户养鹿的专业户,叫曾国庆,他以前外出务工,二〇一一年,因为家里老人和孩子需要照料,回村创业,开始养鹿。头三年,不懂技术,高价买来的鹿不断夭折。后来摸索出经验,找到了问题的症结,又凑钱到长春拉了二十头鹿,养殖顺风顺水。现有六个栏,九十头鹿。他扶持周边群众养鹿,出售种鹿包教养殖技术。

二〇二〇年十二月九日(周三),晴。

陪同人员:曾俊雄,泽覃乡扶贫办主任刘洪豪,泽覃乡泽覃村支书邱长伟,泽覃乡安治村支书龚水水、第一书记李亮,叶坪乡黄沙村华屋组华盛。

采风地点:泽覃乡光辉村大棚蔬菜农场;泽覃村毛泽覃烈士墓,毛泽覃牺牲处;安治畲族村古桥、古庙;叶坪乡黄沙村华屋组“十七棵松”,养蜂户钟秀英家;福建长汀县古城镇。

记述:寻访毛泽覃牺牲处。邱长伟支书领我们去黄田坑,也叫黄狗窝。一个男人骑着一辆摩托停在禾场上,支书叫我坐他的摩托去。这位李姓男子车技不错,摩托在山间土路跳跃。到了摩托不能前行的地方,他将摩托停下来,领我步行。过了两段木桥,走了一段坡路,看见一个横山窝建有一栋房屋——这里原是一个土纸作坊。房屋左前方矗立着“毛泽覃同志纪念碑”。

二〇二〇年十二月十日(周四),晴。

陪同人员:曾俊雄,九堡镇党委书记梁宝英,九堡镇坝溪村支书钟平,九堡镇密溪村支书罗光泉,黄柏乡龙湖村致富带头人邓大庆。

采风地点:九堡镇坝溪村,彭杨步兵学校旧址,堑下村保障房安置点,密溪古村,清溪村保障房安置点,墟镇米果摊主邱带秀家,红井,黄柏乡脐橙基地。

二〇二〇年十二月十一日(周五),阴。

陪同人员:曾俊雄,大柏地乡长刘小荣,大柏地乡综治办副主任朱皓,大柏地村治保主任王桃生。

采风地点:大柏地乡隘前村蚯蚓养殖基地,大柏地战斗旧址,大柏地战斗纪念馆,王氏宗祠,三河村。

二〇二〇年十二月十二日(周六),晴。

陪同人员:曾俊雄,壬田镇凤岗村主任张宇飞,壬田镇扶贫办干事杨振辉,叶坪乡下罗村主任曾水海。

采风地点:壬田镇咸鸭蛋合作社、香芋基地、锦娘辣酱作坊,叶坪乡下罗村。

福建龙岩市

二〇二〇年十二月十三日(周日),阴。

采风地点:上杭县古田镇古田会议旧址,长汀县南山镇中复村——红九军团长征零公里处,连城县松毛岭战役遗址群,连城县宣和乡“培田古村”。

瑞金

二〇二〇年十二月十四日(周一),雨。

陪同人员:曾俊雄,万田乡宣传委员李金泉、刘海东、曾令发,云石山乡扶贫办主任钟小强、致富带头人钟美美、中医赖以会、蔗糖厂总经理彪哥,稻香味食品有限公司总经理张志平。

采风地点:万田乡麻地村,云石山乡丰垄村马道中央各单位办公旧址、丰垄村制衣厂、黄陂村中医店、超田村蔗糖厂,稻香味食品有限公司。

寻乌

二〇二〇年十二月十五日(周二),阴。

陪同人员:县扶贫办刘佛寿,太湖水库办公室主任朱晓峰。

采风地点:水源乡载下村,太湖水库,澄江镇凌富村,吉潭镇圳下村,县城。

二〇二〇年十二月十六日(周三),阴。

陪同人员:县扶贫办蓝翔,邝夏渊,留车村第一书记雍鑫,曾德钱,高布村第一书记吉志雄。

采风地点:文峰乡上甲村柯树塘矿山修复点,羊角园果蔬有限公司,留车镇留车村,幸福小镇,太湖新村。

二〇二〇年十二月十七日(周四)上午,阴。

陪同人员:县委宣传部干事林海峰,高布村第一书记吉志雄。

采风地点:晨光镇高布村新时代文明实践站,百香果基地。

安远

二〇二〇年十二月十七日(周四)下午,阴。

陪同人员:县文联主席杜瑞琳,县扶贫办副主任魏晓玲,县作协副主席赖永峰,天心镇宣传委员杜璐璐、岽坑村主任郑祺荣,重石乡党委副书记曾祥华、莲塘村第一书记储丁胜。

采风地点:天心镇天心整军旧址,重石乡莲塘村。

记述:在莲塘村采访贫困户朱成祥。二〇〇一年,儿子在建筑工地受伤,医治无效去世。媳妇改嫁,留下一个一岁的女儿和刚出生的女儿,由朱成祥夫妇抚养。二〇一三年,他的右脚被翻耕机打断,靠假肢行走。他说,当时,为了挣钱,他白天管理烟叶,傍晚又去田里翻耕秧田。当时穿着雨鞋,双脚陷入泥沼中拔不出来,结果翻耕机反转,弯刀片插入雨鞋,将他的右小腿横穿。随着机器的翻滚,他在田里滚了六滚,最后将左脚插入翻耕机中,翻耕机才停止转动。附近的村民赶过来救他,送到医院,这才保住了命。

在朱成祥极其困难的时候,是党和政府伸出了援手。精准扶贫政策的阳光洒落到他的身上。享受低保、小孩孤儿补贴,还有扶贫干部的悉心帮助。他现在还养猪、养鸡、养鸭,靠着这些维持着生计。

二〇二〇年十二月十八日(周五),阴。

陪同人员:魏晓玲,赖永峰,钟松峰,东江电商产业集团总经理潘东风,孔田镇高屋村支书高贵德、驻村第一书记赖炳香,镇岗乡组宣委员唐进钦,凤山乡东河村干部刘跃东。

采风地点:孔田镇高屋村,鹤子镇智运快线运营轨道,镇岗乡东生围、尊三围保卫战旧址。

会昌

二〇二〇年十二月十九日(周六),阴。

陪同人员:县委宣传部曾薇,筠门岭镇干部朱勇、竹村村主任王纪文,周田镇干部刘振茂、中桂村支书吴永春,站塘乡李官山村支书黄伟红。

采风地点:筠门岭战斗遗址,盘古山,眉林寺,周田镇中桂村橘柚基地,站塘乡李官山村。

二〇二〇年十二月二十日(周日),晴。

陪同人员:县文联干部金朵儿、曾薇,白鹅乡党委书记刘朝华、党政办主任胡昌明,梓坑村副书记李雄发。

采风地点:梓坑村和君教育小镇。

记述:晚上,县文联在会昌县文明实践中心安排了一堂讲座。主题:报告文学创作专题讲座。县作协主席宋瑞森做开场白。讲座约四十分钟,提问环节回答了七八个人的问题。

二〇二〇年十二月二十一日(周一)上午,晴。

陪同人员:珠兰乡大西坝村支部助理廖平。

采风地点:珠兰乡大西坝村红九军团纪念馆。

南康

二〇二〇年十二月二十一日(周一)下午,晴。

陪同人员:县委宣传部副部长林兰兰,干部张丽娟、刘家喜、杨晓明,赣州国际陆港场站运营部部长张贵生。

采风地点:家居特色小镇,赣州国际陆港。

二〇二〇年十二月二十二日(周二),晴。

陪同人员:刘家喜,南康区作协主席赖永明,唐江镇宣传委员王文明、白石村支书刘玉红,富龙皇冠总经理温世通,永红家具有限公司董事长杜永红。

采风地点:唐江镇卢屋村、白石村,大岭工业园富龙皇冠实业有限公司,龙岭镇工业园区永红家具企业。

于都

二〇二〇年十二月三十日(周三),晴。

陪同人员:县委宣传部副部长张鑫华。

采风地点:中央红军长征出发地纪念园,中央红军长征出发纪念馆,东门渡口。

二〇二〇年十二月三十一日(周四),晴。

陪同人员:县政协副主席袁尚贵,禾丰镇党委书记杨俊刚、副镇长刘称荣、宣传委员彭育华、陂角村支书刘海鹏。

采风地点:禾丰镇园岭村兰花小镇,陂角村党建活动室。

二〇二一年一月一日(周五),晴。

记述:蓝宇、黄荣陪同唐健团队去段屋乡寒信古村走访。我在宾馆修改稿子。

二〇二一年一月二日(周六),晴。

陪同人员:银坑镇副镇长凌步煌,刘智炜,康昭发。

采风地点:银坑镇周庆村东华山寺、周坝村,瑞金瑞林镇王竹背组陈家祠,宽田乡石马村老渡口。

宁都

二〇二一年一月三日(周日),晴。

陪同人员:县委宣传部李能玲,县扶贫办主任黄小林,县作协主席温谈升,小布镇镇长陈斌,小布金叶茶业专业合作社理事长温勤生,朱雪花,东山坝镇小源村妇联主任赖丽娟。

采风地点:小布镇万寿宫、毛泽东同志旧居、茶叶基地,东山坝镇小源村宁都会议旧址。

记述:晚上,宁都作协临时安排一场讲座,主题:新时代报告文学创作实践。

二〇二一年一月四日(周一),晴。

陪同人员:县政协副主席谢帆云,温谈升,固厚乡党委书记张根生、乡文化站站长黄秋生、小洋旻村支书徐林生,青塘镇党委书记汪远松,县道教协会会长宋文彪,罗荣。

采风地点:固厚乡小洋旻村脐橙基地,贫困户周金生家,勾刀咀开国少将张光华旧居,红五军团成立地,青塘毛泽东旧居,翠微峰,中央苏区反"围剿"战争纪念馆,少共国际师成立地。

石城

二〇二一年一月五日(周二),晴。

陪同人员:县委宣传部副部长伊伊、干事巫升权,石城阻击战纪念馆馆长陈春阳,小松镇丹溪村党支部书记李生恒、副书记李晓华。

采风地点:李腊石,石城阻击战纪念馆,烈士后代温达年家,小松镇丹溪村。

二〇二一年一月六日(周三),晴。

陪同人员:陈春阳,长溪村支书赖小滨、驻村干部李秋霞,赖氏宗祠祠委会副会长兼秘书长赖世钦,赣江源村支书赖贵平,大由乡副乡长刘荣平,种养专业合作社理事长高子勤。

采风地点:屏山镇长溪村赖氏宗祠,横江镇烟坊村刘明辉(参加长征,曾任云南省省长)旧居,赣江源镇共大礼堂、三坑村坑尾小组赖达元将军旧居,大由乡水南村中力种养专业合作社。

兴国

二〇二一年一月七日(周四),阴。

陪同人员:县电视台办公室主任黄林森,县水保局局长刘拥军。

采风地点:龙口镇都田村塘背水土保持科技示范园。

二〇二一年一月八日(周五),晴。

陪同人员:黄林森,高兴镇老营盘村支书钟继祥,永丰乡宣传干事曾丹丹,凌源村驻村第一书记钟成辉、村支书钟芳萍,田园种养合作社理事长钟小云,洙坊村支书邱林华,船溪村民陈有生、许传亮。

采风地点:高兴镇老营盘村,永丰乡凌源村、洙坊村温常鑫家、果溪村陈庄奎家、船溪村。

记述:一九八五年十一月十九日,习仲勋同志从井冈山来到兴国县视察。习仲勋了解了当地经济发展现状,亲自走访、关心困难群众。他那实事求是的工作作风、对老区人民的热爱之情,给当地的干部群众留下了深刻的印象。

习仲勋同志在兴国县永丰乡视察时了解到当地水土流失特别严重,田里经常无水灌溉,群众收成低,干旱时期饮用水都难以保障,他立即为当地群众购置了这台柴油机。二十多年来,当地群众用这台柴油机碾米、抽水,为他们的生产生活提供了很大的便利。

习仲勋为兴国县永丰乡群众解决的灌溉设备

二〇一五年一月，乡亲们自发将柴油机捐献给苏区干部好作风陈列馆陈展，他们说："要让更多的人了解代代相传的苏区干部好作风，永远铭记党的恩情。"

二〇二一年一月九日（周六）上午，晴。

陪同人员：黄林森，长冈乡长冈村主任俞增财，曹承凤，县民政局养老股长付江江，田庄上养老中心负责人刘满玉，马爱琴。

采风地点：长冈村马屋组，长冈乡调查纪念馆，埠头乡田庄上养老中心。

赣县

二〇二一年一月九日（周六）下午，晴。

陪同人员：吉埠镇大溪村第一书记甘世雄、村支书徐洪平，江口镇河埠村支书刘良发。

采风地点：吉埠镇大溪村，江口镇河埠村。

二〇二一年一月十日（周日），晴。

陪同人员：县委宣传部干事罗孝炳；韩坊镇红星村驻村干部张侑生、黄朝生，长演村扶贫专干李小萍；王母渡镇纪委副书记黄滨滨；大埠乡干部刘龙福；长洛乡留田村支书何世华、村民上官长生。

采风地点：韩坊镇红星村、长演村，王母渡镇永固楼，大埠乡大坑村赖传珠将军故里，长洛乡留田村红军楼。

上犹

二〇二一年一月十一日（周一），晴。

陪同人员：县电视台台长陈源洪，王健，油画基地管顺芳、画家官爱兵，县文旅局副局长钟雷，东山镇清湖村暴动纪念馆馆长刘均凤，梅水乡园村团支部书记陈开敏，营前镇文化站站长钟秋梓，平富乡宣传委员赖宝友。

采风地点：油画产业园，南湖垂钓基地，清湖村暴动纪念馆，碧水湾，赛车谷，赏石文化城，梅水乡园村，营前镇石溪村、蜘蛛岭，平富乡上寨村红三军团兵工厂旧址。

二〇二一年一月十二日(周二)上午,晴。

陪同人员:县融媒体中心副主任凌乐瑞,社溪镇镇长凌明,安和乡宣传干事罗鹏飞,寺下镇副镇长刘剑、富足村电商服务站站长葛金莲,双溪乡宣传委员谢桃军、大石门村支书吴绍平,农民画家罗光瑞,县史志办主任钟显平。

采风地点:社溪镇严湖村蔬菜基地、扶贫车间,寺下镇富足村电商服务站,安和乡水文陈列馆,双溪乡大石门村,县文化馆,县史志办。

崇义

二〇二一年一月十二日(周二)下午,晴。

陪同人员:县融媒体中心钟水旺,君子谷野果世界讲解员陈秀英。

采风地点:君子谷野果世界,刺葡萄种质资源圃。

二〇二一年一月十三日(周三),晴。

陪同人员:钟水旺,上堡乡组宣统委员郭春明,上堡梯田讲解员周小兰,《上堡乡志》主编李宗汉。

采风地点:上堡乡上堡整训旧址,上堡梯田。

全南

二〇二一年一月十四日(周四)上午,晴。

陪同人员:县委宣传部干事朱智文,县文联主席李恢明,南迳镇马古塘村支书谭爱荣,龙源坝镇组宣统委员李声亮、雅溪村文明实践员陈柱生。

采风地点:南迳镇马古塘村,龙源坝镇雅溪村4A级景区。

龙南

二〇二一年一月十四日(周四)下午,晴。

陪同人员:县委宣传部副部长凌煜、股长李胜雄,县作协主席凌利华,里仁镇正桂村文化宣传员李启莉。

采风地点:里仁镇正桂村4A级乡村旅游景区。

二〇二一年一月十五日(周五),晴。

陪同人员:李胜雄,杨村镇副书记徐李成,蔡屋村支书蔡子群,致富带头人蔡考龙、蔡泽松，南武当山讲解员叶贤慧，临塘乡宣传委员廖荣，虔心小镇讲解员徐美芳，新灵倍康董事长刘星华，志浩电子有限公司总经理张国庆。

采风地点：杨村镇蔡屋村、燕翼围、乌石围，南武当山，虔心小镇，新灵倍康、志浩电子企业。

记述：县作协主席凌利华在图书馆安排了一堂讲座，晚上八点开始至十点结束。讲座主题：新时代报告文学创作实践漫谈。

定南

二〇二一年一月十六日（周六），晴。

陪同人员：县委宣传部干部叶兴华、闫虎成，县教科体局局长李乐明、工会主席黎崇真，县博物馆馆长龙翠峰，吴堂琳，谢瑞山，老城镇黄沙口村原支书罗小秋，龙塘镇忠诚村支书郭迪文，岭北镇杨梅村锐源公司总经理方新栋、迳脑村肉鸽养殖基地总经理黄勇，人才社区讲解员谢春芩。

采风地点：老城镇黄沙口村，龙塘镇忠诚村，岭北镇杨梅村生态循环农业示范园、迳脑村肉鸽养殖基地，国家足球训练基地，人才社区，高铁站。

记述：老城镇干部黄燕妃讲解黄沙口村的变迁史。黄沙口有民谣："小小黄沙口，秀才多如狗。"后人修改为："昔日黄沙口，秀才满村走。"通过秀美乡村打造，民谣又有了新的唱词："今日黄沙口，人在画中游。"

信丰

二〇二一年一月十七日（周日），晴。

陪同人员：县文联主席赖赋春，县委宣传部干事谢达林，县文化馆馆长肖旭中，油山镇镇长康平、宣传委员邱海平、老屋下村支书朱定生，大阿镇宣传委员刘芳芳、川风村支书邹庆斌，大阿镇牛市副会长袁存城。

采风地点：油山镇红米塅村上乐塔、老屋下村锡坑组、坑口村赣南游击词纪念园，大阿镇川风村、牛圩。

二〇二一年一月十八日（周一），晴。

陪同人员：谢达林，古陂镇副镇长李真、余村支书曾崇辉、村主任袁志敏，新田镇镇长郭小燕、宣传委员刘云华、百石村支书曹小明、金鸡村支书黄月荣，袁守根。

采风地点：古陂镇太平畲族村中革军委旧址，余村，长征首战地——新田镇百石村、鸡金村、新田村信丰整纪旧址，“赣南脐橙引种第一人”袁守根家。

大余

二〇二一年一月十九日（周二）上午，晴。

陪同人员：池江镇武装部部长罗小秋、文化站站长袁美琳，兰溪村支书黄难生、村主任黄海林，兰溪村脐橙基地董事长黄彪，张剑。

采风地点：池江镇兰溪村陈毅旧居，陈丕显旧居，新四军整编旧址，脐橙基地，章江兰溪老渡口，杨村三南游击队集中训练地旧址。

章贡

二〇二一年一月十九日（周二）下午，晴。

陪同人员：县融媒体中心外宣组干事廖培宇，沙河镇纪委书记王冬、罗坑村支书吴玉明、售票处线上运营员童梦。

采风地点：沙河镇罗坑村——体育特色村。

二〇二一年一月二十日（周三），晴。

陪同人员：廖培宇，沙石镇镇长陈雪、火燃村支书郭学贵、驻村第一书记袁阳淦，乡贤李瑞红。

采风地点：沙石镇火燃村——蘑菇小镇。

寻乌

二〇二一年十二月一日（周三），晴。

陪同人员：留车镇留车村驻村第一书记雍鑫、村妇联主席邝云娥、村党建宣传员彭颖、村乡村振兴专干邝丽娟，李基良。

采风地点：留车镇留车村。

二〇二一年十二月二日（周四），晴。

陪同人员：雍鑫，留车村纪检委员陈志文，寻乌县一口甜百香果专业合作社理事长林瑞平，百香果直播示范基地主播潘秋霞（百香姐），菖蒲村驻村第一书记田信国,岑峰酒业有限公司董事长赖丙光,李基良。

采风地点:留车镇留车村老码头、金鸡产业园,菖蒲乡坪光村百香果基地、菖蒲村车田围,岑峰酒厂。

江西定南—广东龙川

二〇二一年十二月三日(周五),晴。

陪同人员:县教科体局局长李乐明,县博物馆馆长龙翠峰,县作协主席吴棠琳,谢瑞山,天九镇中学教师龙康游,天九镇兴隆村支书李树平,广东龙川县细坳镇小参村支书李维东。

采风地点:定南天九镇兴隆村,广东龙川县细坳镇小参村,中央苏区盐道旧址。

寻乌

二〇二一年十二月四日(周六),晴。

陪同人员:自媒体营销策划人黄济华,寻乌直播策划人李清松,潘秋霞(百香姐)。

采风地点:澄江镇江贝村脐橙基地。

记述:澄江镇江贝村脐橙基地,脐橙树上硕果累累,煞是喜人。果园里有二十多个来自河北、河南、山东、湖北、广东等全国各地的抖音主播在工作。他们拿着支架,手机对着果树,引来粉丝围观购买。当晚,黄济华在微信告诉我,这一天他们为果农助销了十万元脐橙,比预期的好。

后记　敬礼赣南

赣南是无数人的精神家园,也是我的精神家园。

赣南是我文字的故乡,我为之留下了逾百万字的著作和创作笔记。

我的人生中有两次完整踏遍了赣南十八个县(市、区),第一次是在二〇一五年冬天,那时正是脱贫攻坚战全面打响之时,古老赣南处在一场深刻变革之中;第二次是在二〇二〇年五月至二〇二一年十二月之间完成,此时赣南各县已全部脱贫摘帽迈入全面小康,社会生活发生了前所未有的巨变。两次完整走完赣南十八县(市、区),留下了两万五千多公里的足迹。这个数字与红军长征的数字重合,也与党中央向赣南派出的特别调研组的行程相同。

——长征践行着共产党人的初心;

——联合调查组肩负着先辈和烈士的重托,也挑着今天老区人民的重托;

——作为一名文学工作者,为时代的历史巨变画像、立传,为时代的精神图谱添彩加色,是我们应尽的使命和担当。

最远的路,我也毫不畏惧。二万五千公里,不是终点,而是起点,也昭示着我向下一个二万五千公里迈进。

我出生于赣西,但赣南对于我有着血缘般的亲近感。每次去赣南,都有故乡般的亲切。这种亲切缘于赣文化对我的滋养,缘于红色文化对我的滋润。

对于赣南的挚爱,让我心心念念,一次又一次踏入这方神圣的热土,尤其两遍完整走访了赣南十八县(市、区),亲眼看见国家支持苏区振兴发展给赣南带来的强大活力和滋养,心灵受到极大震动。

有人会问，你为什么对赣南如此钟情？

我回答：因为她的伟大故事，她的过去、现在和将来，都是中国故事最精华的一部分。

赣南作为原中央苏区腹地，是中华人民共和国的摇篮，经受过第一至第五次反“围剿”的洗礼，中央红军长征从这里集结出发，艰苦卓绝的南方三年游击战争在这里展开。这块土地浸染着无数革命烈士的鲜血，说它是“红色中的红色”，一点不为过。

在赣南，党带领人民缔造了中华苏维埃共和国临时中央政府，继承了建党精神、井冈山精神，创造了苏区精神，延续了长征精神、遵义会议精神、延安精神……为新中国的建立续写了血与火的荣光，填充了精神谱系的重要篇章。

现实是参天大树，历史是它的根系。用现实嫁接历史，是我喜爱的写作方式。

此刻，我记起在赣南举行“二〇二〇中国农民丰收节”江西活动的现场。这一天也是我的新书《新长征　再出发》发布会。当时，一位领导听说我曾于二〇一五年走完了赣州十八县（市、区），就对我说：“你现在重走一遍赣南十八县（市、区），会感觉到赣南发生了翻天覆地的变化。”

重走赣南十八县（市、区），便植入我的心灵。

民族要复兴，乡村必振兴。受新时代乡村振兴的感召，我决定在已完成《井冈山的答卷》《新长征　再出发》的基础上，再创作一部报告文学，这样，《赣红谣》就破茧而出了。

这也是我要完成的“老区新时代报告文学”三部曲的最后一部。前两部分别记录了新时代脱贫攻坚、全面小康，这一部便落在了乡村振兴主题上。

赣南的乡村振兴有着独特的历程，它始于二〇一二年六月的《国务院关于支持赣南等原中央苏区振兴发展的若干意见》。这场声势浩大的苏区振兴热潮，与继之而来的脱贫攻坚同气相求、与全面小康同频共振，在全面实施乡村振兴战略的大潮中成为全国的排头兵。

我于二〇二〇年五月至二〇二一年十二月，在江西省乡村振兴局（原省扶贫办）和中共赣州市委宣传部、赣州市乡村振兴局（原市扶贫办）的大力支持下，多次踏入赣南土地，对赣南十八县（市、区）进行了地毯式踏访，还顺便到闽西上杭、长汀、连城和广东龙川等地寻访革命旧址和采风。

这次赣南十八县（市、区）采风行，与二〇一五年不同。记得二〇一五年十一月、十二月，我用了长达五十多天对赣南十八县（市、区）逐一走访。当时正处《若干意见》实施的第四年，作为原中央苏区振兴发展的重中之重，整个赣南大地一派欣欣向荣，新时代红土地人民昂扬奋进的精神风貌让我深深折服、难以忘怀。

在《若干意见》实施的第八年，我先后四次踏入赣南于都土地，创作完成长篇报告文学《新长征 再出发》，这是我对赣南红土地的首次深情敬礼。

在北京召开的《新长征 再出发》作品研讨会上，一位评论家洞悉先机地说，你下一部作品应该写瑞金了。二〇二二年是《若干意见》实施十周年，《赣红谣》长篇报告文学应运而生。《赣红谣》浓墨重彩地书写了瑞金、寻乌、石城、兴国等赣南原中央苏区人民，在新时代乡村振兴伟大进程中的中国故事。

一路行走，一路歌谣。

一路所见所闻，都是苏区人民特有的振兴图景。

苏区干部群众在乡村振兴路上激情满怀，如章、贡二水交汇成浩荡赣江，澎湃向前。

《赣红谣》所描绘的只是赣南苏区乡村振兴大潮中的一朵朵浪花。

《赣红谣》是我对赣南红土地的再次深切敬礼！

我相信，这不会是最后一部，而是书写这方热土铺就的新阶梯。

我相信，走过的二万五千公里路程，不是终点，而是下一个二万五千公里行程的起点。

检校最后文稿时，正值党的二十大胜利召开，作为一个在新时代成长起来的报告文学工作者，我感到无比荣光。新时代让我有幸步入火热生活，走向脱贫攻坚、乡村振兴第一线，记录人民创造的伟业，记录伟大的时代。如今，中国式现代化正阔步前行，中华民族伟大复兴号巨轮正乘风破浪、扬帆远航。我将用好脚力、眼力、脑力、笔力，书写全面建成社会主义现代化强国的崭新答卷。

写于二〇二二年十月廿三日